EMMA SCOTT
Light up the Sky

EMMA SCOTT

LIGHT UP THE SKY

Roman

Ins Deutsche übertragen
von Inka Marter

LYX in der Bastei Lübbe AG
Dieser Titel ist auch als E-Book und als Hörbuch erschienen.

Die Bastei Lübbe AG verfolgt eine nachhaltige Buchproduktion. Wir verwenden Papiere aus nachhaltiger Forstwirtschaft und verzichten darauf, Bücher einzeln in Folie zu verpacken. Wir stellen unsere Bücher in Deutschland und Europa (EU) her und arbeiten mit den Druckereien kontinuierlich an einer positiven Ökobilanz.

Die Originalausgabe erschien 2018 unter dem Titel
»Long Live the Beautiful Hearts«.
Copyright © 2018 by Emma Scott

Für die deutschsprachige Ausgabe:
Copyright © 2020 by Bastei Lübbe AG,
Schanzenstraße 6 – 20, 51065 Köln

Vervielfältigungen dieses Werkes für das Text- und Data-Mining bleiben vorbehalten.

Textredaktion: Uta Dahnke
Umschlaggestaltung: Sandra Taufer, unter Verwendung von Motiven von © Ron Dale / shutterstock; Comaniciu Dan / shutterstock; HS_PHOTOGRAPHY / shutterstock;
Bokeh Blur Background / shutterstock; run4it / shutterstock
Satz: Greiner & Reichel, Köln
Gesetzt aus der Adobe Caslons
Druck und Verarbeitung: GGP Media GmbH, Pößneck
Printed in Germany
ISBN 978-3-7363-1165-7

7 9 11 10 8 6

Weitere Informationen unter:
lyx-verlag.de
luebbe.de | lesejury.de

Für Robin, die meine Hand genommen hat
und sie immer noch festhält.
Für Melissa, die sie immer hält.
Für Robert, der aufgestanden ist und gesagt hat:
»Ich lasse sie nicht los.«

Und für Isabel
Dies und alles andere, was ich mit Liebe tue,
tue ich für dich, Schatz. Jetzt und für immer.

Playlist

LP: *Switchblade*
Marshmello: *Happier*
Kelsea Ballerini: *Love Me Like You Mean It*
Shawn Mendes: *In My Blood*
Brothers Osborne: *It Ain't My Fault*
lovelytheband: *broken*
Weezer: *Africa (Toto Cover)*
Imagine Dragons: *Natural*
Billie Eilish: *You Should See Me in a Crown*
Flora Cash: *You're Somebody Else*
No Doubt: *Don't Speak*
LP: *Recovery*
The Chainsmokers: *Something Just Like This*

Teil 1
Al-Rai, Syrien

Prolog

Connor

Meine Lungen füllten sich, und plötzlich war ich wach, und das Chaos stürmte auf mich ein. Und der Schmerz. Ein unvorstellbarer Schmerz bohrte sich in meinen linken Arm.

Meine Sicht war verschwommen wie unter Wasser. Ich konnte mich nicht rühren, weil etwas Schweres auf meiner Brust lag und mich zu Boden drückte. Ich bekam kaum Luft unter dem Gewicht, konnte nur flach atmen. Schüsse, Schreie und Mörserfeuer drangen entfernt durch das Pfeifen in meinen Ohren.

Ich blinzelte, zwang mich, mich zu konzentrieren, und stellte fest, dass Wes das Gewicht war, das mich runterdrückte. Er lag auf mir, den Kopf auf meiner Brust, der Helm verdeckte sein Gesicht. Seine Schultern hoben und senkten sich, aber atmete wirklich er, oder bewegte ich ihn mit meinen Atemzügen? Ich wusste nicht, ob er lebte oder tot war.

Er lebt. Er muss leben.

Panische Angst stieg in mir auf und flutete meinen Körper mit Adrenalin.

»Wes«, krächzte ich. »Wes …«

Mein Blick schoss in alle Richtungen. Ich versuchte, mich hochzudrücken, aber der Schmerz schlug seine eisernen Krallen in meinen Ellbogen. Mir wurde übel, und fast verlor ich wieder das Bewusstsein.

»Scheiße …«

Ich fluchte mit zusammengebissenen Zähnen und hob den linken Arm, bis ich ihn sehen konnte. Ein zerklüftetes Stück Schrapnell steckte in meinem Unterarm. Die Wunde war so grauenvoll, so hässlich und *falsch*, dass sie fast künstlich aussah, wäre da nicht der Schmerz gewesen, der bis in meine Schulter ausstrahlte.

Ich sah mich um und beurteilte unsere Lage. Wes und ich befanden uns am südlichen Rand des Dorfes und hatten keinerlei Deckung. Gestalten liefen durch die zerbombten Ruinen der Häuser, huschten wie Gespenster durch Rauch und Staub. Der Kampf war noch nicht vorüber, verlagerte sich aber in Richtung Osten.

Mein Blick blieb an einem Krater hängen, in dessen Mitte, umgeben von Blut, eine Kindersandale lag. Ich erinnere mich, wie ich auf den Träger dieser Sandale zugerannt war. Ich hatte ihn retten wollen, ihn packen und irgendwo in Deckung bringen. Ich hatte schon die Arme nach ihm ausgestreckt – und da …

Auch meine Erinnerung war in Stücke gesprengt worden, aber ich musste nur meinen besten Freund ansehen, der reglos, blutig und staubig auf mir lag, um zu erraten, was passiert war.

Wes ist mir hinterhergerannt. Er hat etwas gesehen, was ich nicht gesehen habe. Er hat mich weggerissen. Er hat mir den Arsch gerettet.

Schon wieder.

Ein Schluchzer entrang sich meiner zusammengepressten Brust. Wes hatte mich mit seinem Körper abgeschirmt und war angeschossen worden – so ungeschützt, wie wir hier lagen.

Und jetzt ist er tot.

»Wes«, brüllte ich. »Nein …«

Der Schmerz biss sich in meinem Arm fest, aber ich rutschte unter meinem Freund heraus und bettete vorsichtig seinen Kopf auf den Boden. Seine Augen waren geschlossen, sein Mund leicht geöffnet. Ich legte ihm zwei Finger an den Hals. Tränen traten mir in die Augen, als ich seinen Puls fühlte. Er war schwach und viel zu langsam, aber er war *da*.

»Gott sei Dank ...«

Die Erleichterung war kurzlebig. Als ich mich auf die Knie aufrichtete und seine Verletzungen untersuchte, stiegen mir Angst und Übelkeit in der Kehle hoch. Eine Schusswunde hinten an Wes' Oberschenkel hatte die Hose bis zum Stiefel in Blut getränkt. Ich tastete ihn bis zur Taille auch unter der Schutzweste ab und fand noch drei weitere Einschüsse. Aber am übelsten war ein Knochenstück, das aus seiner Hüfte ragte.

»Gott, bitte. Verdammt, Wes ...«

Ich unterdrückte die Tränen und versuchte, mich zu erinnern, was zu tun war. Wir waren ungeschützt. Die nächste mögliche Deckung war ein Haufen Schutt etwa zehn Meter entfernt.

Ich stellte mich auf die Füße, bückte mich mit wackeligen Knien und packte Wes mit der rechten Hand am Rucksack. Ich biss die Zähne zusammen und zog. Wes' totes Gewicht bewegte sich einen Zentimeter über den groben Sand.

»Komm schon ...« Ich holte drei Mal tief Luft, presste die Lippen zusammen und zog noch einmal. Wieder ein Zentimeter. Scheiße, er war zu schwer, und ich war zu schwach.

Schüsse zerrissen die Luft, gefolgt von einer Explosion. Schutt regnete auf uns nieder, und das Adrenalin schoss in meine drei gesunden Gliedmaßen. Wie die Mutter, die plötzlich fähig ist, ein Auto hochzustemmen, um ihr darunter eingeklemmtes Kind zu befreien, packte ich Wes mit meinem unverletzten Arm und schleifte ihn hinter den Schutthaufen. Sobald wir in Deckung waren, sank ich neben ihm auf die Knie.

»Bleib bei mir, Wes«, sagte ich und schlüpfte vorsichtig, mit einem Arm nach dem anderen, aus dem Rucksack. »Hast du gehört? Du bleibst, Scheiße noch mal, *bei mir*. Du wirst mir hier nicht sterben, sonst bring ich dich verdammt noch mal ...«

Mein Magen rebellierte, als ein Rucksackriemen kurz an meinem linken Ellbogen hängen blieb.

»Sanitäter!«, brüllte ich und riss mein Erste-Hilfe-Pack auf. »Wilson, verdammt ...«

Ich holte das Tourniquet heraus. Mit einer Hand schob ich es bis über die Wunde an Wes' rechtem Bein hoch. Dann drehte ich den Knebel, bis kein Blut mehr kam, und hakte ihn ein.

»*Sanitäter!*«, brüllte ich wieder. »*Verdammte Scheiße, ich brauch einen Sanitäter!*«

Ich holte den XSTAT heraus. In der Ausbildung hatten wir das Ding Tampon-Spritze genannt. Ich riss die Verpackung mit den Zähnen auf und platzierte die überdimensionale Spritze an der Schusswunde in Wes' Hüfte. Ich drückte den Kolben herunter, und die saugfähigen Schwämmchen füllten die klaffende Wunde und sogen das Blut auf.

Inzwischen kämpfte ich selbst darum, nicht das Bewusstsein zu verlieren. Ich sah immer wieder grau, während ich eine Schusswunde unten in Wes' Lendenwirbelbereich und eine weitere etwas höher unterhalb der Schutzweste untersuchte. Jemand musste sich darum kümmern, aber ich hatte weder die Kenntnisse noch die Kraft dazu. Erschöpft ließ ich mich auf den Hintern fallen, holte noch einmal tief Luft und legte meine ganze Kraft in den Schrei.

»*Sanitäter!*«, rief ich so laut, dass meine Stimme sich überschlug, ein winziges lächerliches Nichts in der Maschinerie des Krieges. »Gott, jemand muss ihm helfen ...«

Wie ein Baum, der in Zeitlupe umfällt, sank ich auf meine gesunde Seite, landete genau zwischen Wes' Körper und den Schutthaufen, der uns Deckung bot.

»Wach auf«, stieß ich heiser hervor. »Wach auf. Jetzt, verdammt. Stirb nicht, Wes. Bitte …«

Die Welt begann sich mir zu entziehen. Selbst der Schmerz in meinem linken Arm schien weit entfernt. Nur ein paar schwache Schreie erreichten mich noch. Keine Schüsse mehr. Durch das blecherne Pfeifen in meinen Ohren hörte ich eine Frau weinen. Ich wusste nicht, ob wir gewonnen oder verloren hatten, sondern nur, dass jede Sekunde Wes dem Tod näher brachte.

Ich nahm seine leblose Hand. »Du hältst durch, okay?«, sagte ich. »Hör mir zu. Geh nicht, Wes. Du bleibst hier und hörst zu, okay?«

Kurz schloss ich die Augen, Tränen traten zwischen meinen Lidern hervor.

»Bleib bei mir, Wes, und denk an … denk an die Zeit, als … Wir müssen so fünfzehn gewesen sein, es war in Jason Kingsleys Spielzimmer, weißt du noch? Wir haben über Mädchen geredet und wollten unbedingt cool sein.«

Ich schluckte schwer, meine Kehle fühlte sich an wie mit Glas und Sand gefüllt.

»Wir haben alle … geprahlt, welcher wir an den Hintern fassen wollten, welche ›Muschi wir vögeln wollten‹ … als wären wir nicht alle noch Jungfrau gewesen.« Ich lachte müde. »Nur du nicht. Du hast Dartpfeile geworfen und … du warst in Kayla Murphy verknallt. Ich weiß es noch. Du hast einfach weiter Darts gespielt und uns erzählt, dass du sie küssen wolltest. Kayla Murphy. Ich werd' es nie vergessen. Du wolltest sie auf ›die kleine Grube zwischen ihren Schlüsselbeinen küssen, wo ihr Herz schlägt‹.«

In meinem trübe werdenden Blickfeld sah ich Gestalten auf uns zurennen, die Umrisse von Männern.

»Alle haben wir dich angestarrt«, sagte ich. »Weißt du noch? Du hast dich umgedreht, einen Pfeil in der Hand, und dein Gesicht sah aus wie *Scheiße, was hab ich bloß gesagt*. Aber du hast es nicht zurückgenommen und auch keinen Witz drüber gerissen. Du hast einfach mit den Achseln gezuckt und gesagt: ›Tja, das würde ich machen‹, und weiter die dämlichen Darts-Pfeile geworfen.«

Ich lachte leise, als Wilson, Jeffries und ein paar unserer Jungs uns umringten.

»Unsere Freunde hatten keine Ahnung, was sie damit anfangen sollten«, sagte ich und hielt noch immer Wes' Hand. Nichts würde mich dazu bringen, sie loszulassen. »Sie haben dich einfach eine volle Minute lang angestarrt und sind dann in Gelächter ausgebrochen. Weißt du das noch? Die haben gedacht, du verarschst uns. Ich hab auch gelacht, aber ich hab gewusst, dass das kein Witz war. Du hast absolut keinen Witz gemacht, stimmt's, Wes?«

Ich verlor das Bewusstsein. Als ich wieder zu mir kam, verfrachteten Leute unserer Einheit uns in einen Helikopter.

»Auf drei«, brüllte Wilson, um das Knattern der Rotoren zu übertönen. Er zählte, und sein Team hob Wes auf eine Trage. Sie hatten ihm die Schutzweste abgenommen; er trug um die Mitte einen dicken Verband. Als sie ihn hinlegten, fiel etwas aus seiner Hemdtasche. Ein verbogenes, blutbeflecktes Notizbuch.

Ich starrte durch den Sand, der von dem Helikopter aufgewirbelt wurde. Die Seiten des kleinen Notizbuchs flatterten in den heißen Windstößen. Es sah aus wie ein verwundeter Vogel.

Ich schnappte es mir, bevor es wegwehte, und blätterte bis

zu einem Gedicht. Die Worte waren verschmiert von Tränen und Blut.

Wes' Worte.

Wes' Tränen.

Wes' Blut.

Darunter seine Unterschrift. Wie eine Beichte.

Sein Name, nicht meiner.

»Ja, Wes«, sagte ich, und Tränen liefen mir über die Wangen. »Das ist die Wahrheit. Es war immer die Wahrheit.«

Wir bestiegen den Helikopter, und Sanitäter kümmerten sich hektisch um meinen besten Freund. Er bekam einen Tropf mit Kochsalzlösung und eine Sauerstoffmaske, aber ich sah, wie einer grimmig den Kopf schüttelte.

Ein Typ half mir, mich anzuschnallen, und versuchte, meinen Arm zu behandeln.

»Hör auf!«, brüllte ich. »Besorg mir einen Stift.«

»Einen was?«, fragte der Sanitäter über das Dröhnen der Rotorblätter hinweg. »Einen Stift?«

Ich sah zu Wes. Seine Augen waren geschlossen, sein Gesicht totenbleich.

»*Hol mir einen verdammten Stift*«, brüllte ich.

Der Typ verschwand aus meinem Gesichtsfeld, und als er zurückkam, drückte er mir einen Kuli in die Hand. Ich hielt das Notizbuch mit der pochenden linken Hand auf dem Oberschenkel fest – der Arm fühlte sich auf unheimliche Weise taub an – und schrieb mit der zitternden rechten auf den hinteren Einband des Büchleins.

Autumn,

Wes hat das und auch alles andere geschrieben. Für dich.

C.

Ich versuchte, ihre Adresse aufzuschreiben, aber der Stift glitt mir aus der Hand. Ich drückte dem Sanitäter das Notizbuch an die Brust. Der Hubschrauber hob ab, und mir fielen einen Moment die Augen zu, während mich ein Schwindelgefühl überkam.

»Du musst das per Post schicken. Schick es ...«

»Was? Dein Arm ...«

»Scheiß auf meinen Arm«, sagte ich. »Schick es mit der Post. Autumn ... Autumn Caldwell. Amherst College ... Ridell Street ... Drive. Nein ... Rhodes ...?« Wieder senkten sich meine Lider, und diesmal bekam ich sie nicht mehr richtig auf. »Scheiße, ich kann mich nicht ... Ich meine Amherst. Das College. Hast du das? Autumn ...«

Dann wurde alles um mich herum schwarz.

Teil 2

Nebraska

Juli

1

Der Sonnenaufgang übergoss den Horizont mit geschmolze-
nem Gold und Orange, verdrängte die dunklen Blau- und Vio-
letttöne der Nacht.

»Sieh dir das an.« Dads Stimme war von Ehrfurcht erfüllt.
»Unglaublich, oder?«

Wir saßen auf der Schaukelbank auf der Veranda, und ich
legte die Wange an seine Schulter und schmiegte mich an ihn.
»Ich denke schon.«

»Wenn man so einen Sonnenaufgang sieht ... dann hat man
unweigerlich das Gefühl, dass etwas Wunderbares passieren
wird.«

Ich sah in das graue hagere Gesicht. Sein feines Haar, früher
so rot wie meines, war nach dem vierfachen Bypass im letzten
Oktober weiß geworden. Die Schultern und die Brust wirkten
schmaler unter dem karierten Hemd. Er bewirtschaftete wieder das Land, aber er hatte nicht mehr so viel Kraft wie vorher.

»Etwas Wunderbares«, sagte ich mit einem leisen Seufzer.

Er sah auf mich hinab. »Warum sprichst du nie über diesen
Jungen, diesen Connor? Du hast ihn bei diesem Besuch kein
einziges Mal erwähnt.«

Der Name erfüllte mein Herz mit leiser Sehnsucht, durchbohrte es mit entsetzlicher Angst. Und auf jeden sehnsüch-
tigen Gedanken an Connor folgten sofort verwirrende, erre-

gende Gedanken, die ich nicht genauer betrachten, geschweige denn in Worte fassen wollte.

Weston …

»Ich habe Angst um ihn«, sagte ich. »Und ich habe seit seiner Stationierung in Syrien höchstens eine Handvoll E-Mails bekommen. Nur ›Hi, wie geht's dir?‹ und ein paar allgemeine Informationen.«

Und von Weston kein einziges Wort.

»Der Krieg macht schreckliche Dinge mit einem Menschen.« Mein Vater schüttelte den Kopf. »Du kannst nicht wissen, wie schlimm es dort für ihn ist. Vielleicht sind diese E-Mails alles, wozu er fähig ist.«

»Ja, schon, aber ich will einfach wissen, ob es ihm gut geht. Ich wünschte, er würde mit mir reden.«

Victoria Drake hatte mir erzählt, dass Connor sie häufig anrief, wenn die Umstände es erlaubten. Ich hatte von seiner Mutter mehr über ihn gehört als von ihm selbst.

Hat Weston ihm gesagt, was wir getan haben? Weiß Connor, dass ich ihn betrogen habe?

Das war die beste Erklärung sowohl für Westons Funkstille als auch für Connors knappe, gerade einmal minimale Kommunikation. Vor dem Einsatz hatte Weston geschworen, er würde kein Wort über diesen Kuss verlieren – einen Kuss, der fast zu allem anderen geführt hätte. Er hatte gemeint, er wäre es nicht wert, Connor seelisch zu belasten, wo der Krieg schon schwierig genug sein würde.

Das schlechte Gewissen musste ihn am Ende eingeholt haben. Warum sonst rief Connor mich nicht an?

»Ich glaube, Connor wird sich von mir trennen«, murmelte ich und schluckte die Tränen hinunter. »Und vielleicht ist es das Beste so.«

Mein Vater drückte mir die Schulter. »Verlier nicht den

Glauben an deinen Mann und an deine Liebe zu ihm. Sie ist zu wertvoll. Für euch beide.«

»Seit wann bist du so sentimental?«

Dad zeigte auf das Land, ein Meer aus Maispflanzen, das grün unter dem goldenen Sonnenaufgang wogte.

»Seit ich im Krankenhaus war und das alles hier fast hinter mir gelassen hätte«, sagte er. »Es hat mir so deutlich gezeigt, was wichtig ist.« Er blickte mich aus braunen Augen an. »Du, dein Bruder und deine Mutter. Die Menschen, die ich liebe.«

Die Männer, die ich liebte, waren eine halbe Weltreise entfernt und sahen unvorstellbaren Gefahren entgegen, und ich hatte keine Ahnung, ob sie in Sicherheit waren.

Ich seufzte und lehnte mich an meinen Vater. Ich wollte ihm alles erzählen. Er würde zuhören und mich nicht verurteilen. Er wäre trotzdem stolz auf mich und trotzdem dankbar für das Geld, das Connor uns gegeben hatte, um die Farm zu retten. Aber ich selbst hatte in meinen Augen nichts vorzuweisen aus diesem dritten Jahr am College. Nur Noten, die mich gerade so über Wasser hielten, und ein schon wieder gebrochenes Herz.

Nein, ein in zwei Teile gerissenes Herz.

Ich folgte Dads Blick zu den Maisfeldern und der aufgehenden Sonne und versuchte, ein wenig Frieden zu finden in der Schönheit der Welt und sie als Zeichen zu sehen, dass am Horizont etwas Wunderbares auf mich wartete.

»Es ist alles so verworren«, sagte ich. »Ich weiß nicht mehr, wo oben und unten ist. Jeden Tag bete ich, dass Connor und Weston nichts passiert, aber ich habe nicht viel Hoffnung, dass da noch etwas ist zwischen uns.«

Zwischen uns dreien.

Mein Vater schürzte die Lippen. »Ich höre dir zu, mein Schatz. Und nur du kannst wissen, was gut für dich ist. Aber egal, was uns im Leben passiert, ob es gut, schlecht oder schlimmer ist, es macht uns stärker. Weiser.«

»Ich will einfach nur jemanden lieben, der mich auch liebt. Ohne Spielchen. Ohne Unsicherheit. Nur Liebe.«

Dads Augen waren warm und gütig, als er seine schwielige Hand an meine Wange legte. »Das wird schon noch kommen.«

Ich sah auf die Uhr und stand auf. »Ich sollte los, wenn ich meinen Flug kriegen will.«

»Ich wünschte, du müsstest nicht so schnell schon zurück. Bald ist der vierte Juli …«

»Ich weiß, aber ich will mich direkt an mein Harvard-Projekt setzen und noch ein bisschen Zeit mit Ruby verbringen, bevor sie nach Italien geht.« Ich rieb mir die Augen und seufzte. »Und mich an eine neue Mitbewohnerin gewöhnen.«

»Wirklich schade«, sagte Dad und erhob sich langsam. »Ich mag diese Ruby.«

»Ich liebe sie.«

Und ich verliere sie auch. Alle, die ich liebe, gehen oder sind schon weg.

Der dämliche Sonnenaufgang war kein Zeichen für etwas Wunderbares, sondern nur für Einsamkeit.

In der Küche zog Mom ein Blech mit süßen Hörnchen aus dem Ofen. »Für die Fahrt nach Omaha«, sagte sie und legte sie, ohne aufzusehen, in eine kleine Tupperdose. »Travis! Kommst du? Du musst deine Schwester zum Flughafen bringen.«

»Das weiß ich doch«, sagte Travis und betrat die Küche. Seit er im Juni die Highschool abgeschlossen hatte, wirkte er größer und breiter, mehr wie ein Mann. Ich war froh. Dad brauchte die Hilfe, und mein kleiner Bruder wollte nichts lieber, als auf dem Land zu arbeiten und die Farm für die Familie zu erhalten.

»Bist du fertig, Auts?«, fragte Travis.

»Ich glaube schon. Bye, Mom«, sagte ich und umarmte sie.

»Hast du mir inzwischen verziehen?«

»Was?« Dann verzog sie die Lippen. »Über dieses Geld werden wir nicht reden. Das tut man nicht.«

Ich hatte die fünfunddreißigtausend Dollar, die Connor mir gegeben hatte, direkt auf das Konto meiner Eltern überwiesen. Hätte ich ihr den Scheck übergeben, hätte meine stolze Mutter ihn womöglich zerrissen. *Ich selbst* hatte ihn fast zerrissen, aber sosehr es auch schmerzte, ich konnte nicht zusehen, wie neben der Gesundheit meines Vaters auch noch die Lebensgrundlage meiner Familie in Mitleidenschaft gezogen wurde. Meine Mutter hatte sich den ganzen Sommer geweigert, darüber zu reden, aber ich spürte ihre Erleichterung.

So muss es sich für Weston angefühlt haben, als die Drakes seiner Mutter ein Haus gekauft haben, dachte ich. *Erleichterung und Scham. Beides.*

»Ich hab dich lieb«, sagte Mom. »Fahrt vorsichtig. Hast du gehört, Travis? *Fahr vorsichtig*, hin *und* zurück. Hier.« Sie gab mir die Tupperdose und scheuchte uns aus ihrer Küche. »Und jetzt beeilt euch.«

Dad begleitete uns zu Travis' klapprigem blauem Pick-up und zog mich in seine Arme. Ich schloss die Augen und hielt ihn fest.

»Ich weiß, dass du Angst um sie hast, Schatz«, sagte er.

Ich nickte an seiner Brust.

»Sie sind in einem gefährlichen Teil der Welt und riskieren ihr Leben. Aber lass nicht zu, dass die Angst deine Liebe zerstört.«

Meine Liebe. Ich wusste nicht mehr, was das war.

Oder wem sie galt.

»Ich versuche es, Daddy«, sagte ich. »Ich hab dich lieb.«

»Ich dich auch, Schätzchen.«

Ich winkte aus dem Fenster und sah Dad immer kleiner werden. Der Duft von Moms warmen Hörnchen stieg aus der geöffneten Dose in meinem Schoß auf, und plötzlich wusste ich, wer meine Liebe brauchte: die Farm, die Lebensgrundlage meiner Familie.

Mein Projekt für Harvard würde sich auf ein landwirtschaftliches Thema konzentrieren. Auf ökonomische Gerechtigkeit für Landwirtschaftssysteme oder das Potenzial erneuerbarer Bioenergien. Das weckte nicht gerade meine Leidenschaft, aber es war an der Zeit, meine persönlichen Wünsche und Gefühle hintanzustellen. Sie brachten mir sowieso nur Kummer.

Als wir über die Interstate 80 von Lincoln nach Omaha fuhren, festigte sich mein Entschluss, während der Sonnenaufgang in einen goldenen Tag überging.

Das ist das Wunderbare, das auf mich gewartet hat. Endlich weiß ich, was ich mit meinem Leben anfangen werde.

Aber es gab kein Feuerwerk in meinem Herzen. Kein überwältigendes Glücksgefühl.

Seufzend stützte ich den Kopf in die Hand, sah die Landschaft an mir vorbeiziehen und versuchte, mir zu sagen, dass es das Richtige war.

Ruby wartete in der Abholzone des Bostoner Flughafens, sah so lebendig aus in ihrem gelben Sommerkleid. Ihre karamellfarbene Haut leuchtete, als hätte sie während ihres Urlaubs die ganze Schönheit Jamaikas in sich aufgesogen.

»Hey, warum dieses Gesicht?«, fragte sie.

»Mir ist nur gerade klar geworden, wie sehr ich dich vermissen werde«, sagte ich.

»Und ich dich auch, Auts«, sagte sie und drückte mich noch einmal. Sie öffnete den Kofferraum ihres schwarzen Acura.

»Aber ich werde meine Eltern zu Weihnachten besuchen. Vielleicht komme ich auch mal für ein langes Wochenende. Und außerdem …« Sie legte meinen Koffer in den Kofferraum und machte ihn zu. »Ich habe eine Überraschung für dich.«

»Nur zu. Zum jetzigen Zeitpunkt nehme ich alles«, sagte ich, als ich auf dem Beifahrersitz Platz nahm.

Ruby schnallte sich an und fuhr los. »Du, meine liebe Freundin, wirst dich nicht an eine neue Mitbewohnerin gewöhnen müssen.«

Ich blinzelte, dann wandte ich mich ihr zu. »Nein? Moment mal, was meinst du damit?«

»Ich habe Mom und Dad erzählt, dass du mit deinem Projekt nicht weiterkommst und deine großen Pläne unter anderem bedroht sind, weil dein Freund in einem Kriegsgebiet stationiert wurde. Sie fänden es genau wie ich total blöd, wenn du auch noch eine neue Mitbewohnerin ertragen müsstest. Also haben sie das Zimmer für das ganze Jahr gemietet.«

Mir fiel die Kinnlade runter. »Wow.«

»Gut, oder?«

»Gut? Ich sehe schon traumhaft ruhige Lernabende vor mir, ohne eine fremde Person in meiner Wohnung. *Unserer* Wohnung.«

Ruby strahlte mich an. »Ich hab mir gedacht, dass es dir gefällt.«

»Es ist wunderbar. Aber Ruby …«

»Fang gar nicht erst an«, sagte sie streng. »Kein Wort über die Kosten. Meine Eltern mögen dich sehr. Sie wollten es. Und Dad glaubt, dass ich dann öfter zu Besuch komme. Was auch stimmt.«

»Es ist so großzügig von ihnen«, sagte ich, und wieder spürte ich die vertraute Mischung aus Erleichterung und Scham.

Weston weiß genau, wie sich das anfühlt.

Ruby sah mich von der Seite an. »Du siehst schon wieder traurig aus.«

Ich bemühte mich um einen neutralen Gesichtsausdruck, verdrängte den Gedanken an Weston. »Ich vermisse meine Familie.«

»Wie geht es deinem Dad?«

»Besser. Aber er ist dünn. Er sieht zehn Jahre älter aus.«

»Ist deine Mom ausgeflippt wegen des Geldes, das Connor dir gegeben hat?«

»Auf ihre eigene stille, wütende Art. Wenn Dad gesund wäre, hätte sie es niemals angenommen.«

»Der Dickkopf liegt bei euch anscheinend in der Familie.«

Zurück in unserer Wohnung im Rhodes Drive auf dem Campus von Amherst, rollte ich meinen Koffer ins Wohnzimmer und betrachtete die Wohnung mit neuen Augen.

»Und all das werde ich ganz für mich haben?«, fragte ich, und bei dem Gedanken, wie ich in aller Ruhe an meinem Projekt würde arbeiten können, musste ich lächeln.

Ruby sah mich an, verdrehte die Augen und ließ sich auf die Couch fallen. »Mein Gott. Ich kann mir richtig vorstellen, welche wilden Partys du gerade *nicht* planst.«

Ich setzte mich neben sie. »Genau. Ich bin mir über mein Harvard-Projekt klar geworden. Heute Morgen.«

Ruby richtete sich auf. »Wirklich? Hey, das ist gut. Was hast du dir überlegt?«

»Ich habe die Details noch nicht ausgearbeitet, aber ich denke, es wird um die Frage gehen, was die Regierung, zum Beispiel durch Steueranreize, tun kann, um es Landwirten zu ermöglichen, auf dem Gebiet der erneuerbaren Energien ... für Biotreibstoffe zu produzieren.«

Rubys Blick wurde glasig. »Das klingt ... echt interessant.«

Ich lachte und stieß sie am Arm an. »Es ist wichtig. Für meine Familie und alle Farmen in Amerika, die gerade schlechte Zeiten durchmachen.«

»Dann ist es wirklich toll. Freut mich.«

»Währenddessen wirst du ein Jahr an der italienischen Riviera verbringen«, sagte ich. »Mir ist durchaus aufgefallen, wie sehr sich unsere Leben unterscheiden.«

»Du solltest stolz sein, meine Liebe. Du wirst die Welt retten. Ich bin einfach nicht dafür gemacht.« Sie tätschelte meine Hand. »Ich bin so froh, dass du deine Berufung gefunden hast.«

»Meine Berufung«, murmelte ich und wartete wieder auf das Hochgefühl, das man eigentlich empfinden sollte, wenn man den Sinn seines Lebens entdeckt.

Ruby legte den Kopf schief. »Schon wieder dieser Blick. Hast du in letzter Zeit von Connor gehört?«

»Es ist Wochen her.« Ich sah sie an. »Ich glaube, es ist vorbei, Ruby. Ich glaube ...«

Ich glaube, Weston hat ihm gesagt, was in der Nacht vor dem Einsatz passiert ist.

Ich hatte Ruby nie erzählt, dass ich Weston geküsst hatte – mehr als geküsst. Er hatte mir praktisch das Kleid vom Leib gerissen, und ich hatte nur seinen Reißverschluss nicht schnell genug aufbekommen.

Ich hustete. Die Worte klebten mir am Gaumen. Es war falsch gewesen, aber dann auch wieder nicht. Wie sollte ich das erklären?

Ruby beugte sich vor. »Du glaubst ...?«

»Ich glaube, wir sollten das Ganze vergessen. Mit Connor und mir.« Ich zupfte an dem Saum meines hellgrünen Sommerkleids – einem Designermodell, das ich im Sommer in Nebraska bei einer Haushaltsauflösung erstanden hatte. »Ich habe mich endlich für ein Projekt entschieden, und er hat dort drüben etwas Wichtiges zu tun. Anscheinend sind wir besser dran ohne die Ablenkung.«

Ruby schürzte die Lippen. Gedanken tanzten in ihren braunen Augen.

»Findest du das nicht?«, fragte ich. »Oder doch? Ich brauche unbedingt einen Rat. Mein Dad hat gesagt, ich soll nicht aufgeben.«

Sie hob die Hände. »Ich weiß nicht, was ich dir sagen soll, Süße. Aber du hast das ganze letzte Jahr versucht herauszufinden, wo ihr steht, du und Connor. Und es scheint da nicht besonders schön zu sein.«

»Ist es nicht. Vielleicht ist es wirklich vorbei. Oder sollte es sein.«

Bei der Aussicht, Connor tatsächlich zu verlieren, pochte mein dummes Herz empört.

»Aber wie kann ich mich von ihm trennen, während er im Einsatz ist?«, fragte ich. »Gott weiß, was sie jeden Tag durchmachen.«

»Trotzdem würde es ihn nicht umbringen, dir von Zeit zu Zeit zu sagen, dass du ihm wichtig bist. Das kann doch nicht so schwer sein!« Ruby sah mich direkt an. »Du verdienst etwas Besseres als dieses Schweigen, Auts. Du bist nicht irgendeine Brieffreundin. Du bist mit ihm zusammen.«

»Ich weiß, aber da drüben geht es um Leben und Tod.« Ich ging zu meinem Laptop, der auf dem Schreibtisch am Fenster stand. »Ich schicke ihm eine E-Mail. Sage ihm, dass ich an ihn denke, dass er irgendwann antworten kann oder nie und dass wir reden, wenn wir uns wiedersehen.«

»Klingt fair«, sagte Ruby. »Aber es ändert gar nichts.«

»Vielleicht nicht«, sagte ich und öffnete meinen Posteingang. »Aber so kann ich wenigstens in Ruhe arbeiten. Ich …«

Ich keuchte auf. Die oberste E-Mail war von der United

States Army, Abteilung für Familienbereitschaft. Heute Nachmittag vor nicht einmal zehn Minuten gesendet.

»Oh mein Gott …« Mein Herz klopfte so laut, dass ich meine Worte kaum hörte.

»Was ist?«, fragte Ruby.

»Komm schnell her.« Mit zitternder Hand öffnete ich die Nachricht. Ruby stellte sich hinter mich, ihre Finger krallten sich in meine Schultern. Ich las bis zur zweiten Zeile, als ich von irgendwo einen Schrei hörte. Ich glaube, ich war es selbst. Ich schwankte auf dem Stuhl, und Ruby legte die Arme um mich, als wir gemeinsam weiterlasen.

Familien und Freunde des 1. Bataillons, 22. Infanterieregiment.

Am 13. Juni war das 1–22 IN in einen Vorfall verwickelt, und ein Soldat ist gefallen. Seine nächsten Verwandten wurden inzwischen benachrichtigt.
Im Auftrag des 1–22 IN bekunde ich der Familie des Soldaten mein Beileid. Wir werden eine Trauerfeier abhalten, Zeit und Ort werden noch bekannt gegeben.
Bitte denken Sie daran, alle Mitglieder des 1–22 IN und alle anderen Soldaten und Soldatinnen im Einsatz in Ihre Gebete einzuschließen. Danke für Ihre Unterstützung.

»Das …« Ruby verstummte und machte einen zweiten Anlauf. »Das ist alles? Mehr schreiben die nicht? Es ist jemand gefallen, aber sie sagen nicht wer?«

»Sie benachrichtigen zuerst die Familie«, sagte ich mit Roboterstimme. »Das ganze Regiment hält Funkstille, bis die Familie benachrichtigt ist.«

Das erklärt, warum ich in letzter Zeit nichts von Connor gehört habe. Es gibt einen Nachrichtenstopp. Weil er tot ist. Connor ist tot. Oder Weston ...«

»Verdammt, Ruby ...«

Wir schwiegen erschrocken. Die Worte gingen mir wieder und wieder durch den Kopf. *Ein Soldat ist gefallen.* Meine Gedanken ertranken in einem Strudel der Angst, wanderten zwischen meinen beiden Männern hin und her, und mein Herz schrie und trauerte und hatte um beide gleichermaßen Angst. Jeder Herzschlag war ein Name – Connor, Weston, Connor, Weston –, jeder Atemzug ein Gebet für einen von ihnen.

Für beide.

Ich darf keinen von ihnen verlieren. Bitte, Gott ...

Das Klingeln meines Telefons durchbrach die Stille, und ich fiel fast vom Stuhl.

»Himmel ...«, rief Ruby.

Ich stand mit zittrigen Knien auf und stakste wie ein Zombie zu meiner Tasche auf der Couch.

»Es ist Connors Mom.« Langsam, als wäre es eine Giftschlange, hob ich das Handy ans Ohr. »Hi, Mrs Drake.«

»Hallo, meine Liebe«, sagte sie mit schwerer Stimme. »Ich habe ein paar Neuigkeiten.«

2

Autumn

Das Flugzeug landete in Baltimore, und Ruby und ich gingen direkt zu den Autovermietungsschaltern.

Hauptgefreiter Samuel Bradbury.

Wahrscheinlich Sam für Familie und Freunde.

Familie und Freunde, die jetzt gemeinsam um ihren gefallenen Soldaten trauerten.

Es hätten auch wir sein können, dachte ich am Schalter der Autovermietung. Dann würde Victoria Drake jetzt eine Beerdigung planen. Miranda Turner würde sich, untröstlich über den Verlust ihres Sohns, die Augen ausheulen.

Und ich wäre am Boden zerstört vor Kummer, statt irgendwo zwischen Traurigkeit und Erleichterung zu schweben.

Sam Bradbury.

Nicht Hauptgefreiter Connor Drake.

Nicht Corporal Weston Turner.

Mrs Drake hatte mir am Telefon alles gesagt, was sie wusste. Der Vorfall hatte sich vor Wochen ereignet, aber da die Mission geheim war, hatte die Army niemanden informiert, bis die Männer aus dem Einsatzgebiet in eine Klinik in Landstuhl in Deutschland ausgeflogen worden waren. Dort hatte man Connors zertrümmerten Ellbogen wieder zusammengeflickt und seine Kopfverletzungen behandelt, bevor er gestern früh ins Walter-Reed-Militärkrankenhaus gebracht worden war.

Aber Weston …

Weston hatte vier Schüsse abbekommen und war zuerst am Rücken und dann an der Hüfte operiert worden. In einer dritten OP war die Kugel entfernt worden, die seine Gallenblase getroffen hatte. Die nachfolgende Infektion hatte die Ärzte gezwungen, ihn in ein künstliches Koma zu versetzen. Er sollte in dasselbe Krankenhaus geflogen werden, aber erst morgen.

»Es ist noch unklar, wie seine Diagnose auf lange Sicht aussieht«, hatte Mrs Drake gesagt. »Aber sein Zustand ist schon stabiler. Die Ärzte haben Miranda gesagt, dass es eine ganze Weile um Leben und Tod ging.«

Leben und Tod. Jeder Soldat wanderte auf diesem schmalen Grat. Connor und Weston waren auf der Seite des Lebens heruntergefallen. Sam Bradbury auf der anderen.

»Hey«, sagte Ruby und stieß mich an. »Es geht ihnen bestimmt gut. Sonst hätte man nicht erlaubt, dass sie aus Deutschland ausgeflogen werden.«

»Das sage ich mir auch ständig, aber ich habe trotzdem Angst.«

»Ich auch.«

Wir gingen durch den Empfangsbereich des Krankenhauses. Das schwere angsterfüllte Pochen meines Herzens wurde zu einem hektischen Flattern. Im Fahrstuhl nahm Ruby meine Hand. Ich drückte ihre dankbar und ließ sie nicht los.

Connor hatte ein Zimmer im vierten Stock. Im privaten Wartebereich saß Senatorin Victoria Drake in einem tadellosen beigen Hosenanzug und sprach abwechselnd in ihr Telefon und mit ihrem Team. Mr Drake ging mit düsterer Miene in der Nähe auf und ab.

»Ich rufe Sie zurück«, sagte Mrs Drake ins Telefon, als sie mich sah. Sie kam uns mit ausgebreiteten Armen entgegen und umarmte uns nacheinander. »Autumn. Ruby. Ich freue mich so, Sie zu sehen.«

»Wie geht es ihm?«, fragte ich.

Mr Drake trat zu uns. »Es geht ihm gut«, sagte er, als wollte er die Worte zwingen, wahr zu sein. Als könnte er nichts anderes akzeptieren. »Er wird gerade untersucht, ob er fit genug ist, um in den Kampf zurückzukehren.«

Ich riss die Augen auf. »Er muss vielleicht zurück?«

»Wahrscheinlich nicht«, sagte Mrs Drake. »Man hat seine Tauglichkeit schon letzte Woche in Deutschland geprüft, und sie haben ihn hierhergeschickt. Das heißt wohl, dass er nicht so schnell zu seiner Einheit zurückkehrt. Gott sei Dank.«

»Wie geht es seinem Arm?«, fragte ich.

»Sein Ellbogen ist durch ein Titangelenk ersetzt worden, und man ist optimistisch, dass er die volle Beweglichkeit zurückerhält. Es sind die Kopfverletzungen, die den Ärzten Sorgen machen.«

Mr Drake strich das Jackett seines Anzugs glatt. »Er hat Aussetzer und Kopfschmerzen. Angstschübe und andere Anzeichen ... einer psychischen Störung.« Er presste die Worte zwischen den Zähnen hervor und zog eine Grimasse, als hätten sie einen schlechten Beigeschmack.

»PTBS?«, fragte ich.

»Ich bin kein Arzt«, fuhr er mich an.

Victoria berührte seinen Arm. »Wahrscheinlich.«

»Er erholt sich nach einer gefährlichen Situation«, sagte ihr Mann und wich kaum merklich vor ihrer Berührung zurück. »Jeder ist emotional angeschlagen, wenn er aus einem Kriegsgebiet nach Hause kommt. Das heißt noch lange nicht, dass es etwas Bleibendes ist.« Sein Telefon klingelte, und mit einem knappen »Entschuldigung« trat er beiseite und nahm den Anruf an.

»*Will* Connor denn zurück?«, fragte ich sanft.

Seufzend nickte Mrs Drake. »Die Ärzte haben gesagt, dass Soldaten, die im Einsatz ein Trauma erlitten haben, oft unbedingt zu ihrer Einheit zurückkehren wollen. Es wäre eine Pflichtverletzung, es nicht zu tun. Sie lassen ihre Kameraden im Stich, die sich noch in Gefahr befinden.«

»Überlebensschuld«, sagte Ruby.

»Genau.« Mrs Drakes Miene war erleichtert und zugleich besorgt, als sie die Stimme senkte. »Connor will unbedingt zurück, aber die Ärzte sagen, er wird wahrscheinlich ehrenhaft entlassen werden.«

Ich seufzte, dann atmete ich tief ein. »Und wie geht es Weston?«

Mrs Drakes Mund wurde schmal, und sie wandte den Blick ab. »Sein Flug kommt morgen an. Dann wird entschieden, ob er stabil genug ist, um ihn aus dem Koma zu holen.«

»Er wurde in den Rücken getroffen …?«

Sie hob eine Hand, um mich zu unterbrechen. »Es ist zu früh, um sagen zu können, was auf ihn zukommt, und ich bin keine direkte Verwandte«, sagte Mrs Drake und klang dabei fast aggressiv. Dann zwang sie sich zu einem Lächeln. Sie deutete mit dem Kopf auf Connors geschlossene Zimmertür. »Eins nach dem anderen. Wenn Connors Tauglichkeitsprüfung vorüber ist, wird er Sie sehen wollen.«

»Natürlich. Ich will ihn auch sehen.«

So sehr. All die Unsicherheit und die Zweifel, die ich empfunden hatte, seit sie im Ausland stationiert worden waren, verblassten in diesem Augenblick. Sie lebten, beide lebten. Das war alles, was zählte.

»Wenn Sie mich entschuldigen.« Mrs Drake holte ihr Handy hervor und ging zu ihrem Team, das auf der anderen Seite des Warteraums stand.

Ruby sank auf eins der kleinen Sofas. »Connors Dad klang wie bei einer Pressekonferenz«, sagte sie leise. »Als wäre Connors psychische Verfassung ein Skandal.«

»Nur ein weiteres Beispiel für die Erziehung der Drakes«, sagte ich und sackte auf den Platz neben ihr. »Nichts, was Connor tut, ist jemals gut genug. Nicht einmal, im Kampf verwundet zu werden.«

Ich lehnte den Kopf an Rubys Schulter.

»Alles wird gut«, sagte sie und rieb ihre Schläfe an meinem Haar. »Einfach ein- und ausatmen.«

Die Tür zu Connors Zimmer öffnete sich. Zwei Ärzte und ein Offizier der Army kamen heraus. Alle drei sahen grimmig aus. Mr und Mrs Drake gingen zu ihnen. Ich spitzte die Ohren, bekam aber nur Bruchstücke des Gesprächs mit.

»Beide Untersuchungen deuten auf posttraumatischen Stress …«

»Dr. Lange in Deutschland hat dasselbe geraten …«

»… Empfehlung für eine ehrenhafte Entlassung …«

Ruby und ich tauschten einen Blick und ließen, erleichtert seufzend, die Schultern sinken. Die Ärzte gingen nach ein paar Minuten. Die Drakes unterhielten sich angespannt und zischend. Dann verließ Mr Drake mit unlesbarer Miene den Raum.

Ruby und ich standen auf und gingen zur Senatorin hinüber.

»Autumn, Sie können jetzt zu ihm«, sagte sie geistesabwesend.

Ruby legte ihr eine Hand auf den Arm. »Wollen Sie mit mir einen Kaffee trinken gehen, Victoria? Vielleicht sollten Sie etwas essen, während Auts Connor besucht?«

»Ja«, sagte Mrs Drake und seufzte. »Das ist eine gute Idee.«

Ruby warf mir ein sanftes Lächeln zu, als sie und Mrs Drake

sich auf den Weg in die Cafeteria machten. Ich holte tief Luft und klopfte an die Tür, die offen stand.

»Ja«, sagte er.

Das Zimmer roch nach Blumen und Desinfektionsmittel. Connor saß auf der Bettkante, trug eine eigene Pyjamahose und ein weißes T-Shirt mit V-Ausschnitt. Sein linker Arm befand sich in einer klobigen, kompliziert aussehenden Schiene aus schwarzem Plastik mit Gelenken und Klettverschlüssen. Dann sah ich sein Gesicht. Mein Herz zog sich zusammen wie eine sich ballende Faust, und ich blieb stehen, statt zu ihm zu laufen und ihm um den Hals zu fallen. Er sah ungepflegt aus, war nicht rasiert, tiefe Ringe umgaben seine grünen Augen. Keine Spur von dem Megawatt-Lächeln, das ich so liebte.

Er lebte und saß direkt vor mir, aber seine Miene war starr.

Der Krieg hat ihm sein Lächeln genommen.

Einen langen Moment sah er mich an. In seinem Blick lag Verwirrung, fast Misstrauen. Als könnte er nicht wirklich glauben, was seine Sinne ihm sagten; als wäre das Krankenhauszimmer mit allem darin nur ein Traum.

»Connor?«

Er regte sich. Ein Funke entzündete sich in seinen Augen. Seine Mundwinkel hoben sich zu einem winzigen Lächeln. Es war nicht viel, aber immerhin.

»Hey, Babe«, sagte er, die Stimme rau wie Wüstensand. »Komm her. Gott, bitte komm her …«

Er stand auf, und ich eilte zu ihm. Er legte den rechten Arm um mich, hielt mich, erdrückte mich fast. Ich legte mein Gesicht an seine Brust und atmete seinen Geruch ein, sog ihn in meine Lungen. Langsam strich ich über sein T-Shirt, spürte seinen breiten Rücken, die warme Haut, die kräftigen Muskeln. Erst ihn zu spüren überzeugte mein überfordertes Gehirn davon, dass er wirklich am Leben war.

»Babe«, sagte er sanft. Immer wieder, während ich keinen Ton herausbrachte. Ich konnte ihn nur berühren und denken: *Du bist hier. Bei mir. Du bist zurück ...* »Lass mich dich ansehen«, sagte er dann.

Ich löste mich von ihm und nahm sein Gesicht in meine Hände. Seine Haut hatte die tiefe Bräune, die man bekommt, wenn man einen Sonnenbrand nach dem anderen hat. Nur um die Augen, wo die Sonnenbrille ihn geschützt hatte, war er blasser. »Geht es dir gut?«

Ein kurzes Zucken seines Kopfes, halb Nicken, halb irgendwas. »Mir geht es besser, als die denken. Ich hab Kopfschmerzen, und es gibt Lücken in meiner Erinnerung. Aber das ist normal, nachdem man in die Luft geflogen ist, oder?« Sein Ausdruck bekam etwas Flehentliches. »Die hören mir nicht zu. Sie sagen, ich kann nicht zurück.«

Ich nickte und schluckte schwer. »Ich weiß.«

Gott sei Dank.

Er ließ sich ein wenig gegen mich sinken. Ein langer Seufzer, dann richtete er sich ruckartig auf. »Hast du es bekommen?«

»Was?«

»Ich habe dir etwas geschickt. Ein Notizbuch.«

»Wirklich? Gott, Connor, nachdem ich ewig nichts von dir gehört hatte ...«

»Hast du es jetzt bekommen oder nicht?«

Ich wich zurück. Sofort wurde sein Gesichtsausdruck wieder weich, er sah fast bedauernd aus. Ich hatte keine Erfahrung mit PTBS, sah aber deutlich, dass Connor seine wechselnden Gefühle nicht unter Kontrolle hatte. Sie hüpften herum wie die Kugel in einem Roulettekessel, und ich verlieh meiner Stimme eine ruhige Festigkeit, auf die er sich konzentrieren konnte.

»Nein, ich habe es nicht bekommen«, sagte ich. »Vielleicht ist es auf dem Weg aufgehalten worden oder verloren gegangen. Aber es macht nichts.« Ich legte die Arme um ihn. »Es macht nichts, Connor. Ich bin nur froh, dass du zurück bist …«

Connor versteifte sich in meinen Armen und schob mich sanft von sich weg. »Du hast kein Paket bekommen?«

»Nein, Connor. Habe ich nicht.«

Ich setzte mich auf die Kante seines Krankenhausbettes, während er langsam auf und ab ging und sich mit der Hand durchs Haar fuhr.

»Bist du sicher?«

»Ich bin sicher«, sagte ich sanft. »Wann hast du es abgeschickt?«

Er blieb stehen, griff sich mit zwei Fingern an die Nasenwurzel und verzog schmerzlich das Gesicht. »Gleich nach … nach der Explosion. Glaube ich. Ich … ich kann mich nicht erinnern. Scheiße. Es ist verloren vergangen. Ich habe es verloren, verdammt. Nichts kriege ich hin. Absolut gar nichts.«

»Hey«, sagte ich und stand auf. »Es ist okay. Komm her. Setz dich wieder hin. Es ist viel zu verarbeiten im Moment. Du bist noch dabei, das alles zu begreifen. Sei nicht so streng mit dir, okay?«

Er setzte sich, beugte sich vor, ließ den Kopf hängen. Ich rieb ihm den Rücken, und nach einem Moment sah er mich aus feuchten Augen an.

»Ich habe etwas Schlimmes getan«, sagte er heiser.

»Was …?«, fragte ich, dann schüttelte ich den Kopf. »Nein. Krieg ist … furchtbar. Du warst in einer schrecklichen Situation, und da passieren schreckliche Dinge. Du musst mir nichts erklären.«

»Nicht dort. Hier. Ich habe *dir* etwas angetan.«

Ich richtete mich auf. »Was meinst du damit?«

»Und Wes.« Sein breiter Rücken dehnte sich und fiel in sich zusammen wie ein Blasebalg, als er die Worte hervorpresste. »Ich habe sein Leben ruiniert. Wenn er überhaupt überlebt. Ich habe es ruiniert ...«

Schluchzer entfuhren ihm, und er bedeckte das Gesicht mit seiner gesunden Hand. Ich versuchte, ihn zu umarmen, aber sein bebender Körper war so groß und mächtig. Es war, als wollte man einen auseinanderbrechenden Felsblock zusammenhalten.

»Es ist nicht deine Schuld, Connor«, sagte ich. »Es ist nicht deine Schuld. Er hat sich verpflichtet ...«

»Nur meinetwegen«, sagte er und atmete stockend ein. »Er hat sich verpflichtet, weil ich es getan habe.« Er wischte sich die Tränen an seinem T-Shirt ab. »Ich muss hier raus.«

Er ging zur Tür und war schon zwei Schritte im Flur, ehe Krankenschwestern ihn wieder hineinbrachten. Mrs Drake und Ruby, beide mit Kaffeebechern in der Hand, kamen hinter ihnen herein.

»Ich muss hier raus, verdammt«, sagte Connor und ging im Zimmer auf und ab. »Zurück zu meiner Einheit. Sie brauchen mich. Und ich kann nicht hier sein, wenn Wes ... wenn er ...« Er hielt sich mit beiden Händen den Kopf. »Scheiße, diese Kopfschmerzen.«

»Immer mit der Ruhe«, sagte eine der Schwestern und führte Connor zum Bett zurück. »Noch ein Tag Ruhe und ein paar mehr Untersuchungen. Es heißt, dass Sie morgen entlassen werden.«

Ich stand auf, als Connor sich wieder hinlegte und den gesunden Arm über seine Augen legte.

»Und Wes kommt morgen an«, sagte Mrs Drake. »Es wird gut sein, ihn zu sehen, oder?«

»Gut, ihn zu sehen?« Connors bitteres Lachen klang gedämpft unter seinem Ellbogen. »Lieber wäre ich woanders. Zurück in Syrien, verfluchte Scheiße.«

»Das meinst du nicht …«

Die Senatorin verstummte. Als hätte er einen Schalter umgelegt, war ihr Sohn eingeschlafen.

»Was war das gerade?«, fragte ich.

»Es ist eine Überlebensstrategie«, sagte die Krankenschwester. »Soldaten im Kampf können schnell einschlafen – jederzeit und überall. Lassen wir ihn ausruhen.« Die Schwester geleitete uns hinaus. »Dr. Mais will ohnehin mit Ihnen sprechen, Senatorin.«

Der behandelnde Arzt – ein kleiner dunkelhaariger Mann – traf uns im Wartebereich, und Mrs Drake ging sofort auf ihn los. »Sagen Sie mir die Wahrheit«, forderte sie. »Wie schlimm ist die Gehirnverletzung?«

»Die Gehirnerschütterung hat eine schwerwiegende Schwellung verursacht«, sagte Dr. Mais geduldig. »Während der Behandlung in Landstuhl ist sie so weit abgeklungen, dass man ihm die Erlaubnis erteilen konnte, nach Hause zu fliegen. Die Kopfschmerzen waren zu erwarten und werden mit der Zeit ebenfalls abklingen. Die Angst und die emotionale Labilität könnten eine Folge der Kopfverletzung sein, aber höchstwahrscheinlich ist der Grund dafür der posttraumatische Stress, wie wir besprochen haben.«

»Was ist mit den Blackouts? Ihm fehlen manchmal kurze Momente. Und gerade eben ist er innerhalb von Sekunden eingeschlafen. Mir ist egal, ob es eine Überlebensstrategie ist. Er war einfach plötzlich weg.«

»Senatorin Drake«, sagte der Arzt. »Ich arbeite seit vierzig Jahren in diesem Krankenhaus, und Tausende Soldaten sind durch meine Hände gegangen. Ich erkenne eine PTBS, wenn ich sie sehe, und ich bin mir sicher, dass die neurologische Untersuchung das bestätigen wird.«

Mrs Drake biss sich unsicher auf die Lippe, und Dr. Mais legte ihr die Hand auf die Schulter.

»Sehen Sie es so«, sagte er. »Der Arm Ihres Sohns wurde verwundet, und wir haben ihn in mehreren Operationen mit einem Titangelenk und einer Schiene versorgt. Es ist eine Kriegsverletzung. Sie müssen das emotionale Trauma ganz genauso sehen. Ergibt das Sinn für Sie?«

»Ja.« Sie nickte und richtete sich ein wenig auf. »Ja, das tut es. Ich bin nur so besorgt.«

»Natürlich sind Sie das.«

»Und mein Mann ... Ich fürchte, er sieht ein emotionales Trauma nicht auf diese Weise.«

»Eine Posttraumatische Belastungsstörung verdient genau wie eine Schussverletzung versorgt und behandelt zu werden, und sie sollte ebenso wenig mit Vorurteilen oder Scham behaftet sein. Es ist wichtig, dass Ihr Mann das versteht.«

Mrs Drake nickte, und ich konnte zusehen, wie sie sich wieder in Senatorin Drake verwandelte. »Das wird er. Ich kümmere mich darum. Was auch immer Connor braucht, er wird es bekommen. Ich sorge für die beste Behandlung.«

»Da bin ich mir sicher.« Mit einem letzten Lächeln entschuldigte sich der Arzt.

»Ich muss mich hinlegen«, sagte Mrs Drake. »Ich habe Zimmer im Sheraton gegenüber reserviert. Sie beide checken einfach unter meinem Namen ein. Es ist für alles gesorgt.«

»Danke, Mrs Drake«, sagte ich.

»Ich gehe mit Ihnen rüber«, sagte Ruby, dann sah sie mich an. »Oder brauchst du mich?«

»Nein, geh nur«, sagte ich. »Ich bleibe noch ein wenig, mache ein paar Anrufe.«

Ich muss allein sein.

Ruby gab mir einen Kuss auf die Wange. »Bleib nicht zu lange. Du siehst fertig aus.«

Die Senatorin umarmte mich steif mit einem Arm. »Gute Nacht, Autumn.«

Ich musste nur einen einzigen Anruf tätigen, mich bei Edmond de Guiche melden, meinem Chef in der Bäckerei, in der ich seit vier Jahren arbeitete. Es war spät, lange nach Ladenschluss, und mein Anruf ging auf die Mailbox. Vor dem Piepton bekam ich eine von Edmonds Opernarien zu hören. Ich hinterließ ihm eine Nachricht, dass ich ein paar Tage später anfangen würde.

Ich wollte wieder zu Connor gehen, mich zu ihm aufs Bett legen und ihm sagen, dass es in Ordnung war, die Kontrolle zu verlieren. Ihm sagen, dass er alles richtig gemacht hatte, dass es nicht seine Schuld war – all das, was seine Eltern ihm eigentlich sagen müssten. Aber es fühlte sich nicht richtig an.

Ich habe etwas Schlimmes getan.

»Ich auch«, sagte ich.

Ich musste reinen Tisch machen und ihm erzählen, was zwischen mir und Weston passiert war. Keine Geheimnisse mehr zwischen uns dreien. Aber ich konnte mich nicht aufraffen, wieder in Connors Zimmer zu gehen. Stattdessen machte ich es mir auf dem Sofa im Wartebereich bequem und schlief ein.

Gefühlte Minuten später wurde ich sanft wachgerüttelt. Ich öffnete blinzelnd die Augen, und Tageslicht fiel durch die Fenster. Ruby stand über mir.

»Hey«, sagte sie und hockte sich hin. »Wes ist hier.«

3

Autumn

Die Weston zugeteilte Sozialarbeiterin war eine blonde junge Frau mit sanfter Stimme namens Ellen. Sie brachte die Drakes, Ruby und mich nach unten auf die Intensivstation. Connor folgte uns. Er sah aus wie ein Mann, den man zum elektrischen Stuhl führte.

»Wes bekommt ein Bett auf der Intensivstation«, sagte Ellen und führte uns in einen Wartebereich vor einer Doppeltür. »Die Ärzte sagen, er ist stabil, die Vitalzeichen sehen gut aus. Sie hoffen, ihn morgen aus dem Koma zu wecken.«

»Vielen Dank«, sagte Mrs Drake. Sie sah ihren Sohn an, der etwas abseits und vorgebeugt dasaß. Sein linker Arm ruhte auf dem Oberschenkel, seine rechte Hand bedeckte seine Augen. Mit seinem ganzen Verhalten schien er darum zu betteln, allein gelassen zu werden. Die gekrümmte Körperhaltung machte deutlich, dass er lieber woanders wäre.

Schuldgefühle hielten den Raum im Schwitzkasten, pressten langsam den Sauerstoff aus ihm heraus. Erstickten Connor. Mich. Mrs Drake, deren Mann sie in dieser Krise allein gelassen hatte. Es war ein Wunder, dass Ruby, die Einzige mit reinem Gewissen, noch atmen konnte.

»Und wieder soll ich warten. Mehr sagt man mir nicht. Antworten, die keine sind, und ›Bitte warten Sie‹. Ich habe die Warterei *satt*.«

Westons Mutter stürmte in den Wartebereich. Miranda Turner trug enge Jeans und ein lila-weißes Amherst-Sweatshirt. Kein Make-up, keinen Schmuck. Das blondierte Haar war zu einem unordentlichen Pferdeschwanz zusammengebunden. Paul Winfield, der Mann, mit dem sie seit fast einem Jahr zusammen war, hatte ihr den Arm um die Schultern gelegt.

»Miranda«, sagte Mrs Drake und stand auf.

Miranda brach in Tränen aus. »Oh, Victoria«, klagte sie und umarmte die Senatorin. »Was haben die mit meinem Jungen gemacht?«

»Ich weiß. Versuchen Sie, ruhig zu bleiben«, sagte Mrs Drake, die sie jetzt auf Armeslänge von sich hielt. »Wir müssen stark sein für Wes.«

Miranda entdeckte Connor und musste wieder weinen.

»Oh, mein Lieber.« Sie umarmte ihn, wobei sie auf seinen Arm achtete; dann nahm sie sein Gesicht in die Hände. »Sieh dich nur an. Was ist mit meinen Jungs passiert? Dein Lächeln ist verschwunden, mein Wes ist völlig zusammengeschossen, und die sagen mir *gar nichts*.«

Mit starrer Miene befreite Connor sich aus Mirandas Griff. Sie war zu sehr in ihrem Drama gefangen, um es zu bemerken, und ging in dem kleinen Raum auf und ab.

»Wir wollten doch ruhig bleiben, weißt du noch?«, sagte Paul. Er bot Connor die Hand. »Ich bin froh, dass Sie zurück sind, Soldat. Und danke für Ihren Dienst.«

Connor setzte sich ein wenig aufrechter hin. Stolz zeigte sich auf seinem Gesicht. »Danke«, sagte er schroff und schüttelte Paul die Hand. Es waren die ersten Worte, seit er sein Zimmer verlassen hatte, und ich liebte Paul ein bisschen in diesem Moment.

Ich ging zu Miranda. »Hallo Mrs Turner. Es tut mir so leid.«

»Oh, Schätzchen. Mir auch«, sagte sie und umarmte mich.

»Hallo Ruby«, sagte sie über meine Schulter. »Was für eine Katastrophe! Mein armer Junge. Dreimal haben sie ihn schon in Deutschland operiert. Drei Mal. Und danach versetzen sie ihn in ein Koma?«

»Es ist zu seiner eigenen Sicherheit, Miranda«, sagte Paul. »Damit er stabil bleibt.«

»Und wo ist er jetzt? Was passiert jetzt?«

»Er bekommt ein Bett auf der Intensivstation«, sagte Mrs Drake. »Wir werden bald zu ihm können.«

»Das sagen sie die ganze Zeit und mehr nicht.« Miranda wandte sich mit feuchten Augen Connor zu. »Was ist da passiert?«

Mrs Drake stellte sich vor ihren Sohn.

»Ich denke, wir sollten uns jetzt ganz auf Wes konzentrieren«, sagte sie. »Connor weiß auch nicht mehr als das, was man Ihnen gesagt hat.«

»Er war mit Wes auf dem Schlachtfeld«, sagte sie. »Er war mit ihm in Deutschland. Was ist passiert, Schatz?«

Es lag kein Vorwurf in Mirandas Stimme, aber Connor zuckte bei jedem Wort zusammen. In seiner Miene zeigte sich Entsetzen und dann echter Schmerz. Sein Blick war auf etwas jenseits des Wartezimmers gerichtet.

»Sie haben eine Handgranate geworfen«, sagte er. »Ich habe den kleinen Jungen nicht erreicht. Konnte ihn nicht retten. Wes ist losgerannt, um mich zu retten. Er hat mich gedeckt. Es ist meine Schuld ...«

»*Das reicht*«, sagte Mrs Drake. Wütend sah sie Miranda an, und ihre Lippen zitterten.

Mirandas Augen weiteten sich, und sie trat einen Schritt zurück. »Ist ja gut, ist ja gut, Sie haben ja recht. Dies ist nicht der richtige Moment. Ich habe nur Angst, okay? Ich habe solche Angst.«

Sie brach in Tränen aus. Paul legte den Arm um sie und führte sie zu einem Stuhl.

»Das weiß ich doch«, sagte Mrs Drake und stieß die Luft aus. Sie setzte sich und schlug die Beine übereinander. »Wir werden ihn bald sehen, und die Ärzte werden alle Ihre Fragen beantworten.«

»Das sagen sie schon seit Tagen«, murmelte Miranda.

Jetzt kam Ellen zurück. »Es dauert nicht mehr lange.«

»Wie lange ist nicht mehr lange?«, fragte Paul sanft.

»Etwa eine Stunde.« Sie sah sich im Raum um und entdeckte Connor. »Kann ich Ihnen etwas holen? Wasser oder Kaffee?«

Mrs Drake beugte sich vor. »Connor, Schatz?«

Aber Connor hatte sich wieder vorgebeugt und hielt den Kopf in der Hand.

Mrs Drake setzte sich auf. »Nein danke, Ellen.«

In Krankenhäusern wird die Zeit anscheinend anders gemessen als in der Welt draußen. Eine Stunde wurde zu dreien, und endlich trat ein Arzt in den Wartebereich – Ende dreißig, freundliches Gesicht, hellbraunes Haar und mindestens einen Meter neunzig groß. Er lächelte locker, aber sein Blick war aufmerksam und intelligent, und ihm entging nichts.

»Hallo, ich bin Dr. Kowalczyk«, sagte er. »Corporal Turners behandelnder Arzt auf der Intensivstation. Nennen Sie mich Dr. K.« Er sah zu Paul und Miranda. »Sind Sie die Eltern?«

»Ich bin Miranda, seine Mama«, sagte Miranda. »Paul ist mein Freund, aber *er* hätte Wes' Vater sein sollen, und nicht der feige Abschaum, den er stattdessen abgekriegt hat.«

Ihre Worte hatten weniger Biss als sonst, Dr. Ks ruhige, freundliche Art ließ ihren Zorn schmelzen. Mir war es ein Rätsel, wie ein Mann Kompetenz und zugleich solche Ruhe ausstrahlen konnte, aber Miranda beruhigte sich sofort, und auch ich fühlte mich erleichtert. Wenigstens hatte Weston einen guten Arzt.

Dr. K setzte sich auf den Stuhl neben Miranda und stützte die Arme auf die Oberschenkel.

»Ich weiß, es war alles sehr hektisch für Sie«, sagte er. »Nicht zu vergessen die Unsicherheit. Aber Corporal Turner ...«

»Wes«, sagte Miranda. »Sie können ihn Wes nennen.«

»Gut«, sagte Dr. K. »Wes' Vitalzeichen sehen gut aus, und wenn er über Nacht so stabil bleibt und keine Überraschungen passieren, werden wir morgen früh die Narkosemittel absetzen. Wenn er wieder bei Bewusstsein ist, können wir weitere Untersuchungen machen, um die Reichweite und Schwere seiner Verletzungen zu bestimmen. Okay?«

»Sein Rücken«, sagte Miranda. »Er wurde in den Rücken geschossen. Man hat mir gesagt, er ist in Deutschland an der Wirbelsäule operiert worden ...«

Der Rest der schrecklichen Frage hing in der Luft wie eine schwarze Wolke.

Dr. K legte die Fingerspitzen aneinander.

»Das stimmt. Das Team in Landstuhl hat eine Kugel entfernt, die eine Fraktur des dritten Lendenwirbels verursacht hat. Die Kugel hat das Rückenmark gequetscht, aber nicht durchtrennt. Durch die Schwellung und die Fraktur können wir relativ sicher sein, dass das Rückenmark beschädigt ist. Aber wir wissen noch nicht, in welchem Ausmaß.«

Rückenmark beschädigt. Die Worte trafen mich mitten ins Herz, und vor meinem geistigen Auge sah ich, wie Weston sich vor einem Rennen in einen Startblock hockte, die Startpistole abgefeuert wurde und er, statt loszulaufen, auf die Bahn stürzte ...

Ich zitterte. *Oh Gott, Weston ...*

»Ein Lendenwirbel?«, fragte Paul. »Das ist weit unten, oder?«

Dr. K nickte. »Ja, etwa hier.« Er zeigte etwa auf der Höhe der Taille auf seinen Rücken. »Aber, wie gesagt, wir können das Ausmaß der Schädigung erst ermessen, wenn wir Untersuchungen machen können, bei denen Wes mithilft. Im Moment konzentrieren wir uns darauf, ihn sicher aus dem Koma zu holen; dann sehen wir weiter. In der Zwischenzeit möchten Sie ihn sicher alle gern sehen, nicht wahr?«

»Ja, danke, Doktor«, sagte Miranda. »Es war so schwer.«

Dr. K tätschelte ihr die Schulter und betrachtete uns andere. »Sie sind alle Familie?«

»Sie gehören praktisch zur Familie«, sagte Miranda. »Alle.«

»Wir müssen es kurz und leise machen, aber Sie alle können ihn für ein paar Minuten sehen. Er steht noch unter Narkose, erwarten Sie also keine Reaktion von ihm. Wollen wir?«

Wir folgten Dr. K durch die Doppeltüren in den Flur der Intensivstation. Ich versuchte, an nichts zu denken, vor allem nicht an das, was er uns gerade gesagt hatte. Ich schwor mir, keine Panik zu bekommen bei dem Gedanken, was eine Rückenmarksschädigung für Weston bedeuten konnte.

An den Wänden der Intensivstation hingen amerikanische Flaggen und große gerahmte Fotos von denkwürdigen Momenten der Militärgeschichte. Menschen liefen geschäftig herum. Telefone klingelten. Wir gingen an Räumen mit Patienten vorbei, die an Maschinen angeschlossen waren. Medizinisches Personal kümmerte sich um sie, Familienmitglieder saßen daneben. Ich blickte geradeaus, um ihre Privatsphäre nicht zu verletzen, aber mein Herz klopfte.

Es war wieder dieses Gefühl, als würden sie hier auf der Linie zwischen Leben und Tod balancieren, wie in Nebraska. Es war eine andere Art Front mit ebenso hohem Einsatz, und mir kam der Gedanke, dass die Menschen, die auf der Intensivstation arbeiteten, so mutig waren wie Soldaten.

Dr. K blieb vor Zimmer 220 stehen. »Und denken Sie dran: Schön ruhig bleiben«, sagte er und trat beiseite.

Ruby blieb zurück und nahm meine Hand. »Ich bin hier, okay? Geh rein zu ihm. Wenn du durchdrehen musst, ich bin hier.«

Ich nickte. »Ja, okay. Danke, Ruby.«

Das Bett stand mit dem Kopfende zum Eingang. Westons Füße zeigten zum Fenster. Zu seiner Linken befanden sich eine ganze Reihe von Infusionsschläuchen. Das Beatmungsgerät seufzte und piepte. Ein Monitor an der Wand zeigte Puls und Blutdruck und andere, auf und ab wandernde farbige Linien, die ich nicht zu deuten vermochte.

Miranda schlug sich die Hand vor den Mund. »Oh, mein Kleiner«, sagte sie. »Mein süßer Kleiner …«

Mein Herzschlag beschleunigte sich bei ihrer Reaktion, und meine Hände verkrampften sich an meinen Seiten.

Miranda, ich schwöre bei Gott … halten Sie den Mund, oder ich fange an zu schreien.

Paul führte Miranda um die Maschinen herum, um Platz für den Rest von uns zu machen. Connor warf Weston einen kurzen Blick zu, dann setzte er sich auf eine kleine gepolsterte Bank vor dem Fenster. Er presste den Mund zusammen und starrte durch die Scheibe.

Mrs Drakes Lippen waren ebenso fest zusammengepresst, als sie auf Weston hinabsah, und ich stellte mich neben sie.

»Ich finde, er sieht gut aus«, sagte Mrs Drake. »Oder nicht? Er hat es bis hierher geschafft …«

Sie verstummte und wandte sich ab.

Ich konnte nicht wegsehen. Jeder Schwur, stark und gleichmütig zu bleiben, löste sich in Luft auf, als ich Weston betrachtete. Sein Bett war leicht schräg gestellt, sodass der Kopf etwas höher lag, und er war blass. Sein früher glänzendes blondes Haar wirkte matt und brüchig. Schläuche kamen aus beiden Armen und dem Bauch. Ein Beatmungsschlauch war mit Klebeband an seinem Mund befestigt und verzerrte seine Lippen zu einer Grimasse. Seine Augen – *seine Ozeanaugen* – waren geschlossen. Er lag völlig reglos da. Nur seine Brust hob und senkte sich durch den Druck des Beatmungsgeräts.

Ich holte tief Luft und berührte seine Hand. »Hi Weston«, flüsterte ich ruhig und leise. Dann sank ich auf den Stuhl neben seinem Bett.

Das kleine Zimmer wurde so still wie Weston selbst. Niemand sprach. Nicht, dass es etwas zu sagen gegeben hätte. Miranda weinte an Pauls Schulter. Connors Blick blieb fest aus dem Fenster gerichtet.

»Wir sollten ihn ausruhen lassen«, sagte Mrs Drake schließlich. »Und selbst ein bisschen Schlaf bekommen. Morgen wird ein großer Tag.«

Miranda beugte sich vor und küsste ihren Sohn auf die Wange. »Du wirst wieder gesund, Kleiner. Ganz bestimmt. Das musst du.«

Sie und Paul gingen hinaus. Mrs Drake folgte ihnen.

»Kommen Sie, meine Liebe?«, fragte sie mich.

»Gleich«, sagte ich. Plötzlich war mir der Gedanke unerträglich, dass Weston hier allein liegen blieb.

»Connor?«

Langsam drehte Connor den Kopf um. Er sah seine Mutter an und dann endlich Weston. »Noch nicht«, sagte er.

Leise schloss sich die Tür, und wir drei waren allein. Dann fügte Connor hinzu: »Ich muss mich verabschieden.«

4

Autumn

Mein Kopf fuhr herum. »Was?«

Connors düsterer Blick ruhte auf Weston. »Ich habe ihm das angetan«, sagte er und schüttelte den Kopf. »Er ist meinetwegen hier.«

»Connor, es ist nicht deine Schuld.«

»Er hat sich meinetwegen zur Army gemeldet. Er hat sich gemeldet, um mich zu beschützen, und genau das hat er getan. Er ist mir nachgerannt, als ich versucht habe, das Kind zu retten. Wes hat gewusst, dass es dafür zu spät war. Ich wusste es auch. Aber ich musste etwas tun. *Verantwortung zeigen.* Bradbury war tot. Ihn konnte ich nicht mehr retten. Also versuchte ich es mit dem Kind.«

Tränen traten ihm in die Augen, er drehte sich wieder zum Fenster, und seine rechte Hand strich geistesabwesend über die schwere Schiene an seinem linken Ellbogen.

»Es war aussichtslos, aber ich bin nicht stehen geblieben. Ich bin weiter gerannt, und Wes kam mir hinterher. Gott, konnte der Mann rennen! Und er hat es geschafft. Fünfzig Kilo Ausrüstung auf dem Rücken, und ich hatte fünf Sekunden Vorsprung, und *trotzdem* hat er mich erwischt. Und das Kind ist gestorben, weil es sowieso sterben musste. Ich konnte es nicht mehr retten, aber Wes hat mich gerettet. Er hat mich gerammt und mich von der Explosion weggerissen. Hat sich auf mich geworfen und die Schüsse abbekommen. Deshalb stehe ich hier, und er liegt da ...«

Abrupt beugte er sich vor. Schluchzer ließen seine Schultern erbeben. Mit von Tränen verschleierten Augen stand ich auf und legte die Arme um ihn.

»Es tut mir leid«, sagte ich in sein Haar. »Es tut mir so leid.«

»Es tut dir leid?« Halb schluchzte, halb brüllte er das Wort.

»Was du durchgemacht hast ...«

»Was soll *ich* schon durchgemacht haben? Du hast keine verfluchte Ahnung, Autumn. Ich war dabei. In Syrien und in Deutschland im Krankenhaus. Ich hab gesehen, was sie mit ihm gemacht haben. Ich hab seine zertrümmerte Hüfte gesehen und das Blut, das in Strömen aus seinem Bein kam. Ich hab die Wunde in seinem Rücken gesehen, und ich weiß Bescheid. Ich weiß genau, was Dr. K über das *Ausmaß seiner Verletzungen* verschweigt, und kann dir auch gleich sagen, dass Wes nie wieder laufen wird.«

Das Blut rauschte in meinen Ohren, als ich von der Bank vorm Fenster zurücktrat. Ich stieß mit den Kniekehlen an den Stuhl neben dem Bett und setzte mich. Das kalte Prickeln breitete sich, von meiner Brust ausgehend, in meinem ganzen Körper aus und nahm mir den Atem. Meine Augen wurden starr. Ohne zu blinzeln, erinnerte ich mich, wie Weston gelaufen war.

Gott, konnte der Mann rennen!

Er überwand alle Hürden in seinem perfekten Drei-Schritt-Rhythmus schneller, als ich zählen konnte. Sein Sprung war von katzenhafter Anmut, ein Bein ausgestreckt, das andere unter den Körper gezogen. Schlanke Muskeln bewegten sich unter gebräunter Haut. Dann sah ich ihn beim Staffellauf, wie er sich nach der Stabübergabe von den gegnerischen Läufern entfernte. Niemand hatte auch nur eine Chance, ihn einzuholen. Er war zu schnell. Schneller als jeder andere.

Fünfzig Kilo Ausrüstung auf dem Rücken, und ich hatte fünf Sekunden Vorsprung, und trotzdem hat er mich erwischt.

»Nein«, flüsterte ich und griff nach Westons Hand. Statt seiner Kraft und Geschwindigkeit spürte ich nur Schwäche und Leblosigkeit. Fest schüttelte ich den Kopf. »Sag das nicht, Connor. Wir wissen nicht …«

»*Ich* weiß es«, sagte Connor mit brüchiger Stimme. »Ich weiß es. Ich habe die Ärzte in Deutschland gehört. Er wird nicht wieder aus diesem Bett aufstehen. Er wird nicht gehen und nie wieder ein Rennen laufen. Nie wieder …«

Ich konnte nicht aufhören, den Kopf zu schütteln. »*Nein.* Das weißt du nicht. Sie haben ihn in ein Koma versetzt, um ihn zu stabilisieren. Sie müssen Tests machen. Sie wissen gar nichts, bevor sie ihn nicht wecken.«

»Ich weiß, was ich gehört habe. Was ich gesehen habe. Was ich verschuldet habe.« Connor ließ den Kopf sinken. »Er ist am Ende, Autumn. Er ist verdammt noch mal am Ende.«

»*Sag* das nicht«, rief ich und packte Westons Hand fester. »Er ist nicht am Ende. Egal, was als Nächstes kommt, er ist nicht am Ende.«

»Gut, dann eben *ich*. Ich bin am Ende.« Connor stand auf und fuhr sich mit dem Handrücken über die Augen. »Und wir. Wir sind auch am Ende.«

Der Schreck und das schlechte Gewissen durchfuhren mich wie ein elektrischer Schlag, und abrupt ließ ich Westons Hand los, als Connor aufstand und zur Tür ging.

»Warte. Du *gehst?*«

»Ich fliege zurück nach Boston.«

Ich sprang vom Stuhl auf und stellte mich ihm in den Weg. »Was soll das? Du kannst Weston jetzt nicht allein lassen.«

»Ich kann nicht bleiben und ihn so sehen.«

»Aber … Connor«, flüsterte ich. »Er ist dein bester Freund.«

»Ja, und du siehst ja, was ich ihm angetan habe.« Er blickte auf Weston hinunter, und ein Muskel zuckte an seinem Kiefer. »Ich kann hier nicht bleiben«, sagte er mit zusammengebissenen Zähnen. »Ich fliege nach Hause.«

Er wollte einen Schritt vorwärts machen, aber ich hielt ihn auf.

»Und was ist mit uns?«

»Gott, Autumn. Es gibt kein ›uns‹. Hat es nie gegeben.«

Die Worte trafen mich wie eine Ohrfeige. »Was bitte soll das bedeuten?« Obwohl ich genau wusste, was er meinte.

Keine Geheimnisse mehr.

Ich nahm die Schultern zurück. »Weston hat es dir gesagt, oder?«

»Was soll er mir gesagt haben?«

»Was in der Nacht vor eurem Einsatz passiert ist.«

Connor runzelte die Stirn. »Ich weiß nicht, was du meinst. Ich war total dicht in der Nacht.« Sein Mund verzog sich zu einem höhnischen Grinsen. »Warum? Hab ich da auch irgendwelchen Scheiß gebaut?«

»Nein, ich …« Mein Mund war trocken. »Hör zu, vielleicht ist dies nicht der beste Zeitpunkt, um es dir zu sagen. Alles ist so schrecklich und verwirrend. Aber ich kann die Geheimnisse nicht mehr ertragen. Weston und ich haben uns geküsst. In der Nacht, bevor ihr abgeholt wurdet.« Ich holte Luft und zwang auch den Rest heraus. »Es war mehr als nur ein Kuss. Wir haben nicht miteinander geschlafen, aber …«

Connor sah mich einen Moment lang an, seine Miene unlesbar. Er schaute zu Weston, wieder zu mir, und dann drang ein raues, freudloses Lachen aus seiner Brust. »Gott im Himmel«, sagte er, den Blick zur Decke gerichtet.

»Es tut mir leid«, sagte ich. »Es tut mir so leid, Connor. Ich war betrunken und hatte solche Angst um euch beide. Das ist keine Entschuldigung. Aber es ist passiert, und ich übernehme die volle Verantwortung für das, was ich getan habe ...« Ich verstummte, als ich seinen wütenden Blick sah. »Er hat es dir wirklich nicht erzählt?«

»Einen Scheiß hat er mir erzählt.«

»Ich dachte, deshalb bist du so wütend auf mich.«

»Wütend auf dich?« Er schüttelte den Kopf. »Du kapierst es nicht, Autumn. Wes und ich ...«

»Was?«

Er sah mich aus seinen düsteren grünen Augen an, wog tausend Gedanken ab. »Nichts. Es ist nicht mehr meine Sache. Und wie sich herausstellt, war es das auch nie. War *ich* das nie. Aber ich hab dich zu meiner Sache gemacht, und das tut mir wirklich leid, Autumn.«

»Was meinst du damit?«

»Es ist vorbei«, sagte Connor. »Und es ist das Beste so. Du kannst es noch nicht sehen, aber das wirst du. Bald.«

Er ging zur Tür.

»Warte«, sagte ich. »Connor, bitte tu das nicht.«

Er blieb stehen, die Hand auf der Klinke. »Ich gehe«, sagte er. »Bleib du bei ihm.«

»Bitte ...«

»Bleib bei ihm. Und halt seine Hand, Autumn. Egal, was passiert. Lass ihn nicht allein.«

Er verließ den Raum, ohne sich noch einmal umzudrehen.

5

Autumn

»Propofol abgesetzt um 9:03 Uhr«, sagte der Anästhesist, den Blick auf die Digitaluhr an der Wand gerichtet.

Ich saß auf einer Seite neben Westons Bett, Miranda und Paul auf der anderen, Ruby auf der Bank vorm Fenster. Alle Augen klebten an den roten Zahlen der Uhr, und als sie auf 9:04 umsprangen, warf Miranda Dr. Kowalczyk einen vorwurfsvollen Blick zu.

»Er wacht nicht auf. Sie haben gesagt, er wacht auf, sobald er dieses Medikament nicht mehr bekommt.«

Dr. K lächelte geduldig, während er das Stethoskop nahm, das um seinen Hals hing, und sich die Ohroliven einsetzte. Er beugte sich über Westons reglosen Körper, platzierte das Bruststück über dem Herzen und lauschte. Einen Moment lang herrschte angespannte Stille, bis auf das regelmäßige Pumpen des Beatmungsgeräts.

Dr. K beugte sich weiter vor. »Hallo Wes«, sagte er laut. »Können Sie mich hören? Können Sie die Augen für mich öffnen, Wes?«

Nichts.

»Und?« Mirandas Augen waren geweitet, und sie rang die Hände.

»Es braucht seine Zeit«, sagte Dr. K milde, richtete sich auf und hängte sich das Stethoskop wieder um den Hals. »Es kann ein paar Minuten oder zweiundsiebzig Stunden dauern. Da er für fast eine Woche sediert und seit dem ursprünglichen Vorfall in Syrien bewusstlos war, dauert es wahrscheinlich eher länger. Und es könnte negative Reaktionen geben.«

»Als da wären?«, fragte Paul.

»Wes könnte Aufregung, Angst und sogar Aggressionen verspüren, wenn er aufwacht. Das ist völlig normal, aber Sie sollten darauf vorbereitet sein.«

Miranda deutete mit der Hand auf den Beatmungsschlauch, der noch in Westons Mund steckte. »Warum muss diese Maschine immer noch für ihn atmen? Ist das auch normal?«

»Ja. Erst wenn Wes aufgewacht ist, können wir entscheiden, ob er kräftig genug ist, um selbst zu atmen.«

Dr. K wechselte ein paar Worte mit dem Anästhesisten, der daraufhin nickte und den Raum verließ.

»Ich muss mich um einen anderen Patienten kümmern«, sagte Dr. K und deutete auf die Schwester. »Rhonda wird die nächsten zehn Stunden hier sein. Ich schlage vor, dass Sie einen Kaffee trinken oder etwas essen gehen. Oder machen Sie einen Spaziergang. Es könnte eine Weile dauern.«

»Ich gehe nirgendwohin«, sagte Miranda und gab damit meine eigenen Gedanken wieder.

»Gut. Ich bin bald zurück, um nach ihm zu sehen.«

Miranda nahm die Hand ihres Sohnes in ihre Hände. »Er wird jede Minute aufwachen. Nicht wahr, Baby? Wir sind alle hier und warten auf dich.« Sie senkte die Stimme. »Jedenfalls fast alle.«

»Nun, nun«, sagte Paul. »Connor muss auch gesund werden. Und Victoria muss bei ihm sein, so wie du bei Wes bist.«

»Gesund werden?«, rief Miranda. »Dies ist ein Krankenhaus, verflucht. Er kann nicht einmal bleiben und hier gesund werden, bis mein Junge aufwacht?« Tränen füllten ihre Augen. »Wes wird seinen besten Freund brauchen. Er sollte hier sein.«

»Miranda, sie sind durch die Hölle gegangen«, sagte Paul. »Niemand von uns kann beurteilen, wie Connor leidet. Wir können ihn nicht zu etwas zwingen, wozu er nicht fähig ist.«

Miranda zuckte mit den Achseln und flüsterte: »Er hat ihn in diese Lage gebracht. Und er kann nicht bleiben und zusehen, wie er da wieder rauskommt?«

Mir drehte sich fast der Magen um, und Ruby hob die Augenbrauen und warf mir einen überraschten Blick zu.

»Das hier ist nicht Connors Schuld«, sagte Paul streng. »Niemand hat Schuld. So etwas passiert, wenn man sich verpflichtet, in den Krieg zu ziehen. Wes kannte das Risiko. Wir können nicht zurück, wir können nur vorwärts gehen.« Sein Ton wurde sanft. »Du wirst dich nicht besser fühlen, wenn du Connor die Schuld gibst, Schatz.«

Miranda schniefte, antwortete jedoch nicht.

Eine unerträgliche Stunde verging. Dann zwei. Weston zeigte keine Anzeichen, dass er aufwachen würde, und Ruby beugte sich zu mir.

»Komm, Auts. Du musst etwas essen. Oder wenigstens einen Kaffee trinken.«

»Ich sollte ihn nicht allein lassen«, sagte ich. *Connor hat mich gebeten, bei ihm zu bleiben. Und ich kann sowieso nicht anders.*

»Gehen Sie, Liebes«, sagte Paul. »Danach gehen Miranda und ich etwas essen. Es ist immer jemand hier.«

Ich hasste es, Weston allein zu lassen, aber seit die beängstigende E-Mail von der Army gekommen war und mich in diese Klinik in Baltimore befördert hatte, trieb ich ohne Halt in einem aufgewühlten Meer der Gefühle. Ruby war wie eine Insel in diesem Sturm, und mir wurde klar, dass ich ihr längst hätte erzählen müssen, was zwischen Weston und mir passiert war.

»Nur einen Kaffee«, sagte ich.

»Es ist so lieb von Ihnen, zu bleiben«, sagte Miranda. »Ich dachte, Sie würden auch mit Connor abreisen.«

»Ich … Weston ist mein Freund«, sagte ich.

Miranda lehnte sich auf dem Stuhl zurück. »Freut mich zu hören, dass jemand noch weiß, was das Wort bedeutet.«

Unten in der Cafeteria trank Ruby genau einen Schluck Kaffee, dann sagte sie: »Rede mit mir.«

»Worüber?«

»Warum *bist* du noch hier und nicht mit Connor in Boston?«

Ich holte Luft und sagte: »Er hat Schluss gemacht.«

Ruby setzte sich auf und sah mich mit großen Augen an. »Was? Gestern Abend? Ist er deshalb weg?«

»Zum Teil«, sagte ich. »Vor allem ist er weg, weil er wie Miranda glaubt, dass es seine Schuld ist, was mit Weston passiert ist.«

Ruby rollte die Unterlippe zwischen den Zähnen. »So ein Mist«, sagte sie. »Und dann reden noch alle darüber, dass Wes' Rückenmark verletzt ist.«

»Es könnte wirklich schlimm sein, Ruby«, sagte ich mit Tränen in der Stimme. »Connor glaubt das, und er sollte es wissen. Er war dabei, als Weston angeschossen wurde, und er war mit ihm im Krankenhaus in Deutschland.«

»Der arme Wes. Gott, war nicht sogar von seiner möglichen Olympia-Teilnahme die Rede? Verdammte Scheiße …«

Ich nickte elend, dann richtete ich mich auf. »Aber wir wissen es nicht sicher. Die Ärzte müssen noch mehr Tests machen. Ich sage mir ständig, dass ich abwarten muss, was sie sagen, und dann fällt mir wieder ein, dass Connor ja dabei war.«

Ruby schürzte nachdenklich die Lippen, dann nahm sie meine Hand. »Das mit dir und Connor tut mir leid. Ich weiß, dass es ein ständiges Auf und Ab war, aber ich hätte nie gedacht, dass er ausgerechnet jetzt Schluss machen würde.« Sie legte den Kopf schief und musterte mich. »Bist du sehr traurig?«

»Ich weiß nicht, was ich fühle. Ich liebe ihn. Oder habe ihn geliebt?« Ich fuhr mir mit der Hand durchs Haar. »Gott, es ist alles so verworren.«

»Trotz allem sollte er hier sein, für Wes«, sagte Ruby und schüttelte den Kopf. »Schuldgefühle hin oder her, ich kann nicht glauben, dass er einfach abgehauen ist.«

»Schuldgefühle sind vielleicht nicht der einzige Grund.« Ich blickte in meinen Kaffeebecher.

»Ach ja?«

Ich kniff die Augen zusammen und stieß hervor: »Ich habe Connor betrogen. Mit Weston.«

Als ich ein Auge einen Spalt öffnete, sah Ruby mich erschrocken an.

»Du ... wirklich? *Du?*« Sie beugte sich vor, klang erschüttert. »Du hast mit Wes gevögelt? Mit Connors bestem Freund? Wes?«

»Besten Dank, Ruby. Ich fühle mich schon beschissen genug. Wir haben uns nur geküsst, aber ...«

Ich erinnerte mich an Westons Körper auf meinem, an seine Küsse, seine Hüften, die sich an mir rieben, mein Kleid, das hochrutschte, seine Hand zwischen meinen Beinen und wie sehr ich ihn gewollt hatte ...

Ich blinzelte und schlang die Arme um mich, um die angenehmen Schauder zu unterdrücken, die sogar jetzt über meine Haut jagten. Sogar hier.

»Ich war betrunken, wir haben uns geküsst, und es hätte zu mehr geführt, aber er hat es unterbrochen«, sagte ich. »Ich will mich nicht rechtfertigen. Es war falsch, und Connor hat jedes Recht, mich deswegen zu hassen.« Ich sah meine beste Freundin an. »Hasst du mich deswegen?«

Ruby ließ ein Lachen hören und seufzte dann ungläubig. »Ach, Süße. Du hast ihn nur *geküsst?*«

»Ich habe Connor trotzdem betrogen, Ruby, und ich hätte sicher nicht aufgehört.«

Sie blies die Backen auf. »Ich bin wirklich schockiert. Du hast gesagt, du und Wes, ihr wärt befreundet. Ich hätte nicht gedacht, dass da mehr ist.«

Mehr. Das war das Wort. Da war mehr zwischen Weston und mir. Mehr Gefühle, die keinen Sinn ergaben, mehr Elektrizität, mehr Feuerwerk und mehr *Verlangen.* Reines, ungefiltertes Verlangen.

»Ich hätte es auch nicht gedacht, aber irgendwas hat in dieser Nacht klick gemacht«, sagte ich. »Etwas ist klar geworden, obwohl ich nicht einmal gewusst hatte, dass es unklar war.«

Ruby runzelte die Stirn. »Was meinst du damit?«

Ich drehte den Kaffeebecher in meiner Hand. »Ich weiß es nicht. Es war immer so merkwürdig mit Connor. Seine Briefe waren so sprachgewandt und gehaltvoll, und dann war da noch das Gedicht, aber wenn wir uns gesehen haben? Da war gar nichts. Oder kaum etwas. Ich hatte diesen schrecklichen Verdacht.«

»Was für einen Verdacht?«

Ich sah Ruby an. »Ich kann mir einfach nicht vorstellen, wie Connor an einem Schreibtisch sitzt und mir sein Herz ausschüttet.«

»Ich auch nicht«, sagte Ruby langsam. »Er scheint einfach nicht dafür gemacht.«

»Weston hingegen schon«, sagte ich. »Aber er kann ... er kann Connor doch nicht geholfen haben, oder? Wie hätte das überhaupt gehen sollen? Vielleicht hat er ihm geholfen, ein Gedicht zu schreiben, das kann ich mir noch vorstellen, aber die Briefe? All diese Briefe ...«

All diese wunderschönen Worte und die Gefühle, die dahinter Gestalt annahmen.

Ein kalter Schauer lief mir den Rücken hinunter. »Ich kann mir nicht vorstellen, dass sie mir so etwas antun würden. Mich und meine Gefühle so manipulieren würden.« Ich senkte meine zitternde Stimme. »Ich habe mit Connor geschlafen, weil er durch seine Worte bestimmte Gefühle in mir geweckt hat. Ich habe ihm meinen Körper gegeben und dann mein Herz. Wenn es nicht echt war ... wenn es nur ein dummer *Streich* war ...«

Ruby schüttelte den Kopf. »Und so lange damit weiterzumachen. Während dieses verdammten Krieges.«

»Es macht mich krank, überhaupt darüber nachzudenken. Aber dieser körperliche Draht zu Weston fühlte sich so ... unausweichlich an.«

»Tequila kann einer Frau so was antun.« Ruby zuckte mit den Achseln. »Aber ernsthaft. Vielleicht findet Wes dich gut. Mehr als gut. Vielleicht hat er das Reden übernommen, und Connor hat die Belohnung eingeheimst.«

»Aber das ist so *scheißgemein*«, sagte ich und dämpfte die Stimme, als eine ältere Frau am Nebentisch mir einen Blick zuwarf. »Weston mag mich so sehr, dass er dafür sorgt, dass ich mit seinem besten Freund schlafe?« Ich schüttelte den Kopf. »Das kriege ich nicht in mein Hirn, und mein Herz versteht es auch nicht. Ich kann beim besten Willen nicht glauben, dass Weston so etwas tun würde. Oder dass Connor es ausnutzen würde. Es kann einfach nicht sein.«

Ruby nickte heftig. »Du hast recht. Es wäre verdammt scheißgemein. Aber wenn da auch nur das Geringste dran ist, musst du sie fragen. Ende.«

»Connor wird nicht einmal mit mir reden«, sagte ich. »Das ist alles so demütigend.«

»Ist er deshalb abgereist?«

Ich schüttelte den Kopf. »Nein. Das hat er wenigstens behauptet, aber eigentlich weiß ich es nicht so genau. Es geht ihm nicht gut. Er kommt gerade aus einem Kriegsgebiet, wurde operiert und wird jetzt aus der Army entlassen.« Ich seufzte. »Ich glaube nicht, dass er wirklich weiß, wie er sich fühlt.«

»Wie fühlst *du* dich?«

Ich zuckte leicht mit den Schultern. »Ich glaube, es ist noch nicht richtig angekommen. Und bevor ich mir über irgendwas anderes Sorgen mache, muss Weston aufwachen und gesund werden. Das ist das Wichtigste.« Ich blickte auf meine kleine silberne Armbanduhr und stand auf. »Apropos, wir sollten zurück ...«

»Ich muss auch nach Boston zurück«, sagte Ruby. »Ich habe vor Italien noch tausend Dinge zu erledigen, und Sonntag hat mein Vater Geburtstag. Ich bin ohnehin nur deinetwegen hier. Wes kennt mich kaum.« Sie nahm wieder meine Hand. »Ist das okay?«

»Natürlich«, sagte ich, obwohl ich sofort den Mut verlor. »Geh ruhig, wenn du musst. Und umarm deinen Dad von mir zum Geburtstag.«

»Was ist mit dir?«, fragte Ruby. »Wie lange willst du bleiben? Erwartet Edmond dich nicht zurück in der Bäckerei?«

»Schon, aber ich kann Weston nicht allein lassen. Ich muss hier sein, wenn er aufwacht. Zumal Connor nicht da ist. Es käme mir falsch vor, zu gehen.«

»Und frag ihn wegen der Briefe und des Gedichts, okay? Deine Gefühle sind auch wichtig. Mir scheint, du vergisst das ständig.«

»Westons Leben könnte sich für immer verändern«, sagte

ich. »Ich gebe ihm die Zeit, die er braucht, um aufzuwachen und zu verarbeiten, was vielleicht auf ihn zukommt. Das ist das *Mindeste*.«

Ruby zog die Nase kraus. »Ich hoffe, er ist es wert. Wenn er und Connor dich manipuliert haben ...«

»Darum kümmere ich mich später«, sagte ich. »Bitte, keine zwei Katastrophen gleichzeitig.«

Wir standen auf, und bevor wir die Cafeteria verließen, nahm Ruby mich in den Arm.

»Verfrachte deinen Hintern zurück nach Massachusetts, bevor ich abfliege.«

»Du fliegst erst in drei Wochen«, sagte ich.

»Stimmt, aber ich kenne dich. Du wirst hier helfen wollen, so viel du kannst, egal wie sehr es dir dein eigenes Leben versaut.«

»Das klingt wundervoll, Ruby«, sagte ich. »Darf ich das in meinen Lebenslauf aufnehmen?«

Sie lachte. »Komm einfach bald zurück. Ich werde wie eine Irre unterwegs sein, aber ich brauche mindestens drei ganze Tage mit dir in unserer Wohnung, um gemeinsam Filme zu gucken, Wein zu trinken und über Männer zu reden. Oder sie zu verfluchen, je nachdem.«

Ich nickte, umarmte sie noch einmal und sah ihr, von einem merkwürdigen Heimweh erfüllt, nach, als sie davonging. Was sie beschrieben hatte, war so normal und so leicht, und als ich zu den Aufzügen ging und auf die Intensivstation zurückkehrte, hatte ich das deutliche Gefühl, dass für sehr lange Zeit nichts mehr normal und leicht sein würde.

Sechzehn Stunden, nachdem das Propofol abgesetzt worden war, hatte Weston sich noch nicht selbstständig bewegt. Paul saß mir gegenüber und machte ein Kreuzworträtsel in einem

Büchlein, das er am Krankenhauskiosk gekauft hatte. Miranda saß auf der Bank am Fenster, sah auf dem kleinen an der Wand angebrachten Fernseher *Real Housewives of New York City* und kommentierte die Geschehnisse ab und zu mit einem Schnauben. Um ein Uhr morgens gähnte Miranda und rieb sich die Augen.

»Lass uns ein bisschen schlafen«, sagte Paul. »Das Zimmer, das man uns gegeben hat, ist nur ein Stück den Flur hinunter. Wenn er aufwacht, sind wir in einer Minute hier.«

Miranda nickte widerstrebend und stemmte sich hoch.

»Wollen Sie sich nicht auch etwas ausruhen, meine Liebe?«, fragte Paul mich.

»Ich bin nicht müde«, log ich. Ich war völlig erschöpft, aber es war undenkbar, Weston in einem leeren Raum aufwachen zu lassen.

Bleib bei ihm. Halt seine Hand.

Lass ihn nicht allein.

»Sie sind ein Engel«, sagte Miranda und gähnte.

Paul tätschelte meine Schulter und formte mit den Lippen ein stummes »Danke«, als sie gingen.

Ich legte den Kopf auf das Bett neben Westons Hand und sah ihn über die kleinen Täler und Hügel des Bettzeugs an.

»Du musst jetzt aufwachen«, flüsterte ich. »Du willst vielleicht nicht. Du musst dich so sicher fühlen, wo du jetzt bist. Aber bitte, Weston. Wach auf.«

Seine Brust hob und senkte sich, bewegt von der Maschine, die für ihn atmete. Ich spürte, wie mein Atemrhythmus sich an seinen anpasste. Die Augen fielen mir zu. Meine Gedanken stoben auseinander, und endlich überkam mich der Schlaf.

6

Die Läufer stellen sich auf, ich nehme eine der mittleren Bahnen. Autumn steht links von mir und sieht umwerfend aus in einem grünen Kleid. Hinter ihr geht die Sonne unter, verwandelt ihr Haar in goldenes Feuer, genau wie an dem Nachmittag, als wir von der Bäckerei zusammen nach Hause gegangen sind. Ich war stehen geblieben, um sie anzusehen, um einzufangen, wie das Licht einen Strahlenkranz um ihr rotes Haar bildete. Ich hatte diesen mentalen Schnappschuss während der ganzen Ausbildung bei mir getragen. Während der heißen, staubigen Tage in Syrien.

Jetzt ist sie hier. Bei mir.

Du musst jetzt aufwachen, *sagt sie und sieht mich ernst an, als sie die Hände auf der Bahn abstützt.* Bitte, Weston. Wach auf.

Auf den Bahnen neben ihr sehe ich meine Mutter und Paul. Dann kommt Senatorin Drake; sie trägt einen Hosenanzug und hockt sich mit den hohen Absätzen in den Startblock.

Ich blicke nach rechts, wo eigentlich Connor sein müsste. Statt- dessen liegt dort eine Leiche mit dem Gesicht nach unten. In beiger Tarnkleidung mit voller Ausrüstung, ein AR-15 in den Händen.

Bradbury, *denke ich, auch wenn mir die Angst wie ein Splitter ins Herz dringt. Der Soldat ist zu groß, um Bradbury zu sein, und er hat eine Narbe am Handgelenk. Sieht aus wie die, die Connor sich in der Highschool in der Metallwerkstatt geholt hat.*

Nein ...

Auf Kommando gehen alle in Startposition, dann ertönt der Startschuss.

Eine unsichtbare Hand drückt mich flach auf den Boden, und ich kann mich nicht bewegen, als Autumn und alle anderen losrennen. Meine Wange wird auf die Bahn gepresst, der Kopf zu der Leiche gedreht, die sich auch nicht bewegt.

Connor, wach auf, *schreie ich, aber es kommt kein Ton heraus. Ich kneife die Augen zusammen und höre ein Kind weinen, Männer rufen und Schüsse.*

Ich müsste dort liegen ...

Eine Bombe explodiert. Es gibt kein Geräusch, aber die Bahn zerbirst in eine Million Teile. Feuer und Rauch und Blut. Ich werde ins Nichts geworfen, oben ist unten. Ich falle aufwärts, hochgeschleudert durch eine Explosion, die meinen Lendenwirbelbereich in einen brennenden Knoten des Schmerzes verwandelt.

Hinauf bis zum höchsten Punkt des Nichts, auf einen winzigen Lichtpunkt zu. Licht, das heller und heißer und größer wird. Es brennt in meinen Augen, und ich würde wegschwimmen, aber ich kann mich nicht bewegen. Ich werde immer schneller nach oben geschleudert, bis ich gegen eine Wand aus Licht und Ton knalle.

Und mehr Schmerz.

Weston, mach die Augen auf.

Dann falle ich nach hinten, und der raue felsige Wüstenboden kommt mir entgegen.

Ich werde zerschellen.

Weston.

Ich werde sterben.

Wach auf, Weston ...

Ich riss die Augen auf, und panisch verkrampfte sich mein Körper. Angst strömte durch meine Adern, als ich auf den Boden knallte.

Nicht den Boden, ein Bett.

Mein Gehirn registrierte weißes Bettzeug, blinkende Lichter, ständiges Piepen. Dann zerriss mich der Schmerz in der Körpermitte in zwei Hälften. Ich versuchte zu schreien, aber etwas in meinem Mund und in meiner Kehle blies stattdessen Luft in mich hinein. Ich ertrank und wurde gleichzeitig wiederbelebt.

»Weston.«

Eine Stimme in meinem Kopf. Sanft und grün.

»Weston, sieh mich an.«

Jetzt war die Stimme außerhalb meines Kopfes. Ich griff nach ihr. Ich brauchte sie. Ich konnte nicht zulassen, dass sie ohne mich davonlief, in einem Kleid wie der Frühling, aber Haar wie ... der Herbst.

Autumn?

Ich zitterte, versuchte mit den Armen zu rudern. Jede Bewegung brachte eine neue Schmerzwelle.

»Ganz ruhig.« Die Stimme einer anderen Frau. Härter. Streng. Hände drückten meine Schultern nach unten. »Beruhigen Sie sich«, sagte sie. »So ist es gut. Ganz locker. Kämpfen Sie nicht gegen das Beatmungsgerät.«

Ein leises Stöhnen erfüllte meinen Kopf. In meiner Kehle quetschte sich ein heiserer Laut zwischen das Ein- und Ausatmen, das ich nicht kontrollieren konnte. Ich sah schmale Lichtstreifen, die kamen und gingen.

Das sind meine Augen. Ich öffne und schließe meine Augen.

Ich bin hier drin.

Das bin ich.

Der Schmerz. Dieser verfluchte Schmerz. Ein glühender Vorschlaghammer in meinem Rücken, immer wieder.

»Weston«, sagte Autumn. Kühle Finger legten sich um meine Hand. »Alles ist gut. Bleib ganz ruhig liegen.«

Langsam setzte mein Gehirn alles zusammen. Ein Bett mit weißem Bettzeug und piependen Maschinen. Ich war in einem Krankenhaus. Und Autumn war hier.

»Autumn«, sagte ich. Oder versuchte es. Was auch immer in meinem Mund und meiner Kehle steckte, blockierte das Wort. Ich würgte, als wieder Luft in mich gepresst wurde. Ein ständiges Drücken und Ziehen, gegen das ich unwillkürlich ankämpfte.

»Ich rufe den Oberarzt«, sagte die andere Frau, die eine Krankenschwester sein musste. »Bleiben Sie einfach bei ihm. Reden Sie mit ihm, und helfen Sie ihm, sich zu orientieren.«

Bleib bei mir, Autumn. Für immer.

Meine Augen kämpften darum, offen zu bleiben. Ein Plastikschlauch und weißes Klebeband beeinträchtigten meine Sicht, aber darum herum konnte ich sie erkennen. Sie stand über mir, und ihr rotes Haar fiel ihr über die Schultern. Wie ein wunderschöner friedlicher Traum, nachdem mich monatelang ein Albtraum heimgesucht hatte.

»Hey«, sagte sie sanft. Ihre zarten Finger verschränkten sich mit meinen, und mit der anderen Hand fuhr sie sanft über meine Stirn. »Alles ist gut.«

Nein, dachte ich. *Mein Rücken. Da stimmt etwas absolut nicht mit meinem Rücken …*

»Hör einfach auf meine Stimme.« Ihre Berührung war so sanft an meinem Kopf. »Du bist an ein Beatmungsgerät angeschlossen. Okay? Es atmet für dich. Versuch, nicht dagegen anzukämpfen. Ich bin hier. Hör mir einfach zu. Ich erzähle dir, was passiert ist. Okay?«

Ich blinzelte, weil ich zu schwach war, um zu nicken.

»Du bist in Baltimore im Walter-Reed-Militärkrankenhaus«, sagte sie. »Du wurdest in Syrien verwundet. Du bist zuerst nach Deutschland ausgeflogen worden. Jetzt bist du hier.

Das Beatmungsgerät hilft dir beim Atmen, bis du richtig aufwachst. Das ist alles.«

Tränen ließen meine Sicht verschwimmen, und ich blinzelte, spürte, wie sie mir die Wangen hinabliefen. Autumn wischte eine weg, schloss ihre Hand um sie, als ihr selbst Tränen in die Augen stiegen und auf die weiße Decke fielen, die auf mir lag. Trotz ihrer aufmunternden Worte sah ich Schmerz in ihrem schönen Gesicht.

Weil Connor tot ist.

Bei dem Gedanken zuckte ich zusammen, und wieder fuhr mir der Schmerz wie ein Blitz in den Rücken. Ich konnte nicht aufschreien oder fluchen, kriegte nur ein ersticktes Geräusch an dem Schlauch in meiner Kehle vorbei. Ich löste meine Hand aus Autumns und tat so, als würde ich mit einem unsichtbaren Stift in die Luft schreiben.

»Du willst etwas schreiben. Warte, ich sehe nach ...«

Autumn verschwand aus meinem Blickfeld, und meine Hand fiel wieder aufs Bett. Die Panik war weg, und mein Körper war nur noch schwer vor Schmerz und Erschöpfung. Unbeweglich.

Sie kam zurück und drückte mir einen Stift in die Hand. »Hier.«

Sanft nahm sie meine Hand, und ich spürte, wie sie sie auf einem kleinen Block ablegte. Der Stift wog tausend Kilo, aber ich kritzelte das Wort hin.

Connor

Autumn las das Geschriebene, und ihre Miene verzog sich erschrocken, als sie begriff.

»Oh, Gott, es tut mir so leid. Du hast es nicht gewusst. Connor geht es gut. Er ist okay«, sagte sie schnell und blinzelte die Tränen weg. »Er ist hier«, sagte Autumn. »Ich meine, er ist auf dem Weg nach Hause. Er wurde gestern entlassen, und seine

Mutter ist heute mit ihm nach Boston geflogen. Sein Arm war ziemlich schlimm gebrochen, aber es geht ihm gut. Wirklich Weston, ich schwöre es. Er lebt.«

Endlos erleichtert, schloss ich die Augen.

Ich hab's geschafft. Ich habe gewonnen. Sockenboy ist für immer gestorben.

Ich hatte nur einen Moment, um den Triumph zu genießen, bevor die schrille Stimme meiner Mutter den Raum erfüllte. Tränen liefen ihr übers Gesicht, als sie meinen Kopf in die Hände nahm und mein Gesicht küsste. Meine Mom. Kindheitserinnerungen an Sicherheit und Liebe rasten im Schnellvorlauf an mir vorbei – aufgeschlagene Knie und das eine Mal, als ich mir die Finger in der Autotür gequetscht hatte. Sie war für mich da. Sie war jetzt hier.

Über ihren bebenden Schultern sah ich Paul, der grimmig lächelte, während er sich die Augen wischte. Er und Mom waren hier, Autumn war hier, und Connor ging es gut.

»Hallo Wes.« Ein großer Mann in einer blauen Hose und einem weißen Kittel stand jetzt neben dem Bett. »Ich bin Dr. Kowalczyk. Dann wollen wir Sie mal untersuchen ...«

Er leuchtete mir in die Augen, und ich wollte nur loslassen, mich fallen lassen und traumlos schlafen, aber der Schmerz in meinem Rücken ließ nicht nach und ging langsam an die Substanz.

Ich tastete nach dem Stift und schrieb wieder etwas auf den Block.

Schmerz

»Er hat Schmerzen«, sagte Autumn, als sie den Block umdrehte. »Können Sie ihm etwas geben?«

Der Arzt leuchtete mir in das andere Auge, während er mit der Schwester über Morphin sprach, und ein paar chaotische Minuten später spülte eine warme Welle über die zerklüftete

Felsküste des Schmerzes, und ich driftete weg. Weit weg, nur dass Autumn meine Hand hielt und ich wusste, dass ich zurückkehren würde.

Mein Mund fühlte sich merkwürdig an um den Beatmungsschlauch. Ich merkte, dass ich lächelte. Oder es versuchte. Ich trieb weiter ab. In der Ferne hörte ich meine Mutter reden.

»Sagen Sie mir die Wahrheit. Wird er wieder gehen können oder nicht?«

Gehen können …

Angst bohrte sich tief und hässlich in mein Herz. Aber ich trieb zu schnell ab. Ich klammerte mich an Autumns Hand, konnte sie jedoch nicht mehr spüren. Sie rannte die Bahn entlang und verschwand. Meine Gedanken versuchten, ihr hinterherzulaufen, aber sie brachen und zerstoben. Außer einem.

Sockenboy war doch nicht tot. Er war hier, wie ein böser Geist, der in einer verfluchten Schublade spukte. Er lachte mich aus, als ich zappelnd abtrieb, verloren im Raum, ohne eine Hand, die mich hielt.

Ich gehe nirgendwohin … und du auch nicht.

7

Autumn

Silbriges Licht fiel schräg in Westons Zimmer, als ich am nächsten Morgen mit zwei Bechern Kaffee hereinkam. Ich stellte einen auf Rhondas Tisch, und sie lächelte mich dankbar an.

»Er schläft«, formte sie stumm mit dem Mund.

Ich wollte mich zu ihm setzen und seine Hand halten – *wie Connor gesagt hatte –*, aber auf Dr. Ks Anordnung war früh am Morgen der Beatmungsschlauch entfernt worden, eine Tortur, die Weston zunächst würgend und keuchend zurückließ. Ich setzte mich mit meinem Kaffee ans Fenster und überwachte aufmerksam seine Brust. Sie hob und senkte sich gleichmäßig, während er selbstständig atmete.

»Er macht es wirklich gut«, sagte Rhonda.

Ich nickte und lächelte schwach. *Bis jetzt.*

Später würde das orthopädische Team untersuchen, wie schwer seine Rückenmarksverletzung war. Dr. K insistierte, dass wir keine Panik bekommen sollten, bevor die Tests gemacht wurden, aber Connors Worte verfolgten mich.

Ich kann dir auch gleich sagen, dass er nie wieder gehen wird.

Mein Blick bewegte sich von Westons Brust zu seinen langen Beinen unter der Bettdecke. Ich wollte, dass sie sich bewegten oder zuckten, und dachte mir Entschuldigungen aus, als sie es nicht taten.

Er ist durch die Hölle gegangen. Er bekommt Morphin. Er ist im Moment viel zu schwach.

Mir tat buchstäblich die Brust weh von dem Stress, und da Ruby wieder in Boston war, hatte ich niemanden, der mich beruhigen oder trösten konnte.

Und ich vermisste Connor. Er war monatelang weg gewesen. Ich hatte ihn für ein paar Stunden zurückgehabt – Stunden voller Schmerz und Streit und Hässlichkeit. Jetzt war er wieder weg. Ich brauchte ihn. Und vor allem brauchte Weston ihn.

»Guten Morgen, Soldat«, sagte Rhonda sanft.

Weston bewegte den Kopf von einer Seite auf die andere, dann hob er kurz eine Hand und ließ sie wieder fallen. Er öffnete die Augen, als er meine Schritte auf dem Linoleum hörte. Sein dunkler ruheloser Blick folgte mir, als ich mich auf den Stuhl neben dem Bett setzte. Seine aufgesprungenen Lippen öffneten sich, als er einatmete, aber ich schüttelte den Kopf.

»Nicht reden«, sagte ich.

Meine Stimme war rau vor Tränen, aber ein unerwartetes Glücksgefühl durchflutete mich am Beginn dieses neuen Tages, an dem vielleicht etwas Wunderbares passieren würde, wie mein Dad es immer versprach. Weston lebte. Er war schrecklich und vielleicht unheilbar verletzt, aber er lebte.

»Du bist hier«, sagte ich.

Du bist zu mir zurückgekommen …

Er nickte schwach, und all das, was er nicht wusste, hing plötzlich schwer und zäh zwischen uns. Mein Glück verdorrte bei dem Gedanken an das, was auf ihn zukam.

Ich werde für ihn da sein. Was auch immer sie ihm sagen, ich werde ihn nicht damit allein lassen.

Weston sah sich mit glasigen Augen im Raum um. »Wo ist Connor?«

»Er ist in Boston.«

Sein Blick fiel auf seine Beine, die so unvorstellbar reglos waren. Wie die einer Schaufensterpuppe. Seine Finger zupften an dem Laken, das sie bedeckte.

»Die Ärzte sind gleich hier«, sagte ich schnell. »Mit deiner Mom. Und ich glaube, deine Schwestern kommen heute.«

Langsam und müde glitt Westons Hand über einen seiner Oberschenkel und klopfte darauf.

»Sag es mir.« Er klang heiser, seine Augen waren voller Angst. Die Risse in meinem Herzen wurden tiefer, als ich die Angst in seinen Augen sah.

»Es ist besser, wenn die Ärzte es dir erklären.«

Westons Kopf bewegte sich von rechts nach links. »Ich habe ein Riesenloch in meiner Erinnerung. Ich war in der Wüste. Jetzt bin ich hier. Ich weiß nicht, was passiert ist, und ich …« Seine Stimme wurde zu einem Flüstern. »Autumn, ich kann meine Beine nicht bewegen.«

»Weston …«

»Bitte.« Er schluckte schwer. »Sag es mir.«

Mein Blick schoss kurz zur Tür, und ich wünschte, ein Arzt würde auftauchen und ihm alles mit Professionalität und Ruhe erklären. Mir fehlte beides. Aber Weston und ich hatten uns voreinander nie verstellt. Wir studierten beide mit Stipendium, mühten uns ab, damit das Geld reichte, und hassten es, Almosen anzunehmen, obwohl wir selbst sofort etwas abgeben würden. Er musste die Wahrheit erfahren, und ich war die Einzige, die sie ihm sagen konnte.

»Du bist viermal angeschossen worden«, sagte ich. »Eine Kugel hat deine Gallenblase getroffen. Eine hat deine rechte Hüfte zertrümmert. Eine hat den Oberschenkel getroffen – wegen dieser Wunde wärst du fast verblutet. In Deutschland hat man dich dreimal operiert. Dann hat die Gallenblasenverletzung Giftstoffe abgesondert, was eine ernste Infektion zur Folge hatte, und deshalb hat man dich in ein künstliches Koma versetzt, damit du stabil bist, während man dich nach Hause fliegt. Es ist ein Wunder, dass du noch lebst.«

»Der vierte Schuss.«

Es war keine Frage. Mein Herz donnerte gegen meine Rippen.

Ich will es ihm nicht sagen, aber ich bin die Einzige, die das kann. Ich bin hier.

»Autumn ...« Er sah mich flehend an. »Der vierte Schuss ...?«

Ich holte Luft. Da ging die Tür auf, und Geräusche drangen herein. Miranda Turner und ihre Töchter drängten in den Raum wie krächzende Vögel, hackten aufeinander herum, während eine Krankenschwester sie ermahnte, leise zu sein.

»Sagen Sie mir nicht, wann ich leise sein soll«, sagte Miranda über die Schulter. »Oh Baby, du bist wach. Gott sei Dank.«

»Hi, Ma«, flüsterte Weston.

»Ach Gott, du kannst kaum reden, du Armer. Sie haben gesagt, der Beatmungsschlauch hat deine Stimmbänder beschädigt, auch das noch. Er kann nicht reden. Er kann nicht laufen. Und was kommt jetzt? Ich dachte, die sollen dafür sorgen, dass es dir *besser* geht.«

Ich biss die Zähne zusammen und unterdrückte den Impuls, meinen Kaffee nach ihr zu werfen.

Verdammt, Miranda Turner, nicht so. Er darf es so nicht hören.

Weston starrte seine Mutter an. Er sagte kein Wort, aber das Piepen des Monitors beschleunigte sich, und die Wellen, die seinen Herzschlag registrierten, rückten dichter aneinander.

»Ma, halt den Mund und reg dich ab.« Felicia, Westons älteste Schwester, trug ein altes Red-Sox-Sweatshirt und Jeans und sah müde aus. »Wir wissen noch gar nicht alles.« Sie beugte sich vor und gab ihrem Bruder nervös einen Kuss auf die Wange. »Hauptsache, du lebst. Das ist alles, was zählt, oder?«

Weston starrte jetzt seine andere Schwester an, Kimberly, die sich vorbeugte und ihn küsste. »Gut siehst du aus, Wes«, sagte sie. Ihr Lächeln wirkte entsetzlich angespannt. »Wirklich gut.« Ihre Stimme brach, und sie wandte sich ab und unterdrückte ein Schluchzen.

Westons Kiefer zitterte jetzt, krampfhaft umklammerte er die Bettdecke. Ich löste die Hand, die mir näher war, von der Decke und verschränkte meine Finger mit seinen.

Zum Glück kam jetzt Paul mit Kaffee. Er begriff sofort, was los war, und schob die Turners vom Bett weg zu dem kleinen Tisch. Sobald er den Kaffee abgestellt hatte, kam er wieder zum Bett zurück.

»Wie geht es Ihnen?«, fragte er und lächelte freundlich. »Sie halten durch?«

Weston antwortete nicht. Er blickte vor sich ins Nichts. Oder vielleicht in die Zukunft, die ihn erwartete. Er blieb still und reglos, bis die Orthopäden kamen.

»Ich bin Dr. Harris«, sagte einer der Ärzte, etwas älter mit einem grauen Bart. »Das sind Dr. McCully und Dr. Anderson. Wir werden ein paar Tests durchführen, die Ihnen die Antworten geben, auf die Sie sicher schon warten.«

Westons schöne grünblaue Ozeanaugen glänzten vor Angst. »Was ist mit meinem Rücken passiert?«, krächzte er.

Dr. Harris zog sich einen Stuhl heran.

»In Landstuhl hat man eine MRT und eine CT gemacht und eine Fraktur des dritten Lendenwirbels und eine Quetschung des Rückenmarks auf der Höhe dieses Wirbels festgestellt. Die operative Entfernung der Kugel hat den Druck auf das Rückenmark gemindert, aber man konnte das Ausmaß der Schädigung nicht mehr untersuchen.«

»Warum nicht? Warum dauert das alles so lange?«, fragte Miranda.

Dr. Harris' ruhiger Blick blieb auf Weston gerichtet, als hätte er die Frage gestellt. »Normalerweise führen wir diese Tests innerhalb von zweiundsiebzig Stunden nach der Verwundung durch. Aber Sie hatten andere lebensbedrohliche Verletzungen, die zuerst behandelt werden mussten. In der Tat ist es fast ein Wunder, dass Sie überhaupt bei uns sind. Wer auch immer sich vor Ort um Sie gekümmert hat, hat Ihnen das Leben gerettet.«

»Es gab eine Explosion«, flüsterte Weston, sein Gesicht war blass. »Danach kann ich mich an nichts mehr erinnern.«

»Der Sanitäter Ihres Zugs wird alles dokumentiert haben.« Jetzt wandte Dr. Harris sich an uns andere. »Ich möchte Sie bitten, jetzt für eine Weile den Raum zu verlassen …«

»Kommt überhaupt nicht infrage«, sagte Miranda und verschränkte die Arme vor der Brust. »Man hat mich lange genug herumgeschubst und von meinem Sohn ferngehalten.«

»Ma.« Weston schloss die Augen.

»Ich hab von diesen Tests gehört. Sie werden ihn mit Nadeln piksen und Eis auf seine Haut legen und so was.«

»Das ist korrekt«, sagte Dr. Harris. »Wir werden Tests mithilfe einer Nadel und leichten Berührungen durchführen, um die Nervenschädigung zu beurteilen und festzustellen, welche Muskelgruppen betroffen sind. Und wir werden das in Abwesenheit von Begleitpersonen und ohne Ablenkung tun.«

»Er ist mein Sohn«, sagte Miranda. »Ich will für ihn da sein …«

»Du bist für ihn da«, sagte Paul. »Und zwar im Wartezimmer. Wir werden den Raum verlassen, Miranda. Sofort.«

Ich hatte noch nie gehört, dass er ihr gegenüber so einen Ton angeschlagen hatte. Miranda sah ihn einen Augenblick an, dann nickte sie.

»Du hast recht«, sagte sie und stand auf. »Natürlich. Ich mache mir nur solche Sorgen. Kommt schon, Mädchen. Wes braucht ein bisschen Privatsphäre.« Sie beugte sich vor, um seine Wange zu küssen, als wären sowohl die Tests als auch das Hinausgehen ihre Idee gewesen. Paul drückte noch einmal Westons Schulter, bevor er ihnen folgte.

Ich wollte Weston sagen, dass alles gut werden würde, aber es kam mir wie eine Lüge vor. Stattdessen presste ich die Lippen auf seinen Handrücken und sagte ihm die einzige Wahrheit, derer ich mir sicher war: »Ich bin gleich zurück.«

Wir versammelten uns im Wartebereich, niemand sagte ein Wort. Connors düstere Prophezeiung ging mir durch den Kopf. Jedes Mal, wenn ich sie wegschieben und hoffnungsvoll bleiben wollte, kamen die Worte zurück wie eine gigantische Hand und schlugen meinen kleinen Hoffnungsschimmer weg.

Paul beugte sich zu mir. »Finden Sie es schlimm, wenn ich auf meinem Handy eine Patience lege? Sonst fange ich an *Rückenmarksverletzung* zu googeln und mache mich völlig verrückt.«

»Machen Sie nur«, sagte ich dankbar. »Ich sehe zu.«

Eine Stunde lang starrten wir alle auf unsere Handys und stumpften unsere Gehirne mit sinnlosem, beruhigendem Blödsinn ab. Endlich kamen die Orthopäden aus Westons Zimmer. Sie blieben kurz neben der Tür stehen und besprachen sich mit verschränkten Armen und ernsten Gesichtern.

»Oh Gott«, flüsterte ich.

Paul nahm meine Hand. »Was auch immer sie sagen, Wes kann das schaffen. Es wird ihm gut gehen.« Er sah mich aus warmen braunen Augen an. »Er hat Glück, dass Sie hier sind.«

Das tröstete mich ein winziges bisschen. Doch der Trost war vergessen, als die Ärzte auf uns zukamen und uns die Ergebnisse mitteilten.

»Wir haben gute Nachrichten und nicht so gute Nachrichten«, sagte Dr. Harris, während er sich setzte. »Die gute Nachricht ist, dass das Rückenmark nicht durchtrennt wurde.«

»Nun, das ist großartig«, sagte Paul. »Oder nicht?«

»Wir haben das nach dem MRT erwartet. Aber die heutigen Tests bestätigen, dass das Rückenmark verletzt wurde. Wes wurde als ASIA B klassifiziert. ASIA ist die Beeinträchtigungsskala, auf der wir die Schädigung einstufen«, sagte er auf unsere verwirrten Blicke hin, dann blies er die Backen auf. »Ich will offen sprechen. Es gibt eine Schädigung, und sie ist schwerwiegend.«

»Gott«, hauchte Felicia, und Kimberly brach in Tränen aus.

»Oh nein.« Miranda schlug sich die Hände vor den Mund.

»Wes leidet unter dem Arteria-spinalis-anterior-Syndrom«, erklärte Dr. Harris. »Er hat eine gewisse Sensibilität in den Beinen, auch wenn ein Nadelstich sich nur anfühlt wie die Berührung einer Feder auf der Haut. Er kann keinen Schmerz und keine Temperatur empfinden. Er besitzt noch seine Tiefenwahrnehmung, das heißt, er kann die Position seiner Beine im Raum wahrnehmen. Allerdings …«

Das Wort hing in der Luft. Mein Herz hämmerte in meiner Brust. Das Wartezimmer raste wie ein Zug auf eine Mauer zu, und Dr. Harris zog nicht die Bremse.

»Zu diesem Zeitpunkt«, sagte er, »hat Wes keinerlei motorische Fähigkeiten.«

Er wird nie wieder gehen können.

»Sie meinen, er kann nicht gehen«, sagte Miranda und hob die Stimme. »Das meinen Sie doch? Mein Junge kann nicht gehen?«

Pauls Griff um meine Hand wurde fester, während Miranda auf der anderen Seite an seiner Schulter zusammenbrach.

»Nein, er kann nicht gehen«, sagte Dr. Harris.

Der Zug krachte gegen die Mauer, und brennende Metallteile flogen umher.

»Noch können wir allerdings nicht sagen, ob es permanent ist«, fuhr der Arzt fort, während Miranda leise wimmerte. »Bei Rückenmarksverletzungen gleicht keine der anderen. Wes könnte in einem oder auch mehreren Bereichen eine deutliche Besserung erlangen. Das Endergebnis werden wir erst nach der Rehabilitation kennen. Aber im Moment sind die Chancen, dass er je wieder ohne Hilfe gehen kann, sehr gering.«

»Was kommt also jetzt?«, fragte Paul und hob das Kinn. »Sie haben von Reha gesprochen?«

Ich starrte auf den Boden. Mein Verstand wollte nichts wissen von dem Pflegebedarf, den Weston von nun an haben würde. Zuerst wochenlang stationäre Therapie, ein Urologe, ein Psychologe. Dann monatelang ambulante Betreuung und Ergotherapie, um zu lernen, sich mit seiner Lähmung zurechtzufinden und im Rollstuhl zu leben.

Weston in einem Rollstuhl.

Dieser schlanke hochgewachsene Körper eines Läufers würde für immer sitzen; die Beine, die ihn so weit und schnell getragen hatten, wären für immer reglos.

»Er ist jetzt allein«, stieß ich hervor. »Er sollte nicht allein sein.«

Dr. Harris hob eine Hand. »Bevor Sie hineingehen, möchte ich Ihnen einen Rat geben … Ich weiß, das ist schwer zu ertragen und unglaublich verstörend. Aber die meisten Menschen mit Querschnittslähmung haben ein erfülltes Leben. Wenn Sie also jetzt zu Wes hineingehen, seien Sie besonnen. Sie sind ebenso geschockt wie er. Seien Sie ehrlich zu ihm, aber versuchen Sie, ihm so viel Optimismus und Unterstützung zu bieten, wie Sie können.«

In meinem Kopf wiederholten sich die Worte *querschnitts-*

gelähmt und *Rollstuhl,* und ich musste mich gegen den Impuls wehren, einfach wegzulaufen. Wir alle gingen leise wieder in sein Zimmer und stellten uns um sein Bett.

»Hey, Schätzchen«, sagte Miranda und küsste ihn auf den Kopf. »Mama ist hier. Alles wird gut werden.«

Ich nahm Westons Hand, kaute auf meiner Unterlippe und kämpfte gegen den Drang, sie anzuschreien: *Das ist nicht wahr, und das weiß er!*

Kimberly wandte sich ab, ihre Schultern bebten. Felicia starrte ihren Bruder mit zusammengepressten Lippen an und wiegte langsam den Kopf. Weston blickte zur Decke. So reglos und stumm wie zuvor, als er im Koma gelegen hatte.

Es klopfte an der Tür, und ein Offizier der Army in Galauniform trat ein.

»Sind Sie Familie Turner?«

»Gott, was kommt jetzt noch?«, murmelte Miranda.

»Ja«, sagte Paul. »Wie können wir Ihnen helfen?«

Der Offizier hielt uns eine Ledermappe hin.

»Es ist mir ein Vergnügen, Sie im Namen des Präsidenten der Vereinigten Staaten zu informieren, dass Corporal Turner für seine Dienste und sein Opfer das Purple Heart erhalten wird.«

Westons Hand spannte sich in meiner an, und er schloss die Augen.

»Es ist mir zudem eine Ehre, Corporal Turner mitzuteilen, dass man ihm für herausragende Dienste in einem Kriegsgebiet den Bronze Star verleiht. Datum, Ort und andere Informationen zur Zeremonie finden Sie hier drin.«

»Danke«, sagte Paul und nahm die Mappe in Empfang. »Vielen Dank.«

Der Offizier salutierte vor Weston, der wieder zur Decke blickte, und ging.

Miranda nahm die Mappe und öffnete sie, um sie Weston zu zeigen. »Hast du gehört, Schatz? Ein Purple Heart und einen Bronze Star für heldenhafte Taten im Einsatz.«

»Holla, die Waldfee«, murmelte Felicia. »Sie nehmen ihm seine Beine weg und überreichen ihm stattdessen so ein Kinkerlitzchen.«

»Und nicht mal Gold«, sagte Kimberly. »Bronze? Ist das nicht so was wie der dritte Platz?«

»Haltet beide euren Mund«, sagte Miranda. »Zeigt ein bisschen Respekt.«

»Geht alle raus«, flüsterte Weston.

Der Raum war erfüllt von dem krächzenden Gezanke der Turners, und nur ich hörte ihn. Ich stand auf, aber Weston packte meine Hand und zog, bis ich mich wieder hinsetzte.

»*Alle raus*«, presste er zwischen den Zähnen hervor.

Seine Familie verstummte und drehte sich um.

»Was ist los, Schatz?«, fragte Miranda. »Brauchst du etwas? Paul, hol ihm etwas zu trinken, seine Stimme klingt furchtbar ...«

»Ich habe gesagt raus«, sagte Weston und sog scharf den Atem durch die Nase ein. »Jetzt. Raus. Ihr alle.«

Miranda sah gekränkt aus. »Du meinst doch wohl sicher nicht mich ...«

»Raus«, sagte Weston und atmete jetzt durch den Mund. Das Piepen der Maschine beschleunigte sich.

»Kommt schon«, sagte Paul. »Er will allein sein. Gehen wir. Raus mit euch allen.«

Sanft, aber bestimmt schob er die anderen trotz Protestgemurmel hinaus, während Miranda sich laut fragte, wer bitte in schwierigen Zeiten seine Mutter nicht bei sich haben wollte.

»Autumn?«, fragte Paul über die Schulter.

»Sie nicht«, sagte Weston. »Sie bleibt.«

Ein Ausdruck zwischen Einverständnis und Erleichterung wanderte über Pauls Gesicht, bevor er ging. Als er endlich die Tür schloss, wandte Weston sich mir zu, die Augen geweitet und voller Panik.

»Ich weiß, Weston«, sagte ich und rückte näher an ihn heran. »Atme.«

Er schüttelte den Kopf, seine Brust hob und senkte sich zu schnell, sein Atem ging keuchend.

»Ich weiß«, sagte ich. »Gott, ich weiß, aber atme, Weston. Komm schon.« Ich drückte seine Hand über meinem Herzen an meine Brust und legte meine Hand auf seine. »Atme mit mir. Langsam. Einatmen … Ausatmen …«

Westons Brust hob sich unter meiner Hand, während er seine Gefühle langsam unter Kontrolle brachte. Eine Träne lief ihm über das Gesicht.

»Ich weiß«, sagte ich wieder und beugte mich vor. »Es tut mir leid. Es tut mir so leid …«

Ich legte die Arme um ihn, so gut ich konnte. Vielleicht empfand nur ich es so, aber da war immer das Gefühl gewesen, als würden wir uns schon seit Ewigkeiten kennen, und das hob die Distanz zwischen uns auf.

Alles andere ist nicht wichtig. Nicht der Kuss. Nicht die Verwirrung. Die Briefe, das Gedicht, die Worte, das Schweigen, auch während seines Einsatzes. Es ist nicht wichtig. Nur das hier ist wichtig.

Er hielt mich fest, klammerte sich an mein Sweatshirt, sein Atem ging rau durch seine Nase. Wieder stieg Wut auf Connor in mir auf. Connor *war* wichtig. Er war Westons bester Freund. Er sollte ihn umarmen und Witze machen, um ihn zum Lachen zu bringen. Und wenn er keine Witze machen konnte, sollte er wenigstens *hier* sein in diesen ersten schrecklichen Momenten, in denen in Westons Leben eine Tür zuging, um für immer verschlossen zu bleiben.

Wes löste sich von mir und wischte sich die Augen an der Schulter ab. Sein Blick wanderte schon wieder zur Decke. Der Moment der Schwäche war vorüber, und er wappnete sich erneut. Seine Abwehr lag wie ein elektrisches Sirren in der Luft.

»Du kannst gehen«, sagte er.

»Ich muss nicht …«

»Geh. Ich muss allein sein.«

»Bist du sicher?«

»Ja.«

Ich fuhr mir mit der Hand über die Augen und richtete mich auf. »In Ordnung. Ich bin da, wenn du mich brauchst. Gleich draußen vor der Tür.«

Er schwieg und blickte zur Decke.

»Okay«, sagte ich leise.

Schweigend verließ ich den Raum und ging bis zur Damentoilette am Ende des Flurs, schloss mich in eine Kabine ein und brach in Tränen aus.

8

Weston

Sie verlegten mich von der Intensivstation in ein normales Zimmer mit Blick auf den Parkplatz. Das bernsteinfarbene Licht der Dämmerung fiel über die Autoreihen. Ab und zu döste ich ein, aber ohne zu träumen.

Ich hatte gedacht, dieser verdammte Traum von dem Rennen, der mich während des ganzen Einsatzes verfolgt hatte, bedeutete, dass ich in Syrien sterben würde.

Ich bin gestorben. Ich lebe, aber mein Leben ist verflucht noch mal vorbei.

Zum millionsten Mal an diesem Tag versuchte ich angestrengt, meine Beine zu bewegen. Die Knie zu beugen, mit den Zehen zu wackeln, *irgendwas*. Die fehlende Verbindung trotzte jeder Beschreibung. Ich spürte, dass meine Beine *da* waren, aber ich war nicht in ihnen. Sie waren nur Umrisse aus Haut und Muskeln und Knochen. Eine hyperrealistische Skulptur. Totes Gewicht.

Die Angst presste mir eine Hand auf die Brust. Ich schloss die Augen und erinnerte mich an die Untersuchung. Die Ärzte hatten mir ein Bettlaken vors Gesicht gehalten, damit ich nicht sehen konnte, wo oder womit sie mich berührten.

»Spüren Sie das, Wes?«, hatte Dr. Harris gefragt.

Ich spürte … etwas. Einen Stups. Ein Drücken. Voller Hoffnung stürzte ich mich darauf. »Ja. Das ist gut, oder?«

Harris runzelte die Stirn. »Spüren Sie irgendwelche Schmerzen?«

»Nein.« Ich konnte an seinem Gesicht ablesen, dass das nicht gut war. »Machen Sie es noch einmal. Was auch immer Sie da machen, machen Sie es noch einmal.«

Er zeigte mir eine Nadel. »Die habe ich gerade in Ihren Oberschenkel gestochen.«

Scheiße.

Ein Nadelstich fühlte sich an wie ein leichter Druck, undeutlich und vage.

»Machen sie es noch einmal«, sagte ich. »Versuchen Sie es woanders.«

Das taten sie. Sie stachen mir ins Schienbein, in die Wade, die Fußsohlen – und die Empfindung war immer dieselbe. Wie die Berührung mit einer Feder, wo ich Schmerz spüren sollte.

Sie legten einen Eisbeutel auf meinen Oberschenkel, und ich spürte nur einen leichten Druck. Keine Kälte. Sie legten eine Wärmekompresse auf mein Knie. Dasselbe. Ich nahm den Druck wahr, aber nicht die Temperatur.

Inkomplette Rückenmarksverletzung. Monatelange Reha, um ganz vielleicht eines Tages mit Schienen und Krücken laufen zu können. Ich stellte mir mein künftiges Ich dabei vor, wie es langsame, zögerliche Schritte machte, geschiente Beine hinter sich herzog, während die Arme darum kämpften, das Gewicht zu tragen. Und das im *besten* Falle. Wahrscheinlicher war, dass ich für den Rest meines Lebens in einem Rollstuhl sitzen würde.

Jetzt wirst du das Auto niemals einholen, Sockenboy.

Die Ärzte versicherten mir, dass man auch mit einer Querschnittslähmung ein glückliches, erfülltes Leben führen konnte, aber in meinen Ohren rauschte das Blut und übertönte die mitleidigen Worte. Ich blickte zur Decke und hörte auf zu reden. Endlich gingen sie, aber dann kam meine Familie zurück. Mit Autumn …

Sie hatte mich während der ersten panischen Trauer umarmt, aber dann musste ich sie gehen lassen.

Ich muss sie gehen lassen.

Die Sonne sank tiefer. Ich konzentrierte mich wieder auf meine Beine, klammerte mich an die Tatsache, dass ich sie wahrnehmen konnte. Nur keinen Schmerz. Wenn ich Schmerz in meinen Beinen fühlen könnte, würde vielleicht alles gut werden.

Auf dem Nachttisch waren ein Block, ein Stift, ein Wasserglas und eine Vase mit Blumen von Autumn. Ich starrte den Stift an und hatte gerade eine Idee, als Gina, eine der Schwestern, hereinkam, um nach mir zu sehen.

»In etwa einer Stunde gibt es Abendessen«, sagte sie. »Ihre erste feste Nahrung, wenn man Joghurt und Wackelpudding als fest gelten lässt. Haben Sie Hunger?«

»Nein«, sagte ich.

»Sie müssen essen«, sagte Gina, prüfte die Infusionsschläuche und maß meine Temperatur. »Damit Sie zu Kräften kommen und wir Ihre Darmtätigkeit einschätzen können. Wie ist der Schmerz?«

Im unteren Rücken war ein Schmerz, der im Takt mit meinem Herzschlag pochte. Schmerzen hatte ich genug, nur nicht dort, wo ich sie haben wollte. Mein Blick fiel auf den Stift auf dem Nachttisch.

»Wie bewerten Sie Ihren Schmerz auf einer Skala zwischen eins und zehn?«, fragte Gina.

Zehn mit Tendenz zu hundert.

»Wes?« Sie beugte sich vor.

Ich löste den Blick von dem Stift und sah zu ihr hoch. »Drei«, sagte ich.

»Wirklich?« Ihr Lächeln wurde breiter. »Das ist gut. Nach der ganzen Aufregung durch die Verlegung hätte ich gedacht, Sie bräuchten eine stärkere Dosis.«

Ich schüttelte den Kopf. Ich musste so viel spüren wie möglich. Für meinen eigenen kleinen Nadeltest.

Gina beschäftigte sich mit den Schläuchen und prüfte den Beutel mit Pisse, der an einer Seite des Bettes runterhing. Ich blickte zur Decke.

»Ich bin zurück, wenn das Essen kommt. Wenn die Schmerzen schlimmer werden, geben Sie mir Bescheid. Ich gehe davon aus, dass Sie etwas zum Schlafen wollen.« Gina hielt inne und berührte meinen Arm. »Sind Sie sicher, dass Sie keinen Besuch wollen? Ihre Familie ist noch da. Sie würden sofort kommen.«

Ich schüttelte den Kopf.

»Ich bin bald zurück.«

Ein letztes Mal klopfte sie mir auf den Arm, dann ging sie. Sobald die Tür zu war, griff ich nach dem Stift und ignorierte den Schmerz, der sofort in meinem Rücken aufflammte. Es war ein billiger Kuli. Ich drückte die Spitze raus, warf die Bettdecke zurück und stach sie mir mit aller Kraft in den Oberschenkel.

Ich sah mit surrealer Distanziertheit, wie ein Stück des Stifts in meinem Oberschenkel verschwand. Ich spürte absolut nichts in meinem Bein. Stattdessen durchströmte ein heißkaltes Gefühl meine Brust, so intensiv, dass mein Oberkörper steif wurde.

Ich habe grad bei mir selbst einen Herzinfarkt verursacht.

Der Monitor drehte durch, blinkte und piepte wie ein Flipper. Gina kam sofort zurückgerannt, gefolgt von Dr. K. Die merkwürdige kalte Hitze brannte mir ein Loch in die Brust, mir wurde schlecht, und ich bekam kaum Luft, aber ich sah nur den Stift in meinem Bein. Nur das *Nichts* dabei hatte irgend-eine Bedeutung.

Ich fühle nichts in meinem Bein.

»Autonome Dysreflexie«, murmelte der Arzt. Er sah mir freundlich, aber streng ins Gesicht. »Sie dürfen so etwas nicht mit sich machen, Wes. Ihre Beine können keinen Schmerz empfinden, aber ihr Körper durchaus.«

Was macht das schon?, dachte ich, als sie um mich herumrannten und etwas in meine Infusion taten, sodass ich plötzlich ich in die Bewusstlosigkeit sank.

Ich hatte keinen Schmerz empfunden. Nicht dort, wo es zählte.

Aber der Schmerz tief in meinem Inneren, in meiner Seele, heulte mit grenzenloser Kraft, selbst in der Dunkelheit.

Den Stift hatten sie mir weggenommen.

Der Schreibblock auf dem Nachttisch war leer. Unbeschrieben. Eine passende Metapher für das, was von mir übrig war. Ich erwachte aus dem durch die Medikamente herbeigeführten Schlaf, und mir dämmerte, dass ich mehr verloren hatte als nur die Fähigkeit, zu gehen. Das pulsierende Bedürfnis zu schreiben, die brennende Flamme, die nicht einmal in der Wüste des Krieges gelöscht worden war, war jetzt weg. Tot wie meine Beine.

Ich war ein Läufer ohne Beine.

Ich hatte Papier, aber keinen Stift.

Einfach alles war weg.

Hinter dem Fenster war es Nacht geworden, schwarz und undurchdringlich. Die Uhr auf dem Monitor zeigte nach Mitternacht.

Das ist die Strafe dafür, dass ich etwas hinterhergerannt bin, was mir nicht gehörte. Ich habe mein Schreiben benutzt, um zu mani-

pulieren und zu täuschen. Connor das Gefühl gegeben, wertlos zu sein. Autumn verletzt. Ich habe die Frau, die ich liebe, verletzt, obwohl ich geschworen hatte, das niemals zu tun.

Niemals zu lieben.

Ich sollte niemanden lieben.

Cynthia, die Nachtschwester, prüfte die Infusionen und maß meinen Blutdruck. Seit meinem Abenteuer mit dem Kugelschreiber wurde ich ununterbrochen überwacht, und morgen früh erwartete mich eine psychologische Evaluation.

Cynthia war nicht wie Gina. Gina zeigte immer ein sanftes Lächeln, fand warme Worte. Cynthia hingegen war knallhart und beobachtete mich mit Adleraugen. Sie wäre auch gut im Bootcamp aufgehoben gewesen.

»Sie sollten schlafen«, sagte sie und rückte mein Kissen zurecht.

»Wer ist im Besucherraum?«, fragte ich.

Sagen Sie, dass Connor da ist. Bitte. Sagen Sie, mein bester Freund ist wieder da.

»Die üblichen Verdächtigen. Ihre Schwestern, Mutter, Vater ...«

»Er ist nicht mein Vater.«

Cynthia schürzte die Lippen. »Ich weiß, es geht Ihnen nicht gut, aber Sie sollten vielleicht eine kleine Bestandsaufnahme machen, was Ihnen noch bleibt.«

»Wer noch?«

»Eine hübsche Rothaarige.« Cynthia hob die Augenbrauen. »Ihre Freundin?«

Ja, Autumn ist meine Freundin.

Aber der Gedanke gehörte zu jemand anderem, zu einem Leben, das nichts mehr mit mir zu tun hatte.

»Könnten Sie sie bitten, reinzukommen?«

Cynthia presste die Lippen aufeinander zu ihrer Version

eines Lächelns. »Es ist nach Mitternacht. Aber schließlich ist sie hier, also werde ich diese Bitte als Fortschritt werten.«

Sie ging hinaus. Kurz darauf kam Autumn herein.

»Zwanzig Minuten«, sagte Cynthia. »Dann muss er schlafen.«

Autumn zog sich einen Stuhl heran und setzte sich neben mich. »Hi.«

Sie sah furchtbar aus. Erschöpft. Aber, Gott, sie war wunderschön. Das Haar hatte sie zu einem unordentlichen Pferdeschwanz gebunden. Sie trug eine Schlabberhose, ein T-Shirt und kein Make-up. All die Sorge in ihren braunen Augen galt mir. Sie war nur meinetwegen die ganze Zeit hiergeblieben, und ich hatte nie etwas Schöneres im Leben gesehen.

Ihr Blick fiel auf meinen Oberschenkel, der mit vier Stichen genäht worden war. Betäubung hatte ich keine gebraucht.

»Ach Weston ...«

»Ich musste es selbst sehen.«

»Tu so etwas nie wieder. Nie.«

»Mach ich nicht.«

»Versprich es.«

»Versprochen.«

Die leeren Worte kosteten mich nichts. Ich würde keinen Stift mehr in mein Bein rammen, weil ich jetzt wusste, dass es sinnlos war.

»Es tut mir leid«, sagte sie. »Du bist stark. Du wirst das überstehen ...«

»Wo ist Connor?«, fragte ich. »Und sag mir diesmal die Wahrheit.«

»Ich hab dir die Wahrheit gesagt. Er ist in Boston.«

Ich sah sie an. »Und jetzt sag mir die ganze Wahrheit.«

»Sein Ellbogengelenk war zertrümmert, und sie mussten es ersetzen. Er hatte eine schwere Gehirnerschütterung und

PTBS-Symptome. Er ist ehrenhaft aus der Armee entlassen worden.«

Gut.

»Ist er wegen der PTBS nicht hier?«, fragte ich und bereitete mich innerlich auf die Antwort vor. »Ist es schlimm?«

»Ich glaube nicht, dass dies der richtige Augenblick ist, um es dir zu sagen.«

»Ich habe sonst nichts vor«, erwiderte ich düster. »Sag schon.«

Sie biss sich auf die Lippe, holte tief Luft. »Er glaubt, es ist seine Schuld. Was dir passiert ist, meine ich.«

Ich starrte sie einen Moment lang an, dann wandte ich den Kopf ab, sah zur Decke. »Und warum bist du noch hier?«

Für den Bruchteil einer Sekunde hing ich der Fantasie nach, dass Connor Autumn die Wahrheit gesagt hatte. Er hatte ihr alles gesagt, sie hatte ihm vergeben und saß hier an meinem Bett, weil es stimmte, was Connor gesagt hatte. Autumn liebte mich.

Sie liebt meine Seele, hatte er gesagt. *Und meine Seele bist du.*

Ich vertrieb den Gedanken. Es gab kein *Autumn und ich,* kein irgendwie geartetes *wir,* Fantasie oder nicht. Ich war erledigt. Wenn ich ihr vorher schon nichts hatte bieten können, dann jetzt erst recht nicht. Nicht einmal mehr schöne Worte.

»Ich bin hier, weil wir Freunde sind«, sagte sie.

»Aber du bist mit Connor zusammen«, sagte ich.

»Nicht mehr«, sagte sie. »Er hat sich von mir getrennt.«

Mein dummes verfluchtes Herz machte einen Satz. Ich sah sie lange an, bevor ich fragte. »Warum?«

»Er wollte es nicht sagen. Zumindest hat er keinen Grund genannt, der irgendwie Sinn ergab.« Sie fuhr mit den Fingerspitzen unter ihren Augen entlang, in denen Tränen standen. »Es tut mehr weh, als ich gedacht hatte. Oder vielleicht tut es genau richtig weh. Ich habe ihn geliebt. Und ich dachte, er hätte mich geliebt.« Sie lehnte sich zurück und sah mir in die Augen. »Seine Briefe haben mich das glauben lassen.«

»Er hat dich geliebt«, flüsterte ich und blickte zu dem leeren Block ohne Stift auf meinem Nachttisch. »So sehr. Aber jetzt ist es zu spät.«

»Was soll das bedeuten?«

Ich schüttelte den Kopf.

»Weston.« Sie legte mir die Hand auf den Arm. »Sieh mich an.«

Das tat ich und ließ mich in ihre Augen fallen. Smaragd- und Goldsplitter auf braunem Samt.

»Die ganze Zeit, seit wir angefangen hatten, miteinander auszugehen, hatte Connor eine Art, wenn wir uns gesehen haben, und eine andere auf dem Papier. Und irgendwann hatte ich den Verdacht … getäuscht oder sogar *manipuliert* zu werden. Auf die gemeinste Weise. Ich kann es nicht glauben, aber ich kann auch nicht aufhören, darüber nachzugrübeln. Ich weiß nicht, was ich denken soll. Ich habe *Angst* vor dem, was ich mutmaße. Also sag mir jetzt die Wahrheit. Hat Connor das Gedicht und diese Briefe geschrieben?«

Da war sie. Die Wahrheit, die darauf wartete, ans Licht zu kommen. Ich hörte die Frage hinter der Frage: *Hast* du *das Gedicht und diese Briefe geschrieben?*

Ich wollte es endlich zugeben. Dann könnte sie mich einfach hassen. Aber der Schmerz stand ihr so klar und deutlich in den Augen. Dieser Verrat würde sie mitten ins Herz treffen. Sie hatte meinetwegen mit Connor geschlafen; es war so falsch, was wir getan hatten. Der Gedanke traf mich härter als eine Kugel.

»Weston?«

»Er war es. Ich schreibe nicht«, sagte ich, verkündete meine neue Wahrheit. »Ich kann nicht schreiben.«

Sie erwiderte meinen Blick, betrachtete mich aufmerksam, und da wusste ich, dass sie mir glaubte. Weil wir Freunde waren. Weil sie mir vertraute. Das erleichterte Seufzen, die Anspannung, die sich aus ihren Schultern löste, sagten mir, dass ich die richtige Entscheidung getroffen hatte. Ich hatte vielleicht gelogen, aber es war besser, als sie mit der Wahrheit zu verletzen.

Ich muss sie noch ein einziges Mal verletzen, damit ich sie danach nie wieder verletzen kann.

»Du kannst jetzt gehen«, sagte ich.

Sie nickte. »Bist du müde? Du musst müde sein. Ich lass dich ein bisschen schlafen.«

»Nein. Ich meine, du kannst nach Amherst zurück.«

»Ich muss noch nicht zurück.«

»Ich will aber, dass du gehst.«

»Die Kurse fangen erst in ein paar …«

»Du willst dein Leben meinetwegen auf Eis legen? Ohne Job? Du weißt nicht mal, wo du pennen sollst.«

»Ich krieg das schon hin«, sagte sie. »Ich will nicht, dass du allein bist.«

Ich schloss die Augen angesichts ihrer Versuche, die Mauer, die ich um mich herum errichtet hatte, mit ihren sanften Worten einzureißen. »Geh zurück nach Amherst«, sagte ich in die Dunkelheit. »Geh und rette die Welt.«

»Weston, was willst du …«

Ich fuhr mit dem Kopf herum. »Hast du nicht zugehört?« Meine Stimme, noch rau vom Beatmungsschlauch, kratzte durch die Luft. »Ich hab gesagt, dass du gehen sollst.«

Autumn zuckte zurück und richtete sich auf dem Stuhl auf. »Ich weiß, dass es dir nicht gut geht«, sagte sie. »Mehr als das, du bist am Boden zerstört. Ich verstehe das. Aber schließ mich nicht aus.«

Ich sagte nichts. Starrte an die Decke.

»Weston, bitte rede mit mir. Ich kann nicht noch mehr Schweigen ertragen. Nicht von dir und nicht von Connor.«

Es ist besser so, Autumn. Besser für dich. Unser Schweigen ist besser als unsere Lügen.

Ich konzentrierte mich auf einen Fleck an der Wand, damit ich ihren Schmerz nicht spürte.

»Das war's also?«, fragte sie. »Du hast mir wirklich nicht mehr zu sagen?«

Hatte ich nicht. Ich hatte alles in einem Gedicht in der Wüste gelassen, geschrieben mit Blut und Tränen.

»Geh, Autumn.«

Sie keuchte leise. Ich wandte mich ihr zu und zwang mich, ihr in die Augen zu sehen.

Die Nacht vor unserem Einsatz war plötzlich mit aller Macht zurück. Als ich sie zum ersten Mal geküsst hatte und jeder verfluchte Wunsch meines Herzens plötzlich Wirklichkeit geworden war. Ich hatte dort auf der Couch fast mit ihr geschlafen, obwohl Connor im Nebenzimmer gelegen hatte. Ein Teil von mir musste gewusst haben, dass es meine letzte Chance war.

Du hast keine Chance mehr, Sockenboy. Jetzt bring es zu Ende.

»Bist du taub, verflucht?«, sagte ich. »Hau. Endlich. Ab.«

Autumn schüttelte den Kopf. »Du willst mich wegstoßen. Das bist nicht du …«

»Doch, das bin ich. Das bin genau ich, und ich sage dir mit meiner Stimme in meinen eigenen Worten, dass du dich endlich von hier verpissen sollst.«

Und da ist es, Ladies and Gentlemen. Das triumphierende Comeback des Amherst-Arschlochs.

Alles, was weich war an ihrem Gesicht, verhärtete sich und starb vor meinen Augen. Alles, was süß war, wurde sauer.

Es ist besser so. Es ist besser ...

Sie presste die Lippen zusammen, und Tränen rannen ihr die Wangen hinab. »Wenn du das willst.«

»Das will ich.«

Nein! Ich will dich ...

»Dann gehe ich. Ich wünsche dir das Beste. Bitte ... pass auf dich auf.«

Ein letztes Mal trafen sich unsere Blicke. Ohne zu blinzeln. Unnachgiebig.

Verabschiede dich von mir, Autumn.

»Mach's gut, Weston.«

Ich zwang mich, ihr nachzusehen. Als die Tür mit einem Klicken einrastete, war es, als würde eine Gefängniszelle abgeschlossen. Die Stille wurde dicht und erstickend.

Mit einem zornigen Urschrei warf ich das Tablett mit dem nicht angerührten Abendessen auf den Boden und verschaffte mir damit wahrscheinlich noch einen Eintrag für den Psycho-Test am nächsten Morgen.

Cynthia kam zurück und betrachtete die Schweinerei. »Sie machen nichts als Ärger, stimmt's?«

Ich schloss die Augen und zwang die Welt, zu verschwinden. *Ich mache nichts als Ärger.*

Ich bin nichts.

9

Autumn

Nie wieder.

Das war mein neues Gelübde. Das Mantra, das ich auf dem Flug von Baltimore nach Boston und im Bus von Boston nach Amherst ständig wiederholte. Ich musste an irgendetwas denken, nur nicht daran, wie weh es tat, Weston allein zu lassen.

Ich war bis zum nächsten Mittag im Krankenhaus geblieben für den Fall, dass Weston es sich überlegte oder sich von dem ersten Schock über seine Lähmung ein wenig erholte. Aber er blieb hart, und mir wurde schon wieder das Herz gebrochen.

Nie wieder werde ich zulassen, dass jemand mit meinem Herzen spielt.

Nie wieder werde ich zulassen, dass meine Handlungen von romantischen Ideen und Sehnsüchten bestimmt werden.

Nie wieder wird mir ein Mann – oder auch mehrere Männer – beim Erreichen meiner Ziele in die Quere kommen.

Nie wieder werde ich lieben, ohne das klare Gefühl zu haben, dass meine Liebe auch erwidert wird.

Keine Zweifel, keine Fragen, keine Unsicherheit. Wenn das ein ganzes Leben dauerte, dann war es eben so. In der Zwischenzeit hatte ich zu arbeiten.

Ich schloss unsere Wohnung auf, ließ den Koffer neben der Tür stehen und ging direkt zu meinem Schreibtisch. Connors Briefe lagen überall herum. Ich sammelte sie ein und trug sie zum Mülleimer in der Küche. Ich klappte den Deckel auf, wartete, schloss die Augen. Ich war immer noch überzeugt von meinen neuen Gelübden, aber auf einer tiefen instinktiven Ebene wusste ich, dass ich es eines Tages bereuen würde, wenn ich die Briefe einfach wegwarf.

Sie sind Teil meiner Geschichte.

Ich ließ den Mülleimerdeckel wieder zuklappen und nahm die Briefe mit in mein Zimmer. Unter meinem Bett bewahrte ich einen hölzernen Kasten mit Andenken auf. Meine Mutter hatte ihn mir geschenkt, als ich zehn war. Ich zog ihn hervor. In den Deckel war elegant mein Name eingebrannt, über die Seiten rankten sich Blumen und Reben. Ich legte Connors Briefe auf Fotos, Kartenabrisse, Briefe von früheren Brieffreunden und die Perlenkette, die ich von meiner Großmutter geerbt hatte. Kein Müll, nur Schätze.

Ich machte den Kasten zu, schob ihn wieder unters Bett und ging zu meinem Schreibtisch im Wohnzimmer zurück. Er war jetzt sauber, ordentlich und bereit für vernünftige Arbeit.

Ich baute meinen Laptop auf und legte Stifte und einen Collegeblock daneben. Morgen nach der Arbeit würde ich direkt in die Bibliothek fahren und mir Material für das Biotreibstoff-Projekt ausleihen. Die Vorlesungen fingen erst in ein paar Wochen an, aber ich tippte eine E-Mail an meine Beraterin, um ihr zu sagen, dass ich mich endlich für ein Projekt entschieden hatte.

Der Cursor schwebte über »Senden«, als ich die Mail noch einmal las. Es war ein guter Plan. Kompetent. Solide.

Nur lässt er mein Herz nicht höher schlagen.

Ich schnaubte leise. Meinem Herzen zu folgen hatte mir nur Verlust und Schmerz gebracht. Ich schickte die E-Mail ab.

Dann textete ich Ruby, dass ich in Massachusetts zurück war und mich auf ein paar schöne Abende mit ihr freute, bevor sie nach Italien ging. Sie antwortete nicht. So allein in der stillen, leeren Wohnung hörte ich mein Herz flüstern, dass es Connor und Weston – besonders Weston – nicht gut ging. Sie hatten sich nur ihrer Erlebnisse im Krieg wegen so verhalten, und es war egoistisch von mir, sie verlassen zu haben.

Ich habe sie nicht verlassen. Sie haben mich weggestoßen.

Der Drang, sie zu trösten oder für sie da zu sein, war einseitig. Sie brauchten mich nicht. Oder wollten mich nicht.

Und ich hatte genug davon, nicht gewollt zu werden.

Ich beschloss, dass ein sommerlicher Frühjahrsputz jetzt genau das Richtige wäre. Ein Neuanfang, passend zu meinem Neuanfang. Die Wohnung war in einem ziemlich guten Zustand – ich ließ sie nie unordentlich oder dreckig werden –, aber ich machte mich mit Energie an die Arbeit.

Den Sommer über hatte ich die Countrymusik meines Bruders mit ihren ehrlichen Texten gehört und lieben gelernt. Ich machte eine Country-Playlist auf Spotify an und sang »Love Me Like You Mean It« laut mit.

»Amen«, murmelte ich und schrubbte die Arbeitsplatte in der Küche, bis kein Fleck mehr zu sehen war. Es war die perfekte Hymne für mein neues Leben.

Mein neues, leeres, ruhiges Leben.

Als ich am nächsten Morgen aus der Dusche kam, sah ich eine neue Mitteilung auf meinem Handy. Ruby hatte mir letzte Nacht eine Sprachnachricht hinterlassen.

»Hey, Süße, schön, dass du zurück bist. Bin noch in Boston, Familie und so, aber nächste Woche geht's zurück gen Westen, und wir machen es uns noch mal richtig gemütlich. Und ruf mich an, wenn du das hörst. Egal wann, okay? Alles Liebe. Bye.«

Ich runzelte die Stirn, hörte die Nachricht noch einmal. Ihre sonst lockere und gut gelaunte Stimme klang angespannt.

Ich rief sie zurück und betete, dass es nicht noch mehr schlechte Nachrichten gab.

Ruby ging beim ersten Klingeln ran. »Hey, danke, dass du zurückrufst.«

»Es ist sechs Uhr morgens, und du gehst ans Telefon«, sagte ich. »Alles okay?«

»Mir geht es gut, aber … Mist, ich weiß gar nicht, wie ich es sagen soll. Oder ob ich überhaupt sollte. Aber ich hab gedacht, scheiß drauf, *natürlich* muss ich es ihr erzählen.«

»Was?«, fragte ich und setzte mich auf den Küchenstuhl.

»Also.« Ein Seufzen war zu hören. »Ich bin mit Victoria und Connor nach Boston zurückgeflogen.«

»Ja?«

»Ja. Er war ziemlich still während der ersten Hälfte des Flugs. Aber dann hatte er ein paar Drinks und hat sich irgendwie entspannt. Wir haben geredet, und ich hab ihn ein paarmal zum Lachen gebracht, und Victoria glaubt jetzt, ich bin die Antwort auf all ihre Gebete.«

»Okay«, sagte ich langsam.

»Sie hat mich und meine Eltern zum Essen eingeladen. Connor geht's wirklich nicht gut, und ich denke, ich sollte zusagen, aber ich wollte zuerst mit dir reden. Beste Freundin, du weißt schon.«

Ich schwieg und versuchte, mir darüber klar zu werden, wie ich das fand.

»Auts?«, fragte sie. »Was denkst du?«

»Ich glaube, ich bin eifersüchtig.«

»Wirklich?«

»Ein bisschen«, sagte ich nach einem kurzen traurigen Lachen. »Ich meine, Connor redet nicht mit mir. Er hat mich verlassen, und ich gebe mir wirklich Mühe, nach vorn zu blicken. Aber natürlich will ich wissen, wenn es ihm besser geht.«

»Ich glaube nicht, dass es ihm besser geht«, sagte Ruby. »Es sah aus, als würde er nicht gerade wenig trinken. Victoria hat ihn überredet, im Herbst wieder ans College zu gehen. Oder ihn vielmehr gezwungen.«

»Das heißt, er will nicht?«

»Überhaupt nicht. Und er redet nicht über Wes. Weigert sich, seinen Namen auszusprechen, und macht komplett dicht, wenn man von ihm anfängt.«

Ich schloss die Augen. *Halt dich an deine Gelübde.*

»Egal«, sagte Ruby. »Ich wollte dich nur wissen lassen, wie es steht.«

»Danke, Ruby.«

»Meine Eltern wollen, dass ich Familie in DC besuche. Ich versuche, danach nach Amherst zu kommen. Hältst du es so lange ohne mich aus?«

»Ich geb mir Mühe«, sagte ich. Ich war enttäuscht, aber die Zeit allein würde mir einen guten Start für mein Projekt verschaffen.

»Braves Mädchen. Hab dich lieb.«

»Ich dich auch. Und Ruby, sag Connor ...«

»Ja?«

Sag ihm, ich vermisse ihn.

»Nichts.«

»Sicher?«

»Sicher«, sagte ich. »Wir sprechen uns bald wieder.«

Wir legten auf, und ich hielt das Handy in meinem Schoß fest. Es gefiel mir nicht, dass Connor trank, aber ich konnte ihm nicht helfen. Er wollte ja nicht einmal, dass ich es versuchte. Er war fertig mit mir, und ich musste das akzeptieren. Und mich an meine Gelübde halten.

Ich zog eine schwarze Hose und eine weiße Bluse an und fuhr mit dem Fahrrad zum Panache Blanc. Die Sonne stand noch nicht hoch am östlichen Horizont, aber die Luft war warm und schwül. Während der ganzen Fahrt zu Amhersts kleiner Innenstadt bereitete ich mich innerlich auf Edmond de Guiche vor. Ich wusste, er würde sechs Sekunden brauchen, um die eiserne Entschlossenheit in meinem Gesicht zu deuten, und sofort versuchen mich durch Reden, Singen oder Essen davon zu überzeugen, meine Liebe nicht aufzugeben.

»Hallo Edmond«, rief ich und verstaute meine Tasche unter dem Ladentisch. Die Bäckerei duftete nach warmem süßem Gebäck und frischem Kaffee. Als ich mir die Schürze umband, stürmte Edmond durch die Tür der Backstube und schmetterte aus vollem Hals eine Arie aus irgendeiner Oper. In dem weißen Kittel und mit dem schwarzen Schnurrbart sah der große Franzose aus wie aus einer anderen Zeit, als Romantik noch einfach war, Männer und Frauen ihre Liebe schlichtweg erklärten, sich in derselben Nacht verlobten und für immer verheiratet blieben.

»Mein liebes Mädchen.« Edmond zog mich in eine seiner typischen Umarmungen, und ich widerstand meinem typischen Drang, mich einfach fallen zu lassen. »Ich habe Sie so vermisst.«

»Ich habe Sie auch vermisst«, sagte ich. »Ich hoffe, Phil hat nicht zu viel arbeiten müssen.«

Phil Glassmann war der andere Mitarbeiter. Inzwischen war er neunzehn und hatte sich immer noch nicht an die Arbeitszeiten in einer Bäckerei gewöhnt, obwohl er hier seit über einem Jahr arbeitete.

»Pah.« Edmond winkte ab. »Philippe kann nicht zu viel arbeiten. Was arbeitet er schon!« Er lachte, dann kniff er die Augen zusammen. »Wie geht es Ihnen nach Ihrer Reise? Wie geht es Ihrem Liebsten, Connor? Alles gut?«

Ich nickte und füllte den Serviettenspender auf. »Er ist am Ellbogen operiert worden, aber er wird wieder gesund. Und er muss nicht zurück in den Einsatz.«

»Ah, welch eine Erleichterung, das zu hören. Und Monsieur Turner? Wie geht es meinem homme tranquille? Meinem stillen Mann?«

»Seine Verletzungen sind schlimmer.« Ich zwang mich, Edmond anzusehen. »Er ist gelähmt. Er kann nicht gehen. Sie glauben, dass er für den Rest seines Lebens im Rollstuhl sitzen wird.«

Als ich es laut aussprechen musste, hämmerte es erneut auf mich ein, und Tränen traten mir in die Augen.

»Mon Dieu.« Edmond legte sich eine Hand auf die Brust, seine Augen waren geweitet. »Es schmerzt, das zu hören. Keine Rennen mehr?«

Ich schüttelte den Kopf. »Keine Rennen mehr.«

Bevor ich es begriff, hatte Edmond mich erneut in den Arm genommen, und diesmal widerstand ich nicht. Ich brauchte es einfach.

»Es tut mir so leid«, sagte Edmond.

Ich nickte an seiner Brust, dann löste ich mich von ihm. »Er lebt. Sie leben beide. Das ist alles, was zählt.«

»Oui«, sagte Edmond. »Und Wes, er ist ein starker Mann. Er wird überwinden, was das Leben für ihn bereithält, und er wird triumphieren. Das weiß ich.«

»Ich hoffe, Sie haben recht«, sagte ich. »Ich hoffe es für ihn und für Connor.«

Edmond runzelte wieder die Stirn. »Ich höre da einen Abschied in diesen Worten. Was ist denn sonst noch passiert?«

Ich holte tief Luft und wappnete mich. »Connor und ich haben uns getrennt, und Weston hat eine lange Reha vor sich.

Sie müssen sich darauf konzentrieren, gesund zu werden, und dafür brauchen sie mich nicht.«

»Sagt wer?«

»Sagen sie.« Schamesröte stieg mir in die Wangen. »Es ist besser für uns alle, auch für mich. Ich kann das, was ich durchgemacht habe, nicht mit ihren Erlebnissen im Kampf vergleichen, aber ich weiß, ich sollte mich besser auf meine Arbeit konzentrieren.«

Edmond sah verwirrt aus. »Arbeit? Was ist mit Ihrer Liebe? Wo soll Ihre Liebe jetzt hin?«

»Sie wird in mein Studium fließen. In mein Harvard-Projekt.«

Edmond schüttelte den Kopf. »Aber Sie haben so ein romantisches Herz, so viel Liebe zu geben …«

»Es ist nicht mehr wichtig.«

»Nicht wichtig?« Edmond hätte nicht entsetzter gucken können, wenn ich in den Kuchenteig gespuckt hätte. »Ma chère, es ist das Wichtigste von allem …«

»*Nein*«, sagte ich. »Ist es nicht. Es hat mir nur Kummer gebracht. Ich mag beide wirklich gern, aber ich muss auch an mich denken. Und ich will nicht mehr darüber reden.«

Edmond musterte mich einen Moment mit betrübter Miene. Dann ließ der Timer des Ofens in der Backstube ein leises *Ping* hören, und seine Augen leuchteten auf. Er ging in die Backstube und kam mit einem Blech frisch gebackener Cranberry-Scones zurück.

»Essen Sie, meine Liebe! Erinnern Sie sich, wie süß das Leben ist! Die wahre Liebe wird Sie finden, und es wird keinen Kummer mehr geben, nur Freude.«

Letztes Jahr um diese Zeit hatte Edmond mir genauso einen warmen Scone und warme Worte serviert, nachdem mein Ex-Freund mich betrogen hatte. Damals hatte ich den Scone gegessen und es wieder versucht. Ich hatte am Rand der Klippe gestanden und war gesprungen, trotz all meiner Ängste und Zweifel und Schmerzen. Und ich war zerschellt.

Ich lächelte schwach und schüttelte den Kopf.

»Danke, Edmond«, sagte ich. »Aber ich habe keinen Hunger.«

10

Weston

»Ich habe keinen Hunger.«

»Lass den Blödsinn, Weston Jacob Turner, und iss.«

Ein Löffel mit Haferbrei tauchte vor meinem Gesicht auf, gehalten von den mit langen Acrylnägeln bestückten Fingern meiner Mutter. Ich drehte den Kopf auf dem Kissen weg und führte meine stündliche Parkplatzinventur durch. Heute um zwölf hatten dort sechsunddreißig Wagen gestanden, jetzt waren es dreiunddreißig. Der rote Sportwagen war weg, an seiner Stelle stand ein silberner Viertürer.

»Du hast seit zwei Tagen nichts gegessen«, sagte Ma.

Ein weißer SUV fuhr auf den Parkplatz. Das machte vierunddreißig.

Was für ein faszinierendes Leben du dir da erkämpft hast, Sockenboy.

»Wes. *Wes*. Verdammt, siehst du mich wohl an?«

Ma schlug mir leicht auf die Wange, aber ich betrachtete weiter den Parkplatz.

»Du willst so weitermachen? Du musst mit der Reha anfangen, sonst wird es noch schlimmer. Willst du das? Willst du, dass es schlimmer wird?«

Die Zimmertür öffnete sich, und ich hörte Schritte.

»Wie ist es heute?«, fragte Paul.

»Schrecklich ist es«, sagte Ma. »Er will nichts essen.« Dann ergänzte sie lauter, als hätte ich mein Gehör verloren und nicht die verfluchte Fähigkeit zu gehen: »Die setzen dir wieder diese Magensonde ein, wenn du nichts isst. Willst du das?«

Ich schloss die Augen.

»Siehst du?«, sagte Ma mit brüchiger Stimme. »Er hungert. Ja? Ist es das? Willst du dich umbringen? Du hast dich schon ins Bein gestochen, um Himmels willen. Warum stichst du deiner armen Mutter nicht gleich ins Herz? Gibt's hier einen Stift? Paul, hol mir einen Stift …«

Sie fing an zu weinen, aber ihr Schmerz konnte den Nebel der Apathie nicht durchdringen, der sich dick und farblos um mich gelegt hatte.

»Lass mich einfach in Ruhe«, sagte ich fast im Plauderton. »Kriegst du das für eine Minute hin, Ma? Mich verdammt noch mal in Ruhe zu lassen?«

Sie keuchte. Ich hatte noch nie so mit ihr geredet, nicht einmal in den raueren Zeiten in Southie, als ich mich mit Fäusten und scharfen Bemerkungen gegen Kids gewehrt hatte, die mich für ein wehrloses Opfer hielten.

Jetzt bist du erst wehrlos. Und abhauen kannst du auch nicht.

»Wes«, sagte Paul in versöhnlichem Ton. »In einer Stunde kommt der Therapeut. Du wirst deine Kraft brauchen.«

Klar. Kraft, um meinen Arsch zum ersten Mal in einen Rollstuhl zu hieven.

Geradezu reflexhaft versuchte ich jedes Mal, wenn ich das Wort ›Rollstuhl‹ hörte, eines der toten Gewichte anzuheben, die an meinen Hüften befestigt waren. Ich konnte spüren, dass meine Beine dort waren, aber sie *bewegten* sich nicht, verdammt. Es war, als würde man einen Verhungernden vor einem Buffet abstellen, an das er niemals rankommen würde.

»Nein danke.«

Ich öffnete die Augen. Mist, ein beiger Nissan hatte geparkt, während ich nicht hingesehen hatte. Waren es jetzt fünfunddreißig Wagen? Ich zählte noch einmal alle durch, nur zur Sicherheit.

Paul sprach wieder mit seiner leisen Stimme. Ma kreischte. Ich schaltete ab und driftete in den Schlaf. *Vierunddreißig, fünfunddreißig...*

Jemand weckte mich mit einem sanften Stoß gegen die Schulter, und als ich die Augen öffnete, sah ich einen dunkelhäutigen Mann mittleren Alters mit grau meliertem Haar und freundlichen braunen Augen.

»Hallo, ich bin Harlan«, sagte er. »Ihr Physiotherapeut.«

Seine Hand lag auf der Rückenlehne eines Rollstuhls. Schon bei dem Anblick zogen sich meine Eingeweide zusammen.

»Nein danke«, sagte ich zu Harlan und seinem Rollstuhl und drehte mich weg.

Er versuchte mit seiner freundlichen, professionellen Art, mich zu überreden, aber ich war viel zu beschäftigt, um zuzuhören. Ich musste Autos zählen.

Ich schlief ein und wachte auf. Ein weiterer Psychologe kam und versuchte, mit mir zu reden. Dann ein Sozialarbeiter. Eine Schwester versuchte, mich zum Essen zu bewegen. Der Himmel verdunkelte sich, und es wurde Nacht – Zeit, um nicht mehr Autos, sondern Sterne zu zählen. Nur eine Handvoll. Die Lichter der Stadt dämpften den Rest.

Ob Autumn in Amherst zurück war und heute Nacht die Sterne betrachtete? In Amherst, wo der Himmel seine Diamanten besser über ihr leuchten lassen konnte als in Boston. Besser als hier. Mit mir.

Für dich hole ich die Sterne vom Himmel,
lege ihr Feuer um deinen Hals wie Diamanten
und sehe, wie sie dich mit meinen Lügen verbrennen ...

Ich tauchte in den Schlaf ab. Als ich aufwachte, fiel das Morgenlicht auf mich. Der Hunger brüllte in meinem Magen, aber ich ignorierte ihn. Du willst nicht gehen? Gut, dann gibt's auch keine Suppe für dich. Es war eine schräge Abmachung, die ich mit meinem Körper getroffen hatte. Etwas, was ich kontrollieren konnte.

Die Schwestern warnten mich, man würde mir eine Ernährungssonde legen, wenn ich nicht aß, aber ein blauer Viertürer fuhr gerade auf den Parkplatz. Ein neuer Tag in Sockenboys Leben. Ich hatte Autos zu zählen, Leute zu ignorieren, Nickerchen zu halten. Die Drohungen der Schwestern und Harlans Besuche mit seinem kleinen Freund, dem Rollstuhl, drängten sich auf meinem Terminkalender. Wie sollte man irgendwas erledigt kriegen, wenn man ständig unterbrochen wurde?

Inmitten meiner mittäglichen Parkplatzinventur trat Michael Ondiwuje in mein Zimmer.

Wie ein Geist aus einer anderen Ära. Ein Gesandter aus meinem alten Leben. Dem Leben, in dem ich Entscheidungen noch hatte zurücknehmen können, in dem noch Worte in meinem Herzen brannten und meine Beine mich trugen, wohin auch immer ich wollte.

»Corporal Weston J. Turner«, sagte Professor Ondiwuje und stellte sich einen Stuhl neben mein Bett. »Ich kann nicht sagen, wie sehr es mein Herz erfreut, Sie lebend wiederzusehen.«

Mein eigenes Herz schlug schneller, pumpte zum ersten Mal seit Tagen etwas mehr als trunkene Apathie durch meine Adern. Ich betrachtete ihn, wagte kaum zu glauben, dass dieser geniale Dichter mich besuchen kam. Er trug einen todschicken blauen Anzug und eine Krawatte in einem etwas helleren Blau. Er hatte keine Dreadlocks mehr. Das naturkrause Haar fiel ihm einfach so auf die Schultern.

»Woher wussten Sie, dass ich hier bin?«

»Im Kollegium wurde darüber gesprochen, dass Senatorin Drakes Sohn – Ihr Freund Connor – aus dem Kampf zurückgekehrt ist und sein Studium in Amherst wieder aufnehmen will. Ich habe sofort an Sie gedacht und gehofft, dass auch Ihr Einsatz beendet ist. Dass Sie zu uns zurückkommen. Dann habe ich ein bisschen herumgeschnüffelt, um Ihren Aufenthaltsort herauszufinden, und hier bin ich.«

Connors Namen zu hören weckte in mir einen Schmerz, den ich tief in mir zu begraben versuchte. Wie den Hunger, nur, dass ich den leichter ignorieren konnte.

»Connor ist wieder in Amherst?«

»Ja.« Professor Ondiwuje verschränkte die Hände im Schoß, ein goldener Ehering hob sich hell von seiner dunklen Haut ab. »Und Sie? Wann kommen Sie zurück?«

»Ich komme nicht zurück.«

Er runzelte die Stirn. »Man hat mir gesagt, dass Sie die Nahrungsaufnahme verweigern und kein Interesse an Ihrer Rehabilitation zeigen.«

»Das ist richtig.«

»Sie geben also auf?«

Ich blickte in Richtung Fenster. »Sagen wir, ich nehme mir ein bisschen frei.«

»Sie laufen weg, meinen Sie.«

Ich schnaubte. »Ich laufe nirgendwohin.«

»Doch, Sie laufen.« Professor O tippte sich mit einem Finger gegen die Stirn. »Hier oben. Sie sind jahrelang vor sich selbst weggelaufen, oder? Es ist zwar eine entsetzliche Lektion, aber ich denke, das Universum will Ihnen auf diese Weise mitteilen, dass Sie sich endlich hinsetzen und sich stellen müssen. Sie werden sich hinsetzen und bei dem bleiben, der Sie sind, Wes. Vielleicht zum ersten Mal in Ihrem Leben.«

»Soll das eine Art Motivationsgespräch sein?«

»Ich sage nur, wie es ist«, antwortete er. »Das Universum macht keine Fehler.«

Ich dachte an den wiederkehrenden Traum von dem Rennen. Ich hätte in Syrien *sterben* müssen. Nicht mit einem Körper weiterleben, der in zwei Hälften zerteilt war.

Ich verzog den Mund. »Vorherbestimmte Scheiße ist immer noch Scheiße.«

Ondiwuje schwieg einen Moment. Ich spürte, wie er seine Gedanken für einen neuen Angriff ordnete. Um mich zu inspirieren, meinen Hintern aus dem Bett zu bewegen. Es würde nicht funktionieren. Es war nichts mehr übrig.

»Erinnern Sie sich noch an unser letztes Gespräch?«, fragte Professor O. »Ich hatte festgestellt, dass Sie ein Läufer, ein Dichter und ein Krieger sind.«

»Ich bin das alles nicht mehr«, sagte ich. »Ich kann nicht laufen, ich kann nicht schreiben, und ich habe nichts, wofür es sich zu kämpfen lohnt.«

Zu meiner Überraschung traten dem Mann Tränen in die Augen.

»Mein Gott, Wes«, sagte er, und seine Stimme brach. »Nichts, wofür es sich zu kämpfen lohnt? Kämpfen Sie für *sich*. Für das, was Sie sind. Kämpfen Sie endlich für sich selbst und für das, was Sie lieben. Für die, die Sie lieben.«

Stille senkte sich schwer und dicht auf uns herab. Ich schüttelte langsam den Kopf, und Tränen brannten in meinen Augen, als ich an die dachte, die ich liebte.

Autumn. Und, Gott, Connor. Mein Bruder ...

»Ich habe alles kaputt gemacht«, sagte ich. »Ich habe meine Freundschaft kaputt gemacht. Ich habe ihre Liebe kaputt gemacht. Wenn sie wüsste, was ich getan habe ...« Ich schluckte die Tränen hinunter. »Im Moment ist sie unendlich traurig, und es ist unsere Schuld. Er hat sie verlassen, und ich habe sie rausgeworfen. Wir sind schuld. Wir sind die Arschlöcher, und so muss es sein. Wie würde sie sich fühlen, wenn sie die Wahrheit wüsste? Ich kann ihr das nicht antun.«

Professor O schüttelte den Kopf. »Liebe kann alles vergeben.«

»Sie würde mir nie vergeben, und das sollte sie auch nicht.«

»Ich meinte nicht ihre Vergebung. Ich meinte Ihre eigene. Sich selbst gegenüber. Sie müssen für *sich* kämpfen, damit die Liebe, die Sie für *sie* empfinden, eine Chance hat.«

Ich wollte protestieren, aber Professor Ondiwuje legte die Hand auf meine.

»Ich werde Ihnen eine Geschichte erzählen, Weston«, sagte er. »Schließen Sie die Augen, und hören Sie zu. Mehr werde ich heute nicht von Ihnen verlangen.«

Ich machte die Augen zu, weil das schwache Gerüst um mein müdes Herz endgültig eingestürzt wäre, wenn ich seine Güte noch länger hätte sehen müssen.

»Die Geschichte handelt von dem Einmalgeborenen und dem Zweimalgeborenen«, sagte Professor O. »Der Einmalgeborene geht den Weg seines Lebens, und wenn der Weg ihn in den dunklen Wald des Elends und der Verletzungen, der Verluste und der Schmerzen führt, bleibt er stehen und weigert sich, auch nur einen Schritt weiterzugehen. Er versucht, auf dem Weg, den er gekommen ist, zu fliehen, aber der ist für immer verschlossen. Also lebt er sein Leben in der Gewissheit, dass die Welt ungerecht und brutal ist. Andere sind bei ihm, zeigen auf die kratzenden Äste und die lauernden Schatten und sagen: ›Ja, das Leben ist hart und ungerecht. Siehst du?‹ Und sie schlagen ihr Lager dort im Elend auf, statt weiter dem Weg zu folgen. Dem Weg hinaus.«

Seine tiefe, melodische Stimme erschuf Worte, die mich sanft in die Brust trafen, mir durch Mark und Bein gingen.

»Aber es gibt auch den Zweimalgeborenen, Weston«, sagte er, und seine Hand schloss sich um meine. »Es gibt den Mann, der in den dunklen Wald seines Lebens geht und leidet. Manchmal unvorstellbar. Der Weg zurück ist ihm für immer verschlossen, aber der Zweimalgeborene geht voran. Der Weg wird verschlungener, das Elend scheint unüberwindbar. Aber er geht weiter, bis sich eines Tages das Dunkel lichtet. Die Äste kratzen nicht mehr über seine Haut, sondern machen ihm Platz. Er wird die Narben voller Stolz betrachten, wenn er neugeboren aus dem Wald heraustritt. Was er ausgehalten hat, hat ihn stärker gemacht. Weiser. Er ist verändert. Und dankbar für die gelernten Lektionen.«

Tränen traten unter meinen geschlossenen Lidern hervor.

»Wo Sie jetzt sind, ist es sehr dunkel, nicht wahr?«, fragte Professor Ondiwuje. »Aber hier ist das Geheimnis: Jeder Einmalgeborene ist ein Zweimalgeborener, der seine Stärke noch nicht entdeckt hat. Ich habe Ihr Herz gesehen und Ihre Worte gehört, Wes. Sie werden das überleben. Sie sind ein Dichter in der Rüstung eines Kriegers. Sie kommen aus diesem Wald heraus, aber zuerst müssen Sie den ersten Schritt tun. Es gibt keine andere Möglichkeit.«

Ich blieb lange Zeit still liegen, lauschte meinem Atem und dem Herzschlag in meiner Brust. Dem Trommeln. Dem Pendel, das die Augenblicke meines Lebens markierte.

Ich nickte ein, und als ich die Augen wieder öffnete, war Professor Ondiwuje fort. Der Stuhl leer. Dahinter, in einer Ecke des Zimmers, wartete der zusammengeklappte Rollstuhl, um mich durch die Dunkelheit zu tragen.

Ich holte Luft, und als ich ausatmete, drang ein schwaches stockendes Flüstern aus meiner Kehle: »Es gibt keine andere Möglichkeit.«

Teil 3

August

11

Autumn

Ethanol- und Biodieselindustrie bieten für Mais, Getreide, Sojabohnen und andere landwirtschaftliche Kulturpflanzen einen blühenden neuen Markt. Allein in den USA wurden 2015 ...

Ich blinzelte und rieb mir die Augen, als könnte das die Worte interessanter machen. Etwas Begeisterung für das Thema wecken. Ich blickte vom Buch zum Fernseher. Den ganzen Abend hatte er mich mit der ersten Staffel von *The Crown* auf meinem Festplattenrekorder gelockt, während im Tiefkühlfach ein halber Liter Cherry-Garcia-Eis wartete.

»Nein«, murmelte ich. »Ich schaffe das. Es ist wichtig.«

Wenn Harvard mein Projekt akzeptierte, würde das mein Leben sein.

Der ganze Rest meines Lebens.

Ich blinzelte, konzentrierte mich und nahm erneut das Buch in die Hand. Als meine Augen wieder glasig wurden, zeigte mein Smartphone an, dass ich eine E-Mail bekommen hatte. Mein Herz setzte einen Schlag aus, als ich sah, dass sie von der Personalabteilung der U.S. Army war.

Gott, was können die noch wollen?

Ich klappte mein Laptop auf, um die Mail besser lesen zu können.

Familien und Freunde des 1. Bataillons, 22. Infanterieregiment.

Mit großem Stolz informieren wir Sie, dass am Samstag, dem 16. August, an drei Mitglieder des I-22 IN das Purple Heart verliehen wird:
Sanitäter Kyle P. Wilson
Gefreiter Erster Klasse Connor Drake
Corporal Weston J. Turner
Corporal Turner wird zusätzlich den Bronze Star für verdienstvolle und heldenhafte Taten im Kampfeinsatz erhalten.
Die Zeremonie findet in der City Hall, Boston, statt.
1 City Hall Square
Boston, MA 02 201
16 Uhr
Alle Freunde und Familienmitglieder von Soldaten des I-22 IN sind herzlich eingeladen teilzunehmen.
Danke für Ihre Unterstützung.

Anscheinend war ich immer noch im E-Mail-Verteiler der Freunde und Familienmitglieder des 22. Infanterieregiments. Ich suchte in der Mail nach einem Link, um mich abzumelden. Ich musste raus aus dieser Liste und mich endlich ausklinken aus dem, was Weston, Connor und ich gewesen waren.

Mein Blick suchte erneut die Zeile über Weston. Zum Corporal befördert und jetzt auch noch der Bronze Star. Stolz stieg in mir auf, und ich merkte, dass ich ihn vermisste. Es verletzte mich, dass Connor mich verlassen hatte, aber Connors Abwesenheit fühlte sich an wie eine alte Wunde, die schnell heilte. Die Lücke aber, die Weston hinterlassen hatte, wurde jeden Tag größer.

Weil wir Freunde sind und Freunde einander vermissen.

Nur dass wir seit der Nacht vor dem Einsatz keine Freunde mehr gewesen waren.

Wir hatten die Grenzen der Freundschaft auf dieser Couch überschritten. Hatten sie mit wilden Küssen und Berührungen gesprengt, als hätten wir einander verzweifelt und seit langer Zeit begehrt.

Weston zu küssen war wie der Höhepunkt einer Entwicklung, die ich nicht einmal als solche wahrgenommen hatte.

Der Gedanke steckte wie ein Stachel in meiner Seele. So schmerzhaft wie der Moment, als Weston mich aus seinem Krankenzimmer und seinem Leben hinausgeworfen hatte.

Ich klappte den Laptop zu und las weiter.

Cellulose-Ethanol nennt man oft den Biotreibstoff der zweiten Generation. In diese Kategorie gehören auch erneuerbarer Diesel und nachhaltige Kraftstoffe auf der Basis von Estern und Fettsäuren ...

Ich stützte das Kinn in die Hand, und innerhalb von Momenten verwandelten sich die Worte in verschwommenen Unsinn. Wenn ich das nicht bald in den Griff bekam, würde ich eins meiner Hauptfächer zugunsten von Chemie aufgeben müssen.

Ein Schlüssel drehte sich im Schloss, und ich fuhr zusammen. Ruby trat in die Wohnung und sah wunderschön und strahlend aus in Jeans und einer leuchtend gelben Bluse.

»Ich hab dich erst morgen Abend zurückerwartet.«

Ich war froh, vom Schreibtisch aufstehen zu können, um sie zu umarmen.

»Ich komme für die versprochenen Mädelsabende«, sagte sie, schob ihren Rollkoffer zur Seite und hielt eine Papiertüte hoch. »Wein und Eis, und anscheinend läuft grade *Zehn Dinge, die ich an dir hasse* im Kabelfernsehen. Was hältst du davon?«

»Du bist meine Rettung.«

Ich holte Weingläser aus der Küche, während sie vier Flaschen Cabernet aus ihrer Tüte hervorzauberte.

»Ich hoffe, das soll für die ganzen vier Tage reichen!«, sagte ich.

»Wir werden sehen. Du bist zweimal abserviert worden. Doppeltes Pech. Verzweifelte Zeiten verlangen nach verzweifelten Maßnahmen.«

»Weston hat mich nicht abserviert. Wir waren nicht einmal zusammen.«

Ruby zuckte die Achseln. »In Unbeachtung der …«

»Das ist kein Wort.«

Sie streckte mir die Zunge raus. »Ungeachtet der Einzelheiten deiner schmutzigen Affären habe ich genügend Wein und Schokolade, um uns durch die nächsten paar Nächte zu bringen, bevor ich nach Bella Italia abreise.«

»Kannst du mich nicht mitnehmen?«

»Ich wünschte, ich könnte.« Sie deutete mit dem Kinn auf meinen Schreibtisch. »Wie läuft's mit dem Maisbenzin?«

»Gut«, sagte ich und beachtete das spöttische ›Maisbenzin‹ gar nicht. »Sehr gut. Ich mache Fortschritte.«

»Oh Gott, so schlimm?« Wir nahmen unsere Weingläser, zwei Löffel und das Cherry-Garcia-Eis mit auf die Couch.

»Na gut, nicht so toll«, gab ich zu. »Es ist, ehrlich gesagt, total langweilig.«

»Wirklich?«, murmelte Ruby und nahm einen Löffel Eiscreme. »Tut mir leid, aber ich hab's dir gleich gesagt …«

Ich stieß einen frustrierten Seufzer aus. »Gott, Ruby, ich habe keine Ahnung, was ich mache. Endlich werde ich mal nicht von einem Männerdrama abgelenkt, und jetzt fühlt sich das Projekt total bedeutungslos an.«

»Apropos Männerdrama«, sagte Ruby langsam. »Meine Eltern und ich waren letzte Woche bei den Drakes zum Essen. Und Connor ...«

»Wie geht es ihm?«, unterbrach ich sie und wappnete mich.

»Ehrlich gesagt, nicht so gut«, erwiderte Ruby. »Er hat viel getrunken und klagte über Kopfschmerzen. Die meiste Zeit wirkte er einfach total unglücklich. Vor allem, wenn es um die Sache mit Wes' Reha ging.«

»Wie meinst du das?«

Sie trank einen Schluck Wein. »Wes war in eine Art Hungerstreik getreten und stand unter Beobachtung.«

Alles Blut wich mir aus dem Gesicht. »Wegen Selbstmordgefahr?«

»Klang so.«

»Oh mein Gott. Und sie haben in Connors Beisein darüber geredet, dass Weston selbstmordgefährdet ist? Obwohl sie wissen, dass er sich wahrscheinlich auch dafür die Schuld geben wird?«

Ruby nickte. »Es war grauenvoll. Nach dem Essen hab ich mich mit Connor unterhalten. Um ihn ein bisschen zum Lachen zu bringen und so. Seine Eltern ... Sie kapieren es einfach nicht. Sie weigern sich zu sehen, dass er sich die Schuld gibt. Es ist egal, dass es nicht seine Schuld ist, solange er das Gegenteil glaubt. Aber sie reden nicht darüber. Genauso wenig wie über die PTBS. Sie wollen glauben, dass er einfach drüber hinwegkommt.« Sie schüttelte den Kopf, und ihre dunklen Augen waren ungewöhnlich besorgt. »Sie haben durchgedrückt, dass er zurück aufs College geht. Er hat nie gesagt, dass er das wollte. Sie haben es einfach so bestimmt, und er wehrt sich nicht.«

»Und Weston hat die Reha schließlich gemacht?«

»Hat er«, sagte Ruby. »Er hat sich zusammengerissen und zieht es durch, hat Victoria gesagt.«

»Hat Connor versucht, mit ihm zu reden?«, fragte ich. *Sie brauchen einander.*

»Ich nehme es an«, sagte Ruby. »Schließlich werden sie wieder zusammen wohnen.«

Ich riss die Augen auf. »Was?«

»Weston wird auch sein Studium beenden.«

Ich werde sie sehen. Beide.

Eine Sekunde lang erfüllten Glück und Wärme meine Brust. Dann war genauso schnell die kalte und verworrene Realität zurück.

Du weißt nicht einmal genau, was sie dir bedeuten, und sie wollen dich sowieso nicht sehen. Halt dich an deine Gelübde.

»Die Drakes haben in Amherst eine Wohnung für sie umbauen lassen«, sagte Ruby. »Du weißt schon, damit sie für Wes' Rollstuhl und andere Anforderungen geeignet ist.«

»Aber das sind gute Neuigkeiten«, sagte ich. »Ich meine … für ihre Freundschaft. Connor würde sich nicht bereit erklären, mit Weston zusammenzuziehen, wenn sie nicht miteinander reden würden.«

Ruby zuckte mit den Achseln und schenkte sich Wein nach. »Kann sein, aber er weigert sich noch immer, Wes' Namen auszusprechen. Ich weiß, ehrlich gesagt, nicht, was er denkt, und ich glaube, *er* weiß es auch nicht. Trotzdem wünschte ich, seine Eltern würden was begreifen, bevor er etwas Übereiltes tut.«

»Gott, Ruby, sag so was nicht.«

Ruby drehte sich zu mir um und holte Luft.

»Ich weiß, was zwischen euch beiden und mit Wes passiert ist, hat dich sehr verletzt. Connor hat dir das Herz gebrochen. Ich kann dir nicht vorwerfen, dass du dich schützen willst, aber mir scheint, viel von dem Mist ist passiert, als es den beiden wirklich schlecht ging. Da in dem Krankenhaus waren beide völlig am Ende und wussten nicht, was sie gesagt haben. Das war noch das Kriegstrauma, denkst du nicht? Vielleicht läuft es jetzt etwas besser, und du kannst …?«

»Ich kann … was? Versuchen, wieder mit Connor zusammenzukommen? Ich weiß nicht mal genau, was es bedeutet, mit ihm zusammen zu sein. Und was Weston angeht, weiß ich nur, dass ich ihn in ein paar betrunkenen Momenten so sehr wollte, dass ich glaubte, sterben zu müssen. Wo sind diese Gefühle hergekommen?«

»Ich tippe auf den Tequila.«

»Das habe ich auch gedacht, aber … Es war mehr als das.«

Ruby machte den Mund auf, um etwas zu sagen, aber ich ließ sie nicht zu Wort kommen.

»Nein. Für mich ist es vorbei. Sie sind mir beide wichtig, aber …«

»Aber du bist auch noch ein bisschen traumatisiert«, sagte Ruby. »Ich kann das verstehen. Und ich schlage nicht vor, dass du mit irgendjemandem wieder zusammenkommst. Aber ich glaube, es könnte nicht schaden, mit ihnen zu reden.«

Ich seufzte und zupfte an einem losen Faden an einem der Kissen. »Die Army hat mir gemailt. Ich bin noch im Verteiler. Connor und Weston wird in etwa zehn Tagen das Purple Heart verliehen.«

Ruby nickte. »Victoria hat mich eingeladen, aber ich bin dann schon weg. Vielleicht solltest du hingehen. Es ist eine Zeremonie in aller Förmlichkeit, oder? Niemand wird durchdrehen. Du gehst hin, sagst Hallo, wünschst ihnen das Beste und hast wenigstens eine Art Abschluss für dich. Sonst machst du dich jedes Mal verrückt, wenn du vor die Tür gehst, weil du einen von ihnen treffen könntest. Und das wirst du. Amherst ist klein.«

Sie beugte sich vor und tätschelte mir die Hand.

»Ich weiß, du willst das alles so schnell wie möglich hinter dir lassen, aber nach all dem, was du mit Connor durchgemacht hast – und was auch immer mit dir und Wes passiert ist –, denke ich, du verdienst ein echtes Gespräch zwischen Erwachsenen. Und wenn es nur ist, um ihnen klarzumachen, dass du noch hier bist und auch jedes Recht dazu hast.«

Ich nickte. »Es war so … chaotisch und schmerzhaft, wie es mit beiden geendet hat. Aber ich weiß nicht, ob es das wert ist.«

»Es ist noch über eine Woche hin«, sagte Ruby und angelte sich die Fernbedienung vom Couchtisch. »Du hast Zeit, darüber nachzudenken. Für die nächsten vier Tage gehörst du jedenfalls mir, und *Zehn Dinge, die ich an dir hasse* guckt sich nicht von allein.«

»Ich wollte eigentlich *The Crown* sehen.«

»Schnarch. Ich brauche Heath, möge er in Frieden ruhen, und ich brauche ihn jetzt.«

Ich grinste und machte es mir neben ihr gemütlich.

Wir tranken Wein, aßen das Eis auf und sahen den Film. Und für ein paar selige Stunden waren meine Gedanken nur bei meiner besten Freundin, wie sehr ich sie liebte und wie sehr ich sie vermissen würde. Und dass sie immer meine Freundin bleiben würde, auch wenn sie sich auf der anderen Seite der Erdkugel befand. Immer.

12

Weston

Die Landschaft von West-Massachusetts flog am Fenster von Pauls silbernem Viertürer vorbei.

»Ich bin sehr stolz auf dich«, sagte Paul. Er saß hinter dem Steuer. »Bestimmt klinge ich wie eine kaputte Schallplatte, aber das bin ich wirklich. Nicht nur, weil du die Reha beendet hast, sondern weil du weiterstudierst.«

Ich grunzte unverbindlich. »Mit einer Sache hatte Ma recht«, sagte ich bissig. »Die Army Reserve zahlt wirklich das College.«

Meine Studiengebühren waren entrichtet, ich bekam sechs weitere Wochen ambulante Physio über Amhersts Sportfachbereich und Medikamente. Alles auf Kosten der Army.

»Ich rechne dir hoch an, dass du dorthin zurückgehst«, sagte Paul. »Mehr als du selbst dir ...«

»Schon klar, aber ich mach den Abschluss in Wirtschaftswissenschaften nur, weil mir sowieso nichts anderes übrig bleibt. Sollte ich mir vielleicht einen Job suchen?«

»Das könntest du.«

»Und als was?«

»Als alles Mögliche. Du hast so viele Talente.«

Ich schnaubte. Das Einzige, was ich gut gekonnt hatte, waren Laufen und Schreiben, und beide Türen waren jetzt für immer verschlossen.

»Ich werde irgendwo einen beschissenen Bürojob kriegen«, sagte ich. »Wozu laufen, wenn ich den Rest meines Lebens in einem Großraumbüro sitzen kann?«

Paul sah mich an. »Du hast dich in der Reha richtig abgerackert. Du schlägst dich besser, als du glaubst.«

Ich ignorierte ihn.

Er versuchte es erneut.

»Autumn ist auch wieder in Amherst, nicht wahr?«, fragte er.

Ich zuckte mit den Schultern, auf denen ein tausend Kilo schweres Gewicht lag. Ich hätte an ein anderes College wechseln sollen, um Autumn die Chance zu geben, nach vorn zu schauen, ohne meinen wertlosen Arsch ständig über den Campus rollen zu sehen.

»Ich weiß nicht, was in der Nacht passiert ist, als Autumn aus dem Krankenhaus weg ist, aber ich hoffe, ihr zwei …«

»Es gibt kein ›wir zwei‹«, fauchte ich. »Sie ist besser dran, wenn sie sich von mir fernhält.«

»Und was ist mit dir? Bist du denn auch besser dran ohne sie?«

»Ist das wichtig?«

»Mir ist es wichtig«, sagte Paul. »Sie ist eine wunderbare Frau, und sie mag dich.«

Ich knirschte mit den Zähnen. »Ich habe ihr nichts zu bieten. Weniger als nichts.«

»Nicht einmal Freundschaft?« Er warf mir ein kleines Grinsen zu. »Zugegeben, du bist im Moment nicht gerade Mr Sonnenschein.«

Nein, ich bin das Amherst-Arschloch 2.0 mit einer noch gemeineren Ader als vorher.

»Wie auch immer. Autumn scheint mir eine Frau zu sein, der es …«

»Nichts ausmacht, wenn man ihr einen Querschnitts-gelähmten aufhalst?«, beendete ich den Satz.

»Du bist für niemanden eine Belastung, Wes«, sagte Paul ernst. »Das solltest du wissen.«

»Ach ja?« Mein Geduldsfaden, sowieso schon strapaziert, riss. »Ich bin für *mich selbst* eine verfluchte Belastung. Wollen wir aufzählen, in welchen Punkten mein Leben total im Eimer ist? Ich muss mir sechsmal täglich einen Schlauch in den Schwanz schieben, um zu pinkeln. Ich muss mir jeden zweiten Morgen das Arschloch massieren, um scheißen zu können. Der Urologe sagt, ich bin wahrscheinlich unfruchtbar und kann keine Kinder haben. Kinder? Ich kann nicht mal vögeln. Ich kriege vielleicht nie wieder einen hoch, und selbst wenn, werde ich wahrscheinlich nicht kommen. Und falls ich komme, was dann? Fühlen kann ich's eh nicht.«

»Wes ...«

»Und was ist mit dem ganz Offensichtlichen: Ich kann nicht gehen. Ich kann nicht rennen. Ich kann nicht *aufstehen*. Ich kann diesen verfluchten Rollstuhl nicht verlassen.«

Der Rollstuhl lag hinter mir auf dem Rücksitz. Ein schickes, leichtes, faltbares Modell, das um die zweitausend Dollar kostete. Eine kleine Aufmerksamkeit der Drakes. Eine Sträflingskugel, der ich nie würde entfliehen können und ohne die ich nirgendwohin kam.

»Du wirst vielleicht viele dieser Dinge tun können«, sagte Paul. »Du hast bei deiner Aufzählung einfach weggelassen, was die Ärzte noch gesagt haben. Du hast eine inkomplette Rückenmarksverletzung. Du hast Möglichkeiten. Du hast Hoffnung.«

Ich schnaubte und blickte aus dem Fenster. Nach Michael Ondiwujes Besuch war ich aus dem Nebel der Apathie in eine Feuergrube voll glühenden Zorns gestiegen. Ich hatte mir vier Wochen lang in der Reha den Arsch aufgerissen, nur weil meine gemeine Ader erwacht war. Das Southie-Temperament aus meiner Kindheit, das alles – auch die Lähmung – als einen Feind ansah, der besiegt werden musste.

Ich lernte den Transfer vom Bett in den Rollstuhl, vom Rollstuhl auf die Toilette oder vom Rollstuhl auf einen anderen beschissenen Stuhl, denn genau das würde ich für den Rest meines verdammten Lebens tun: Auf einem verfluchten Stuhl sitzen.

Harlan und sein Therapeutenteam arbeiteten mit mir daran, die Muskulatur der Arme und des Rumpfs zu kräftigen. Sie zeigten mir, wie ich meinen schlaffen Schwanz katheterisierte. Wie ich ohne fremde Hilfe meine Jeans über die nutzlosen Beine kriegte. Wie ich meine Diät und meinen Blutdruck überwachte. Wie ich die abartigen Muskelspasmen überstand, die sich wie eine schwächere Version jenes Kribbelns anfühlten, wenn ein Arm oder Bein eingeschlafen war.

Ich hatte es aus reiner Gehässigkeit durch die Reha geschafft, und vor allem hatte ich dabei gelernt, dass ich es satthatte, wenn Leute, die nicht in meiner Lage waren, mir sagten, wie ich mich in meiner Lage zu fühlen hatte.

»Du hast nicht die geringste Ahnung von Hoffnung«, sagte ich.

»Und du hast nicht die geringste Ahnung von mir«, sagte Paul. Er warf mir einen Blick zu, hob die Augenbrauen. »Na, was sagst du *dazu*?«

»Mir doch egal«, murmelte ich.

Die Landschaft zog an uns vorbei, und mein Ärger ging in Scham über. Paul hatte meinen Zorn nicht verdient.

»Wie auch immer, danke fürs Abholen«, sagte ich angespannt.

»Ist mir ein Vergnügen.«

»Warum wollte Ma mit den Drakes nach Amherst fahren?«
Nicht, dass ich ihr Geschrei auf der Fahrt vermisste, aber ihre
Abwesenheit machte mich misstrauisch.

»Ich weiß es nicht«, sagte Paul. »Sie hat Andeutungen über
eine große Überraschung gemacht, aber ich konnte weiter
nichts aus ihr rauskriegen. Ihre Lippen waren wie versiegelt.«

»Ist ja ganz was Neues.«

Als der Wagen sich der Ausfahrt Amherst näherte, klopfte
mir das Herz bis zum Hals.

»Bist du sicher, dass Connor das will?«, fragte ich. »Oder
zwingen ihn die Drakes? Ma hat viel geredet, dass es ihm besser ginge, aber ich will die Wahrheit wissen.«

Die Pause, die Paul machte, sagte mir alles.

Ich ballte die Hände zu Fäusten. »Oh Scheiße.«

»Connor ist ein erwachsener Mann«, sagte Paul. »Er hätte sich nicht bereit erklärt, mit dir zusammenzuziehen, wenn
er es nicht wollen würde. Worüber auch immer ihr gestritten
habt, es scheint jetzt wahrscheinlich weniger wichtig zu sein.
Die Zeit«, fügte er mit einem kleinen Lächeln hinzu, »heilt alle
Wunden.«

Ich bezweifelte das, sparte mir aber eine Erwiderung. Connor hatte nicht mit mir gesprochen seit …

Seit Syrien. Seit der Explosion …

Kein Anruf, keine Textnachricht, und mir hatte auch niemand etwas von ihm ausgerichtet. Und jetzt sollte er einver-
standen sein, wieder mit mir zusammenzuziehen? Weiterzumachen, wo wir aufgehört hatten? Ma und Paul wollten,
dass ich so schnell wie möglich in mein altes Leben zurückkehrte, als hätte sich nichts geändert. Dass die Drakes Connor
in dieselbe Richtung drängten – wie sie ihn zu allem anderen
gedrängt hatten –, schien nur logisch.

Aber es hat sich alles verändert. Absolut alles.

Paul fuhr an meiner Straße vorbei.

»Du hättest hier abbiegen müssen«, sagte ich.

Er runzelte die Stirn. »Die Wohnung ist in der Milton Street.«

»Nein. Grant Street.«

»Das ist die Adresse, die mir Victoria gegeben hat.« Er tippte auf das GPS seines Telefons in der Halterung am Armaturenbrett.

Wir fuhren auf einen Parkplatz unter einem eleganten Schild mit der Aufschrift »Pleasant Glen Estates«.

»Ist das die Quarantänestation für Behinderte?«, murmelte ich. »Oder ein Altersheim?«

»Es ist eine Anlage mit Eigentumswohnungen«, sagte Paul. Stirnrunzelnd blickte er durch die Windschutzscheibe. »Ich habe so ein Gefühl, dass das die Überraschung ist, die deine Mutter geplant hat.«

Eine ängstliche Unruhe führte dazu, dass sich mein Körper von der Taille an aufwärts verkrampfte, während Paul den Rollstuhl von der Rückbank holte. Er faltete ihn auseinander, stellte die Bremsen fest und trat dann mit dem Rücken zu mir beiseite. Als würde ich scheißen und Intimsphäre brauchen.

Vorsichtig setzte ich mich in den Rollstuhl – zuerst kam der Hintern, dann hob ich nacheinander die Beine an und stellte sie auf die Fußstützen. Die Sonne strahlte am Spätsommerhimmel, aber ich schwitzte nicht wegen der Hitze. Mein Herzschlag beschleunigte sich, und die Atmung ging schnell. Von den Flughäfen abgesehen, hatte ich den Rollstuhl nie zuvor in der Öffentlichkeit benutzt.

Ich fuhr damit über den Parkplatz, dann über den glatten kurvigen Weg, der zum Gebäude führte. Paul ging neben mir, groß und lässig, als wäre es nichts. Weil es für ihn nichts war.

Gehen kann man so verdammt leicht für selbstverständlich halten.

Die Ungeheuerlichkeit eines ganzen Lebens im Rollstuhl traf mich in diesem Moment, und meine Hände zitterten, während sie ihn vorwärts bewegten. Der Psychologe in der Klinik hatte mich gewarnt, dass die Trauer in Wellen kommen würde. Aber sie kam nicht in Wellen, sondern in verfluchten Tsunamis. Zu akzeptieren, nie wieder gehen zu können, war, wie zu versuchen, einen Felsblock hinunterzuwürgen. Es war unmöglich, ihn zu schlucken, und diese Unmöglichkeit, in Kombination mit der unverrückbaren Realität, zerriss mich. Ich konnte es nicht akzeptieren, aber ich konnte dem Ganzen auch nicht entkommen, und in diesem Dilemma zu leben war die reinste Folter.

Ich war besser dran, als ich noch Autos auf dem Krankenhausparkplatz gezählt hab.

»Hier ist es«, sagte Paul, als wir vor der Nummer vier ankamen, einer Erdgeschosswohnung mit einem breiten Gang davor.

Ma riss die Tür auf, ehe Paul klopfen konnte. »Du bist hier! Hey, Kleiner.« Sie beugte sich vor, nahm mein Gesicht in beide Hände und drückte mir einen Schmatzer auf die Stirn. »Oh mein Gott, ich kann es gar nicht erwarten, dass du alles siehst.«

»Was ist los?«, fragte Paul, als Miranda ihn auf die Wange küsste.

»Die Drakes haben sich noch einmal so bemüht«, sagte sie mit leuchtenden Augen. »Sieh dir deine neue Wohnung an, Wes, Junge. Komm rein.«

Ich rollte über die Schwelle in einen weiträumigen Wohnbereich mit Hartholzboden. Es roch nach frischer Farbe.

Victoria und Allen Drake traten auf mich zu. »Willkommen zu Hause, Wes«, sagte sie, die Hände verschränkt. Nach ein paar Fehlstarts beugte sie sich vor und gab mir ungeschickt einen Kuss auf die Wange. »Du siehst fantastisch aus. Sieht er nicht fantastisch aus?«

»Schön, dich zu sehen, Wes.« Mr Drake bot mir seine Hand, und ich schüttelte sie geistesabwesend, während ich an ihm vorbei blickte.

Connor lehnte in Jeans und T-Shirt in der topmodernen Küche an der Arbeitsplatte aus Marmor. Er hielt ein Bier in der Hand. Hatte an seinem linken Ellbogen eine schwere komplizierte Schiene. Er sah mich an, während er einen tiefen Schluck nahm, dann wandte er den Blick ab.

Ich konnte nicht wegsehen. Das letzte Bild von meinem besten Freund war noch in meine Seele eingebrannt. Er hatte reglos und mit halb offenen Augen unter mir auf dem Boden gelegen, gemalt mit Blut und Asche, während Schreie sterbender Flüchtlinge und Explosionen in meinen Ohren dröhnten. Ich hatte geglaubt, dass er tot war. Ich war angeschossen worden und hatte das Bewusstsein verloren in dem Glauben, dass er tot war.

Aber da stand er auf zwei Beinen und mit offenen Augen.

»Con…« Meine Stimme war ein Krächzen. Vor drohenden Tränen ganz belegt. Ich brauchte meine gesamte Willenskraft, um sie runterzuschlucken.

»Connor, Schatz«, sagte Ma mit einem nervösen Lachen. »Komm und sag Hallo, Himmelherrgott.« Ich nahm an, dass sie Connor nicht länger die Schuld an meinen Verletzungen gab – so, wie diese Wohnung aussah, war sie zu teuer, als dass Ma den Drakes weiter hätte böse sein können.

Connor stellte die Flasche weg und kam langsam aus der Küche in den Wohnbereich. Ich hob das Kinn, als er näher kam und mich überragte.

»Hey«, sagte er.

»Hey«, sagte ich.

Unsere Blicke trafen sich, und die tiefe, in Syrien geschmiedete Bindung war wie ein Telegrafendraht. Schmerz, Angst, Schuld und Wut kamen direkt durch seine Augen – einst so strahlend und voller Lachen, jetzt düster und blutunterlaufen.

»Ihr habt beide so viel durchgemacht«, sagte Victoria in die Stille hinein. »Aber jetzt habt ihr alle Zeit der Welt, um euch alles zu erzählen. Kommt. Zeigen wir Wes sein Zimmer.«

»Das hier ist unsere Wohnung?«, fragte ich Connor.

»Ja«, sagte er bitter. »Damit wir direkt da weitermachen können, wo wir aufgehört haben. Bevor ich alles vermasselt hab und in die Army eingetreten bin.«

»Connor«, sagte Mr Drake leise.

»Vater.« Connor imitierte seinen Tonfall, dann lachte er grunzend. »Ich krieg Kopfschmerzen. Ich leg mich hin.«

Er ging in die Küche, schnappte sich sein Bier von der Arbeitsplatte und verschwand durch den breiten barrierefreien Flur. Eine Tür schlug zu.

»Die Ärzte sagen, es ist der Rest einer PTBS«, sagte Mrs Drake. »Er bekommt die beste Behandlung. Und wenn du etwas brauchen solltest, Wes, sag es einfach.« Ihre Augen, vor Tränen schimmernd, blickten dorthin, wo Connor verschwunden war. »Wir wollen nur das Beste für euch beide.«

»Sind sie nicht wundervoll?«, fragte Ma. »Sieh dir nur diese Wohnung an. Sie haben keine Kosten gescheut.«

»Miranda …«, fing Paul an, aber sie brachte ihn mit einer Handbewegung zum Schweigen.

»Komm schon, Schatz. Sieh dich um. Es ist alles für dich arrangiert.«

Meine Mutter und die Drakes führten mich durch die Wohnung, die auf jede erdenkliche Weise umgebaut worden war, um rollstuhlgerecht zu sein. Die Spül- und Waschbecken in Küche und Bad hatten den Wasserhahn seitlich statt hinten. Der Kühlschrank stand neben dem Tiefkühlschrank statt obendrauf. Connor hatte ein paar hohe Schränke; meine waren niedrig. Mein Bad war geräumig, hatte überall Haltegriffe, und ich kam leicht vom Rollstuhl auf die Toilette.

»Und sieh doch«, sagte Ma und führte die kleine Prozession in mein Schlafzimmer. »Sie haben wirklich keine Kosten gescheut.«

Es gab viel freien Raum, zwei niedrige Bücherregale anstelle von einem hohen, und auf dem breiten Bett lag ein Lagerungskissen.

»Es soll Druckgeschwüren und Taubheitsgefühlen vorbeugen«, sagte Mrs Drake. »Und das hier ist wirklich etwas Besonderes.«

Von einem Stuhl am Fenster holte sie eine kompliziert aussehende elektrische Decke, die über Kabel mit einem kleinen Tablet verbunden war.

»Das ist die neueste Technologie aus Deutschland«, sagte sie. »Man wickelt sich die Decke um die Beine, während man fernsieht oder einen Mittagsschlaf macht, und sie erzeugt elektrische Impulse, die die Durchblutung fördern. Das ist dazu da, dass der Muskeltonus in deinen Beinen nicht ... Ich meine, es hilft, den Muskeltonus zu erhalten.«

»Ist das nicht was?«, krähte Ma. »Diese Decke ist noch nicht einmal auf dem Markt. Sie ist etwas ganz Besonderes. Alles hier ist besonders. Nur für dich, Kleiner.«

Ich nickte langsam. Fühlte mich von der brandneuen Wohnung mit allem darin wie erschlagen, als wir zurück in den Wohnbereich kamen.

»Wir wollten dir die Rückkehr nach Amherst so leicht wie möglich machen«, sagte Mr Drake.

»Es ist viel«, sagte ich leise. »Das mussten Sie nicht.«

Ich sah zu Connors geschlossener Tür. Ich hörte, wie *Madden* laut aus dem Fernseher dröhnte. Weil er Kopfschmerzen hatte.

Gott, was dachte Connor über all das hier? Was *konnte* er anderes denken, als dass seine Eltern seinen angeblichen Fehler wiedergutmachten? Seine Schuld. Sie sprangen für ihn in die Bresche.

Ich biss die Zähne zusammen, um nicht zu schreien. Oder mir das Feuerzeug aus Mas Tasche zu nehmen und die Wohnung niederzubrennen. Sie war mir scheißegal. Ich wollte nur, dass Connor mich ansah.

»Du hättest es Wes vorher sagen können«, hörte ich Paul zu Ma sagen. »Ihn vorwarnen.«

»Vorwarnen? Es ist eine Überraschung«, entgegnete Ma. »Ist es nicht wunderbar, Wes? Du bist hier perfekt untergebracht. Damit du wieder auf die Beine kommst.«

»Wieder auf die Beine«, murmelte ich. »Ich bin wirklich müde«, sagte ich lauter. »Ich will mich jetzt hinlegen.«

»Natürlich«, sagte Mr Drake sofort. »Wir lassen dich in Ruhe.«

»Wir gehen ein paar Sachen für euch einkaufen«, sagte Mrs Drake. »Wenn wir zurück sind, können wir vielleicht essen gehen. Ins Rostand?«

Paul sah zu mir. »Vielleicht. Wir schauen mal. Wes?«

Ma drückte mir einen Kuss auf die Wange. »Bitte, Kleiner«, flüsterte sie mir ins Ohr. »Die Drakes haben viel Geld und Zeit investiert, um diese Wohnung für dich herzurichten. Du könntest ruhig ein bisschen Dankbarkeit zeigen.«

Ich hob den Kopf, um diesen vier Menschen in die Augen zu sehen. Früher, in einem anderen Leben, hatte ich sie alle überragt.

Die Zeiten sind vorbei, Sockenboy. Jetzt sei höflich, und bedank dich bei den Erwachsenen für die schönen Sachen, die sie dir gekauft haben.

»Danke«, murmelte ich.

»Nichts zu danken«, sagte Mrs Drake und nahm ihre Tasche von einem Stuhl »Wenn du etwas brauchst, Wes, sag es einfach.«

»Bist du sicher, dass wir dich allein lassen können, Schatz?«, fragte Ma. »Brauchst du Hilfe?«

»Er ist nicht allein«, sagte Paul. »Connor ist hier.«

Ja, klar. Er ist hier. Nur den Flur runter, wo er bei voller Lautstärke Videospiele spielt, um seine Kopfschmerzen zu kurieren.

Endlich gingen sie alle, und die Tür fiel zu. Ein paar Minuten Stille verstrichen, dann öffnete sich Connors Zimmertür.

»Sind sie weg?«, fragte er und ging in die Küche.

»Jepp.«

Er ging zum Kühlschrank, nahm sich noch ein Bier und öffnete es. Dann lehnte er sich an die Arbeitsplatte, trank einen tiefen Schluck und sah überallhin, nur nicht zu mir. Es lag eine Spannung in der Luft, als würde gleich der Blitz einschlagen.

»Du machst also auch den Abschluss?«, fragte ich.

»*Sie* wollen es«, sagte er und deutete mit dem Kinn in Richtung Haustür. »Damit sie so tun können, als wäre alles wie vorher.«

Ich nickte. »Ma ist genauso. Als würde es normaler werden, je lauter sie redet. Hast du davon gewusst?«, fragte ich und deutete auf die Wohnung.

Connor schnaubte. »Klar.« Er nahm wieder einen Schluck von seinem Bier. »Bist du überrascht? Sie räumen immer die Scheiße hinter mir weg.«

»Connor …«

»Ich muss los. Hab zu tun.«

Er stellte die halb volle Bierflasche auf die Arbeitsplatte und ging an mir vorbei, zehn Meter hoch und jetzt zu schnell für mich.

»Connor, warte.«

An der Tür blieb er stehen, mit dem Rücken zu mir. »Was?«

»Nichts. Es ist einfach gut, dich zu sehen, Mann.«

Er zuckte zusammen, zog die Schultern hoch. Dann ging er hinaus und schloss ohne ein Wort die Tür.

13

Weston

Zehn Tage später saß ich wieder mit Paul in seinem silbernen
Viertürer, diesmal auf dem Weg zur Boston City Hall zur Verleihung des Purple Heart. Meine Laune war von Anfang an
mies, und nach zwei Stunden mit Paul Winfield und seiner
unermüdlichen Freundlichkeit war ich kurz davor, dass mir die
Sicherung durchbrannte.

»Alles in Ordnung?«, fragte er, als wir in die Stadt kamen.

»Warum habe ich bloß zugesagt?«, murmelte ich, zum Fenster gewandt.

»Weil es wichtig ist«, sagte Paul. »Und weil du es verdienst,
dass dein Opfer gewürdigt wird.«

Mein Opfer. Was für ein absoluter Schwachsinn. Er meinte
die Strafe dafür, Connor und Autumn so übel mitgespielt zu
haben. Die Strafe dafür, meinen Kram nicht geregelt gekriegt
und mich nicht um Ma gekümmert zu haben – dann wäre der
Gedanke an die Army Reserve nämlich niemals aufgekommen.
Ich hatte Connor die Idee in den Kopf gesetzt. Es war meine
Schuld, dass es ihm schlecht ging. Ich hatte alles vermasselt,
und jetzt würden sie mir dafür auch noch einen Orden verleihen.

»Es gibt eine große Apotheke in der Nähe der City Hall«,
sagte Paul. »Kann ich dir helfen, irgendwelche Medikamente
zu besorgen?«

Ich wand mich innerlich. Mein Urologe hatte mir unter anderem Viagra verschrieben. Paul hatte das dämliche Rezept auf meiner Kommode gesehen, als er mich abgeholt hatte, und tat so, als wäre es das Normalste auf der Welt, dass ein Typ Anfang zwanzig Hilfe dabei brauchte, einen hochzukriegen. Und wozu? Es gab nur eine Frau, mit der ich in diesem Leben zusammen sein wollte, und ich könnte sie niemals haben.

»Nein, du kannst mir nicht helfen«, fuhr ich ihn an, mit jedem dieser freundlichen Angebote ein Stück näher daran zu explodieren. »Ich brauche deine Von-Mann-zu-Mann-Gespräche nicht. Du musst mich auch nicht durch halb Massachusetts kutschieren. Ich weiß nicht, warum du dir überhaupt die Mühe machst.«

»Ich mache mir die Mühe, weil du mir wichtig bist«, sagte er und fuhr auf einen Parkplatz an der City Hall. Er stellte den Motor aus und wandte sich mir zu. »Wes, ich bin jetzt ein Jahr mit deiner Mutter zusammen ...«

»Du bist nicht mein Vater«, sagte ich. »Lass uns das ein für alle Mal klären. Du kannst jahrelang mit meiner Mutter zusammen bleiben, Jahrzehnte – Gott möge dir beistehen –, aber das macht dich noch lange nicht zu meinem Vater. Niemals.«

Paul sah mir einen langen harten Moment in die Augen, bevor er antwortete: »Würde ich mir niemals anmaßen.«

Dann stieg er aus dem Auto.

»Scheiße.« Ich schlug mir mit der Faust auf den Oberschenkel. Ich spürte einen leichten Druck, aber keinen Schmerz. Der Schmerz war überall, nur nicht in meinen Beinen.

Schweigend überquerten Paul und ich den Parkplatz. Wir, die wir geehrt werden würden, waren angewiesen worden, für die Zeremonie die Galauniform anzuziehen. Die späte Sommersonne brannte auf den schweren Wollstoff, und der

Schweiß lief mir zwischen den Schulterblättern hinunter und trug noch zusätzlich zu meinem Unbehagen bei. Als ich meine Mutter und meine Schwestern vor dem Gebäude sah, war ich kurz davor, einfach umzudrehen. Es war schlichtweg zu viel. Sollten sie mir die Orden doch per Post schicken. Oder besser noch in den nächsten Mülleimer werfen.

»Mein Gott, wie gut du aussiehst«, sagte Ma und griff sich ans Herz. Sie trug eine gelbe Bluse und Jeans. »Seht ihn euch an in dieser Uniform.«

»Du siehst großartig aus, Wes«, sagte Kimberly. »Wirklich gut. Jedes Mal besser.«

Felicia schnaubte und trat ihre Zigarette unter dem Tennisschuh aus. »Gerade mal zweiundzwanzig und ein Veteran. Mein Bruder, der Veteran.«

»Hey«, fuhr Ma sie an. »Pass auf, was du sagst, und zeig ein bisschen Respekt.«

»Meine Güte, Ma! Wer hat gesagt, dass ich …?«

»Hör auf mit ›Meine Güte, Ma!‹. Er hat sich für sein Land geopfert. Und was machst *du*?«

Ich blendete das Gezeter aus, als ich eine Limousine auf den Parkplatz fahren sah. Sie hielt an, und Mr und Mrs Drake, Connors Bruder Jefferson und seine Frau Cassandra stiegen aus. Dann kam Connor mit drei seiner Baseball-Kumpel.

Ich hatte ihn kaum gesehen, seit wir vor zehn Tagen in die neue Wohnung gezogen waren. Er war nie da, betrank sich in Yancy's Saloon, kam um drei Uhr nachts nach Hause getorkelt und schloss sich in seinem Zimmer ein. Er redete nicht mit mir. Sah mich kaum an. Als er jetzt auf der anderen Seite des Parkplatzes stand, fing er meinen Blick auf, bevor er mir den Rücken zudrehte und sich die Jacke der Galauniform über die klobige Ellbogenschiene legte.

Sehr unauffällig, Drake. Echt – verdammt unauffällig.

Langsam kam die Gruppe über den Parkplatz zu uns. Die Mütter umarmten sich. Paul und Mr Drake schüttelten sich die Hände.

»Gut, dich zu sehen, Wes«, sagte Jefferson, bückte sich und hielt mir die Hand hin.

Cassandras Lächeln war voller Mitleid. »Es muss so schwierig für dich sein. Ich bewundere dein Durchhaltevermögen.«

»Äh ... danke.«

»Du siehst wirklich großartig aus, Wes«, sagte Mrs Drake.

Und dann fühlen Sie sich besser, ja?

Ich schluckte es runter, weil die Senatorin Tränen in den Augen hatte, als sie mich betrachtete. Als würde sie zum ersten Mal die Army-Uniform mit dem Rollstuhl in Verbindung bringen. Rasch beugte sie sich vor und umarmte mich.

»Danke für das, was du für ihn getan hast«, flüsterte sie. »Ich danke dir so sehr.«

Über ihre Schulter konnte ich Connor sehen, dessen Gesichtsausdruck von Entsetzen zu Reue wechselte. Als er einen Flachmann aus der Tasche holte und einen Schluck nahm, versuchte er nicht einmal, es zu verbergen.

»Herrje, dieser Tag macht mich ganz emotional.« Mrs Drake drückte sich die Daumenballen unter die Augen. »Wir sollten ein paar Fotos machen.«

»Gute Idee«, sagte Ma. »Machen wir ein paar von euch beiden zusammen. Connor, Schatz, rück ein bisschen näher an Wes heran.«

Connor ließ seine Kumpel stehen und stellte sich neben mich.

Ma und Mrs Drake machten Schnappschüsse mit ihren Handys wie stolze Eltern auf dem peinlichsten Abschlussball der Welt.

»Hey, Mann«, sagte ich.

Er schaute nach vorn. »Hey.«

Immerhin mehr, als er in den letzten Tagen zu mir gesagt hatte.

»Wie geht's dir?«

»Sind wir fertig?«, fragte er unsere Mütter laut und bewegte sich schon von mir weg. »Bringen wir's hinter uns.«

Okay. Echt tolles Gespräch.

In der City Hall hatte sich neben dem Publikum und ein paar Soldaten auch die Presse versammelt. Ich konnte nicht viel sehen – mein neuer Blickwinkel war genau auf der Höhe der Ärsche der Leute.

Ich folgte dem Klicken der Kameras und sah, wie die Presse Fotos von Kyle Wilson machte, dem Sanitäter unseres Zugs. Er stand bei seiner Familie und lehnte sich auf eine Krücke. Sein linkes Bein steckte von der Hüfte bis zum Fußgelenk in einer Schiene.

Wilson redete zuerst ein paar Worte mit Connor, dann humpelte er zu mir.

»Der Eismann«, sagte er und schüttelte mir die Hand. »Ich kann dir sagen, Mann, ich hätte nicht gedacht, dass du es schaffen würdest.«

»Zur Verleihung?«

»Aus Syrien raus.«

»Dank dir«, sagte ich.

»Ich hab nur meinen Job gemacht. Aber den Hauptteil hat jemand anders erledigt.« Er deutete mit dem Kinn auf Connor. »Hat dir niemand erzählt, was da draußen passiert ist? Was Connor getan hat?«

Ich lehnte mich zurück. »Ich habe den Einsatzbericht gelesen. Da stand nur, dass du mich vor Ort behandelt hast und wir im Helikopter aus der Kampfzone geflogen wurden.«

»Stimmt«, sagte er. »Aber wenn Connor nicht gewesen wäre,

wärst du verblutet. Ich habe nur zu Ende gebracht, was er angefangen hatte.« Er schüttelte den Kopf. »Du hast es wirklich nicht gewusst?«

»Nein.«

»Ich hab es unserem kommandierenden Offizier gesagt, aber es war ein Scheißflug da raus. Die totale Hölle. Aber Hand aufs Herz, Mann, Connor hat dir das Leben gerettet.«

Jetzt war ich an der Reihe, mit dem Kopf zu schütteln. »Scheiße, Mann. Connor verdient den verdammten Bronze Star. Nicht ich.«

Wilson zuckte mit den Achseln. »Er hat getan, wozu jeder Infanteriesoldat ausgebildet wurde. Du dagegen bist auf eine scharfe Handgranate zugerannt, um einem Kameraden das Leben zu retten.«

»Wo ist der Unterschied?«, fragte ich. »Auch dafür wurden wir ausgebildet. Er hätte dasselbe getan. Jeder in unserer Einheit hätte das.«

»Mann. Die verteilen die Bronze Stars nicht wie Bonbons an Halloween. Du hast ihn verdient.« Wilsons Blick wanderte zu meinen reglosen Beinen. »Wir haben dort draußen viel verloren, du vor allem. Im Gegenzug solltest du nehmen, was du kriegen kannst.«

Der Verbindungsoffizier der Army näherte sich. »Wir würden gern anfangen.« Er führte uns nach vorn in den Raum, während Presse und Zuschauer auf metallenen Klappstühlen Platz nahmen.

»Achtung!«

Alle Soldaten, ich eingeschlossen, nahmen kerzengrade Haltung an und blickten nach vorn, als Generalmajor Robert Eckhart in vollem Ornat den Raum betrat.

»Guten Morgen«, sagte er und verschränkte die Hände auf dem Rücken. Er sprach mit einem leichten Südstaatenakzent.

»Ich bedanke mich bei Ihnen, Freunden und Familien, dass Sie gekommen sind. Mir gebührt die Ehre, drei unserer Soldaten das Purple Heart zu verleihen. Es ist die Auszeichnung, die ich am liebsten niemals verleihen würde, und der älteste Orden, den wir haben. Es sind schlicht und einfach Helden, die ihn bekommen.«

Der Generalmajor stellte sich vor Kyle Wilson. Ein uniformierter Soldat hielt ihm den Orden hin – ein Herz aus Metall an einem violetten Band.

»Dieser Orden ist Symbol für einen Helden, der im Kampf gegen einen Feind, der unsere Art zu leben vernichten will, einen Teil seiner Seele oder seines Körpers gegeben hat. Wer ihn erhält, weiß, was Mut und Aufopferung für die Nation und für seine Kameraden bedeuten.«

Er steckte Kyle den Orden an. »Im Auftrag des Präsidenten der Vereinigten Staaten verleihe ich Ihnen hiermit für Verletzungen, die Sie am 13. Juni im Kampf erlitten, das Purple Heart.«

Generalmajor Eckhart wiederholte die förmlichen Worte bei Connor und mir und blieb jeweils hinterher stehen, um mit uns zu posieren, während unsere Familien Fotos machten und das Publikum klatschte.

Dann wurde dem Generalmajor ein bronzener Stern an einem rot-weiß-blauen Band übergeben.

»Jetzt habe ich die Ehre, einen weiteren Orden zu verleihen, der uns jedes Mal stolz und demütig zugleich macht.« Er stellte sich neben meinen Rollstuhl. »Für verdienstvollen Einsatz im Kampf und für außergewöhnliche Tapferkeit und Opferbereitschaft unter Beschuss verleihe ich Corporal Weston Jacob Turner den Bronze Star.«

Der Generalmajor beugte sich vor, um mir den Orden an die Jacke zu heften, und eine Erinnerung erwachte in meinem

Gehirn: Ein Kampfrichter hatte mir nach einem Leichtathletikwettkampf vor zwei Jahren eine Goldmedaille um den Hals gehängt.

Ich war so schnell gewesen. So verdammt schnell ...

Die Menge applaudierte, und Ma pfiff durch die Zähne.

»Das ist mein Junge!«

Ich blickte starr nach vorn. Neben mir spürte ich die Anspannung, die von Connors Körper ausging. Seinen Schmerz und seine Schuldgefühle, weil ich meine Beine gegeben hatte, um sein Leben zu retten, und dafür vor seiner ganzen Familie belohnt wurde.

Ich wollte mir den Orden abreißen und unter den Rädern des verfluchten Rollstuhls zermalmen. Um Connor zu zeigen, dass es mich fertigmachte, nie wieder gehen zu können, dass ich aber nichts bereute. Ich würde es wieder tun. Ich war die ganze Zeit dazu bereit gewesen, weil ich nicht hatte zurückkehren sollen. Der verdammte Traum hatte mir gesagt, dass ich dort sterben würde.

Ich wäre für ihn gestorben. Ich brauchte keinen Scheißorden, um das zu beweisen.

Wir begaben uns in einen angrenzenden Raum, wo Erfrischungen gereicht wurden. Ich folgte Connor, ließ ihn einen Weg durch die Menge bahnen und war entschlossen, ihn dazu zu bringen, mit mir zu reden, und wenn ich ihn überfahren musste. Und da trat Autumn Caldwell aus der Menge.

Oh Gott, mein Herz ...

In einem weißen Kleid mit orangefarbenen, blauen und gelben Aquarellblüten sah sie aus wie ein Strauß Wildblumen. Ihr Haar war teils hochgesteckt; der Rest fiel ihr kupferrot über die Schultern. Sie hielt eine kleine Handtasche mit beiden Händen vor sich fest, und ihr Lächeln war unsicher.

»Hi«, sagte sie.

Connor und ich starrten sie beide an. Ich hatte keine Ahnung, was er fühlte, denn meine Verbindung zu ihm war plötzlich unterbrochen. Es gab nur noch Autumn.

Ich fragte mich, ob Connors Herz bei ihrem Anblick so hämmerte wie meins. Ob er ihre edelsteingleichen Augen betrachtete oder ihre vollen Lippen, sich vielleicht daran erinnerte, dass ihr Mund nach Zimt schmeckte, wenn sie sich küssen ließ. Ob er sie staunend ansah und so merkwürdig stolz war, dass diese Frau sich ihr Leben lang bemühen würde, Kaputtes wieder zu heilen. Dass sie ihr Herz und ihre Seele an etwas – und jemanden – verschenken würde, das – und der – ihrer würdig war.

»Ich will kein Drama veranstalten«, sagte Autumn. »Ich habe gehört, dass ihr nach Amherst zurückkommt, was heißt, dass wir uns vielleicht auf dem Campus begegnen. Das zwischen uns ist so plötzlich zu Ende gegangen, also habe ich gedacht, es wäre besser, wenn … Ich weiß nicht. Wenn wir hier das Eis brechen?«

Als keiner von uns etwas erwiderte, richtete sie sich ein wenig mehr auf, reckte das Kinn.

»Und ehrlich gesagt, musste ich mit eigenen Augen sehen, dass es euch gut geht. Ich bin wirklich froh, dass dem so ist. Ihr seht beide großartig aus.« Ihr Blick wanderte zu mir, und ihre Stimme wurde weicher. »Du siehst unglaublich aus.«

Ich packte die Armlehnen des Rollstuhls, wollte mich hochdrücken, aufstehen, damit ich vor ihr auf die Knie fallen und um Vergebung bitten könnte. Tausend Worte verhedderten sich in meinem Herzen, und ich sagte keins davon – aus Angst, sie noch mehr zu verletzen.

»Nun, deshalb bin ich gekommen«, sagte sie. »Um euch zu sehen, euch zu gratulieren … und euch für euren Dienst zu danken.«

Dann lächelte sie leicht zum Abschied, drehte sich um und ging.

Geh nicht, dachte ich und starrte ihr nach. *Bitte geh nicht. Bitte dreh dich um. Bitte lass mich dich ein letztes Mal ansehen ...*

An der Tür blieb sie stehen, drehte sich halb um und blickte über ihre Schulter zurück. Ihre Miene sah sehnsüchtig aus. Dann war sie weg. Wie ein Traum, ein Schritt heraus aus der Zeit an einen Ort, an dem es Schönheit und Freundlichkeit gab, und nicht nur hässlichen Zorn und Schuldgefühle.

Meine Kopfhaut prickelte, und ich sah zu Connor hoch, der mich wütend anschaute.

»Was?«, fragte ich.

Ein Außenstehender hätte denken können, dass die angewiderte Grimasse gegen mich gerichtet war, aber ich erkannte Selbsthass, wenn ich ihn sah. Er starrte mich aus dem Spiegel an, seit mein Dad abgehauen war.

»Du hast es ihr nicht gesagt«, sagte er.

»Warum sollte ich?«

Er starrte mich noch einen Moment länger an, verzog die Lippen und schüttelte dann den Kopf, bevor er zu seinen drei Baseballkumpeln zurückging. Sie klopften ihm auf die Schultern, rückten zusammen und nahmen ihn in ihren Kreis auf.

Wie lange würde er mich noch ignorieren? Den ganzen Rest unseres letzten Collegejahrs? Während wir in derselben gottverdammten Wohnung wohnten?

Ma und Paul fragten, ob ich nach Amherst zurück oder etwas essen gehen wollte.

»Geht nur. Ich komme schon nach Hause.« Ich wartete nicht auf eine Antwort, rollte einfach zu Connor und seinen Freunden. Ich hörte, wie jemand vorschlug, ins Roxy's zu fahren.

»Was geht, Leute?«, fragte ich mit gespielter Freundlichkeit. »Ihr wollt ins Roxy's? Ich bin dabei.«

Connor starrte mich an, dann nahm er einen Schluck aus seiner Flasche.

»Du willst mitkommen?«, fragte einer der Typen und sah mich von oben bis unten an.

Sprechen kann ich noch, du Vollpfosten.

Ich setzte ein strahlendes Lächeln auf. »Ja, Mann, ich bin dabei. Los geht's. Was sagst du, Connor?«

Er sah mich an, durchschaute meine gespielte gute Laune sofort. Ich machte keinen Rückzieher.

Tja, Drake. Was auch immer du hier abziehst, heute ist damit Schluss.

»Klar«, sagte er. »Fahren wir.«

14

Weston

Die Drakes überließen Connor für den Abend die Limousine. Er und seine Freunde leerten auf dem Weg nach Westen die Minibar. Sie waren laut und konnten nicht mehr gerade gehen, als wir eine Dreiviertelstunde später im Roxy's ankamen. Es war voll für einen Wochentag. Anscheinend hatte das Angebot eines Ein-Dollar-Drinks ein paar Leute aus der Nachbarschaft angelockt.

Connor und seine Kumpel gingen direkt zum Billardtisch. Der Letzte von ihnen drehte sich um, um mir seine Hilfe anzubieten, aber ich winkte genervt ab und ärgerte mich hinterher. Mit dem Rollstuhl kam ich kaum durch die Menge, und die Leute verfluchten mich, weil ich ihnen in die Hacken und über die Füße fuhr. Ich fragte mich, ob ich Rollstuhlfahrer genauso wenig wahrgenommen hatte, als ich noch nicht in einem festgesessen hatte. Ich konnte mich nicht daran erinnern, je mit einem gesprochen zu haben.

An der Bar einen Drink zu bestellen kam nicht infrage. Selbst wenn ich es durch die Menschenmenge schaffte – die Theke befand sich auf der Höhe meines Kinns. Ich würde aussehen wie ein kleines Kind, das versuchte, vom Barkeeper beachtet zu werden. Besten Dank.

Ich sah einen kleinen Tisch und rollte hin. Ich musste zweimal anhalten und Stühle beiseite räumen, die in dem schmalen

Gang standen. Ein Typ an einem Tisch in der Nähe stieß seine beiden Kumpel an. Er hatte einen beeindruckenden Bierbauch unter einem roten Hemd und verdrehte die Augen, als würde allein meine Gegenwart ihn nerven.

Es war verdammt heiß hier drinnen. Connor und ich hatten unsere Uniformjacken im Wagen gelassen, und ich hatte auch das Hemd ausgezogen, trug nur noch das weiße Unterhemd. Eine Kellnerin in kurzen Jeans-Shorts und einem bauchfreien T-Shirt blieb neben dem Tisch stehen.

»Zwei Bier und zwei Whiskey-Shots«, sagte ich.

Connor baute die Kugeln auf dem Billardtisch auf. Er wollte gegen den Typ im roten Hemd spielen und lachte. Ich sah die Veränderung in ihm, auch wenn die anderen das nicht konnten. Sein Lachen hatte jetzt etwas Hartes, und sein Lächeln reichte nicht bis zu den Augen. Er stützte den linken Arm mit der Schiene auf den Tisch und machte einen Witz, dass er immer noch jeden schlagen könnte, ob mit Schiene oder nicht.

Die Kellnerin kam mit zwei Whiskey-Shots und zwei Bier zurück. Ich warf einen Zwanziger auf ihr Tablett und nahm ihren Arm, bevor sie verschwand.

»Noch mal je zwei«, sagte ich. Ich hatte keine Ahnung, wann sie zurückkommen würde, und ich musste mich heute betrinken.

»Du solltest es vielleicht etwas langsamer angehen«, sagte sie.

»Du solltest dich vielleicht um deinen eigenen Kram kümmern«, murmelte ich zurück.

Connor sah endlich zu mir, und ich erwiderte seinen Blick, während ich die beiden Whiskeys hinunterkippte. Einen nach dem anderen. Statt mich ruhiger zu machen, wirkten die Shots, als hätte ich Benzin ins Feuer gegossen.

Scheiße.

Ich rollte zu dem Ständer mit den Queues und nahm mir einen. Connors Gegner starrte mich die ganze Zeit an.

»Ich spiel«, sagte ich zu Connors Freund, der mit den Achseln zuckte.

»Du willst spielen?«, fragte der im roten Hemd zweifelnd.

Ich ignorierte ihn und rollte zu Connor. »Was sagst du, Kumpel? Wie in alten Zeiten?«

Connor blickte finster in sein Bier, zuckte aber mit den Achseln. »Klar.«

Der im roten Hemd ließ nicht locker. »Es ist kaum Platz, um zu stehen.«

»Deine Sorge wärmt mir das Herz, aber es geht schon«, sagte ich.

»So viel zu einer guten Partie. Warum kommst du überhaupt in einen so überfüllten Laden?«

»Hey«, fuhr Connor ihn an. Seine Augen waren dunkel und glasig vor Alkohol. »Er kann hingehen, wo er will, Arschloch. Dies ist ein freies Land.«

»Klar darf er hier sein«, sagte der Typ. »Ich kapier nur nicht, warum er es *will*.«

Connor stellte sein Bier weg, die Muskeln an seinem Kiefer angespannt.

»Lass es«, sagte ich.

Er ignorierte mich. »Aus dem gleichen Grund wie jeder andere auch«, sagte er und richtete sich zu seiner vollen Größe auf. »Und ich erzähl dir jetzt mal, wie er in diesen Rollstuhl gekommen ist, Arschloch.«

»Hör auf, Connor«, sagte ich. Endlich nahm er mich zur Kenntnis, aber ich wusste genau, worauf es hinauslaufen würde – auf seine eigene verfluchte Schuld.

»Er ist im Rollstuhl gelandet, weil er ein Opfer gebracht hat. Willst du wissen, woher er gerade kommt?«

Der im roten Hemd schnaubte. »Von den Paralympics?«
Seine Kumpel lachten.

Connors Augen glühten vor Zorn. »United States Army, 1. Bataillon, 22. Infanterieregiment.«

Das Lachen hörte auf.

»Genau«, sagte Connor und zeigte mit der Bierflasche auf mich. »Ihm wurden heute ein Purple Heart und ein Bronze Star verliehen. Weil er ein verdammter Held ist, der auf scharfe Handgranaten zurennt, um die dämlichen Scheißtypen zu retten, die ihn überhaupt erst in den Krieg gebracht haben.«

Der Whiskey brannte wie Feuer in meinem Bauch. »Mein Gott, Connor, halt die verdammte Klappe.«

Der im roten T-Shirt hob die Hände. »Hey, Mann, tut mir leid. Ich wusste nicht …«

»Genau, du wusstest es nicht«, sagte Connor, sein ganzer Körper angespannt und wild darauf zu kämpfen. »Weil du ein dämlicher Scheißtyp bist, dem man eine Lektion erteilen muss.«

Der Verdruss des Typen verwandelte sich in Zorn. »Ich hab gesagt, es tut mir leid. Du solltest dich besser beruhigen, bevor du dir Ärger einhandelst, Junge.«

Keine gute Wortwahl.

Der Satz hing für den Bruchteil einer Sekunde in der Luft, dann ging Connor mit geballten Fäusten auf den Typen los. Eine Bierflasche zerschellte auf dem Boden, als sie miteinander rangen, und das Klirren war wie der Gong zu einem Wettkampf – die Freunde des Typen und Connors Baseballkumpel gingen grunzend und die Fäuste schwingend aufeinander los.

Ich bewegte meinen Rollstuhl in die Mitte der Prügelei, wartete, dass jemand mir einen Schlag verpasste oder eine Flasche über den Kopf zog. Ich war so was von bereit. Wollte es. Aber es war, als säße ich im Auge eines Tornados. Um mich herum gingen die Typen sich gegenseitig an den Kragen und teilten ungeschickte Faustschläge aus, aber mich fasste niemand an. Sie sahen mich nicht einmal. Ich war unsichtbar, selbst für meinen besten Freund, der mich verteidigte.

Die Lunte, die den ganzen Tag lang runtergebrannt war, war an ihrem Ende angekommen.

Der im roten Hemd drückte Connor gegen die Wand, Connor benutzte die Ellbogen-Schiene, um ihn sich vom Leib zu halten. Ich nahm die nächstbeste Bierflasche und schleuderte sie mit einem Wutschrei über dem Kopf meines besten Freundes an die Wand.

Weder der Alkohol noch meine veränderte Ausgangsposition hatten meine Treffsicherheit gemindert. Die Flasche traf genau, wo ich wollte, zerschellte über Connor an der Wand und ließ Bier und Glasscherben auf ihn und den Typen im roten Hemd niederregnen.

»Scheiße«, schrie der Typ, und Connor nutzte die Ablenkung, um ihn mit einem letzten Stoß auf den Hintern zu befördern.

Dann starrte er mich an, schwer atmend, die Hände zu Fäusten geballt.

»Ja, komm«, sagte ich wutschnaubend und lockte ihn zu mir. »Los, komm, ich bin hier.«

In seinem Haar und auf seinen Schultern glänzten Biertropfen und grüne Scherben, und er machte einen bedrohlichen Schritt auf mich zu. Ich hatte in seinen Augen noch nie solche Wut gesehen.

»Willst du zuschlagen?«, höhnte ich. »Nur zu. Ich bin hier. *Ich bin verdammt noch mal hier.*«

Er zögerte, und ich ließ eine zweite Bierflasche vor seinen Füßen zerschellen.

»*Komm schon!*«

Die ganze Kneipe verstummte, als Connor und ich einander fixierten. Der Schmerz wogte zwischen uns hin und her. Dann ließ Connor die Schultern hängen, wandte sich ab und schüttelte die Scherben aus dem Haar. Ich sah mich nach Dingen um, die ich noch nach ihm werfen könnte, aber ich hatte nichts mehr, und der Türsteher warf uns jetzt sowieso alle raus.

Die Nacht war schwül. Connors Kumpel – zwei von ihnen hatten ziemlich was abgekriegt – lachten und klopften sich gegenseitig auf die Schultern, vollgepumpt mit Adrenalin und Alkohol. Connor ging steifbeinig zur Limousine und stieg ein.

Wir fuhren zurück nach Amherst. Zuerst setzten wir Connors Freunde ab, dann fuhren wir zu unserer neuen umgebauten Wohnung und kamen kurz nach Mitternacht an. Bernsteinfarbene Lichtkegel aus hohen Laternen beleuchteten die Gehwege der Anlage. Ich rollte Connor hinterher, meine Arme leisteten Schwerstarbeit, um mit ihm mitzuhalten, aber es war zwecklos.

Ich war zu langsam.

Connor ging direkt in die Küche. Ich knallte die Wohnungstür zu, rollte in die Mitte des Wohnzimmers und sah, wie er sich ein Bier aufmachte. Ich saß reglos da, sah ihn an. Wartete.

Endlich schüttelte Connor den Kopf. »Was? Was willst du, verdammt, Wes?«

»Was ich will? Willst du mich verarschen?«

»Mann, du hast mir eine Flasche an den Kopf geworfen.«

»Ich habe mit Absicht nicht getroffen. Aber da ich jetzt endlich deine Aufmerksamkeit habe, wirst du verdammt noch mal mit mir reden. Geht es um Autumn?«

Er verzog den Mund. »Um Autumn? Darum, dass ihr keine zwei Meter von mir entfernt fast gevögelt hättet in der Nacht vor unserem Einsatz?«

Ich lehnte mich im Rollstuhl zurück. Er wusste es, und der Betrug tat ihm weh. Natürlich. Das erklärte alles. Ich seufzte beinahe vor Erleichterung.

»Ja, Mann. Das ist passiert. Es war meine Schuld, und es tut mir leid …«

»Meine Güte, Wes, halt die Klappe. Glaubst du ernsthaft, ich bin deshalb wütend?«

»Du hast gerade gesagt …«

»Mir ist es scheißegal, dass du sie fast gevögelt hast. Ich wünschte, du hättest es getan.« Er blickte zu dem Bier in seiner Hand. »Du vergisst, dass ich Bescheid weiß. Was du für sie empfindest.«

Ich schüttelte den Kopf. »Ich habe es dir gesagt. Ich habe all diese Briefe für dich geschrieben. Für dich und sie. Meine Gefühle für sie sind in Syrien gestorben.«

»Das ist eine verdammte Lüge.«

Ich wollte gerade protestieren, aber er ließ mich nicht zu Wort kommen.

»Wie war das noch? *Ich hole dir die Sterne vom Himmel* …«

Ich versteifte mich. »Du … du hast es gelesen?«

»Oh ja«, sagte er spöttisch. »Ich kann mich nicht an alles erinnern. Mein Gedächtnis ist voller Lücken. Aber die wichtigen Teile weiß ich noch. Du liebst sie mit gefesselten Händen. Schreibst, wie sehr du sie liebst, aber setzt einen anderen Namen unten auf die Seite. Meinen Namen.«

»Ich … ich dachte, das Notizbuch wäre verloren gegangen …«

Er schnaubte. »Ist es jetzt auch. Ich hab versucht, es Autumn per Post zu schicken, aber selbst das hab ich vermasselt.«

Mir wich alles Blut aus dem Gesicht. »Was meinst du, du hast es versucht?«

»Ich hätte es einfach behalten sollen. Es einstecken und ihr in die Hand drücken, sobald wir zurück waren. Aber ich war total fertig da draußen. Mein Kopf ... Ich dachte, ich würde sterben.«

»Was ist damit passiert?«

Er zuckte mit den Achseln. »Es ist weg. Ich habe jemandem in dem Hubschrauber gesagt, dass er es ihr schicken soll ... Ich weiß nicht mehr, wem. Wenn sie es jetzt noch nicht hat, wird sie es wahrscheinlich nie bekommen.«

Ich stieß einen erleichterten Seufzer aus, auch wenn ich um die Worte trauerte, die ich niemals zurückbekommen würde. Mein letztes Gedicht, bevor man mich in die Hölle gesprengt hatte.

Die letzten Worte aus meiner Feder.

»Sie weiß es also nicht«, sagte ich. »Liebst du sie noch?«

»Hat das irgendeine Bedeutung?«

»Liebst du sie?«

»Selbst wenn, würde sie dir gehören, Wes. Sie hat meine *Seele* geliebt, erinnerst du dich? Und das bist du, nicht ich. Sie liebt dich. Ich bin nur ein leeres Gefäß. Du hast deine Worte in mich gegossen, und sie hat sie getrunken.« Er nahm noch einen Schluck Bier. »Das ist mal poetisch, oder?«

Ich fuhr mit dem Rollstuhl näher zu ihm heran. »Du liebst sie nicht? Ich frage nicht meinetwegen, ich frage wegen Autumn. Sie ist ...«

»Du fragst, weil du so unbedingt willst, dass es wahr ist. Ich kann es praktisch riechen.« Er lachte bitter auf. »Die Ironie ist, du sitzt in diesem Rollstuhl und fühlst dich *unzulänglich* oder irgendwas, aber eigentlich bin ich der halbe Mann. *Ich* bin das Arschloch ohne Tiefgang. Ohne eine Seele, die es wert wäre, geliebt zu werden, bis auf die, die du mir gegeben hast.«

»Das ist nicht wahr«, sagte ich. »Du redest Blödsinn, weil du betrunken bist.«

»Ach wirklich? Ich bin ihr nicht genug. War ich nie. Glaubst du, ich versuche es noch mal, obwohl ich weiß, dass sie nur enttäuscht sein wird, wenn mir die richtigen Worte nicht einfallen? *Deine* Worte?«

»Das heißt noch lange nicht, dass du keine Seele hast, verdammt.« Ich rollte in die Küche und fühlte mich klein und an den Stuhl gefesselt neben Connor, der mich überragte. »Hör zu, es war eine dämliche Idee, und wir haben es zu weit getrieben, aber du hast es gewollt. Du wolltest sie und warst bereit, alles zu tun – sogar, in die verfluchte Army einzutreten –, um dich vor ihr zu beweisen. Du kannst jetzt nicht einfach aufgeben …«

Connor lachte rau. »Mein ganzes beschissenes Leben lang hab ich versucht, mich vor allen anderen zu beweisen.«

»Das ist genauso ein Blödsinn«, sagte ich. »Du warst glücklich damit, du selbst zu sein, bis du versucht hast, jemand anders zu sein …«

»Nicht einfach irgendjemand anders. Du. Ich wollte du sein.«

Ich lehnte mich zurück.

Ich?

Connor Drake wollte der arme Mistkerl sein, dessen eigener Dad ihn nicht mal genügend mochte, um bei ihm zu bleiben?

»Ich wollte, was du hast«, sagte Connor. »Tiefere Gedanken. Frauen mit Gedanken und Worten anmachen. *Mehr* sein. Alle wollen, dass ich mehr bin als das, was ich bin, und ich enttäusche sie. Immer wieder enttäusche ich alle.« Connor ließ den Kopf sinken, und seine Wut schwand. »Vor allem dich.«

»Du hast mich nicht enttäuscht«, sagte ich und rollte näher zu ihm.

»Wäre ich nicht gewesen, könntest du noch laufen.«

»Du hast mir da draußen das Leben gerettet. Das hat mir Wilson erzählt. Wenn du die Blutung nicht gestillt hättest …«

»Dir das Leben gerettet?«, spottete Connor und schüttelte den Kopf, nachdem er noch einen Schluck getrunken hatte. »Ich hab das Haus angezündet und dich dann rausgezogen. Was für ein beschissener Held!«

»Ich habe mich aus eigenem freiem Willen gemeldet. Und da draußen habe ich getan, was ich tun musste. Als ein Kamerad und als dein Freund.« Ich ergriff seinen Arm. »Ich würde es jede Sekunde wieder tun, Mann.«

Connor sah mich aus geröteten Augen an. »Es ist vorbei, Wes. Alles.«

»Was ist vorbei?«

»Sie und ich. Du und ich. Amherst. Boston. Das hier …« Er deutete auf unsere Wohnung. »Es ist vorbei. Ich bin fertig damit.«

Er ging in den Wohnbereich, und ich folgte ihm. »Connor, warte.«

Abrupt drehte er sich um. »Erinnerst du dich an Autumn heute? Wie sie dich angesehen hat? Ich hätte ihr beinahe alles gesagt.«

Wie sie mich angesehen hat …

»Aber ich hatte Angst, auch das zu vermasseln. Ich hatte die Worte nicht.« Seine Miene wurde weicher, genau wie seine Stimme. »Aber du hast sie, Wes. Du kannst ihr die Wahrheit so sagen, dass sie es versteht. Sag ihr, dass du sie liebst. Riskiere einmal im Leben, glücklich zu sein.«

»Es ist zu spät«, flüsterte ich. »Sie wird mich hassen.«

»Wahrscheinlich. Eine Zeit lang.« Connor seufzte. »Egal, Mann. Mach, was du willst. Ich werde dir nicht mehr alles vermasseln.« Er ging den Flur entlang zu seinem Zimmer.

»Himmel, Connor, bleib stehen. Du hast nichts vermasselt.«

»Das ist nett, was du da eben gesagt hast, dass du es wieder tun würdest. Aber Tatsache ist, du würdest nicht in diesem verfluchten Rollstuhl sitzen, wenn ich nicht wäre, und jeder weiß das.« Er sah mich an, seine Augen schimmerten feucht. »Das ist die Wahrheit, und, Gott, ich kann dich nicht einmal ansehen, Wes. Ich kann deinen Anblick nicht ertragen.«

Ich versteifte mich, und mir wurde kalt, als er mir den Rücken zudrehte und weiterging.

»Connor, warte. Rede mit mir. Oder rede mit jemand anderem. Du wurdest auch verwundet. All die Scheiße, die wir dort drüben gesehen haben! Es macht dich fertig. Es ...«

... macht jemanden aus dir, den ich nicht wiedererkenne.

Seine Tür schloss sich nicht mit einem Knall, sondern mit einem resignierten Klicken. Ich fuhr ihm nach und hämmerte gegen die Tür.

»Connor, komm schon. Rede mit mir. Mach die verdammte Tür auf.«

Keine Antwort, nur das Geräusch von Schubladen, die auf- und zugingen. Angst schlug ihre Klauen in mich. Hatte er noch seinen Dienstrevolver? Suchte er danach? War es so schlimm, und ich hatte es nicht gesehen?

Ich versuchte die Tür zu öffnen, dann hämmerte ich wieder dagegen.

»Drake, ich meine es ernst. Es ist egal, was die anderen denken. Wichtig ist nur, was ich denke. Niemand hat mich gezwungen, mich zu verpflichten. Ich brauchte das Geld. Ich habe unterschrieben. Es ist meine Verwundung, und nur ich darf sagen, wie ich sie bekommen habe. Niemand hat mir vorzuschreiben, was ich darüber denken soll, auch du nicht. Und ich sage, es ist nicht deine Schuld.« Wieder hämmerte meine Faust gegen die Tür. »Verdammt, Connor, *mach die Tür auf*.«

Die Tür öffnete sich, und ein Seufzer entfuhr mir. Mein Freund hatte eine Reisetasche in der Hand, keine Waffe.

Connor sah meine Erleichterung und verzog den Mund. »Gott, Wes, hast du geglaubt, ich würde mir was antun? Ehrlich?« Er lachte rau und ging um meinen Rollstuhl herum.

Ich rollte ihm nach. »Du haust also ab? Um ein Uhr nachts?«

Connor zuckte mit den Achseln, nahm seine Schlüssel und die Brieftasche vom Tisch neben der Tür. »Behalt die Wohnung. Ich lass meine Eltern wissen, dass es mir gut geht, aber das war's.«

»Connor ...«

»Sie haben mir den Fonds ausgezahlt. Sechs Millionen Dollar. Wahrscheinlich habe ich am Ende genug *Verantwortung* gezeigt. Ich hab dir ein bisschen Geld auf dein Konto überwiesen. Du kannst es für die Ausbildung nehmen ... oder auch nicht. Was auch immer du willst.«

»Ich will dein Geld nicht.«

»Zu spät«, sagte er. »Wenigstens dazu bin ich gut.«

»Das stimmt nicht. Wo willst du hin?«

Er nahm seine Jacke vom Haken. »Ich hab es satt, so zu leben, wie andere es von mir erwarten. Ich will nicht mit dem leben, was ich getan habe. Ich fange neu an. Ich radiere alle Worte aus, Wes.«

Ich suchte verzweifelt nach irgendetwas, um ihn zum Bleiben zu bewegen. »Glaubst du, wegzulaufen macht alles wieder gut?«

»Ich kann nichts wiedergutmachen«, fuhr er mich an. »Das ist das verdammte Problem. Und ich kann nicht damit leben, dass ich jeden Tag sehen muss, was ich dir angetan habe.«

»Mir geht es gut«, sagte ich durch zusammengebissene Zähne. »Oder mir *wird* es gut gehen. Aber tu das nicht ...«

Geh nicht.

Meine Kehle war wie zugeschnürt. »Du bist mein bester Freund.«

Connor wand sich sichtlich, dann öffnete er die Wohnungstür. »Sag Autumn die Wahrheit. Sie wird wütend sein. Und verletzt. Aber nur für eine Weile. Sie liebt dich. Und sobald sie begreift, dass deine Seele die ganze Zeit ihr gehört hat, wird sie so glücklich sein ... Sag ihr irgendwann, dass es mir leidtut.« Er hob den Blick und sah mir in die Augen. »Denn das tut es. Es tut mir leid. Es tut mir so verdammt leid, Wes.«

Dann ging er.

Teil 4
September

15

Autumn

»Hey, sieh mal, wer da ist.«

»Ich werd verrückt. Das Amherst-Arschloch.«

Erschrocken fuhr ich von einer Geschichte der US-amerikanischen Landwirtschaft hoch. Das Flüstern kam von zwei Mädchen am Nachbartisch. Ich folgte ihren Blicken und entdeckte ein paar Gänge weiter Weston, wie er an Stühlen und Rucksäcken vorbeifuhr. Ein finsterer Ausdruck lag auf seinem ebenmäßigen Gesicht, aber er sah immer noch umwerfend aus in Jeans und einem schwarzen T-Shirt.

»Die Gerüchte sind wahr«, sagte eins der Mädchen hinter vorgehaltener Hand.

»Tja«, sagte ihre Freundin. »Ich dachte, es sei nur Gerede. Aber nein. Gelähmt.«

Weston hielt an, weil er nicht um einen Typen herumkam, dessen Stuhl zu weit im Gang stand.

»Kann es wirklich so schwer sein, sich zu entscheiden, an welchem Tisch man sitzen will?«, fragte Weston so laut, dass ein halbes Dutzend Leute von ihren Texten aufsahen.

Der Typ drehte sich um. »Was?«

»Du sitzt mitten im verfluchten Gang. Such dir einen Tisch aus und rutsch rüber, verdammt.«

»Sorry, Mann.« Der Typ rutschte mit seinem Stuhl dichter an den Tisch, und Weston rollte durch den schmalen Gang zu einem Platz am Ende des Tisches. Er parkte den Rollstuhl, dann drehte er sich zu seinem Rucksack um, legte ihn auf den Tisch und breitete seine Lernsachen vor sich aus.

»Immer noch ein Arschloch«, murmelte das Mädchen am Nebentisch. Sie drehte sich eine Locke um ihren Finger. »Und immer noch wahnsinnig heiß.«

»Stimmt«, sagte ihre Freundin.

Ihr solltet ihn mal küssen, dachte ich.

»Zu schade«, sagte die Dunkelhaarige. »Wahrscheinlich läuft untenrum nichts mehr.« Sie zeigte auf ihren Schoß.

»Ich weiß. Echt eine Schande.«

Wut ließ die Buchseite vor meinen Augen verschwimmen. Ich wollte sie gerade informieren, dass es keineswegs eine Schande war, seinem Land zu dienen, als mich eine vertraute Empfindung überkam. Genau das Gefühl, das ich letztes Jahr in eben dieser Bibliothek gehabt hatte. Ein Kribbeln überlief meine Haut. Ich sah auf.

Weston schaute mich an. Unsere Blicke trafen sich, aber er sah mich nicht. Oder er sah alles von mir auf einmal. Erinnerungen an die Vergangenheit erfüllten seinen Blick, als er mich hier und jetzt betrachtete. Die Macht seiner Aufmerksamkeit traf mich mitten ins Herz, breitete sich als schwache Hitze in meiner Brust aus. Wir wandten beide den Blick ab.

Alles in Ordnung, beruhige dich, sagte ich meinem pochenden Herzen. *Es ist ein kleines College. Du wusstest, dass das passieren würde.*

Aber ich hatte nicht geahnt, wie sehr ich mich zusammenreißen musste, um seinen Blick nicht erneut zu suchen. Wie gut mein Körper sich an die Berührung seiner Hände erinnerte, an seinen Kuss, an sein Gewicht, das mich auf diese Couch gedrückt hatte. Wie ich meine Beine gespreizt hatte, um mehr von ihm zu spüren.

Ein paar Augenblicke länger, und ich hätte ihn ganz gehabt ...
Ich presste die Knie zusammen und setzte mich anders hin. Dann klappte ich das Geschichtsbuch zu, öffnete ein anderes Buch und wiederholte meine Gelübde, während ich darin blätterte

Nie wieder werde ich zulassen, dass jemand mit meinem Herzen spielt.

Nie wieder werde ich ...
Das Kribbeln war wieder da, und ich blickte hoch, und Weston sah mich an. Er wandte sofort den Blick ab.

Verdammt.
Stärker als die körperliche Erinnerung an Weston war die Freundschaft, die in dieser Bibliothek ihren Anfang genommen hatte. Unsere Gespräche. Das Gefühl, in seiner Gegenwart ich selbst sein zu können und dass er mich verstand. Konnte ein Mensch einem anderen ein größeres Geschenk machen? Ich bezweifelte es.

Und ich vermisste es.

Ich hatte meine Gelübde und hatte vor, sie zu halten, aber ich vermisste Weston. Abgesehen von diesem einen alkoholisierten Ausrutscher auf der Couch, war er immer mein sicherer Hafen gewesen.

Ich packte meine Sachen zusammen, stand auf und ging den Gang entlang. Ein Blick auf Weston zeigte mir, dass er konzentriert woandershin sah ... bis ich zu seinem Tisch abbog. Seine Augen weiteten sich, er sah mich an, und ich spürte deutlich die Verlockung, mich in die Tiefen seiner Ozeanaugen fallen zu lassen, doch ich war nicht dieselbe wie vor einem Jahr. Ich wollte mich vergewissern, dass es ihm gut ging, aber mir musste es auch gut gehen.

»Hi«, sagte ich.

»Hey.«

»Können wir reden? Ich halte dich nicht lange auf.«

Er zögerte, dann nickte er.

Ich legte meine Bücher auf den Tisch, setzte mich und legte meine Arme auf die Bücher. »Wie geht es dir? Ehrlich.«

»Ganz okay«, sagte er. »Es geht voran. Uni, Reha, Arzttermine und wieder von vorn.«

»Gewöhnst du dich an dein neues Leben?«

»Grundsätzlich ist es scheiße, im Rollstuhl zu sitzen«, sagte er. »Kein Gang ist breit genug. Die Gehwege sind alle uneben. Sämtliche Leute starren mich an, aber niemand sieht mich wirklich.«

Nun, ich schon. Und der Schmerz in seinen ozeanblauen Augen war kilometertief. Trauer schien jede Faser seines Wesens zu durchdringen. Er saß resigniert in dem Rollstuhl. Niedergedrückt. Als könnte er auch dann nicht aufstehen, wenn er dazu fähig wäre.

Und ich konnte nicht aufhören, ihn anzusehen.

»Sie starren dich nicht an, weil du in einem Rollstuhl sitzt«, hörte ich mich sagen.

»Nein?«

Sie starren dich an, weil du wunderschön bist.

»Du fällst einfach auf, Weston«, sagte ich mit brennenden Wangen. »Mehr sage ich dazu nicht.«

»Klar, glaub ich dir gern.«

»Und?« Ich deutete auf die Bücher. »Wirtschaftswissenschaften? Willst du immer noch Wall-Street-Geier werden?« Der Witz verpuffte. Als gehörte er in eine andere Zeit. Die Zeit *davor*. Ich wedelte mit der Hand. »Antworte einfach nicht.«

Er zuckte mit den Achseln. »Da werde ich wahrscheinlich landen. In irgendeinem Bürojob.«

»Willst du das denn?«

Er lächelte bitter. »Wenn es in einem barrierefreien Gebäude ist, was könnte ich mehr verlangen?«

Sehr viel mehr, Weston. Du könntest sehr viel vom Leben verlangen.

»Was ist mit dir?«, fragte er. »Hast du dich für einen Schwerpunkt für dein Harvard-Projekt entschieden?«

»Ja«, sagte ich. »Ich werde zu neuen landwirtschaftlichen Technologien arbeiten. Mein Projekt besteht darin, eine neue Gesetzgebung vorzuschlagen, um Landwirten den Kontakt zur Biotreibstoffproduktion zu erleichtern und denen, die sie nutzen, Steueranreize zu bieten.«

»Aha«, sagte Weston.

»Ruby nennt es mein Maisbenzinprojekt.«

»Wie geht es Ruby?«

»Großartig wie immer. Tobt sich in Italien aus.« Ich lächelte kläglich. »Ich vermisse sie. Obwohl sie sich ständig über mein Projekt lustig macht. Sie findet es höllisch langweilig.«

»Es ist nur wichtig, wie du selbst es findest«, sagte Weston.

»Genau. Danke.«

Er sah mir einen Moment forschend in die Augen. Ich seufzte.

»Mein Maisbenzinprojekt ist höllisch langweilig.«

Er lachte leise und heiser.

»Lach mich nicht aus«, sagte ich und musste selbst lachen.

»Tut mir leid, aber einen Moment lang sahst du so …«

»Was?«

»Nichts.« Das Lächeln verblasste, als er eines seiner Beine anhob und anders positionierte. »Muskelspastik«, sagte er, als ich ihn besorgt ansah. »Es ist nichts. Aber ich kann mir vorstellen, dass es ätzend ist, von seinem Lebenswerk gelangweilt zu sein.«

»Ich hab nur noch nicht in den Flow gefunden«, sagte ich.

»Aber ich gebe nicht auf. Ich kann nicht. Ich habe schon genug Zeit verloren.«

Er atmete schwer und nickte. »Ja, das hast du.«

Ich zögerte. »Wie geht es Connor?«

»Ich würde auch nur raten«, sagte Weston. »Er ist abgehauen, bevor das Semester angefangen hat. Seitdem hab ich nichts von ihm gehört oder gesehen.« Als ich ihn erschrocken ansah, verzog sich sein Gesicht ganz kurz. »Ich korrigiere: *Ich* habe nichts von ihm gehört, aber seine Mutter sagt, er hat sich gemeldet. Es geht ihm gut, aber er verrät nicht, wo er ist.«

»Er ist einfach … gegangen?«

»Nach der Ordensverleihung.« Weston verzog den Mund. »Die Drakes haben ihm seinen Fonds ausgezahlt. Wahrscheinlich haben sie gedacht, fast den Arm zu verlieren und man-weiß-nicht-wie-sehr unter PTBS zu leiden sind sechs Millionen Dollar wert. Ich hoffe nur, dass er sich mit dem Geld nicht irgendwo zu Tode säuft.«

»Gott, ich auch.« Mir schauderte bei dem Gedanken. »Es tut mir so leid.«

»Was?«

»Dass er gegangen ist. Er ist dein bester Freund.«

Weston winkte ab. »Ist egal.«

»Mir ist es nicht egal. Mir ist nicht egal, wie es dir geht, Weston.« Ich seufzte. »Hör zu, ich will ehrlich zu dir sein. Ich bin nicht rübergekommen, um Small Talk zu machen.«

»Gut. Ich hasse Small Talk.«

»Ich auch. Und mit dir hasse ich es noch mehr. Wir hatten immer mehr als das.«

»Ja«, sagte er langsam. »Hatten wir.«

Ich beugte mich über meine Arme, schaute meine Hände an. »Also werde ich dir etwas gestehen. Es wird furchtbar klingen.«

»Okay.«

»Ich vermisse unsere Freundschaft mehr als die Beziehung mit Connor.«

Das Grünblau seiner Augen erhellte sich zum ersten Mal. »Autumn ...«

»Es ist so. Und diese Nacht auf der Couch ...«

»Bitte ...«

»Ich muss darüber reden.« Ich machte einfach weiter. »Die Nacht war genau, was du gesagt hast. Ich hatte zu viel getrunken und war allein und verängstigt. Und, seien wir ehrlich, du siehst extrem gut aus, und ich bin auch nur eine gewöhnliche Sterbliche.«

Er runzelte verwirrt die Stirn, als würde das Kompliment keinen Sinn ergeben.

»Ich hatte immer das Gefühl, dass wir eine Verbindung haben«, sagte ich. »Ich werde meine Arbeit machen, mein Projekt entwerfen und nach Harvard gehen. Das ist nicht verhandelbar. Aber ... es wäre nicht blöd, wenn wir noch Freunde sein könnten.«

Er seufzte und fuhr sich mit der Hand durchs Haar. Die Schwere war neuerlich in seinen Augen, und als er wieder sprach, war seine Stimme leise, als würde auch auf ihr eine Last liegen.

»Ich ... bin im Moment nicht zu viel zu gebrauchen. Deshalb war ich so ätzend zu dir in Baltimore.«

Ich verschränkte die Finger, um mich daran zu hindern, seine Hand zu nehmen. »Ich weiß, du warst traurig im Krankenhaus, und ich habe das Gefühl, dich zu schnell im Stich gelassen zu haben. Du hast gesagt, dass ich gehen soll, und ich bin gegangen, aber ich bereue es. Sehr.«

Er schüttelte langsam den Kopf. »Verschwende deine Gefühle nicht an mich, Autumn.«

»Was soll das bedeuten?«

»Hör zu, ich bin froh, dass du hergekommen bist, um mit mir zu reden. Es ist wirklich schön, dich zu sehen, aber ich kann dir das nicht noch einmal antun.«

»Was?«

»Dich verletzen. Ich bin nicht im Gleichgewicht, wie die Psychologen sagen. Ich will dich nicht runterziehen.«

»Du ziehst mich nicht runter«, sagte ich. »Freunde sind füreinander da. Egal, was ist.«

»Nicht ›egal, was ist‹. Nicht auf deine Kosten.«

»Es kostet mich mehr, wegzugehen.«

»Aber das solltest du. Dir zuliebe.«

Ich schüttelte den Kopf. »Was dir passiert ist, ist noch neu. Du hattest noch nicht die Zeit, es zu verarbeiten.«

Seine Augen weiteten sich vor Zorn.

»Ich will dir nicht sagen, wie du dich fühlen sollst, aber …«

»Dann lass es. Ich habe genug verarbeitet, um zu wissen, dass es scheiße ist. Mein halber Körper funktioniert nicht mehr, wie er soll. Es fühlt sich jetzt schon an, als säße ich seit Jahren hier fest, und mir steht der Rest meines verfluchten Lebens noch bevor.«

»Aber du musst das nicht allein durchstehen.« Jetzt beugte ich mich vor und nahm seine Hand. »Ich will helfen.«

»Natürlich«, sagte ich. »Es liegt dir im Blut zu helfen. Du bist so.« Die Sehnsucht, mit der er unsere verschränkten Finger betrachtete, zerriss mir erneut das Herz. Und der Riss wurde breiter, als er seine Hand wegzog. »Ich will deine Hilfe nicht. Ich war ein Arsch zu dir in Baltimore, und das tut mir leid. Aber ich habe gemeint, was ich gesagt habe.«

»Weston …«

»Bitte«, sagte er, und seine Stimme wurde grob. »Ich kann nicht aufstehen und gehen. Du musst das tun.«

Seine Miene und seine Stimme wurden hart, obwohl sich Schmerz in seinen feucht schimmernden Augen zeigte.

»Du musst tun, was ich nicht kann, Autumn. Steh auf und geh.«

16

Weston

»Was für ein schickes Restaurant«, sagte Ma. »Bist du sicher, dass du dir das leisten kannst?«

»Ja, Ma, kann ich«, sagte ich ihr zum hundertsten Mal an diesem Abend.

Dank Connor könnte ich sie und Paul die nächsten zehn Jahre jeden Abend ins Rostand einladen, nicht nur an diesem Thanksgiving. Als Connor gegangen war, hatte er gesagt, er hätte mir ein bisschen Geld überwiesen. Das »bisschen Geld« entpuppte sich als eine Viertelmillion Dollar.

Ich hatte eine so große Zahl nie außerhalb der Lehrbücher im Wirtschaftsstudium gesehen, und noch Monate später hatte ich ein mulmiges Gefühl. Ich hatte keinem Menschen davon erzählt, weil ich es hasste. Ich hasste es, aber ich brauchte es, und es zu brauchen führte dazu, dass ich es noch mehr hasste.

Ich war nicht sicher, ob ich schon bereit war, mir einen Job zu suchen. Mich an den Rollstuhl zu gewöhnen und meinen Körper für das ewige Sitzen zu trainieren war ein langsamer, schmerzhafter Prozess. Eine ständige körperliche und seelische Anstrengung, um mich aufrecht und im Gleichgewicht zu halten. Dreimal die Woche arbeitete ich hart in der Physiotherapie, aber Schmerzen und Muskelspasmen kamen täglich vor.

Und meine Hände waren völlig im Eimer. Die Handgelenke waren ständig dreckig, weil ich gegen die Reifen kam, wenn ich die Greifringe benutzte. Außerdem hatte ich Blasen an den Handflächen.

Schmutzige Hände und chronische Schmerzen. Wer würde mich einstellen?

»Noch immer kein Wort von Connor?«, fragte Ma und tauchte einen Shrimp in Cocktailsoße. Ich schüttelte den Kopf, und sie kaute und starrte mich ungläubig an. »Ich kann nicht glauben, dass er immer noch nicht zurück ist. Ich versteh ja, dass er sich eine Auszeit nimmt, aber es ist Monate her.«

»Es geht ihm nicht gut«, sagte Paul. »Er sollte sich die Zeit nehmen, die er braucht.«

Ma nahm ihr Wasserglas und deutete damit auf mich. »Wes ist viel schlimmer dran, und er ist hier, reißt sich den Arsch in der Reha auf und ackert fürs Studium.« Sie trank einen Schluck Wasser. »Ich bin jedenfalls stolz auf dich, Kleiner, dass du nicht aufgibst.«

»Dem schließe ich mich an.« Paul hob sein Wasserglas und stieß mit Ma an.

Nicht zum ersten Mal fragte ich mich, was Paul Winfield davon hatte, mit meiner Mutter zusammen zu sein. Er lachte mit echter Freude über ihre Witze, und wenn sie sich vorbeugte, um seinen Schnurrbart mit einer Serviette abzuwischen, bevor sie ihm einen Kuss auf die Lippen drückte, lag wahres Glück in seinem Lächeln. Und in ihrem.

Also sind am Ende doch nicht alle Männer Dreck, was, Ma?

Meine Stimmung verdüsterte sich. Vielleicht wäre ich gar nicht schlecht für eine Frau gewesen, wäre ich nicht in dem Glauben aufgewachsen, ein so mieser Typ wie mein Vater zu sein.

Selbstmitleid, Sockenboy? Du hast die Sache mit Autumn richtig in den Sand gesetzt, also hatte Ma wohl doch recht.

Die Hauptgerichte wurden serviert, und Ma und Paul stürzten sich auf ihr Filet Mignon. Ich hatte Kiewer Kotelett.

»Du bist so still heute, Wes«, sagte Paul. »Wie geht es dir?«

»Gut.«

Paul schürzte die Lippen. »Würdest du gern über irgendwas reden?«

»Nope.«

Jepp.

Mein unendlich einsames Leben – eine leere Wohnung, Uni, Reha, zurück in die Wohnung – wurde langsam bedrückend. Ich selbst hatte vorgeschlagen, Thanksgiving in ein Restaurant zu gehen. Nicht nur, weil Mas kleines Haus in Boston für einen Rollstuhlfahrer der schlimmste Albtraum war, sondern weil ich reden wollte. Ich wollte wieder Worte in meinem Leben. Ein Gespräch mit Tiefgang, das Stunden andauerte. In dem ich alles sagen konnte und verstanden wurde. Oder nichts sagen konnte und das auch okay war.

Autumn.

Ihr Name war die Antwort auf alle Fragen.

Ich verdrängte ihn mit dem Rest des Schmerzes, aber Paul, der ein unheimliches Timing besaß, beförderte ihn direkt wieder an die Oberfläche.

»Wie geht es Autumn?«, fragte er. »Ist sie über Thanksgiving in Nebraska?«

»Ich weiß es nicht«, sagte ich und schob das Essen auf meinem Teller herum. »Ich habe eine Weile nicht mit ihr geredet.«

Sechsundfünfzig Tage, dreizehn Stunden und dreiundvierzig Minuten. Mehr oder weniger.

»Wie schade«, sagte Paul. »Als ich sie bei der Purple-Heart-Verleihung gesehen habe, dachte ich, ihr zwei hättet ...«

»Haben wir nicht«, sagte ich. »Sie hat zu tun. Sie muss an ihrem Harvard-Projekt arbeiten.«

»Wie geht es ihr damit, dass Connor weg ist?«, fragte Paul und schüttelte dann den Kopf. »Vergiss das. Wie geht es *dir* damit, dass er weg ist?«

»Ich vermisse ihn«, gab ich zu.

Es ist, als würde mir ein Arm oder Bein fehlen. Ein Teil von mir selbst. Als wäre ich am ganzen Körper gelähmt.

Ma schnaubte. »Wer braucht den schon? Einfach so abzuhauen! So viele Jahre Freundschaft wegzuwerfen!«

»Es ist komplizierter«, sagte ich leise.

»Für mich ist das klar wie Kloßbrühe. Du hast da drüben das Schlimmste abgekriegt, und dir geht es gut.«

»Mir geht es nicht …«

Ma strahlte. »Und deshalb bin ich so stolz auf dich.«

»Hör auf, das zu sagen«, entgegnete ich, und meine Hand verkrampfte sich um die Gabel. »Du sagst das hundertmal am Tag.«

»Ach ja? Weil es stimmt. Und außerdem …«

Ich ließ die Gabel fallen. Sie rutschte scheppernd über den Teller und fiel zu Boden. »Mein Gott, Ma.«

Sie starrte mich erschrocken an. »Was hab ich gesagt?«

»Nichts, das ist das Problem«, erwiderte ich, und mein Bostoner Akzent wurde kräftiger, passte sich ihrem an. »Kannst du einmal im Leben etwas Ehrliches sagen? Etwas Echtes?«

Ma sah mich an, als hätte ich den Verstand verloren. »Was zur Hölle meinst du? Ich sage es, wie ich es sehe.«

»Dann sieh *mich*, Ma. Sieh mich an, wenn ich dir sage, dass nicht alles okay ist. Es geht mir *nicht* gut. Gar nichts ist okay.«

Sie lehnte sich auf dem Stuhl zurück. »So redest du mit deiner Mutter? Obwohl ich nichts getan habe, als mich um dich zu kümmern, seit dein beschissener Vater einfach abgehauen ist?«

»Miranda«, fing Paul an.

»Hör auf«, fuhr ich ihn an. »Versuch nicht ständig, alles glattzubügeln. Und rede nicht mit ihr, als wär sie deine Frau und du mein …«

Beschissener Vater.

Ich schluckte den Rest des Satzes runter. »Egal. Vergiss es. Vergesst, dass ich auch nur ein Wort gesagt habe.«

»Das ist wohl besser.« Ma tupfte sich mit der Leinenserviette die Augenwinkel. »Tun wir so, als wäre der schöne Abend nicht ruiniert. Es ist Thanksgiving, Himmelherrgott.«

Ich rieb mir mit beiden Händen das Gesicht. »Tut mir leid, Ma.« Ich nahm ihre Hand. »Sorry. Ich hab es nicht so gemeint.«

»Wisst ihr, was wir vergessen haben?«, sagte sie und sah uns beide an. »Wir haben vergessen zu sagen, wofür wir dankbar sind. Ich fange an. Ich bin dankbar, dass du noch hier bist, Wes. Connor ist weg, aber du … du bist noch da. Und ich bin dankbar. Ist das echt genug?«

Jetzt sah ich sie an. Versuchte, sie zu *sehen*, wie ich sie gebeten hatte, mich zu sehen. Sie wahrzunehmen und mich zu erinnern, wie sie alles zusammengehalten hatte, seit mein Dad uns verlassen hatte. Wie sie nacheinander die Löcher in einem Damm gestopft hatte, damit er nicht ganz brach. Jeder neue Tag mit einem Dach über dem Kopf, ohne dass uns der Strom abgestellt wurde, war ein Sieg gewesen. Ich lebte und konnte atmen und essen und reden, und das war alles, was zählte.

»Es ist okay, Ma«, sagte ich, und mein Zorn verrauchte komplett und hinterließ nur Scham. »Mehr als okay. Es ist perfekt. Danke.«

Paul wandte sich jetzt mir zu. »Ich werde nur eines sagen. Wenn du Hilfe brauchst, bitte darum. Es ist das Leichteste und auch das Schwerste auf der Welt. Bitte darum.«

Nach dem Essen setzten Paul und Ma mich bei mir zu Hause ab und fuhren nach Boston zurück. Obwohl es erst neun Uhr war, hatte sich in meinen ausgelaugten Muskeln Erschöpfung breitgemacht, und ich wollte nur noch ins Bett.

Ich kämpfte mich aus den Klamotten und zog eine Jogginghose und ein T-Shirt an. Im Bad katheterisierte ich mich und klebte einen Plastikbeutel an meinen Oberschenkel, damit ich mich im Schlaf nicht einnässte. Ich setzte mich aufs Bett, wickelte die spezielle Durchblutungsdecke um meine Beine und legte mich mit Hilfe des Körperkissens auf die Seite. Die Haut um das Steißbein war empfindlich geworden, und wenn ich nicht aufpasste, würde ich ein Druckgeschwür bekommen.

Was für ein Scheißleben!

Bitte um Hilfe.

Paul hatte wahrscheinlich sich selbst gemeint oder vielleicht einen Psychologen, aber es gab nur einen Menschen, der mir helfen konnte.

Ich schloss die Augen, als ich den Schmerz in meinem Herzen spürte. Ich konnte mich Autumn nicht aufbürden. Es wäre unfair und egoistisch, nachdem ich sie weggestoßen hatte. Aber die Einsamkeit in mir und um mich herum höhlte mich aus. Ohne sie verhungerte ich. Ich musste ihr schönes Gesicht sehen. Ich sehnte mich danach, ihre Augen aufleuchten zu sehen, wenn sie von etwas redete, was ihr wichtig war. Ich wollte mich an ihrem Lachen satthören oder, besser noch, sie zum Lachen *bringen*. Die Lücken in meinem Leben mit ihrer Stimme füllen, die immer Worte voller Güte, Freundlichkeit und Mitgefühl hatte.

Ich umarmte das Kissen fester.

Schreiben konnte ich nicht mehr. Was machte es da schon, wenn wir einfach Freunde waren? Ich würde ihr die Wahrheit über die Briefe und das Gedicht nicht sagen müssen, denn es würde keine Briefe oder Gedichte mehr geben. Ich hatte nichts zu verbergen.

Ohne deine Worte hast du nichts, was du ihr im Gegenzug geben kannst. Überhaupt nichts.

Aber sie hatte gesagt, bei mir das Gefühl zu haben, sie selbst sein zu können. Vielleicht war das etwas wert.

Es war nicht viel, dachte ich, als ich einnickte, aber mehr hatte ich nicht.

Das Panache Blanc war höllisch voll am Morgen des nächsten Montags. In meinem vergangenen Leben hätte ich mich wie alle anderen einfach angestellt. Jetzt verunsicherten mich die vielen Leute. Ich hatte Angst, jemanden mit dem Rollstuhl anzufahren, und fühlte mich klein, wo ich früher jeden überragt hatte.

Wie wenig die Leute mich jetzt ansahen, da ich im Rollstuhl saß. Die meisten blickten kurz zu mir und dann rasch woandershin. Andere Leute starrten mich an, als würden sie herausfinden wollen, was mit mir nicht stimmte. Manche redeten mit mir, als wäre ich dumm. Männer nannten mich »Kumpel«. Frauen lächelten mich voller Mitleid an, wenn sie mir die Tür aufhielten, aber nie lag Interesse oder Erwartung in ihren Blicken.

Die Zeiten sind vorbei.

Mein Herz blieb eine Sekunde lang stehen, als ich Autumn entdeckte, die strahlend und wunderschön aussah. Sie hatte ihr Haar zu einem Knoten hochgesteckt, ein paar Strähnen fielen herab. Sie kassierte, dann rannte sie hin und her, um den nächsten Kunden zu bedienen. Mein Puls hämmerte, als sie sich vorbeugte, um ein Croissant aus der Auslage zu holen, und unsere Blicke sich durch die Scheibe trafen.

Ihre Augen weiteten sich, ihr Mund öffnete sich, und für den Bruchteil einer Sekunde war da ein Lächeln auf ihren Lippen. Dann verhärteten sich ihre schönen Züge, und sie ging zu dem Kunden zurück. Während ich in der Schlange vorrückte, warf sie mir düstere verwirrte Blicke zu, bis ich an der Reihe war, zu bestellen.

»Einen Kaffee, bitte«, sagte ich.

Eine leichte Röte zeigte sich auf ihren Wangen, als sie mich in meinem schwarzen Rollkragenpullover und den Jeans anstarrte. »Was willst du hier, Weston?«

Um Hilfe bitten.

»Ich will mir dir reden.«

»Jetzt? Ich bin grade ein bisschen beschäftigt.«

»Nach deiner Schicht.«

»Das ist in vier Stunden.«

»Ich werde warten.«

Sie runzelte die Stirn und stemmte die Hände in die Hüften. Ich konnte eine Million Gedanken in ihren braunen Augen sehen, darunter nicht zuletzt die Frage, wie oft sie sich noch von mir wegstoßen lassen würde. Aber ich kannte sie. Ich kannte ihr Herz.

Eine letzte Chance. Mehr will ich nicht.

Sie schürzte die Lippen, dann schenkte sie mir einen Kaffee ein und gab ihn mir. »Du willst vier Stunden warten?«

»Ja.«

»Es ist voll. Du kannst nirgends …«

»Weston! Mon homme tranquille!« Edmond de Guiche kam um den Tresen herum und legte mir die Hände auf die Schultern. »Ich freue mich, Sie zu sehen, mein Freund.«

»Schön Sie zu sehen, Edmond.«

Der große Franzose strahlte Autumn an. »Das ist gut, nicht wahr?«

Sie schob sich eine Strähne hinters Ohr. Die Kundin hinter mir seufzte laut.

»Was kann ich tun?«, fragte Edmond. »Was brauchen Sie? Einen Tisch?« Er sah sich in seiner überfüllten Bäckerei um. Ein Mann saß an dem großen Tisch neben der Tür, der für Behinderte reserviert war, Laptop und Bücher vor sich ausgebreitet. Edmond stürzte sich auf ihn.

»He, Sir. Wenn Sie so freundlich wären ...«

»Edmond, warten Sie«, rief ich. »Ich kann mich dazusetzen ...«

Zu spät. Edmond scheuchte den Mann von dem Tisch weg und bot ihn mir mit einer überschwänglichen Geste an. Mit hochrotem Gesicht nahm ich meinen Kaffee.

»Ich sitze da drüben«, sagte ich zu Autumn.

Sie presste die Lippen aufeinander, um ein Lächeln zu unterdrücken, dann nickte sie knapp. »Wenn du unbedingt willst.«

»Ah, ja«, sagte Edmond, als ich den Rollstuhl an dem Tisch parkte. »Das gefällt mir.«

Er zwickte mich in die Wange, stimmte dröhnend eine Arie an, die den Raum erfüllte, und nahm wieder seinen Platz hinterm Ladentisch ein.

Da ich vier Stunden herumbringen musste, holte ich meinen eigenen Laptop und meine Bücher aus dem Rucksack. Ich schwänzte einen Kurs, um hier zu sein, aber wenn Autumn mich anhörte, wäre es das wert.

Ich würde das Studium abbrechen, wenn ich ihr nur noch einmal gegenübersitzen könnte.

Ich tat so, als würde mich mein Buch über Wirtschaftswissenschaften interessieren, aber die Zahlen und Fakten waren nur unverständliche Informationsbrocken. Ich musste ständig zu Autumn hinsehen. Obwohl es so voll war, wirkte sie nie gestresst oder ungeduldig. Sie begrüßte jeden mit einem Lächeln, und ab und zu erwischte sie mich, wie ich sie ansah. Beim dritten Mal hob sie die Augenbrauen und stemmte wieder die Hände in die Hüften.

Ich lachte leise in mein Buch. Als könnte ich etwas anderes tun, als sie anzustarren.

Du siehst extrem gut aus, und ich bin auch nur ein gewöhnlicher Sterblicher.

Eine Stunde später war der morgendliche Andrang vorbei, und sie kam hinter dem Ladentisch hervor, um mir Kaffee nachzuschenken.

»Hast du Hunger?«, fragte sie. »Kann ich dir etwas bringen?«

»Alles gut.«

»Wirklich, Weston?«, fragte sie. »Ist wirklich alles gut?«

Ich sah auf in ihre intensiven, forschenden Augen. »Autumn, ich …«

Sie winkte ab. »Antworte nicht. Nicht, bevor ich dir meine ganze Aufmerksamkeit widmen kann.« Sie schaute auf ihre Armbanduhr. »Was erst in drei Stunden sein wird.«

»Ich warte.«

»Du wartest«, wiederholte sie. »Es tut mir leid, nur …«

»Was?«

»Warum bist du *hier*?«

Ich machte den Mund auf, und sie winkte wieder ab, auf anbetungswürdige Weise verwirrt. »Antworte nicht.«

Ich lachte leise, als sie davonstürmte. Zwei Stunden und fünfundfünfzig Minuten später ließ sie sich vor mir auf einen Stuhl fallen.

»Und?«

»Darf ich jetzt reden?«

»Ja.«

»Bist du sicher?«

Sie kniff die Augen zusammen, und ich lachte. Gott, allein ihre Anwesenheit vertrieb die schwarze Wolke, die über meinem Kopf hing.

»Es ist eigentlich nicht komisch«, sagte sie und verschränkte ihre Arme. »Ich freue mich, dich zu sehen, aber das heißt nicht, dass das hier leicht ist. Was auch immer es sein soll.«

Mein Lächeln verblasste. »Ich habe dich verletzt.«

»Oh ja, das hast du.«

»Es tut mir leid. Ich habe keine Entschuldigung dafür, außer dass du recht hattest. Es ging mir nicht gut, als ich …«

Sie hob die Augenbrauen. »Als du mich aus deinem Leben gestoßen hast? Zweimal?«

»Ja.« Ich lehnte mich zurück und musste gleichzeitig seufzen und lachen.

Ihre Augen glühten auf. »Was ist daran bitte so komisch?«

»Du. Egal, was ich für ein Arschloch bin …«

»Und wir wissen beide, dass du das sein kannst«, sagte sie.

»Es ist irgendwie mein Ding«, sagte ich und grinste. »Alle außer dir reden mit mir, als würde ich zerbrechen, wenn ich nicht hundertmal täglich höre, wie stark ich bin.«

»Ein menschliches Wrack, das trotzdem irgendwie durchhält?«, fragte Autumn mit einem zögernden Lächeln.

»Genau«, sagte ich. »Wobei ›menschliches Wrack‹ es eigentlich auch ziemlich genau trifft.«

»Du bist kein …«

»Ich vermisse unsere Freundschaft auch.«

Sie sah mir in die Augen. »Wirklich?«

»Ja, wirklich. Eigentlich bist du die einzige Person, mit der ich reden will. Die einzige, die sagt, was sie meint. Alles, was du sagst, ist irgendwie gut und real.«

Autumn erwiderte unverwandt meinen Blick. Sie schaute mich mit ihren Edelsteinaugen an, und ich wusste, dass sie mich wirklich sah.

»Ich könnte dir keine Vorwürfe machen, wenn du nichts mehr mit mir zu tun haben willst«, sagte ich. »Wenn du willst, dass ich gehe, dann tue ich das und verspreche, dich nicht noch einmal zu belästigen.« Ich schluckte den dicken Kloß im Hals hinunter, als mir klar wurde, wie viel in diesem Augenblick auf dem Spiel stand. »Ich verdiene es nicht, aber ich hoffe, du gibst mir noch eine Chance.«

Sie blickte auf ihre Hände auf dem Tisch und schwieg lange. Dann sah sie auf die Uhr, und ich verlor jede Hoffnung.

Das Gespräch ist vorüber. Sie ist fertig mit mir. Sie muss arbeiten und Kurse besuchen und ...

»Die Mittagszeit ist schon vorbei«, sagte sie. »Ich habe Hunger, und du hast hier *vier* Stunden gewartet.« Sie sah auf, ein wunderschönes Lächeln auf den vollen Lippen, die Augen warm und voller Vergebung. »Hast du Lust, was essen zu gehen?«

»Ja«, sagte ich mit rauer Stimme. »Ja, hab ich.«

17

Autumn

Dezember

»Es tut mir wirklich sehr leid, Autumn«, sagte meine Studienberaterin. »Ich weiß, das ist nicht, was Sie jetzt hören wollten.«

»Nein.« Ich umfasste das Handy fester. »Was soll ich jetzt machen?«

Die Frage war weniger an sie als an mich selbst gerichtet. Harvard hatte mein Biotreibstoff-Projekt abgelehnt, und die Neuigkeit lag mir wie ein Stein im Magen.

»Hören Sie«, sagte Ms Robinson. »Es ging ohnehin schon um eine späte Bewerbung für nächstes Frühjahr oder sogar nächsten Winter. Sie können das Projekt modifizieren und erneut einreichen oder sich etwas anderes überlegen. Oder Sie nehmen sich eine Auszeit. Denken Sie noch einmal ganz neu nach.«

Ich hörte laut und deutlich die unterschwellige Nachricht: *Nehmen Sie sich ein bisschen frei, und reißen Sie sich zusammen, Mädchen.*

»Ja, okay«, sagte ich. »Das mache ich.«

»Sie werden den Abschluss in Amherst trotz allem mit Auszeichnung machen, also Kopf hoch, meine Liebe, und schöne Feiertage.«

»Danke, Ihnen auch.«

Wir legten auf, und ich ließ das Handy in meinen Schoß fallen.

»Mist.«

Die monatelange gewissenhafte und mühsame Arbeit war umsonst gewesen. Es war zu still in der Wohnung, um allein mit dieser Nachricht fertigzuwerden. Ich nahm das Handy wieder und textete Weston.

Ich muss reden:(

Es kam nicht sofort eine Antwort. Ich schickte Ruby dieselbe Nachricht, und mir fiel auf, dass sie nicht mehr die Erste war, die ich anrief. Sondern Weston.

Das ist nur logisch, dachte ich. *Sie ist Tausende Kilometer weit weg, während ich Weston fast täglich sehe. Mehr ist es nicht.*

Sie schrieb zurück: Was gibt's?

Harvard hat mein Projekt abgelehnt. Kann ich dich anrufen?, tippte ich. Es ist eine Weile her, dass wir miteinander gesprochen haben.

Eine Pause, dann: Klar.

Ich wählte ihre Nummer in der Villa in La Spezia. Das komische Klingeln kam dreimal, dann nahm sie ab.

»Hey.« Ihre Stimme klang angespannt und hoch. »Harvard klappt also nicht?«

»Sie finden, das Projekt ist zu eng gefasst.«

»Ihr Pech.«

»Es ist kein totaler Fehlschlag«, sagte ich. »Meine Beraterin sagt, es ist immer noch genug Zeit, um ein neues Projekt einzureichen.«

»Klar. Das ist cool, oder? Ich meine, wenn du das willst.«

Ich runzelte die Stirn. »Ist dies kein guter Zeitpunkt? Du klingst ein bisschen abgelenkt.«

»Überhaupt nicht, Süße, ich bin hier«, sagte sie lauter. »Und, was hast du vor? Es ist noch Tag bei dir, oder?«

»Ja. Weston und ich gehen einkaufen.«

»Ein heißes Date im Supermarkt. Das passt so zu dir.«

Meine Wangen wurden warm. »Es ist kein Date. Wir sind nur Freunde.«

»Das sagst du ständig.«

»Weil es stimmt.«

»Aha. Du hast viel Zeit mit Mr Turner verbracht. Passiert da etwas Interessantes, was ich wissen sollte?«

»In den sechs Sekunden, seit ich dir gesagt habe, dass wir nur Freunde sind? Nein. Mein Beziehungsstatus hat sich nicht geändert.«

»Zu schade. *Es ist kompliziert* macht viel mehr Spaß.«

»Ich halte mich an meine Gelübde, damit ich mich auf meine Arbeit konzentrieren kann, und er ist noch dabei zu lernen, mit seinem neuen Leben zurechtzukommen. Keiner von uns will mehr.«

»Klingt praktisch, ungefährlich und noch langweiliger als Maisbenzin«, sagte Ruby. »Wie geht es Wes?«

»Es geht ihm gut. Jedenfalls viel besser als das letzte Mal, als du ihn gesehen hast. Er macht seinen Abschluss in Wirtschaftswissenschaften, geht zur Reha und scheint sich jeden Tag besser einzugewöhnen.«

»Gut. Das ist gut. Freut mich zu hören.«

Da war wieder dieser fahrige Tonfall. »Ruby, was …?«

»Hey, ich muss los. Habt Spaß im Supermarkt, ihr beiden Verrückten«, sagte sie mit einem Lachen, das gezwungen klang.

»Okay«, sagte ich. »Reden wir bald wieder?«

»Sehr bald«, sagte Ruby. »Und, Auts?«

»Ja?«

Eine kurze Pause.

»Es tut mir leid, dass dein Harvard-Projekt durchgefallen ist. Wirklich.«

»Okay. Danke, Ruby.«

»Hab dich lieb.«

»Hab dich auch lieb.«

Ich legte auf, schürzte die Lippen und erfand Ausreden. Ruby war selbst sehr beschäftigt. Sie machte den Eindruck, als würde sie sich immer nur amüsieren, aber sie war superklug und arbeitete hart, wodurch sie sich ihr Auslandsjahr überhaupt erst verdient hatte.

Ich prüfte noch einmal meine Nachrichten. Nichts von Weston. Seine Reha müsste um sein, und in letzter Zeit hatten wir unsere Textnachrichten innerhalb von Minuten beantwortet.

Weil Freunde das machen. Da ist nichts kompliziert dran.

Es schneite, als ich von meiner Wohnung im Rhodes Drive zu Westons Luxuswohnung am Rand des Campus ging. Die Laternenpfähle waren mit Weihnachtsbeleuchtung umwickelt – goldene Spiralen im grauen Nachmittagslicht.

Mein Atem kondensierte in der Luft, und ich konnte ein Lächeln nicht unterdrücken. Ich freute mich sehr viel mehr darauf, mit Weston einkaufen zu gehen, als ich Ruby gegenüber zugegeben hatte.

Ich klopfte. Dann klingelte ich. Irgendwann hörte ich ein schwaches »Ja«.

Weston klang, als würde er widerstrebend beim Appell antworten. *Ich bin noch da.*

Er ließ die Tür immer für mich offen. Ich trat ein und traf ihn in der Küche an, wo er zusammengesunken in seinem Rollstuhl saß und auf die Scherben blickte, die um die Räder herum auf dem Boden lagen. Es knirschte unter den Schuhen, als ich zu ihm ging.

»Mein Gott, was ist passiert? Alles in Ordnung?«

Er hob den Kopf, die grünblauen Augen wie die See, stürmisch und turbulent. »Ich wollte mir ein Glas Wasser holen«, sagte er. »Dann habe ich die Schüsse gehört und das Glas fallen lassen.«

Für den Bruchteil einer Sekunde stieg Angst in mir auf. Dann begriff ich, dass er von der Vergangenheit sprach. Seinem Einsatz. Dem Krieg.

»Es ist alles gut«, sagte ich. »Es ist vorbei.«

»Fühlt sich nicht vorbei an«, sagte er. »Ich habe nicht die Schüsse gehört, die mich getroffen haben. Es waren die Schüsse, die ich abgegeben habe.« Er sah mich aus geröteten Augen an, Zorn brannte hinter seinen Worten. »Ich habe sechs Menschen getötet, Autumn. Vielleicht mehr. Vielleicht sehr viel mehr.«

»Du hast nur getan, wofür man dich dort hingeschickt hat. Du hast deine Einheit verteidigt. Connor das Leben gerettet.«

»Ich habe mich lange nicht so mies gefühlt. Als wäre ich unter Wasser.« Plötzlich zuckte er zusammen und griff nach seiner rechten Wade. »Und diese verfluchte Spastik ...«

»Lass mich.« Ich schob die Scherben mit dem Fuß beiseite. Dann hockte ich mich hin und rieb ihm das Bein durch den festen Stoff seiner Jeans. Ich sah, dass seine Handgelenke schwarz waren, die Handflächen rot und voller Blasen.

»Hatte dein Psychologe nicht gesagt, dass die Trauer in Wellen kommt?«, fragte ich.

»Ja.«

»Das ist so eine Welle. Du bist unter Wasser, aber es geht vorbei.« Ich knetete seinen Wadenmuskel.

Weston betrachtete meine Hände an seinem Bein. Sehnsucht und Kummer sprachen aus den herabgezogenen Mundwinkeln und dem düsteren Blick. Plötzlich war ich mir seines Körpers unter meinen Händen extrem bewusst. Diese Berührung durch die Jeans war unschuldig, aber ich berührte ihn.

Und seine Beine jetzt zu berühren war nicht dasselbe wie vor seiner Verwundung.

»Es tut mir leid«, sagte ich und zog meine Hände zurück. »Ich wollte nur helfen.«

»Du hast geholfen«, sagte er. »Aber ich hab's verstanden, es ist abstoßend.«

»Abstoßend? Wie kommst du darauf?«

»Weil sie tot sind.«

»Sie sind nicht tot«, sagte ich. »Du kannst Druck wahrnehmen und hast Spasmen. Sie sind also am Leben.« Ich nahm seine dreckige, mit Blasen übersäte Hand. »Nichts an dir ist abstoßend, Weston. Du bist …«

Umwerfend.

Wir sahen uns in die Augen, und die Luft zwischen uns verdichtete sich. Die Mischung aus Sehnsucht und Kummer in seinen Augen wurde intensiver, und eine Sekunde lang sah ich unsere Nacht auf der Couch in ihnen gespiegelt.

Ich will dorthin zurück …

Ich sprang auf und ging in die Abstellkammer, um Handfeger und Kehrblech zu holen. Mein Herz pochte.

»Du musst das nicht tun«, sagte Weston, als ich anfing, die Scherben zusammenzufegen.

»Ich bin schon dabei«, sagte ich. Ich schüttete alles in den Mülleimer. »Lass uns den Einkauf heute vergessen. Ich mache uns was zu essen, oder wir bestellen etwas. Ich kann auch gehen, wenn du lieber allein sein willst …«

»*Nein*«, sagte er und dann sanfter: »Nein. Bitte bleib.«

Unsere Blicke trafen sich erneut. »Okay«, sagte ich leise. Er war so wunderschön. Er trug ein graues T-Shirt mit V-Ausschnitt. War es dasselbe, das ich aus Versehen angezogen hatte, nachdem ich die Nacht mit Connor verbracht hatte, in dem Glauben, dass es seins war?

Nur dass es Weston gehört hatte und es mich noch nie im Leben so erregt hatte, das T-Shirt eines Mannes zu tragen.

Auf der Suche nach Ablenkung fiel mein Blick auf eine Broschüre, die auf der Küchenarbeitsfläche lag. »Was ist das?« Ich blätterte darin. »Rollstuhlrennen, Rollstuhlbasketball, Polo ...«

»Es ist nichts. Frank, mein Physiotherapeut, hat es mir gegeben. Es ist idiotisch.«

»Es klingt großartig. So viele Sportarten, die du machen kannst. Sieh doch, hier gibt es Rennen ...«

»Ich will nicht drüber reden, okay? Ich will über nichts reden, was mit mir zu tun hat. Ich habe das Thema ›ich‹ gründlich satt.«

Er saß stocksteif da, als würde er sich dafür wappnen, dass ich darauf bestand, dass er redete, damit er sich besser fühlte und auch *ich* mich besser fühlen konnte.

»Du musst nicht reden«, sagte ich. *Nicht bei mir.* »Lass uns einen dämlichen Film gucken und Pizza essen.«

Er seufzte, und es sah aus, als käme es tief aus seinem Inneren. »Klingt gut.«

»Ich bestell was.«

»Autumn.« Er ergriff mein Handgelenk, als ich mein Handy aus meiner Handtasche holen wollte.

»Ja, Weston?«

Er betrachtete meine Hand in seiner lädierten und ließ sie los. »Danke.«

»Dafür nicht«, sagte ich mit belegter Stimme.

Dafür sind Freunde da.

Wir bestellten Pizza und sahen *Und täglich grüßt das Murmeltier.* Weston saß auf der Couch und ich auf dem Boden davor. Er lachte kein einziges Mal, und am Ende des Films schlief er erschöpft ein.

Ich machte den Fernseher aus und legte Wes sanft auf die Seite. Vorsichtig hob ich ein Bein nach dem anderen hoch, dann holte ich die Hightech-Decke, die die Durchblutung fördern sollte. Ich nahm an, dass sie funktionierte, denn seine Wade hatte sich stark und gesund angefühlt.

»Du *bist* stark und gesund«, flüsterte ich und deckte ihn zu. »Stärker und gesünder, als du glaubst.«

Selbst im Schlaf runzelte er die Stirn. Ich strich darüber, bis sie sich glättete, und dachte an eine andere Couch. An Weston und mich, wie wir uns geküsst und berührt hatten, sein Körper stark und mächtig über meinem. Die Kraft in seiner Bewegung und in seinem Blick. Es erregte mich. Selbst nach all dieser Zeit schmeckte ich noch seinen Kuss und erinnerte mich daran, wie er meinen Namen ausgesprochen hatte, fast wie einen Wunsch oder ein Gebet.

Ich schluckte einen Kloß aus *komplizierten* Gefühlen hinunter, hängte mir die Handtasche über die Schulter und ging leise hinaus.

18

Weston

Zehn Tage vor Weihnachten klopfte Autumn an meine Wohnungstür.

»Es ist offen«, rief ich.

Sie roch nach sauberem Schnee und der Kälte des Winters, als sie hereinkam, und die pelzbesetzte Kapuze ihres Mantels umgab ihr ovales Gesicht wie ein Bilderrahmen.

»Bereit für unseren so oft aufgeschobenen Einkauf?« Sie sah auf die Uhr. »Ich habe vier Stunden, bis ich am Bahnhof sein muss.«

Sie würde den Zug nach Boston nehmen und dann einen Flug nach Nebraska, war aber bereit, ihre letzten paar Stunden mit mir im vorweihnachtlichen Chaos eines überfüllten Supermarkts zu verbringen. Einkaufen war eine der Aufgaben meines Ergotherapeuten. Es sollte mich davor bewahren, von Pizza und anderen Lieferdiensten abhängig zu sein.

»Fast fertig«, sagte ich und band mir die Schuhe zu. »Erklär mir noch mal, warum ich mir die Mühe mache, Schuhe anzuziehen. Wen will ich verarschen?«

»Du machst es, damit deine Füße nicht zu Eis werden«, sagte sie. Dann gab sie mir eine in glänzendes grünes Papier eingewickelte Schachtel mit einer Schleife. »Frohe Weihnachten.«

Düster betrachtete ich ihre selbstzufriedene Miene. »Wir haben einen Eid geschworen, dass wir uns nichts zu Weihnachten schenken. Du erinnerst dich?«, sagte ich. »Einen *Eid*.«

»Ich bin ganz schlecht darin, mich an Eide zu erinnern.« Ihr Grinsen wurde zaghafter. »Außerdem ist es nichts … nur eine Kleinigkeit. Mach es auf.«

In der Schachtel waren zwei Paar fingerlose Handschuhe aus Hightech-Kunstfaser. Wetterfest und haltbar auf der Außenseite, innen weich.

»Ich habe ein bisschen recherchiert, und die sollen am besten sein«, sagte sie. »Du hast Halt an den Greifringen, aber sie schützen dich vor Blasen und dreckigen Handgelenken.«

»Sie sind perfekt.« Ich drehte sie in meinen Händen, regelrecht erschrocken, wie sehr diese zwei Paar Handschuhe mich rührten. Ich sah zu ihr auf. »Danke.«

»Ich bin ein bisschen überrascht, dass dein Therapeut so was nicht erwähnt hat.«

»Wahrscheinlich hat er das, und ich habe nicht zugehört.«

»Wahrscheinlich hast du ihm nicht einmal die Blasen gezeigt.«

»Ich dachte, sie würden irgendwann heilen«, sagte ich. »Und wer mag schon Leute, die sich ständig beklagen?«

Sie sah mich aus sanften Augen an.

»Was?«

»Nichts«, sagte sie und schüttelte leicht den Kopf. »Dann wollen wir die Handschuhe mal ausführen.«

Am Straßenrand war hoch der Schnee aufgehäuft, und die Luft schmeckte nach Eis. »Gehen oder fahren?«, fragte sie, ehe sie grinste. »Oder vielmehr: Fahren oder fahren?«

Ich verdrehte die Augen. »Gehen«, sagte ich. »Zurück fahren wir mit dem Bus.« Ich wollte so viel Zeit wie möglich mit ihr verbringen, bevor sie in ihren Zug stieg.

Die Gehwege waren geräumt, aber zweimal kippte ich abrupt nach vorn, als der Rollstuhl an einer Unebenheit im Pflaster hängen blieb.

»Man sollte denken, dass die Stadt sich um so etwas kümmert«, sagte Autumn. »Aus schlichter Höflichkeit gegenüber Menschen, die im Rollstuhl unterwegs sind. Und jedem anderen, der nicht stolpern und auf die Nase fallen will.«

»Sollte man denken«, sagte ich. Ich hatte eine kilometerlange Liste, wie man es Rollstuhlfahrenden leichter machen könnte, sah aber keinen Sinn darin, Autumn damit aufzuregen.

Im Supermarkt nahm sie einen Einkaufswagen, aber ich wollte das nicht.

»Ich soll üben«, sagte ich. »Sonst schaffe ich es nie allein.«

»Dann müsste ich jedes Mal mitkommen.«

Das wär schön.

»Wohin zuerst?«

»Egal wohin«, sagte ich. »Ich brauche für drei Tage Lebensmittel. Und keine Tiefkühlkost. Eine meiner anderen Aufgaben ist, mir eine Mahlzeit zu kochen.«

»Nicht so schwer«, sagte Autumn.

Ich schnaubte. »Ich konnte schon nicht kochen, *bevor* ich gelähmt war. Es wird ein Wunder sein, wenn ich die Wohnung nicht abfackele.«

Wir begaben uns in die Abteilung für Obst und Gemüse – Lebensmittel, an die ich ohne Hilfe drankam.

»Hat Connor für euch gekocht?«, fragte Autumn. »Das kann ich mir eigentlich nicht vorstellen.«

»Nein. Wir waren ein Pizza-, Sandwich- und Chicken-Wings-Haushalt«, sagte ich und sah sie an.

Vermisst sie ihn? Würde sie die letzten Stunden vor den Weihnachtsferien lieber mit ihm verbringen als mit mir?

»Ich vermisse ihn«, sagte sie.

Das ist wohl ein Ja, Sockenboy.

»Ich auch«, sagte ich. Eine plötzliche Welle der Trauer stieg aus meinem Bauch auf. Ich atmete tief ein und ließ sie durch mich hindurchrollen, statt dagegen anzukämpfen. Noch eine Strategie von meinem Therapeuten.

Autumns Lächeln war traurig. »Ich will nur, dass es ihm gut geht.«

»Seine Mutter sagt, es geht ihm gut. Sie hört ab und zu von ihm.«

»Sagt er immer noch nicht, wo er ist?«

»Nein.«

»Er kommt nicht Weihnachten nach Hause?«

Ich schüttelte den Kopf und bemühte mich, den Rollstuhl und den Einkaufswagen um einen Tisch mit Melonen zu steuern.

»Wie schade.« Sie nahm eine Zitrone in die Hand. »Hoffentlich ist er mit Leuten zusammen, die ihn mögen.«

»Bedeutet er dir noch etwas?«, fragte ich. Ich wollte es nicht wissen, aber ich musste.

Sie sah mich an, dann wandte sie den Blick ab. »Er wird mir immer etwas bedeuten. Er ist Teil meiner Geschichte. Aber ich vermisse es nicht unbedingt, mit ihm zusammen zu sein. Manches davon vielleicht. Sein Lachen und seine Großzügigkeit vor allem.«

Nicht seine Worte?

Wir umrundeten die Tische mit dem Obst. Autumn suchte welches aus – behielt es oder legte es wieder weg, während sie sprach –, und ich fuhr ihr hinterher und hörte zu.

»Weißt du, als Connor mich verlassen hat, habe ich diese Gelübde abgelegt. Ich wollte mir mein Leben nicht länger von meinem Herzen diktieren lassen. Ich wollte nicht zulassen, dass romantische Ideen und Hoffnungen meine Entscheidungen bestimmen, weil es mir nur Schmerz gebracht hat. Zuerst mit Mark, dann mit Connor.«

Und mir.

»Ich habe geschworen, erst wieder zu lieben, wenn ich weiß, dass die Liebe echt und wahr ist und ich nicht ständig raten muss, wo ich stehe.«

Ich nickte. Wut brannte in meinem Herzen, weil ich meinen Teil zu diesen drastischen Gelübden beigetragen hatte. Ich war mitschuldig, dass eine so lebendige und liebevolle Person wie Autumn Caldwell sich gegen ihre Gefühle abschottete.

»Aber weißt du, welches Gelübde ich vergessen habe? Mich selbst zu lieben und mir zu vertrauen. Mir missglückt vielleicht manchmal etwas, aber ich bin keine Versagerin. Wenn wir fallen, verwenden wir so viel Energie und Aufmerksamkeit auf die Tatsache, dass wir gefallen sind, und weniger darauf, wieder aufzustehen. Meinst du nicht?«

Ich nickte langsam. *Der Einmalgeborene und der Zweimalgeborene*, dachte ich, und vor meinem geistigen Auge sah ich, wie mein Vater im Auto vor mir wegfuhr.

Du fällst, aber du stehst wieder auf.

Du gehst weiter, aber du läufst nicht mehr.

»Manchmal denke ich, mein Vater hat recht«, sagte Autumn. »Die Liebe, die ich zu geben habe, ist nicht meine Schwäche, sondern meine Stärke.«

»Er hat recht«, sagte ich. »Er hat absolut recht.«

Sie lächelte und winkte ab. »Äpfel?«

»Klar.«

Autumn legte eine Tüte mit Äpfeln in meinen Einkaufswagen. »Jedenfalls tut es weh, was zwischen mir und Connor geschehen ist. Ich vermisse ihn, aber ich glaube, es ist alles aus einem Grund passiert. Und alle Wege führen genau hierher. Zu uns beiden in diesem Supermarkt.«

Sie verknotete die Plastiktüte und sah meine Reaktion nicht. Gott weiß, wie ich in diesem Moment ausgesehen haben muss. Das Herz hämmerte mir gegen die Rippen, und ich atmete tief ein, um meine Fassung wiederzuerlangen, bevor sie aufsah. Wir gingen weiter durch den Laden, kauften Huhn, Reis und Kartoffeln, dann kam der Gang mit den Suppen.

»Was für eine?«, fragte Autumn.

»Tomate. Natürlich die ganz oben aus dem Regal.«

Sie reckte sich danach. »Warte. Jetzt darf ich dir helfen? Was sagt dein Therapeut dazu?«

»*Es ist unbedingt erforderlich, um Hilfe zu bitten, statt ohne die Dinge, die man braucht oder haben will, nach Hause zu gehen*«, zitierte ich.

Autumn nickte, stellte sich auf die Zehenspitzen und holte die Dose aus dem Regal. »Und sind die Leute hilfsbereit?«

»Die meisten schon. Andere weniger.«

»Aber das hält dich nicht ab.«

»Kennst du nicht meinen neuen Spitznamen auf dem Campus?«

Sie stellte die Suppendose in den Einkaufswagen. »Ich hoffe, er ist besser als Amherst-Arschloch.«

»Weston ›Kannst-du-mir-das-mal-runterreichen?‹ Turner.«

Sie kicherte.

»Ich höre auch auf ›Ich bin hier unten, Idiot‹ und ›Ich kann sehr gut hören, es sind nur die Beine, die nicht funktionieren‹.«

Autumn runzelte die Stirn. »Was ist mit deinem Gehör?«

»Manche Leute reden mit mir, als wäre ich taub.« Ich rollte den Gang entlang, bewegte den Rollstuhl mit der einen und den Einkaufswagen mit der anderen Hand. »Oder als wäre ich zurückgeblieben.«

»Kommt das oft vor?«

Ich zuckte mit den Achseln. »Ab und zu.«

»Leute sollten mit anderen Leuten reden, als wären sie … Leute«, sagte sie. »Nicht vorschnell urteilen, bevor die Person ihnen sagt, was sie braucht. Wenn überhaupt.«

»Weil du so denkst, wirst du die Welt retten, angefangen mit den Äckern unserer Nation.« Ich hielt eine Dose Mais hoch. »Benzin ist dieser Tage billig.«

»Oh Gott, ich hab es dir überhaupt nicht erzählt«, sagte sie. »Harvard hat mein Projekt abgelehnt.«

»Ehrlich? Mann, das tut mir leid.« Ich schüttelte den Kopf. »Warte, nein, es tut mir nicht leid. Du hast das Biotreibstoff-Thema gehasst.«

»Ich weiß, aber es fühlt sich an, als würde ich meine Familie im Stich lassen. Und was soll ich stattdessen machen? Ich habe ewig gebraucht, bis mir der Biotreibstoff eingefallen ist.« Sie seufzte und stützte sich auf den Einkaufswagen. »Vielleicht sollte ich ein anderes Hauptfach wählen.«

»Es ist dein Ding, Leuten zu helfen.«

»Aber wo soll ich anfangen?«

Ich zuckte mit den Achseln. »Tu, was auch immer dein Herz dir sagt. Was sich richtig anfühlt.«

Sie stützte das Kinn in die Hand. »Ein weiser Mann hat mir mal gesagt, Gefühle seien wie Mandeln.«

»Er war nicht weise, er war ein Idiot, so etwas zu einer Frau wie dir zu sagen.«

»Einer Frau wie mir?«

Ich wandte den Blick ab und schob den Einkaufswagen weiter. *Darüber reden wir lieber nicht.* »Diese Handschuhe sind ein echtes Wunder.«

Sie lächelte. »Das freut mich. Lass uns von hier verschwinden. Eine heiße Schokolade im Panache Blanc trinken. Ich muss mich von Edmond verabschieden, bevor ich in den Zug steige.«

»Papier oder Plastik?«, fragte der Typ, der die Einkäufe in Tüten packte, an Autumn gewandt.

»Plastik«, sagte ich. »Es ist feucht draußen.«

»Das macht 33,50«, sagte die Kassiererin zu Autumn.

»Ich zahle«, sagte ich und schob meine Bankkarte in den Schlitz.

Autumn runzelte die Stirn, als sie das Ganze beobachtete. Als die Kassiererin ihr den Bon geben wollte, hatte sie genug.

»Es ist sein Bon«, sagte sie und verschränkte die Arme vor der Brust. »Gott, er ist direkt hier.«

Ich warf der Frau ein schmales Lächeln zu und nahm den Bon in Empfang. »Einen schönen Tag noch.«

Draußen erzeugte der Atem, den Autumn empört ausstieß, Wölkchen. »Was stimmt nicht mit den Leuten? Passiert das oft?«

»Oft genug«, sagte ich.

»Ernsthaft?« Noch ein Wölkchen, als sie seufzte, dann verdrehte sie die Augen gen Himmel. »Ich will keine Szene machen oder dich in Verlegenheit bringen, aber das ist einfach eine Frechheit.«

Ich zuckte mit den Achseln, während ich die Einkaufstüte in den Rucksack stopfte, der hinten am Rollstuhl hing. »Ich hab mich dran gewöhnt.«

»Wirklich?«

»Nein«, gab ich zu. »Aber was soll ich machen?«

Autumn kaute auf ihrer Unterlippe, während sie nachdachte. Ich musste einfach lächeln.

Was wirst du machen, Autumn?

»Mon homme tranquille und mein nachdenkliches Mädchen«, sagte Edmond im Panache Blanc und stellte Becher mit heißer Schokolade vor uns. »Das gefällt mir.«

Er stimmte eine Puccini-Arie an, dann ging er nach hinten, um uns einen Cranberry-Scone zu holen. Autumn wollte schon ablehnen, aber er stellte uns, ohne seinen Gesang zu unterbrechen, den Teller vor die Nase und war gleich wieder weg, allerdings nicht, ohne mir vorher mit einem wissenden Blick zuzuzwinkern.

Autumn teilte den Scone. In diesem Moment war sie unglaublich schön. Rotes seidiges Haar und perlweiße Haut vor dem grauen verschneiten Winterfenster.

Vor langer Zeit in einem anderen Leben hatte Edmond einmal auf Französisch gesagt: »Das Herz versteckt sich hinter dem Verstand.«

Aber wenn das Herz sich verstecken muss, um nicht die zu verletzen, die es liebt?

»Weston?«, fragte Autumn. »Hungrig?«

Ich blinzelte und konzentrierte mich. »Ja, sieht ziemlich gut aus«, sagte ich, weil mir nichts Besseres einfiel. »Du isst doch auch etwas?«

Autumn schenkte mir ein Lächeln, das ich nicht deuten konnte, sanft und fast ein bisschen nervös.

»Ich denke, ein paar Bissen können nicht schaden.«

Wir begaben uns in Autumns Wohnung, um ihren Koffer zu holen, und nahmen dann ein Uber zum Bahnhof. Er war überfüllt mit Menschen, die über die Feiertage verreisten. Zehn Minuten vor der Abfahrt waren wir auf ihrem Bahnsteig. Autumn saß an einem Ende einer voll besetzten Bank, und ich parkte daneben.

»Wird es okay für dich sein, die Feiertage in Boston zu verbringen?«, fragte sie.

»Ich werd's überleben.«

Sie nickte, kuschelte sich in ihren Mantel. »Ich wünschte ...«

»Was?«

Sie lächelte und schüttelte den Kopf. »Nichts.«

Die Uhr tickte. Ich wünschte, die Leute auf der Bank würden verschwinden, aber ich musste es jetzt tun oder nie. Ich griff unter den Rollstuhl in das kleine Netz unter dem Sitz und holte ein in weißes Papier mit einer roten Schleife verpacktes Geschenk heraus.

Autumn zog die Augenbrauen hoch. »Ein Eid, Weston Turner. Wir haben einen *Eid* geschworen.«

»Du solltest besser still sein, Eidbrecherin«, sagte ich und hob die Hände mit den Handschuhen.

»Darum geht es nicht.« Sie seufzte und wischte sich verstohlen die Augenwinkel.

»Du hast noch nicht gesehen, was es ist«, neckte ich sie. »Vielleicht ist es ein Kalender mit den schönsten Klohäuschen der Welt.«

Sie stieß mich mit dem Arm an. »Halt den Mund. Es ist wunderschön eingepackt.«

Unter dem Papier kam ein gebundenes Tagebuch zum Vorschein. Bauschige weiße Pusteblumen reckten sich in einen rosagoldenen Sonnenaufgang und überließen ihre zarten Samen dem Wind.

»Es ist wunderschön, Weston.« Autumn fuhr mit den Fingern über den Einband.

»Du könntest hineinschreiben, was dir für großartige Ideen einfallen, um die Welt zu retten«, sagte ich. »Vielleicht hilft es dir herauszufinden, was dir wirklich wichtig ist.«

Sie nickte, ihr Blick ruhte auf dem Tagebuch, und sie zeichnete einen der Umrisse mit dem Finger nach. »Ich liebe Pusteblumen. Auf der Farm wachsen sie im Frühling überall. Für Mom sind sie Unkraut, aber Dad hat uns beigebracht, dass man sich damit etwas wünschen kann. Als Kind hab ich mir sicher Hunderte Male mit einer Pusteblume etwas gewünscht.«

Ich konnte es so deutlich sehen: ein kleines Mädchen mit roten Zöpfen, das die Augen zukniff, während sie ihre Wünsche ins Universum pustete. Wünsche, die Dinge verbessern sollten und ihrer Familie helfen. Vor meinen Augen verwandelte sich das kleine Mädchen in eine Frau, und ihr poetisches Herz wünschte sich jemanden, mit dem sie ihr Leben teilen könnte.

Jemanden, der ihrer würdig ist.

»Danke«, sagte sie.

»Gern geschehen.«

Sie legte das Tagebuch hin und stand auf. Sie beugte sich vor, um mich zu umarmen, aber die Fußstützen des Rollstuhls hielten sie auf Distanz. Ich wollte sie spüren, wollte, dass wir uns fest umarmten. Ich wollte sie *halten.*

Autumn packte meine Schultern, so gut sie konnte, dann trat sie zurück. »Sorry, aber so geht das nicht.«

Und bevor ich es verarbeiten konnte, setzte sie sich auf meinen Schoß.

Sie saß seitlich, ihre Hüfte an meiner, und ich spürte den schwachen Druck ihres Gewichts auf meinen Oberschenkeln. Unsere Gesichter waren auf einer Höhe, nur Zentimeter voneinander entfernt.

»Besser?«, fragte sie, ihr Atem weich in meinem Gesicht.

»Ja.« Ich schluckte schwer. »Besser.«

Sie schlang mir die Arme um den Hals. Ich legte meine um ihren Körper, ihren schmalen Rücken, und zog sie an mich. Ihre kleinen Brüste wurden an meine Brust gedrückt. Unsere Herzen schlugen eines am anderen. Wir umarmten uns, als würden wir uns küssen, langsam und sinnlich, und ich atmete in die Umarmung hinein. In sie. Ihre Lungen dehnten sich unter meinen Händen, und ihr heißer Atem strich über meinen Hals. Fast hätte ich die Handschuhe ausgezogen, die sie mir geschenkt hatte. Fast hätte ich die Hände unter ihren Mantel geschoben, weil ich ihr weiches Kleid, die Wärme ihrer Haut darunter fühlen wollte.

Ihren nackten Rücken berühren, mit den Händen über ihre seidige Haut fahren und diesmal nicht aufhören. Niemand läge im Zimmer nebenan. Ich würde nirgendwohin müssen am nächsten Tag.

Aber ich hielt sie jetzt in meinen Armen. Genau hier und jetzt umarmte ich Autumn, und sie umarmte mich, und es war genug. Es war perfekt.

»Frohe Weihnachten, Weston«, flüsterte sie an meinem Ohr.

»Frohe Weihnachten, Autumn«, sagte ich heiser.

Sie stand auf und setzte sich wieder auf die Bank, mied meinen Blick. Ich konnte nicht aufhören, sie anzusehen. Heiliger Gott, sie strahlte. Ihre Wangen waren rosig und ihre Augen dunkel und tief vor … Verlangen? Unmöglich. Mein Körper war kaputt. Ich konnte ihr nichts geben, und doch weinten diese Augen um mich – um mich als Ganzes, vom Kopf bis zu den Rädern, während sie den Mund leicht öffnete.

Als würde sie mich küssen wollen.

Die Lautsprecher unterbrachen den Moment und kündigten ihren Zug an. Sie nahm das Tagebuch, packte den Griff ihres Koffers und winkte. »Bis bald.«

Ich nickte. Mir war jetzt kalt in meiner Haut, und Wärme und Hoffnung stiegen in mir hoch und schmolzen das Eis und die Verzweiflung und den Schmerz meines neuen Lebens. Nur würden die Zeit und die Entfernung diesen Augenblick auslöschen, wie sie unsere Nacht auf der Couch ausgelöscht hatten. Autumn würde mit erneuerten Gelübden nach Amherst zurückkommen, um ihr Herz zu schützen.

Und das sollte sie auch.

Ich sah ihr nach, bis sie sicher in den Zug gestiegen war, rührte mich nicht vom Fleck, bis der Zug den Bahnhof verlassen hatte.

Drei Tage später packte ich selbst für ein Weihnachten, das mit Sicherheit grauenvoll werden würde. Mas altes Haus war höchstwahrscheinlich gebaut worden, bevor man den Rollstuhl erfunden hatte. Es war fast unmöglich, darin zu manövrieren. Ich legte ein Paar der neuen Handschuhe obenauf in mein Gepäck und behielt das andere an. Weil sie so gut gegen die Schmerzen waren.

Als wir in Pauls silbernem Viertürer gen Osten fuhren, blickte ich aus dem Fenster, während Paul zu Steely Dan im Radio pfiff und den Rhythmus auf dem Lenkrad klopfte.

»Ist Autumn in Nebraska?«, fragte er.

»Jepp.«

»Wie geht es ihr?«

»Gut.« Ich verbarg ein Lächeln.

Sie holt mich zurück ins Leben.

19

Weston hat mir dieses Tagebuch geschenkt. Er meint, ich kann Ideen für mein Harvard-Projekt aufschreiben, mit dem ich die Welt retten soll. Aber ich glaube, ich benutze es einfach als gewöhnliches Tagebuch und schreibe meine Gedanken und Gefühle auf. Ich kann ein Ventil gebrauchen. Ruby redet kaum noch mit mir. Ab und zu schreibt sie eine Textnachricht, und unsere Telefongespräche sind kurz. Wenn wir länger reden, klingt sie immer irgendwie abgelenkt. Ich weiß, sie ist beschäftigt und tobt sich in Italien aus, aber ich vermisse sie. Ein paarmal habe ich mich mit Julie und Deb vom Ende des Flurs getroffen, aber eigentlich verbringe ich am liebsten Zeit mit Weston.

Wir haben viel zusammen unternommen, seit ich nach Weihnachten aus Nebraska zurückgekommen bin. Wir sehen uns fast täglich und telefonieren fast jeden Abend. Manchmal stundenlang. Es ist so leicht, bei ihm zu sein. Ich muss keinen Small Talk machen, er hasst Klatsch so sehr wie ich, und Banalitäten machen ihn ungeduldig. Bei ihm zu sein ist, wie in einen Spiegel zu schauen. Ich sehe mein Spiegelbild in seinen Augen und fange an, die Frau, die ich sehe, wirklich zu mögen. Ich hoffe, unsere Zeit zusammen ist für ihn auch nur halb so wertvoll wie für mich.

Er steht so kurz vor seinem Abschluss in Wirtschaftswissenschaften, und ich weiß, dass es ihm keine Freude macht. Da ist etwas in

Weston, was herauswill. Ich weiß nicht, was es ist, aber es ist so viel bedeutungsvoller als Zahlen. Vielleicht wurde das, was in ihm ist, im Sand von Syrien begraben.

Der Sand von Syrien. Klingt nach einem Titel für einen Fernsehfilm.

Weston hat so viel mehr zu geben, als er ahnt. Ich glaube, sobald er sich besser an sein neues Leben gewöhnt hat, wird er herausfinden, was das ist, und sich von dem befreien, was ihn niederdrückt. Es ist nicht die Lähmung, die ihn gefangen hält, sondern etwas Ungreifbares. Ich kann den Finger noch nicht darauflegen, aber ich weiß, eines Tages wird etwas Großartiges aus ihm werden.

Mir fällt auf, dass ich ziemlich oft »großartig« sage, wenn es um Weston geht.

Ja, ich erinnere mich an meine Gelübde und halte mich an sie. Ich habe Weston im Supermarkt davon erzählt – weil man die tiefsten und bedeutungsvollsten Gespräche in der Gemüseabteilung führt! Ich muss noch an mir arbeiten. Aber ich vertraue mir mehr und mehr.

Ich vertraue Weston mehr und mehr.

Ich betrachte die Worte und weiß nicht einmal, was sie bedeuten. Inwiefern vertraue ich ihm? Ich denke an diese Nacht vor fast einem Jahr, als wir uns auf der Couch geküsst haben. Ich denke oft daran. Fast täglich, wenn ich wirklich ehrlich bin (und wo soll ich ehrlich sein, wenn nicht in meinem eigenen Tagebuch?). Ich frage mich, ob er auch daran denkt. Wahrscheinlich nicht. Oder höchstens wie an etwas aus seinem anderen Leben. Ich fürchte, er glaubt, sein Körper ist zu beschädigt, um sexy oder sexuell aktiv zu sein. Und beides stimmt nicht, meiner bescheidenen Meinung nach. Ich hoffe für ihn, dass sein Arzttermin dieses Wochenende das bestätigt.

Wir fahren auf einen Mini-Urlaub nach Boston. Drei Tage. Weston hat seine jährliche ärztliche Untersuchung. Wir übernachten in einem Hotel (getrennte Zimmer, Gott sei Dank) und gehen nach seinem Termin essen. Vielleicht gucken wir uns irgendwas an in Boston oder gehen mit seiner Mutter und Paul essen ... Eigentlich ist mir egal, was wir machen.

Ich will nur bei ihm sein.

Ist das falsch? Er ist Connors bester Freund. Aber Connor ist weg und hat seine Worte mitgenommen. Ich frage mich langsam, ob das passieren musste. Um mir zu beweisen, was ich sowieso schon geglaubt hatte – dass schöne Worte überhaupt nichts bedeuten, wenn nicht etwas Echtes dahintersteckt. Ich habe die Briefe und das Gedicht geliebt, und Connor wusste das. Aber mir wird jetzt klar, dass er seine schönen Worte hat sprudeln lassen, wie man einen Wasserhahn auf- und zudreht. Ich habe mir immer wieder den Kopf zermartert, wie er es geschafft hat, so tiefgründig zu schreiben, immer genug, um mich zu halten. Er hat die Worte benutzt, wenn er sie brauchte.

Ich glaube nicht, dass er mich mit Absicht verletzt hat – ich weiß, er hat gekämpft, um sein wahres Ich unter dem Druck seiner Eltern zu finden. Aber Tatsache ist, dass er meine Gefühle manipuliert hat, statt sie wertzuschätzen.

Und da wir bei Tatsachen sind: Ich habe meine Gefühle auch nicht wertgeschätzt. Ich wollte die Liebe, die er mit seinen Worten gezeichnet hat, so sehr, dass ich mich verloren habe. Immer wieder habe ich mich dafür aufgegeben. Ich muss meine Gefühle wertschätzen, und im Moment gehören sie alle Weston.

Und es fühlt sich kein bisschen falsch an.

20

»Das Ritz-Carlton?«, fragte Autumn ungläubig. Sie blickte aus dem Fenster, als unser Uber vor dem Hotel vorfuhr, und schlug mir dann leicht auf den Arm. »Du hast gesagt, wir sind in einem netten Hotel.«

»Das Ritz ist ein nettes Hotel«, sagte ich.

»Es ist ein Fünf-Sterne-Luxushotel«, sagte sie. »Ein bisschen mehr als nur *nett*.«

Der Fahrer des Uber brachte meinen Rollstuhl. Ich setzte mich hinein, und Autumn zog unsere beiden Rollkoffer hinter sich her, als ein Page näher kam.

»Ich war noch nie zuvor in einem Luxushotel«, sagte ich. »Du?«

»Nein, ich auch nicht«, sagte sie. »Das ist das erste Mal.«

Wir tauschten einen wissenden Blick. Zwei Menschen, die nur mithilfe eines Stipendiums studieren konnten, gönnten sich ein bisschen was. Ich gratulierte mir insgeheim, weil ich ihr das bieten konnte.

Während ich uns eincheckte, betrachtete Autumn mit offenem Mund die elegante Lobby mit den glänzenden Marmorböden, den zierlichen Lampen und den prächtigen Möbeln.

»Das ist verrückt«, sagte sie. »Ist es sehr unverschämt zu fragen, ob du dir das von Connors Abschiedsgeld leisten kannst, von dem du mir erzählt hast?«

»Du kannst mich alles fragen«, sagte ich. »Und nein, es ist nicht von seinem Geld. Ich habe wie ein Geizhals davon gelebt. Ich hasse es, und doch …«

»Ich weiß«, sagte sie, als wir zu den Fahrstühlen gingen. »Du hasst es, aber irgendwie brauchst du es auch.«

»Im Moment noch. Diesen Ausflug hingegen verdanken wir einem kleinen Bonus von Uncle Sam. Irgendein Versorgungsausgleich. Ich fand, es ist der richtige Ort und die richtige Zeit, um es auszugeben.«

Und genau die richtige Person, für die ich es ausgeben will.

Sie lächelte, ihre Augen schimmerten feucht. »Danke, Weston. Es ist eine schöne Überraschung.«

»Fang nicht jetzt schon an zu heulen. Wir haben erst die Fahrstühle gesehen.«

»Dann hör auf, so nett zu sein«, sagte sie mit einem Lachen und einem Schniefen.

»Es ist der Ausgleich dafür, dass du mich zu meinem Arzttermin begleitest«, sagte ich, als der Fahrstuhl sich vor uns öffnete.

In Amherst wusste ich ziemlich genau, wo ich mit dem Rollstuhl hin konnte und wo nicht, aber Boston war eine alte Kolonialstadt. Allein die aus Klinker gemauerten Gehwege konnten Ärger bedeuten, und ich wollte nicht die Blamage riskieren, irgendwo ohne Hilfe stecken zu bleiben.

Nette Geschichte, Sockenboy. Dass Autumn direkt im Nebenzimmer schläft, ist sicher auch nur darauf zurückzuführen.

Wir hatten benachbarte Zimmer mit Blick über den Boston Common und den Public Garden. Ich war eine Minute in meinem Zimmer, als Autumn durch die Verbindungstür stürmte.

»Das ist überwältigend. Hast du dein Badezimmer gesehen? Du musst dir das Badezimmer angucken.«

Die Oberflächen und die Dusche waren aus grauem Marmor, der Gang breit genug, dass ich mit dem Rollstuhl durchkam und noch Platz hatte, und es gab eine Badewanne mit einem Haltegriff.

»Es ist alles barrierefrei, oder?«, fragte sie.

»Und mehr als das.«

»Gott sei Dank. Weißt du, ich habe ein bisschen recherchiert, wo wir Sightseeing machen können, und es macht mich wütend, wie viele Orte für dich nur schwer oder gar nicht erreichbar sind.«

»Ich nehme an, eine Stadtrundfahrt im Hop-On/Hop-Off-Bus kommt nicht infrage?«

»*In der Tat*«, sagte sie betont. »Genau wie Hafenrundfahrten und etwa neunzig Prozent des Freedom-Trails.«

»Boston ist alt. Ich habe nichts anderes erwartet.«

»Und es stört dich nicht?«, fragte sie. »Mich macht es wahnsinnig.«

»Ist mir aufgefallen …« Ich sah mich um. »Können wir dieses Gespräch außerhalb des Badezimmers fortsetzen?«

Autumns Lächeln war zurück. »Die besten Gespräche führt man nun mal in Badezimmern oder der Gemüseabteilung.«

Sie beugte sich vor und gab mir einen Kuss auf die Wange. Als wir in das Zimmer zurückkehrten, widerstand ich dem Drang, die Haut zu berühren, wo ihre Lippen gewesen waren.

Unsere Zimmer hatten beide einen Schreibtisch am Fenster, ein fast zwei Meter breites Bett und einen großen Flachbildschirm, der an der Wand gegenüber montiert war.

»Das ist ein ziemlich protziger Laden, Weston«, sagte Autumn, zog die Vorhänge auf und betrachtete das ausgedehnte Grün des Boston Common. »Vielleicht ein bisschen zu schick für mich.«

»Nope. Du passt perfekt hinein.«

Ihr Lächeln war wunderschön und ein wenig verlegen. »Ich mach mich frisch, und dann gehen wir zu deinem Arzt. Danach essen?«

»Jepp.«

»Wo gehen wir hin?«

Ich grinste. »In ein nettes Restaurant.«

Wir nahmen ein Taxi zum Boston Medical Center und wurden in den fünften Stock in die Abteilung für Orthopädie und Wirbelsäulenerkrankungen geschickt.

»Bist du sicher, dass du nicht Kaffee trinken oder ein bisschen spazieren gehen willst?«, fragte ich, nachdem ich bei der Anmeldung gewesen war. »Es wird eine Weile dauern.«

»Alles gut«, sagte Autumn, die sich schon in eine Broschüre über Muskelkrämpfe vertieft hatte. »Hier gibt es viel Lesestoff, mit dem ich mich beschäftigen kann.«

»Ein fesselndes Thema«, murmelte ich.

Sie legte mir die Hand auf den Arm. In dem blauen Rollkragenpulli, dem langen schwarzen Rock und den Stiefeln sah sie umwerfend aus. »Alles okay?«

»Klar.«

»Ich meine, bist du nervös?«

»Nicht wirklich«, sagte ich. »Ich weiß, sie werden mir sagen, dass ich alles erreicht habe. Im Walter-Reed-Krankenhaus haben sie gesagt, die möglichen Verbesserungen würden sich während der ersten sechs Monate nach der Verwundung zeigen. Inzwischen ist es fast neun Monate her.«

»Es tut mir leid, Weston.«

Ich zuckte mit den Achseln. »Ich will einfach nur aufstehen. Nur ein einziges Mal.«

Sie drückte meinen Arm. »Ich weiß.«

Ich seufzte. Autumn erzählte mir nie irgendwelchen Mist, damit ich mich besser fühlte, oder dass ich »ein so großes Vorbild« sei, weil ich mich durch ein Leben kämpfte, das niemand wollte – und um das auch ich nicht gebeten hatte. Bei ihr konnte ich mich beschissen fühlen, wenn ich mich wegen irgendwas beschissen fühlen musste.

Und die Ironie dabei ist, dass ich mich in ihrer Nähe immer weniger beschissen fühle.

»Aber jetzt im Ernst. Es könnte zwei Stunden oder länger dauern«, sagte ich. »Zwei Ärzte werden ihr Glück mit mir versuchen.«

»Mir geht es *gut*«, sagte sie. »Ich habe unten ein Starbucks gesehen. Ich hol mir einen Kaffee und mach es mir gemütlich.«

Ich drängte sie nicht und war erleichtert, dass sie mich nicht nach dem zweiten Arzt fragte – einem Urologen, der mit mir all die Arten besprechen würde, auf die ich nie wieder Sex haben würde.

Eine Schwester stand an der Tür zu den Untersuchungsräumen und blickte auf ihr Klemmbrett. »Weston Turner?«

»Mach sie fertig«, sagte Autumn und boxte mir leicht gegen die Schulter.

Ich wurde in einen Raum geführt und gebeten, ein Krankenhaushemd anzuziehen. Ein paar Minuten später kam Dr. Cerenak, ein jüngerer Mann mit Glatze und einer freundlichen Art, der gern Fragen stellte und selbst beantwortete, um mir Informationen zu vermitteln. Er untersuchte mich gründlich, dann fragte er nach meiner Gewöhnung an den Rollstuhl, nach Druckgeschwüren und den Muskelspasmen.

»Sie sind echt unangenehm und kommen häufig vor«, sagte ich zu Letzterem. »Warum ich in den Beinen keine Schmerzen, aber stattdessen diese dämliche Spastik habe, ist mir ein Rätsel.«

»Ich schreibe Ihnen etwas auf«, sagte Dr. C. »Aber Massagen und Akupunktur helfen auch.«

»Noch mehr Nadeln«, murmelte ich. »Toll.«

Dr. C tastete um meine Hüftprothese herum, was ich nur als leichten Druck wahrnahm. Dann untersuchte er meinen Rücken und drückte dabei auf die Narbe, wo man mich in die Wirbelsäule geschossen hatte.

»Wow, verdammt«, sagte ich, als an der Stelle ein heißkaltes Gefühl aufflammte. »Was haben Sie gerade gemacht?«

»Ist das schmerzhaft?«

»Nein«, sagte ich. »Es ist nur heiß … und kalt und kribbelt. Ganz viele Empfindungen, und es wandert. Ich meine, ich kann es auch im oberen Rücken und in der Brust spüren. Was ist das?«

»Übertragene Empfindungen«, sagte Dr. C. »Es ist eine Neuorganisation der Nervenbahnen, die dort konvergieren, wo Ihr gesundes Rückenmark endet und der Schaden beginnt.« Er fuhr fort mit seiner Untersuchung. »Manche Patienten mit inkompletter Rückenmarksverletzung berichten, dass es lustvoll sein kann, wenn dieser Bereich stimuliert wird.«

»Ich habe mich da schon Hunderte Male berührt, und es hat sich nie so angefühlt. Heißt das, dass ich Empfindungen zurückbekomme?«

»Die Nervenbahnen brauchen Monate, um sich neu zu organisieren. Ist das ein Fortschritt? Nicht unbedingt. Sobald ich Sie vollständig untersucht habe, sage ich Ihnen, wo wir stehen.«

Sie meinen sitzen.

Dr. C stach mit Nadeln in meine Beine, um Schmerz- und Druckgefühle festzustellen. Ich hielt den Atem an, mein Herz klopfte, und ich wollte mein Gehirn dazu zwingen, Schmerz zu erkennen. Nichts. Druck ja, aber kein Schmerz. Ich wusste, wie das Urteil ausfallen würde, bevor Dr. C den Mund aufmachte.

»Ich denke, wir können sagen, dass Ihre inkomplette Rückenmarksverletzung sich stabilisiert hat«, sagte er. »Was bedeutet das für Sie? Wahrscheinlich werden Sie in Bezug auf Motorik und Empfindungsfähigkeit keine bedeutenden Veränderungen mehr erleben.«

»Das ist es, meinen Sie«, sagte ich.

Er nickte. »Das ist es. Aber es gibt unglaubliche Fortschritte auf dem Gebiet der Robotik. Ihr Muskeltonus ist gut. Sie halten sich fit. Wenn Sie interessiert sind, setze ich Sie auf die Liste für eine neue Versuchsreihe, die diesen Sommer startet.«

»Eine Versuchsreihe wofür?«, fragte ich dumpf, während sich *Das ist es* in meinem Kopf wie in einer Endlosschleife wiederholte.

»Neue Technik, die es einem Querschnittsgelähmten erlaubt, mittels eines Exoskeletts, das man um Taille, Beine und Füße anbringt, zu gehen. Ich denke, Sie wären ein hervorragender Kandidat.«

»Gehen«, murmelte ich, ehe ich laut sagte: »Wenn ich nur aufstehen könnte! Ich will aus diesem verdammten Stuhl aufstehen. Und nicht bloß an den Barren in der Reha. Sondern irgendwo in der Realität.«

Mit Autumn.

»Vielleicht ist diese Versuchsreihe genau das Richtige für Sie. Veteranen wird die Teilnahme zuerst angeboten.« Dr. C legte mir die Hand auf die Schulter. »Ich setze Ihren Namen auf die Liste.«

Zwanzig Minuten später nahm Dr. Rinsky Dr. Cs Platz ein. Der Urologe war ein älterer Mann mit ergrauendem Haar, einem gütigen Lächeln und einer extrem unverblümten Art. Er stellte mir weitere tausend Fragen über Darmbewegungen, das Katheterisieren und meine Verdauung.

»Und was ist mit Erektionen?«

»Was soll damit sein?«

»Haben Sie welche?«

»Ich habe es nicht versucht.«

Dr. Rinsky sah von seinen Notizen auf. »Sie haben es nicht versucht?«

»Na gut, ich habe es versucht, und es dauert ewig, und ich komme nicht. Ich weiß, was das bedeutet. Es bedeutet, dass ich nie ein normales Leben führen werde.«

Das ist es.

»Nicht unbedingt«, sagte Dr. R. »Unter den richtigen Umständen, mit der richtigen Partnerin und viel Kommunikation ist es mehr als möglich, ein normales Leben zu führen.«

Ich knirschte mit den Zähnen. »Es ist demütigend und falsch, von einer Frau zu erwarten, das zu ertragen.« Ich wies auf die untere Hälfte meines Körpers.

»Eine Frau, die Sie liebt, würde es nicht peinlich finden oder das Gefühl haben, etwas ›ertragen‹ zu müssen. Sie würde verstehen, dass es ein Teil des Zusammenseins mit Ihnen ist.«

»Ja, schon klar, kann ich mich jetzt anziehen?«

Dr. R setzte die Brille ab und faltete die Hände. »Haben Sie, abgesehen von Ärzten und Therapeuten, jemanden, mit dem Sie darüber reden können? Einen guten Freund vielleicht oder Ihren Vater …?«

»Nope«, sagte ich. »Freunde und Väter sind mir gerade ausgegangen.«

Er gab mir ein Faltblatt von einem Ständer an der Wand: *Rückenmarksverletzungen und Sexualität.* »Lesen Sie das wenigstens.«

Ich nahm das Faltblatt, um ihm einen Gefallen zu tun. Es gab einen Grund, warum es ein Faltblatt war und kein Buch. Sex nach einer Wirbelsäulenverletzung konnte auf wenigen Seiten abgehandelt werden.

»Und Weston«, sagte Dr. Rinsky. »Ihr Körper ist nicht mehr, was er war, aber er kann mehr sein, als er ist. Wie alles andere wird Ihnen einiges schwerer fallen. Zum Beispiel, eine Frau zu finden, der es nichts ausmacht, dass es mit Ihnen ein bisschen anders ist. Aber ich kann Ihnen versichern, dass solche Frauen existieren.«

Er lächelte zum Abschied und machte die Tür hinter sich zu.

Autumn existiert.

Es gab keine andere Frau auf dem Planeten, mit der ich zusammen sein wollte, und wenn jemand fähig war, meine Beschränkungen zu übersehen, dann war sie es. Aber selbst wenn sie Interesse an mir haben sollte, wie lange würde es dauern, bis sie begriff, dass sie mehr brauchte? Monate? Jahre? Sie verdiente ein erfülltes Leben. Sie verdiente es, Kinder zu haben, und zwar ohne die Hilfe eines Labors. Gott, sie sollte hingehen können, wo sie wollte, ohne vorher prüfen zu müssen, ob es dort Treppen gab.

Und dann ist da noch das winzige Problem, dass du sie manipuliert und monatelang angelogen hast.

Ich zog mich an und warf das Faltblatt in den Papierkorb.

Autumns Gesicht leuchtete auf, da sie mich sah, ehe die Zuversicht aus ihren Zügen wich, als ich zu ihr in den Wartebereich rollte. »Schlechte Neuigkeiten?«

»Nur, was ich erwartet habe. Es wird nicht mehr besser werden«, sagte ich. »Ich werde nie gehen können. Nicht, ohne dass man mich in einen Roboter verwandelt.«

»Es tut mir leid«, sagte sie. »Willst du ins Hotel zurück? Lass uns nicht ausgehen. Wir können etwas beim Zimmerservice bestellen …«

»Nein, ich will ausgehen. Ich will dich zum Essen einladen. Ich habe es versprochen.«

»Schon, aber wenn es dir zu viel wird …«

»Es geht mir gut. Wirklich.«

Ich will dir an einem Tisch gegenübersitzen und sehen, wie das Kerzenlicht das Gold in deinen Augen zum Leuchten bringt.

Die schwache Poesie in dem Gedanken überraschte mich, und als wir die Klinik verließen, hatte meine Laune sich gebessert.

An diesem Abend – nach einer Dusche, für die ich nicht wie früher zehn, sondern dreißig Minuten brauchte – zog ich einen dunkelgrauen Anzug, ein weißes Hemd und eine rotbraune Krawatte an. Ich hatte im Artisan Bistro unten einen Tisch reserviert. Wir trafen uns im Gang vor unseren Zimmern, und mir stockte der Atem, als ich sie sah. Sie trug ein weißes Kleid mit schwarzen Blumen und Ranken auf dem ausgestellten Rock. Dazu schwarze hochhackige Schuhe und eine schwarze Clutch. Sie hatte sehr wenig Make-up aufgelegt, nur ihre Lippen waren rubinrot.

Weil sie die Aufmerksamkeit auf ihren Mund lenken will. Sie will geküsst werden …

Meine Gedanken an Autumn gerieten in letzter Zeit außer Kontrolle, und ich rang um Fassung, als ich endlich merkte, dass sie mich ebenso unverfroren anstarrte.

»Du siehst gefährlich gut aus«, sagte sie. Eine leichte Röte überzog ihre Wangen.

Mein Mund wurde trocken. »Gefährlich?«

»Ja«, sagte sie. »So gut, dass ein Mädchen Dummheiten machen könnte.«

Was zum Beispiel?

Ich wollte unbedingt fragen, konnte aber nicht. An mir war nichts gefährlich. Nicht mehr. Nicht im Rollstuhl.

Aber sie sieht mich nicht in dem Rollstuhl. Sie sieht nur mich. Weil Frauen wie sie existieren.

»Ich bin dran«, sagte ich, als es zu lange zu still war. »Du siehst …«

Wunderschön. Atemberaubend. Unglaublich aus. Alles wahr, aber langweilig. Abgedroschen. Mein Verstand hob ab, wie er es fast ein ganzes Jahr lang nicht getan hatte, fand ein Kompliment, das kein Freund jemals einer Freundin, von der er nichts wollte, machen würde.

Du bist unübertrefflich. Es liegt Poesie in der Linie deines Halses, in der Rundung deiner Brüste und der Kurve deines Mundes. Das Ganze ist ein perfektes Gedicht, und ich will jeden einzelnen Vers kennen …

»Weston?«

Ich blinzelte. »Was?«

Sie lachte. »Ich glaube, du starrst mich an.«

»Wirklich? Sorry …«

»Kein Problem«, sagte sie. »Verblüfftes Schweigen ist ein schönes Kompliment.«

Aber es war nicht genug. Nicht annähernd genug für eine Frau, die mich mit wenigen Sätzen auszog, mein Herz entblößte, sodass es nackt, pulsierend und voller Worte vor ihr lag. Worte, die ich für tot und verloren gehalten hatte, die aber noch da waren.

Vergraben und blass, aber noch da.

21

Autumn

Wir saßen an einem kleinen Tisch im Bistro des Hotels, zwischen uns brannte eine Kerze. Wir hatten uns schick angezogen, und die Atmosphäre war romantisch. Hunderte Male hatten wir etwas zusammen unternommen, aber diesmal fühlte es sich zum ersten Mal an wie ein Date.

Hatte Weston das beabsichtigt?

Ich konnte den Blick nicht von ihm wenden, und es war unmöglich, dass er das mit seinem brillanten Verstand nicht bemerkte. Hätte er mich danach gefragt, hätte ich nicht gewusst, was ich sagen sollte. Nur dass Weston im Anzug verboten sein müsste, weil er viel zu gut aussah, und dass es mich glücklich machte, bei ihm zu sein.

Gott, dann ist es ein Date. Oder?

Während des ganzen Abendessens gab Weston sich Mühe mit dem Gespräch. Mehr als einmal sah er aus, als ob er gleich etwas sagen würde, doch dann änderte er seine Meinung und schob wieder das Essen auf dem Teller hin und her. Ich ließ ihm Raum. Schließlich hatte er heute schlechte Neuigkeiten erhalten, ob er nun damit gerechnet hatte oder nicht. Er brauchte eine Freundin, keine Frau, die ihn alle paar Sekunden mit Blicken auszog.

Das Abendessen war schön, und wir unterhielten uns auch, aber Weston war nicht er selbst. Als wir wieder oben waren, blieben wir noch einen Moment vor unseren Zimmertüren, und unsere Anspannung war in der Stille spürbar. Wieder sah Weston aus, als wollte er etwas sagen, und ich hatte das Gefühl, dass ich mich besser zurückhalten sollte, auch wenn es sich falsch anfühlte, ihn einfach allein zu lassen.

»Ich habe so viel Kaffee zum Dessert getrunken«, sagte ich schließlich. »Ich bin überhaupt nicht müde. Hast du nicht Lust, noch einen Film zu gucken oder so?«

»Ich weiß nicht …« Er verzog das Gesicht zu einer Grimasse, als er sich vorbeugte und seine rechte Wade packte. »Diese verdammte Spastik.«

»Weißt du was, ich habe heute etwas gekauft, was dagegen helfen könnte. Ich gehe mich umziehen und hole es. Zwanzig Minuten?«

Er zögerte, dann nickte er. »Okay.«

Während ich eine Schlafanzughose und dazu ein Hemd mit Knöpfen anzog, betrachtete ich das Geschenktütchen auf meinem Bett. Im Wartezimmer hatte ich ein Faltblatt gelesen, wie Massage Leuten mit Rückenmarksverletzungen half, die Nerven zu stimulieren. Vor dem Essen war ich in den Wellness-Bereich des Hotels gegangen und hatte ein Fläschchen Massageöl gekauft.

Ich klopfte leise an die Tür zwischen unseren Zimmern.

»Komm rein«, sagte er.

Er saß auf dem Bett, mit einem Kissen im Rücken gegen das Kopfteil gelehnt, und trug ein T-Shirt und eine Schlafhose. Und sah genauso umwerfend aus wie im Anzug. Plötzlich kam mir meine unschuldige Idee, ihn zu massieren, gar nicht mehr so unschuldig vor. Seine nackte Haut mit meinen Händen zu berühren schien eher für mich gut zu sein als für ihn.

»Es hat sich gelohnt, die Faltblätter im Wartezimmer zu lesen«, sagte ich. »Ich habe dabei erfahren, dass Massagen

Schmerzen und Stress lindern können. Ich dachte, ich … könnte dir den Rücken massieren? Wenn du willst. Das hätte längst mal jemand tun sollen. Du solltest dich mehrmals im Monat von ausgebildeten Profis massieren lassen. Vielleicht kann ich dir morgen im Hotel einen Termin buchen?«

Mir war bewusst, dass ich plapperte. Ich plapperte sonst nie in Westons Gegenwart.

Benimm dich wie eine Erwachsene. Er ist dein Freund.

Er schüttelte den Kopf. »Ich weiß nicht.«

»Es ist okay«, sagte ich. »Wir müssen das nicht machen. Ich wollte nur helfen.«

»Ich weiß.«

Er sah mir lange in die Augen, und ich ging näher ans Bett. »Hast du Schmerzen? Sag mir die Wahrheit.«

»Die Wahrheit«, murmelte er mit einem leisen bitteren Lachen.

»Weston …«

»Du willst mich wirklich anfassen?«

Er kämpfte so sehr mit seinem Selbstbild, und ich kämpfte mit der Frage, wie ich ihm am besten sagen sollte, dass er perfekt war. Währenddessen wollten meine Hände, dass ich mich beeilte, damit wir endlich zu dem Teil kamen, bei dem ich ihn berührte.

»Ich glaube, es würde helfen«, sagte ich, und mein Herz hämmerte in meiner Brust. »Aber nur, wenn es dir nicht unangenehm ist.«

Er schwieg einen Moment. Auf seinen harten Zügen zeigte sich Nervosität. Dann nickte er und zog das T-Shirt aus.

Beinahe wäre mir das Ölfläschchen aus der Hand gerutscht. Mein Blut geriet in Wallung, und die Erinnerung an die Nacht auf der Couch meldete sich zurück. Endlich sah ich den Körper, den ich über und auf mir gespürt hatte, und jeder Zentimeter war so hart und klar definiert, wie ich ihn in Erinnerung hatte. Seine glatte muskulöse Brust, die harten Bauchmuskeln und seine Arme …

Das monatelange Anschieben des Rollstuhls hatte Westons Arme in Kunstwerke verwandelt. Ich musste meinen Blick von den Muskeln, die sich unter der glatten gebräunten Haut an seinen Oberarmen, Schultern und Unterarmen – ja, vor allem an den Unterarmen – abzeichneten, losreißen.

»Soll ich mich auf den Bauch legen?«, fragte er.

»Äh, ja. Bitte.«

Er rutschte ein Stück auf dem Bett hinunter, drehte den Oberkörper zur Seite und nahm ein Bein mit. Dann streckte er sich bäuchlings aus, das Gesicht auf dem Kissen.

Ich setzte mich neben ihn auf die Bettkante und goss ein paar Tropfen des champagnerfarbenen Öls auf seinen Rücken, der genauso deutlich ausgeformt war wie seine Vorderseite. Nur harte Muskeln unter warmer Haut. Ich verteilte das Öl auf seinen perfekten Schulterblättern und in dem Tal dazwischen.

»Ist das okay?«

Er nickte, und seine Stimme klang schon undeutlich, als er erwiderte: »Es ist perfekt.«

»Das habe ich mir gedacht«, sagte ich mit einem erleichterten Seufzer. »In dem Faltblatt stand, es ist wichtig, den Körper zu stimulieren.«

Ich arbeitete mich seinen Rücken hinunter, knetete verspannte Stellen, drückte mit den Fingerspitzen entlang der Konturen seines perfekt geformten Rückens, kam tiefer und tiefer …

»Verdammt«, rief Weston, und sein Oberkörper wand sich plötzlich unter meiner Berührung.

Ich riss die Hände zurück. »Was ist? Hab ich dir wehgetan? Es tut mir leid.«

»Nein, nein, es ist die Narbe. Wo ich angeschossen wurde. Es gibt diese merkwürdige Reaktion, wenn man sie berührt.« Er legte sich wieder gerade hin. »Der Arzt hat mir heute davon erzählt. Sorry, ich hätte dich warnen sollen.«

Mein Blick fiel auf seinen Hosenbund, auf eine helle Narbe, die sich an seiner Wirbelsäule emporzog.

»Wie fühlt es sich an?«, fragte ich.

»Es fährt mir wie ein Ruck durch die Brust. Kalt, heiß, kribbelnd.«

»Gut oder schlecht?«

Er schwieg einen Moment. »Gut«, sagte er schließlich. »Es hat sich … gut angefühlt.«

»Soll ich weitermachen? Vorsichtig?«

Er nickte, den Kopf auf dem Kissen. »Ja, mach weiter.«

Ich fuhr mit den Händen über seine Seiten, dann wieder unten über den Rücken. Er atmete scharf ein, und seine Rückenmuskeln spannten sich in einem wundervollen Spiel der Kräfte an.

»Ich sollte aufhören«, sagte ich. *Aus vielerlei Gründen.* »Es ist, als würde ich dir wehtun.«

Er beantwortete das nicht, sagte aber: »Wir können aufhören. Ich fühle mich besser. Danke.«

Als er sich nicht bewegte, hatte ich den Eindruck, er würde darauf warten, dass ich etwas tat.

»Ich wasche mir kurz das Öl von den Händen.«

»Klar«, sagte er.

Ich ging ins Bad und seifte meine Hände ein. Das Öl konnte ich abwaschen, nicht aber die sinnliche Erinnerung an seine Haut. Die Frau im Spiegel hatte ein gerötetes Gesicht, ihre Augen strahlten, und ihr Puls pochte.

Was ist da gerade passiert?

Ich spähte zurück in den Raum. Weston hatte sein T-Shirt

wieder angezogen und saß wieder aufrecht, an das Kopfteil gelehnt, ein Kissen im Rücken, eines vor sich auf dem Schoß.
Er hatte die Fernbedienung in der Hand und zappte durch
das Fernsehprogramm. Seine Miene, ja sein ganzes Verhalten
wirkte, als wäre er hin und her gerissen. Seine Mundwinkel
zeigten nach unten, aber seine Augen strahlten.

Was hatte ich mir bloß dabei gedacht? Ich hatte ihn in Verlegenheit gebracht, und jetzt war das Gleichgewicht zwischen
uns zerstört. Er wollte im Augenblick keine Intimität. Vielleicht nie. Und nicht mit mir.

*Vielleicht ist es besser so. Ich habe meine Gelübde. Er ist mein bes-
ter Freund. Das werde ich nicht kaputt machen.*

Ich schaltete das Licht im Bad aus und trat ins Zimmer.

»Es läuft *Pulp Fiction*«, sagte Weston, den Blick auf den
Fernseher gerichtet. »Scheint das Beste zu sein.«

»Ein Klassiker«, sagte ich. »Kann ich mich da hinsetzen?«

Ich deutete auf die leere Seite des großen Bettes. Wir waren
schließlich Freunde. Wir saßen oft beieinander, und es wäre
noch peinlicher und offensichtlicher, wenn ich plötzlich darauf
bestehen würde, mich auf einen Stuhl zu setzen.

Er nickte, und ich kletterte aufs Bett und stopfte mir ein
paar Kissen in den Rücken. Wir sahen den Film, und trotz des
Aufruhrs der Gefühle, gegen die ich mich den ganzen Abend
gewehrt hatte – oder vielleicht gerade deshalb – fielen mir, als
Bruce Willis zurückmusste, um seine Uhr zu holen, zum ersten Mal die Augen zu. Nicht lange nach dieser Szene schlief
ich komplett ein und wachte erst nach gefühlten Stunden halb
wieder auf.

Das Licht war aus.

Ein Arm lag um mich herum.

Instinktiv kuschelte ich mich an ihn. An seinen warmen,
starken Körper und in die Umarmung, wo es weder Aufruhr

noch Ungleichgewicht gab. Sondern nur Frieden. Er legte den Arm fester um mich. Seine Brust hob und senkte sich mit einem tiefen Seufzer an meiner Wange.

Ein letzter Gedanke schlich sich durch die Dunkelheit in meinen Kopf, bevor ich wieder einschlief.

Hier gehöre ich hin.

22

Sie schlief in meinen Armen, ihr Körper schmiegte sich weich
an meinen. Ich hielt sie so fest, wie ich es wagte, atmete den
Apfel-Zimt-Geruch ihres Haars. Er vermischte sich mit dem
schwächeren Duft des Massageöls, das noch an meinem Rücken haftete.

Monatelanges Fantasieren war nichts gewesen, verglichen
mit dem Gefühl, ihre Hände auf meiner Haut zu spüren. Als
sie die empfindliche Ansammlung von Nervenenden unten an
meiner Wirbelsäule berührt hatte, war ich steif geworden. Ich
hatte in dem Moment eine subtile Regung gefühlt und dann
beim Umdrehen festgestellt, dass nichts Subtiles daran war. Ich
verbarg die Erektion unter einem Kissen, aber meine Güte!

Und Autumns Hände hatten mehr als nur Lust und Verlangen in mir geweckt. Sie hatten die Mauern niedergerissen,
hinter denen meine Worte verschlossen gewesen waren, und
plötzlich wollte ich schreiben. *Musste* ich schreiben.

Ohne schlafen zu können, wartete ich bis mitten in der
Nacht, dann löste ich mich vorsichtig von ihr, setzte mich
in den Rollstuhl und fuhr zum Schreibtisch am Fenster. Im
Mondlicht nahm ich den Stift zur Hand und fing auf dem
Briefpapier des Hotels an zu schreiben.

Ich hörte nicht auf, und aus mir ergoss sich der hoffnungslose und verzweifelte Wunsch, sie mit meinen kaputten,

schwieligen und mit Schmutz und Schuld befleckten Händen zu berühren.

Als das Gedicht fertig war, schob ich das Blatt in meinen Koffer und legte mich wieder hin. Ich umarmte Autumn nicht wieder. Ich lag flach auf meiner Seite des Bettes und starrte an die Decke, während über der dunklen Landschaft meines Verstandes laut die unausweichliche Wahrheit erklang.

Du liebst sie. Deine Worte sind zurück. Jetzt musst du ihr die Wahrheit sagen, du hast keine Wahl.

Schmutzige Hände

Wie kann ich dich ansehen,
wenn sich in meinen Augen Erinnerungen
spiegeln,
über die wir nicht reden können?
Ich sehe, wie du unter mir
nackt wirst,
höre deinen Atem
stocken,
bevor ich ihn stehle
mit einem Kuss, der mir nicht zusteht.

Wie kann ich deinen Namen sagen,
wenn jedes Wort, das folgt,
die Wahrheit sein sollte,
die unser Glück zerstört?
Worte sind mein Verhängnis.
Du erweckst sie wieder
zum Leben
in dem toten Garten,
wo ich nur die

Knochen meiner Beine
und das Echo eines Automotors
vermutete.

Wie kann ich dich berühren
mit diesen schmutzigen Händen,
die – gezeichnet von Dreck und Schuld –
meinen kaputten Körper anschieben?
Durch ein Leben, das sich
mit jeder Stunde,
jeder Minute
weniger kaputt anfühlt.
Während das Gerüst um mich herum
zusammenbricht.

Ich werde zum zweiten Mal geboren
trete aus der tiefsten Nacht
in das Licht, wo du
wartest.
Könnte ich dich nur sehen mit diesen Augen,
dir die Wahrheit sagen mit diesem Atem,
dich berühren mit etwas,
das wahrer und besser ist als diese
schmutzigen Hände.

Teil 5

Februar

23

Weston

Ich rollte vom Parkplatz zur Rennbahn. Der Sportplatz war älter als der, auf dem ich die Rennen gelaufen war, und lag ein paar Kilometer südlich in der Nähe des Golfplatzes. Männer und Frauen fuhren in Rollstühlen mit drei Rädern – zwei hinten, eins vorn an der Spitze des verlängerten Rahmens. Die Beine hatten sie unter sich angewinkelt und nicht vor sich abgestellt.

Ein älterer Mann, vielleicht Ende fünfzig, in Windjacke über dem Bierbauch, löste sich aus einer kleinen Menge und kam zu mir herüber.

»Wes Turner?«

»Das bin ich«, sagte ich. »Ian Brown?«

»Nenn mich Coach.« Er schüttelte mir die Hand. »Frank sagt, du willst Rennen fahren?«

Ich zuckte mit den Achseln. »Vielleicht.« Ich sah ein paar Rollstuhlfahrer mit fast fünfzig Stundenkilometern um die Kurve rasen und beschloss, dass es mich nicht umbringen würde, ehrlich zu sein. »Ich bin früher gelaufen«, sagte ich. »Ich vermisse es, schnell zu sein.«

Ian grinste. »Kann ich mir sehr gut vorstellen. Willst du es mal ausprobieren?«

»Klar.«

Als ich ihm zu einem der Rennrollstühle folgte, nickten mir

Fahrer und Trainer verschiedener lokaler Teams zu. Ich nickte zurück.

»Das ist unser Standard-Rennrollstuhl«, sagte der Coach und zeigte auf ein blaues Modell. Der abblätternden Farbe und dem abgenutzten Sitz nach zu urteilen, war er nicht neu. »Für den Transfer aus deinem Rollstuhl musst du dich hier hinhocken und dann die Beine hier auf den Sitz schieben. Dann kniet man praktisch. So sind die Arme genau über den Rädern positioniert.«

Ich hatte das Gefühl, der gesamte Bundesstaat Massachusetts würde mir zusehen, als ich meinen Rollstuhl neben dem Rennmodell parkte und tat, was der Coach mir erklärt hatte. Beinahe hätte ich mich auf die Nase gelegt, aber ich schaffte es, die Beine unter mir anzuwinkeln. Damit befand sich meine Brust auf einer Höhe mit einem abgenutzten Lederriemen, und ich kam leicht an die Greifringe.

»Wie lenkt man?«

Der Coach zeigte mir einen Mechanismus zwischen mir und dem Vorderrad, der Bahnregulator hieß.

»Wenn die Bahn in die Kurve geht, schlägt man hier drauf und geht in die Kurveneinstellung. Wenn die Bahn wieder gerade wird, schlägt man ihn wieder auf die andere Seite. Die Kurveneinstellung ist an die Bahn hier angepasst. Nachjustieren kann man, indem man den rechten oder linken Reifen stärker antreibt. Die Handbremse ist hier.«

»Okay, los geht's.«

Der Coach lachte leise. »Los geht's«, sagte er.

Er setzte mir einen Helm auf den Kopf und gab mir spezielle gepolsterte Handschuhe, die wichtig waren, da man beim Rennrollstuhlfahren auf die Greifringe schlug.

»Geh es erst einmal langsam an«, sagte er. »Bis du ein Gefühl dafür kriegst.«

»Klar«, sagte ich. »Schön langsam.« Ich setzte die Ohrhörer des iPods ein, der in einem Armband steckte – den hatte ich genauso zum Laufen benutzt.

Ich legte »Natural« von den Imagine Dragons auf und manövrierte den Rennrollstuhl auf die innerste Bahn. Ich bekam schnell ein Gefühl für das Gleichgewicht und auch dafür, wie viel schneller man ihn bewegen konnte als einen normalen Rollstuhl. Ich musste mich dran gewöhnen und lernen, zum richtigen Zeitpunkt gegen den Bahnregulator zu schlagen, aber dann kam ich auf die gerade Bahn und trieb die Greifringe schneller und schneller an.

Irgendwo hinter mir brüllte der Coach, dass ich langsamer fahren sollte.

Vergiss es.

Ich machte die Musik lauter.

Die Bahn verschwand unter mir, schneller, als ich es beim Laufen je wahrgenommen hatte. Meine Arme brannten, und Adrenalin strömte durch meine Adern und brachte eine Flut von Wettkampferinnerungen mit. Trauer, Hochgefühl, Sehnsucht nach der Vergangenheit und Vorfreude auf die Möglichkeiten, die in der Zukunft lagen.

Der Song hämmerte mir in den Ohren. Eine Hymne, die sagte: *Ihr könnt mich mal.*

Genau, ihr Arschlöcher, dachte ich, *standing on the edge, face up. Ich bin noch lange nicht am Ende.*

Meine Arme arbeiteten immer schneller, ich schlug gegen den Bahnregulator, als die Kurve kam, aber mein Timing war holprig, und ich hatte es noch nicht ganz raus, beide Räder so gleichmäßig anzutreiben, dass ich ganz gerade fuhr. Ich landete auf einer anderen Bahn, was bei einem richtigen Rennen wahrscheinlich einen Auffahrunfall verursacht hätte.

Aber ich war schnell. Scheiße, war ich schnell!

Ich kam auf die letzte Gerade, und der Coach stand mitten auf der Bahn und ruderte mit den Armen. Ich benutzte die Handbremse, um langsam anzuhalten und setzte den Helm ab. Dann machte ich die Musik aus und hörte die anderen Rennrollstuhlfahrer und die Zuschauer klatschen.

Coach Ian kam näher, und zuerst dachte ich, seine Grimasse bedeutete, dass er sauer wäre, aber er lachte sich einfach kaputt.

»Herr im Himmel, da haben wir einen Lebendigen, Leute.« Er klopfte mir auf die Schulter. »Du bist mir ein verrückter Hund.«

»Hast du in deinem Team Platz für einen verrückten Hund?«, fragte ich. Die Tatsache, dass ich schwer atmete, verbarg die nackte Hoffnung in meiner Stimme.

»Habe ich in der Tat.«

Später am Nachmittag raste ich mit meinem Rollstuhl durch die Gänge des Creative-Arts-Gebäudes zu Professor Ondiwujes Büro. Ich fuhr, ohne anzuklopfen, durch die Tür, aber der Professor blickte gelassen von seiner Arbeit auf, seine Miene belustigt und erstaunt.

Ich knallte ihm »Schmutzige Hände« auf den Schreibtisch und atmete schwer. »Ich bin total am Arsch.«

»Freut mich auch, Sie zu sehen, Mr Turner«, sagte Professor O und nahm das Blatt. Ein langsames Lächeln breitete sich auf seinem Gesicht aus, als er es überflog. »Sie haben dieses Gedicht geschrieben?«

»Ja. Und wissen Sie, wo ich gerade war? Auf einem Sportplatz in einem verfluchten Rennrollstuhl.«

Er hob die Hand. »Psst. Ich lese.«

Ich kippte mit dem Rollstuhl nach hinten, während er las, und konzentrierte mich darauf, auf den Hinterrädern die Balance zu halten, um mich abzulenken. Endlich lehnte Professor O sich zurück, das Gedicht noch in einer Hand, und legte sich die andere auf den Mund.

»Und?«, fragte ich und kippte auf die vier Räder zurück.

»Was das Gedichte betrifft, würde ich nicht sagen, dass ein ›total am Arsch‹ gerechtfertigt ist.«

»Es geht nicht darum, ob es gut oder schlecht ist. Es geht um die Tatsache, dass ich es *geschrieben* habe. Ich *schreibe*. Ich will wieder schreiben. Wenn ich ein Buch über ein wirtschaftswissenschaftliches Thema sehe, wird mir körperlich übel. Und habe ich erwähnt, dass ich gerade einer verdammten Rennmannschaft beigetreten bin?«

»Für mich – und Ihr Gedicht sagt das auch – klingt es, als würden Sie aus dem dunklen Wald Ihres Traumas ins Tageslicht treten. Die Frage ist, warum feiern Sie nicht? Warum sind Sie nicht stolz auf sich?« Er wedelte mit dem Gedicht. »Weston Turner, nehmen Sie sich eine Minute Zeit, um stolz auf ihre Erfolge zu sein.«

Ich sackte in meinem Rollstuhl zusammen. »Ich würde ja, aber *sie* hat mich ins Leben zurückgeholt, und mit ihr kann ich es nicht feiern.«

Professor O legte das Blatt weg und verschränkte seine Finger. »Sie haben ihr nicht die Wahrheit gesagt.«

»Nein. Und jetzt, da ich wieder schreiben kann, muss ich es ihr sagen. Deshalb bin ich komplett am Arsch.« Ich rieb mir das Gesicht, und das Nylon der fingerlosen Handschuhe, die sie mir geschenkt hatte, fühlte sich rau an auf meiner Haut. »Gott, alles Gute mache ich kaputt.«

»Was hält Sie davon ab, ihr die Wahrheit zu sagen?«

»Abgesehen davon, dass ich sie verlieren werde? Abgesehen davon, dass sie das erste echte Glück ist, das ich je hatte?«

»Ist da noch mehr?«

»Ich habe sie angelogen. Direkt angelogen. Ich habe ihre Gefühle manipuliert ...« Von mir selbst angewidert, schüttelte ich den Kopf. »Endlich hat sie Vertrauen in sich selbst und in mich. Es wird sie umbringen, wenn ich das wieder zerstöre.«

Professor O nickte. »Aber Sie können auch nicht einfach weitermachen, oder?«, fragte er sanft. »Weil Sie sie lieben. Und sie liebt Sie.«

Seine Worte trafen mich ins Herz, und ich schloss die Augen. »Gott, vielleicht. Ich weiß es nicht.«

Aber ein Film lief jetzt in meinem Kopf ab, Momente, die ich mit Autumn verbracht hatte. Lange Gespräche und Lachen. Sie, die mir Bescheid sagte, wenn ich Mist machte. Ich, der ich sie damit aufzog, sentimental zu sein. Die Umarmung vor Weihnachten, die besser gewesen war als der gesamte Sex meines Lebens. Wie sie mich im Ritz angesehen und nur mich gesehen hatte und nicht den Rollstuhl. Nie den Rollstuhl.

»Sie liebt meine Seele«, sagte Connor. »Und meine Seele bist du ...«

Ich hörte einen Stuhl knarzen, dann setzte Professor Ondiwuje sich auf die Schreibtischkante und legte die Hand auf meine Schulter, als wollte er mich segnen.

»Wo es Liebe gibt, gibt es Hoffnung auf Vergebung.«

»Ich will ihre Vergebung nicht«, flüsterte ich. »Ich will nur aufhören, ihr wehzutun.«

»Das könnte sich als unmöglich erweisen. Aber Sie müssen wissen, dass Sie der Vergebung würdig sind, egal, wie sehr Sie ihr wehtun. Meiner Ansicht nach war das immer das Problem mit Ihrer Rüstung. Sie muss so stark sein, dass der Schmerz, ihr unglaubliches Gewicht zu tragen, größer ist als der, vor dem sie sie schützen kann.«

Er setzte sich wieder hinter den Schreibtisch, öffnete eine Schublade und legte ein Formular auf die Tischplatte aus Mahagoni. »Das ist ein Antrag, als Hörer an meinem Kurs teilzunehmen. Füllen Sie ihn aus. Tippen Sie Ihr Gedicht ab, damit Sie es abgeben können. Ich erwarte Sie Montag früh. Und keine Ausreden.«

Ich griff nach dem Formular wie nach einem Rettungsring. »Ich werde da sein.«

Dann wendete ich, um den Raum zu verlassen, und Professor O rief mir nach: »Wes, eines noch.«

»Ja?«

»Vergeben Sie sich dafür, dass Sie sie getäuscht haben. Lassen Sie los. Geloben Sie, neu anzufangen, und seien Sie diesmal immer nur aufrichtig zu ihr. Weil Sie das *beide* verdienen.«

24

Autumn

Das Panache Blanc war fast leer an diesem kalten grauen Nachmittag. Weston und ich saßen an einem Tisch in der Nähe der Backstube und hatten unsere Bücher darauf verteilt. Ich beugte mich über meine Arbeit, während Weston seine Wirtschaftstexte kaum ansah. Er balancierte auf den Hinterrädern des Rollstuhls, indem er sie vor und zurück bewegte.

»Hör auf damit«, sagte ich. »Ich krieg noch zu viel.«

Er ließ sich zurück auf die vier Räder fallen. »Willst du einen Kaffee?«

»Klar …«

Er war weg, bevor ich richtig zu Ende gesprochen hatte. Schnell und souverän fuhr er durch die Bäckerei, manövrierte den Rollstuhl zwischen den Tischen hindurch zum Tresen. Zurück kam er ebenso reibungslos. Wenn er lenken musste, wechselte er den Becher von einer Hand in die andere. Er stellte den Kaffee neben meinen Texten auf den Tisch, dann kippte er den Rollstuhl wieder nach hinten.

»Ich meine es ernst, Weston«, sagte ich. »Es macht mich total nervös.«

»Kümmere dich um deinen Kram, und arbeite weiter, Caldwell.«

Ich knüllte eine Serviette zusammen und bewarf ihn damit. Er – immer noch auf den Hinterrädern balancierend – wich dem Geschoss locker aus. Er sprühte vor Leben. Dass er dem Rennteam beigetreten war, hatte Wunder bewirkt. Er trainierte jetzt dreimal die Woche mit einer neuen Mannschaft und wirkte glücklich. Sogar glücklicher als damals, als er für Amherst gelaufen war.

Aber ich begriff nicht, warum er heute so unruhig war. Ständig erwischte ich ihn dabei, wie er mich mit unschlüssiger Miene ansah, den Blick voller Gedanken.

Es ist irgendwas ...

Ich konnte es nicht länger leugnen. Ich war bereit, wieder zu springen, und genoss den Augenblick. Genoss die Mischung aus Hochgefühl und Angst, die damit einherging. Ich wartete auf den Moment, das Ereignis, das Wort, das mich über die Kante schubsen würde. Es würde kommen. Ich fühlte es. Ich konnte es in seinen Augen sehen.

»Musst du nicht lernen?«, fragte ich, als ich ihn wieder dabei ertappte, wie er mich ansah. »Ich dachte, deshalb sind wir hergekommen.«

»Hab ich schon.«

»Hast du nicht demnächst eine wichtige Klausur?«

Er kippte den Stuhl nach vorn und zuckte mit den Achseln. »Jepp.«

»Und?«

»Ich bin vorbereitet.«

Ich wandte mich wieder meinen Texten zu. Ich wollte Amherst unbedingt mit Auszeichnung abschließen, damit Harvard mir weiterhin offen stand, falls mir ein neues Projekt einfiel. Aber langsam setzte sich eine Idee in mir fest, und ich konnte mich nicht mehr konzentrieren.

»Also, Weston.«

»Also, Autumn.« Wieder balancierte er, trocken grinsend, auf zwei Rädern, um mich zu ärgern.

»Ich habe dir einen Vorschlag zu machen.«

»Raus damit.«

»Vor uns liegt ein langes Wochenende, und ich habe überlegt, nach Nebraska zu fliegen. Willst du mitkommen?«

»Ich?« Mit einem dumpfen Geräusch ließ er den Rollstuhl auf alle vier Räder hinunter. »Du meinst, deine Familie kennenlernen?«

»Ja. Auch.« Ich schob mir eine Strähne hinters Ohr. »Und die Farm sehen. Ich denke, es könnte dir gefallen. Die Sonnenaufgänge sind wunderschön, und es wäre mal ein Tapetenwechsel.«

Auf Westons Miene zeigte sich der vertraute Kampf zwischen Schmerz und Sehnsucht.

»Du kannst ablehnen«, sagte ich sanft.

»Ich komme mit«, sagte er.

»Wirklich?«

»Ja, es klingt gut. Ich komme total gern mit.« Er räusperte sich. »Ich war noch nie auf einer Farm.«

»Super«, sagte ich. Ein Lächeln breitete sich auf meinen Lippen aus, und Wärme erblühte in meiner Brust. »Ich lass sie wissen, dass du mitkommst.«

An dem Freitagmorgen, an dem wir nach Nebraska aufbrachen, holte Weston mich vor meiner Haustür ab. Er sah so düster und mürrisch aus, dass ich sicher war, dass er es sich anders überlegt hatte.

»Was ist los?«, fragte ich.

»Ich kann meinen Rucksack nicht finden. Hast du ihn gesehen?«

»Nein. Wann hattest du ihn zuletzt?«

»Ich weiß es nicht genau«, sagte er. »Vor ein paar Tagen? Ich habe erst gestern beim Packen gemerkt, dass er weg ist.«

»Oh nein, war deine Brieftasche darin?«

»Nein, nur Collegesachen und ein paar ... Zettel.«

»Vielleicht ist er in der Bäckerei. Ich rufe Edmond an.«

Weston sah mit angespannter Miene zu, wie ich den Anruf machte.

»Okay, trotzdem danke, Edmond«, sagte ich und legte auf. »Er sagt, er hat ihn nicht gesehen.«

Weston nickte.

»Tut mir leid«, sagte ich. »Ich hoffe, er taucht wieder auf.«

»Ja.« Er lächelte angespannt. »Hoffentlich.«

Wir nahmen den Zug nach Boston und dort ein Taxi zum Flughafen. Wir hatten nur Handgepäck, aber die Fluggesellschaft verlangte von Weston, dass er seinen Rollstuhl eincheckte. Wir mussten zwanzig Minuten warten, bis sie einen Flughafen-Rollstuhl brachten, mit dem er zum Gate fahren konnte.

»Dieses Ding wiegt eine Tonne«, sagte Weston und manövrierte probehalber hin und her.

»Mir ist nicht klar, warum du deinen eigenen Rollstuhl nicht behalten kannst«, sagte ich. »Es ist, als würde man jemanden zwingen, seine Beinprothese abzunehmen und stattdessen das Standardmodell des Flughafens zu benutzen.«

Weston zuckte mit den Achseln. »Es ist, wie es ist.«

Wir stellten uns in die Schlange vor dem Sicherheitscheck. Als wir dran waren, rollte Weston durch die Sicherheitsschleuse, und die rote Lampe ging an.

»Hier entlang«, sagte der Mensch von der Flughafensicherheit und winkte ihn beiseite. »Wenn Sie nicht durch die Schleuse gehen können, überprüfen wir Sie mit einem Handdetektor und tasten Sie ab.«

Der Ton des Sicherheitsbeamten gefiel mir überhaupt nicht. Ich ging durch die Schleuse, zog die Schuhe wieder an und sah zu, wie der Security-Mann einen Detektor an Weston entlangführte. Er piepte über seiner rechten Hüfte.

»Was ist das?«, fragte er.

»Hüftprothese aus Titan. Und ich habe auch Metallplatten in der Wirbelsäule«, sagte Weston. »Da ist einiges an Metall drin.«

Der Mann runzelte die Stirn. »Warten Sie.« Er besprach sich mit einem anderen Angestellten und kam zurück. »Sir, leider ist eine gründlichere Untersuchung notwendig.« Er zeigte auf ein mit einem Vorhang abgetrenntes Kabuff, in dem Leute abgetastet wurden.

»Ist das wirklich nötig?«, fragte ich. »Er ist ein Veteran der U.S. Army.«

Der Mann hob eine Hand. »Ma'am, treten Sie bitte einen Schritt zurück. Sofort.«

»Es ist okay«, sagte Weston. »Kein Problem.«

Ich biss mir auf die Lippen, als er in das Kabuff geführt wurde. Ein paar Minuten später kam er wieder heraus und durfte zum Gate weiterfahren.

»Ich kann nicht glauben, dass du das über dich ergehen lassen musstest«, sagte ich.

»Nicht wahr?«, fragte Weston und fuhr in dem geliehenen Rollstuhl neben mir den Gang entlang. »Er hätte mich wenigstens vorher zum Essen einladen können.«

»Ich meine es ernst. Es kommt mir total übertrieben vor.«

»Die machen nur ihren Job.« Er senkte die Stimme. »Aber danke.«

Wir waren in der ersten Gruppe, die an Bord ging, und konnten vor allen anderen unsere Plätze einnehmen. Eine Angestellte der Fluggesellschaft schob Weston durch die Fluggastbrücke und zu seinem Platz am Gang ganz vorn.

»Nach dem Flug wird man Ihnen Ihren eigenen Rollstuhl

hierher bringen«, sagte sie, als Weston sich auf den Platz setzte.

Ich sah sie weggehen und runzelte die Stirn. »Und wenn es einen Notfall gibt? Wie kommst du dann aus dem Flugzeug?«

Weston zuckte mit den Achseln. »Sicher gibt es dafür Regeln. Aber es stimmt. Es ist merkwürdig, ohne Räder zu sein. Als säße ich in der Falle.« Er lachte auf. »Komisch, als ich zum ersten Mal in einem Rollstuhl saß, war es, als würde ein Teil von mir sterben. Aber jetzt ... denke ich kaum noch daran.«

Ich zog einen kleinen Notizblock hervor und schrieb meine Eindrücke vom Check-In bis zum Boarding auf. Eine Idee setzte sich in mir fest.

Weston grinste. »Formulierst du einen scharfen Protest an die Luftfahrtbehörde?«

»Vielleicht«, sagte ich. »Ein paar dieser Dinge sind schlimm. Wie sollst du zum Beispiel die Toilette benutzen? Unser Flug ist nur kurz, aber stell dir vor, wir würden nach Australien oder Japan fliegen?«

Mir fiel auf, dass ich »wir« gesagt hatte, nicht »du«. Der Gedanke, mit ihm an einen exotischen Ort zu reisen, hatte mich aus dem Konzept gebracht. Ich stellte mir uns an einem Strand in Cairns vor oder unter blühenden Kirschbäumen in Tokio.

Ich wich Westons Blick aus und machte mir grimmig Notizen.

Verdammt. Meine innere Ruby verdrehte die Augen. *Du bist ein hoffnungsloser Fall.*

Als wir in Omaha landeten, mussten wir warten, während die übrigen Passagiere ausstiegen. Wir saßen zehn Minuten im leeren Flugzeug, bis ein Crewmitglied vorbeikam.

»Entschuldigen Sie die Verspätung«, sagte sie. »Wir warten darauf, dass die Bodencrew Ihren Rollstuhl findet und herbringt.«

»Kein Problem«, sagte Weston, aber seine angespannte Miene und die fest verschränkten Hände deuteten auf das genaue Gegenteil hin.

Weitere zwanzig Minuten vergingen.

»Das ist lächerlich«, murmelte ich. »Entschuldigen Sie«, fragte ich eine Flugbegleiterin, die durch den Gang ging und Müll einsammelte. »Wo ist sein Rollstuhl?« Ich fragte ganz ruhig, aber inzwischen war ich wirklich wütend.

Die Flugbegleiterin sprach mit anderen Crewmitgliedern und kam mit einer entschuldigenden Miene zurück. »Sie suchen noch, aber wir haben einen Rollstuhl, den Sie benutzen können, um auszusteigen.«

»Wie können Sie seinen Rollstuhl verlieren?«

»Er ist nicht verloren. Er ist beim anderen Gepäck …«

»Aber er ist kein *Gepäck*«, sagte ich. »Er braucht ihn, um mobil zu sein. Sie sollten nicht so unachtsam damit umgehen.«

»Autumn.« Weston schüttelte den Kopf. »Es ist in Ordnung.«

»Es ist nicht in Ordnung«, sagte ich. »Man sollte dir das nicht zumuten. Du solltest deinen Rollstuhl die ganze Zeit behalten können.«

Die Flugbegleiterin lächelte steif. »Wie auch immer, wir müssen uns langsam auf den nächsten Flug vorbereiten, also sage ich der Crew, dass sie den …«

»Nein danke«, sagte Weston. »Ich werde hier warten.«

Die Flugbegleiterin seufzte gereizt und ließ uns allein.

»Vollkommen lächerlich«, murmelte ich und textete meinem Bruder, der draußen wartete und sich wahrscheinlich wunderte, wo zum Teufel wir blieben.

Es vergingen noch weitere zwanzig Minuten, bevor Westons Rollstuhl gebracht wurde.

»Es tut mir so leid, dass du das ertragen musstest«, sagte ich, als wir auf dem Weg in die Flughafenhalle waren.

»Du kannst nichts dafür«, sagte Weston.

»Ich fühle mich verantwortlich. Ich meine, ich habe dich gefragt, ob du mitkommst.«

»Und ich habe Ja gesagt.«

»Ich weiß. Es ist nur ...«

Ich wollte, dass alles perfekt ist.

Stattdessen wurde alles noch schlimmer.

Mein Bruder wartete im Abholbereich mit seinem Pickup. Nachdem wir uns umarmt und Travis und Weston sich die Hand geschüttelt hatten, wurde mir klar, wie schwer es für Weston sein würde, vom Rollstuhl in die hohe Fahrerkabine des Wagens zu kommen.

Ich stieg zuerst ein und fühlte mich schrecklich, als Weston sich zuerst vom Rollstuhl auf den Boden der Kabine setzte, um sich von da aus auf den Sitz zu hieven. Travis schlug die Tür zu und legte den Rollstuhl und unser Gepäck auf die Ladefläche.

»Es tut mir so leid«, sagte ich.

»Braucht es nicht«, sagte Weston. »Ich will nirgendwo sonst lieber sein.«

Ich sah zu ihm. Eine Woge von Gefühlen stieg plötzlich in meiner Brust an und überschlug sich über meinem Herzen, als er den Blick einen zerbrechlichen und zarten Moment lang erwiderte. Dann setzte Travis sich wie ein Elefant im Porzellanladen hinters Steuer.

»Alle bereit?«, fragte er und drehte das Radio auf.

Weston lächelte. »Immer.«

Als wir nach Lincoln kamen, spielte Travis den Reiseführer.

»Siehst du das Lucky Billiards? Da hat Dad meiner Schwester und mir das Billardspielen beigebracht. Und das da?« Er zeigte auf ein Gebäude auf Westons Seite. »Lucy's Diner? Da hatte Auts ihr erstes Date.«

»Wirklich?«, fragte Weston. »Erzähl mir davon.«

Ich schlug meinem Bruder auf den Arm. »Erzähl ihm *nicht* davon.«

»Brad Miller, stimmt doch, Auts? Der gute alte Brad. Er trug eine Zahnspange und hat sich nie umgezogen, nachdem er den ganzen Tag im Stall geschuftet hatte.«

»Ich war erst vierzehn«, sagte ich. »Man kann mich nicht für meine damalige Wahl verantwortlich machen.«

»Als sie nach Hause kam, war sie von *Millers Zauber* umweht«, sagte Travis und kicherte.

»Oh, mein Gott, halt den Mund.«

»Was bedeutet das?«, fragte Weston.

Ich knirschte mit den Zähnen. »Er hat mir meinen ersten Kuss gegeben. *Und* er war ein vollkommener Gentleman«, fügte ich hinzu und stieß Travis kräftig in die Rippen. »Aber danach hat er seine Jacke um mich gelegt, und als ich nach Hause kam, habe ich nach Heu gerochen.«

»Nach Heu, das nähere Bekanntschaft mit einem Pferdearsch gemacht hatte.«

»Ich werde dich heute Nacht im Schlaf ermorden«, schwor ich meinem Bruder.

Weston lachte. »Es war dein erster Kuss?«

»Jepp«, sagte Travis. »Direkt auf dem Bürgersteig vor dem Diner.«

Ich verschränkte die Arme und blickte zum Himmel. »Na und? Es war schön. Es war sehr romantisch, und ich bereue es nicht.«

»So ist sie, meine große Schwester«, sagte Travis und fuhr mit uns aus der Stadt hinaus auf ländlichere Straßen. »Eine hoffnungslose Romantikerin. Sie hat unseren Fernseher verschlissen, indem sie sich ständig *Titanic* angesehen und jedes Mal geheult hat, wenn Leonardo DiCaprio abgenippelt ist. Jedes Mal.«

»Auf der Tür war Platz für zwei Personen, mehr sage ich gar nicht.« Ich sah Weston an. »Sind deine Schwestern auch so unausstehlich, wenn es um die peinlichen Momente deiner Kindheit geht?«

Weston schüttelte den Kopf. Ein Lächeln lag auf seinen Lippen. »Ich könnte ihm den ganzen Tag zuhören.«

Das Grünblau seiner Augen war kilometertief. So dicht zusammengequetscht in der Fahrerkabine, konnte es leicht passieren, dass unsere Lippen sich berührten. Der Pick-up müsste nur ein einziges Mal über ein Schlagloch fahren …

»Da sind wir«, verkündete Travis.

Wir hielten vor dem Haus. »Oh Gott, hat es schlimm geregnet?«, fragte ich, als ich die Schlammpfützen neben dem Haus sah.

»Hat es.«

Mich schauderte, als ich daran dachte, wie die unbefestigten Wege zur Scheune und den Ställen aussehen würden. »Ist der ganze Hof so matschig?«

»Ziemlich«, sagte Travis. »Warum? Oh.« Er warf einen Blick auf den Rollstuhl auf der Ladefläche. Wenn die Wege so schlammig waren, würde Weston nirgends hinkönnen.

Travis lächelte zuversichtlich. »Nun, vielleicht trocknet es ein bisschen bis morgen.«

Weston ließ sich auf den Boden hinunter und setzte sich von da aus wieder in den Rollstuhl. Dann machten wir uns auf den Weg zur Haustür.

Drei Stufen führten zur vorderen Veranda, und ich packte meinen Bruder am Arm. »Du hast gesagt, du würdest dich darum kümmern«, zischte ich.

»Hab ich auch.« Travis ging um das Haus herum und kam mit einer Sperrholzplatte zurück, die er über die Stufen legte.

»Funktioniert«, sagte Weston und schob sich die improvisierte Rampe hinauf. Sie war zu steil und bog sich in der Mitte, aber er schaffte es. Ich bekam Magenschmerzen bei dem Gedanken, wie hart diese Reise für ihn war.

»Mom ist einkaufen«, sagte Travis und hielt die Tür auf. »Sie besorgt ein paar Sachen fürs Abendessen, und Dad ist wahrscheinlich draußen in der Scheune.«

Mein geliebtes Zuhause wirkte in meinen Augen plötzlich klein und vollgestopft. Es war ein Minenfeld aus schmalen Gängen und viel zu dicht stehenden Möbeln. Ich wollte, dass Weston die Felder sah, aber ich hatte nicht daran gedacht, dass es von der Küche auf die hintere Veranda eine Stufe gab. Er schaffte sie leicht und fuhr an den Rand der Veranda. Die Sonne sank hinter den Maisfeldern und ließ die feuchten papierartigen Stängel bernsteingelb erglühen.

Weston war still, als er das Spiel des Lichts über dem Feld betrachtete.

»Es tut mir leid«, sagte ich. »Ich habe das nicht gut geplant, und alles war einfach so ...«

»Perfekt«, sagte er mit leiser Stimme. »Es ist perfekt.«

25

Weston

Die Caldwells brachten mich im Arbeitszimmer im Erdgeschoss unter. Es war kein richtiges Gästezimmer – ich schlief auf einer Couch, nicht in einem Bett –, aber ich hatte ein eigenes Badezimmer, und mit ein paar kreativen Manövern war die Tür gerade breit genug, dass ich mit dem Rollstuhl hindurchpasste.

Autumn war vollkommen außer sich wegen meiner Unterbringung und regte sich auf, dass die Wege der Farm zu matschig waren, um sie mit dem Rollstuhl zu befahren. Ich wagte mich nicht oft weiter vor als auf die Veranda, aber es störte mich nicht. Weder der Schlamm noch die Couch noch andere Unannehmlichkeiten. Ich war einfach gern an dem Ort, an dem Autumn ihr Leben begonnen hatte. In dem Haus zu sein, in dem sie aufgewachsen war, und die Menschen kennenzulernen, die sie am allermeisten liebte, empfand ich als ein besonderes Privileg.

Henry Caldwell war erst achtundfünfzig, sah aber älter aus. Der Herzinfarkt vor Kurzem hatte ihm viel von seiner Vitalität genommen. Er liebte tiefgründige Gespräche, und ich konnte sehen, dass Autumn ihr empfindsames Herz von ihm hatte. Lynette Caldwell erinnerte mich an Ausbildungssergeant Denroy aus dem Bootcamp, nur ohne den aufbrausenden Charakter und die Flüche. Die Sonne ging auf und unter, weil *sie* es erlaubte. Sie war nicht so warmherzig wie Henry, aber die Liebe zu ihrer Familie lag in allem, was sie tat.

Travis war ein fröhlicher Typ, der viel lächelte. Er schien immer zufrieden zu sein, als könnte ihn nichts für längere Zeit aus der Ruhe bringen.

Er erinnerte mich an Connor.

Als es an meinem zweiten Tag auf der Farm dämmerte, saß ich mit Henry auf der Veranda, während Autumn durch den mit Löwenzahn bewachsenen Hof ging.

»Und wie gefällt Ihnen Nebraska, Wes?«, fragte Henry.

Autumn trug ein Baumwollkleid, Gummischuhe, einen Mantel und einen Schal. Das Abendlicht fing sich in ihrem Haar und verwandelte das Rot in geschmolzenes Kupfer.

»Ich liebe es«, sagte ich. »Es ist wunderschön.«

»Nicht wahr? In meinen Augen ist es schöner als je zuvor. Und kostbar.«

Sie ist auch für mich kostbar. Ich will sie nicht verletzen.

»Mit dem Herzinfarkt hat sich alles verändert«, sagte Henry. »Ich denke, Sie haben eine Vorstellung davon, wie es ist, so nah an die Grenze zwischen Leben und Tod zu kommen.«

Ich nickte.

»Man begreift etwas. Es ist die ganze Zeit da, aber erst, wenn man an diesem Abgrund gestanden hat, sieht man, was wirklich wichtig ist. Und es ist nur eine Sache.«

Ich riss den Blick von Autumn los. »Und zwar?«

»Wie viel Liebe man im Leben hat.« Er lachte leise und lehnte sich auf der hölzernen Schaukelbank zurück. »Ach, wenn Lynette mich hören würde. Sie hat dieses Gerede satt. Aber ich habe ein, zwei Dinge im Krankenhaus gelernt. Alles passiert aus einem Grund. Alles! Auch das Schlimme.« Er schaukelte vor und zurück, über seinen Beinen lag eine Häkeldecke. »Man muss nur lange genug warten, dann sieht man, warum. Und wenn man sich nicht dagegen wehrt, muss man gar nicht so lange warten.«

Autumn kam auf die Veranda. Ihre Wangen waren gerötet von der Kälte. »Erklärt Daddy dir seine neue Lebensphilosophie?« Sie drückte Henry einen Kuss auf den Kopf.

»Ich erzähle ihm nichts, was er nicht schon weiß. Stimmt's, Wes?«

Ihm zuliebe nickte ich. »Stimmt, Sir.«

Aber ich wusste nicht, wie man sich *nicht* wehren konnte. Ich hatte mich mein ganzes Leben lang gewehrt, seit Dad uns verlassen hatte. Ich wehrte mich so sehr; ich wäre fast daran kaputtgegangen.

Professor O hat recht, dachte ich. Meine Rüstung ist zu schwer, um sie zu tragen, und sie hat mich nie auch nur im Geringsten geschützt.

Die Küchentür öffnete sich, und ein warmer Duft nach gebratenem Hühnchen und Brot strömte heraus.

»Das Essen ist fast fertig«, rief Lynette. »Travis, Autumn, Weston, Tisch decken.«

Henry zwinkerte mir zu. Es erinnerte mich so sehr an Paul, dass ich beinah ein zweites Mal hingesehen hätte und beunruhigt war, wie sehr mir der Vergleich gefiel.

Ich schob den Stuhl die eine Stufe hinauf, kam in die Küche, als würde ich ein Schiff besteigen, und Lynette wäre der Kapitän. Travis, ihre Crew, kam dazu. »Autumn, Gläser«, sagte sie. »Travis, Besteck. Und Weston, hier.« Sie stellte mir einen Stapel Teller auf den Schoß. »Bringen Sie die ins Esszimmer.«

Autumn warf mir einen entschuldigenden Blick zu. »Eigentlich müssen Gäste nicht helfen.«

»So zeigt sie dir, dass sie dich mag«, sagte Travis, der Gabeln, Messer und Löffel in der Hand hielt. »Sie lässt dich arbeiten.«

Wir nahmen um den polierten Holztisch Platz, Henry und Lynette an den Kopfenden, Travis auf einer Seite, Autumn und ich auf der anderen. Die antik aussehende Lampe über dem Tisch leuchtete in einem warmen Gelb. An den Wänden hingen gerahmte Familienfotos. Die Mahlzeit, die Lynette zubereitet hatte, war nicht raffiniert, aber besser als alles, was ich jemals gegessen hatte, sogar als das Dinner im Ritz. Gebratenes Hühnchen, grüne Bohnen aus dem Garten, Salat und selbst gebackene Brötchen. In meiner Kindheit hatten wir uns nicht allzu oft zum Essen an den Tisch gesetzt. Häufig hatte es Pizza gegeben, irgendetwas anderes Bestelltes oder was meine Mutter zusammenkochte, wenn sie nicht trank.

Mir fiel ein, dass ich mich kaum daran erinnerte, wann ich sie das letzte Mal auch nur mit einem Bier gesehen hatte.

Nicht, seit Paul da ist.

»Wo wolltet ihr heute Abend hin?«, fragte Henry und zeigte mit der Gabel auf Autumn und mich.

»Ich hatte daran gedacht, Weston das Lucky's zu zeigen«, sagte Autumn.

»Ah. Eine Partie Billard?« Henry zwinkerte seiner Tochter zu. »Zeig ihnen, wer der Boss ist.«

Sie lächelte. »Mach ich vielleicht.«

»Spielen Sie Billard, Wes?«, fragte Henry.

»Ich bin besser an der Dartscheibe.«

Travis horchte auf. »Hey, ich bin ein ziemlich guter Dartspieler. Habe seit Ewigkeiten nicht gespielt. Ich komme m…«

»Ja, du bist ein ziemlich guter Dartspieler«, sagte Lynette, ohne von ihrem Teller aufzusehen. »Wie schade, dass du versprochen hast, den Treppenpfosten zu reparieren. Er wackelt wirklich heftig.«

Travis verzog das Gesicht. »Jetzt? Es ist Samstagabend.«

Autumn starrte ihn über den Tisch hinweg wütend an, während Henry leise in sein Wasserglas lachte.

»Versprochen ist versprochen«, sagte Lynette. Sie spießte ein Stück Huhn auf ihre Gabel und sah ihn an. »Oder?«

Travis sackte auf dem Stuhl zusammen. »Ja, Ma'am.«

Autumn wandte sich mir zu und sah mich mit halb gesenkten Lidern an. »Also nur du und ich.«

»Jepp«, sagte ich. »Du und ich.«

Es ist ein Date.

Nach dem Essen ging Autumn hoch, um sich umzuziehen. Ich suchte in meinem Gepäck nach dem einzigen Oberhemd, das ich nur für den Fall eingepackt hatte – schwarz und teuer und wahrscheinlich übertrieben für einen Billard-Salon.

Autumn kam in einem weißen Kleid mit Hunderten von winzigen rosa Blumen darauf hinunter. Das Haar fiel ihr offen über die Schultern.

»*So* willst du ins Lucky's gehen?«, schnaubte Travis. »Ein bisschen overdressed.«

»Sei du still«, sagte Lynette zu ihrem Sohn. Die ganze Familie war im Eingangsbereich versammelt und verabschiedete uns.

Weil es ein richtiges Date ist.

»Du siehst gut aus«, sagte Autumn.

»Du auch«, sagte ich.

Wir hätten uns die Hände dabei schütteln können. Es war ein so trockener, förmlicher Moment, aber ich war mir total bewusst, dass ihr Dad mich beobachtete. Sentimental oder nicht, er würde keine Sekunde zögern, mich an den Eiern aufzuhängen, wenn ich seinem kleinen Mädchen wehtat.

»Nehmt was zum Überziehen mit«, sagte Lynette. »Es ist Regen angesagt.«

»Habt Spaß«, sagte Henry. »Aber nicht zu sehr.«

»*Okay*«, sagte Autumn und nahm ihren Mantel und meine Jacke von der Garderobe. Als wir draußen waren, schüttelte sie den Kopf. »Sorry, dass meine Familie so übergriffig ist.«

»Ich bin froh darüber«, sagte ich. Ich nahm ihre Hand, bevor sie noch einen Schritt machte. »Und du bist nicht overdressed. Du siehst großartig aus.«

Sie drückte meine Finger. »Danke.«

Der Moment dauerte an. Ich spürte, dass wir beide stehen bleiben und reden wollten. Beichten wollten. Wenn sie sagen würde, wovon ich glaubte, dass sie es sagen würde, wäre es der perfekteste Augenblick meines Lebens.

Aber was ich ihr zu sagen hatte, würde wahrscheinlich alles kaputt machen.

Die Stille dehnte sich, und der Moment war vorbei.

»Gehen wir?«, fragte Autumn mit einer neuen Atemlosigkeit in der Stimme.

Ich nickte, denn alles, was ich ihr sagen wollte, ließ mich auf die übliche Weise verstummen.

»Jepp.«

Autumn fuhr uns in dem Camry ihrer Mom ins Zentrum von Lincoln, und wir parkten vor Lucky's Billiards. Sie machte den Motor aus, und wir blickten beide auf das blinkende Neonlicht.

»Der Laden erinnert mich ans Yancy's«, sagte sie leise.

»Mich auch«, sagte ich. »Ich glaube nicht, dass ich Lust habe, Billard zu spielen. Ich dachte, ja, aber … ich kann nicht.«

»Nicht ohne Connor?«

»Ja«, sagte ich. »Genau.«

Sie sah mich an. »Vermisst du ihn?«

»Jeden Tag. Als hätte ich noch einen Teil von mir verloren.«

Ich klopfte mit den Fingern auf meinen gefühllosen Oberschenkel. »Und du?«

Sie drehte sich wieder nach vorn, und das Neonlicht warf
rote und goldene Flecken auf ihre Haut. »Ich vermisse ihn, wie
er glücklich war. Aber ich vermisse nicht, wie ich mich gefühlt
habe, als ich ständig raten musste, was er für mich empfand.
Seine Briefe haben mich ausgezogen, aber durch sein Schweigen war ich nackt. Entblößt. Klingt das verständlich?«

»Ja«, sagte ich langsam. »Es klingt absolut verständlich.«

»Ich weiß nicht, warum ich dir das gesagt habe, nur dass
ich ... das Gefühl habe, dass ich das kann. Ich kann dir alles
sagen.«

Oh Gott, Autumn.

Sie ließ den Motor an. »Wir gehen in Lucy's Diner. Die haben Wahnsinnsmilchshakes.«

»Ist das nicht der Schauplatz deines berüchtigten ersten
Kusses?«

Ich erwartete, dass sie mir auf den Arm schlagen würde.
Stattdessen hob sie das Kinn, und ihr Lächeln war nachdenklich. »Ja, ist es.«

Ich hatte einen typischen Kleinstadt-Diner mit 50er-Jahre-
Atmosphäre erwartet. Helles Licht, rote Kunstledersitze und
Chromlampen. Stattdessen war der Laden gedämpft beleuch-
tet und mit musikalischen Devotionalien geradezu gepflastert.
Die Wände waren vom Boden bis zur Decke mit Programm-
zetteln, Postern, Konzertplakaten und Album-Covern tape-
ziert. Die Beatles neben den Foo Fighters; Roy Orbison neben
Beck; Patsy Cline neben Alanis Morissette.

»Cool, oder?«, sagte Autumn. »Hier habe ich Alternative
entdeckt. Es kümmert sich jemand darum, dass die Jukebox
nicht nur mit Country und Blues gefüllt ist.«

Nur ein paar wenige Tische waren besetzt. In der Luft hing der Geruch von Fett und Apfelkuchen. Wir nahmen an einem Tisch Platz und bestellten Milchshakes – Schokolade für mich, Erdbeer für sie.

»Und, wie lautet das Urteil?«, fragte Autumn.

»Über?«

»Casa Caldwell.«

»Ich habe immer geglaubt, Familien wie deine gibt es nur in Fernsehserien.«

»Ist das gut oder schlecht?«

»Gut. Menschen wie deine Eltern habe ich noch nie kennengelernt. Sie sind wie Planeten eines Sonnensystems, die um dich und Travis kreisen. Sie stoßen nie zusammen, sondern bleiben in ihren Umlaufbahnen, in perfekter Harmonie. Man kann sehen, dass es seit Jahren so ist und dass sie für weitere Jahre so weitermachen werden.«

»Wow«, sagte Autumn. »Das ist eine wunderschöne Beschreibung, Weston.«

Ich wich ihrem sanften Blick aus.

»Ich wollte mit dir über ein paar Dinge reden«, sagte sie.

»Ich auch«, sagte ich und zwang die Worte zwischen meinen Zähnen hervor. »Ich muss dir etwas sagen.«

»Oh?« Sie lehnte sich zurück. »Das klingt ernst.«

Ich zögerte. Gott, sie war zu schön. So lebendig und voller Licht, mitten in den Erinnerungen an ihre schönste Zeit. Das Glück ihrer Kindheit, erste Küsse und Sicherheit. Lincoln, Nebraska, war ihr Zuhause, und ich würde ihr das nicht verderben. Nicht heute Abend.

»Nee, ist nicht so wichtig. Fang du an.«

Autumn spielte mit ihrem Löffel. »Ich habe viel nachgedacht diese letzten Tage, und ich weiß jetzt, was mein Harvard-Projekt ist.«

»Ja? Was?«

»Du.«

»Ich bin dein Projekt?«

»Sozusagen.« Sie verschränkte die Arme auf dem Tisch und beugte sich vor. »Ich habe gesehen, wie schwer vieles für dich ist. Einfache Dinge, die wir anderen für selbstverständlich halten. Und ich meine nicht nur bessere Badezimmer oder mehr Rampen.«

»Nein?«, fragte ich, aber ich hatte gesehen, wie sich im Flugzeug ihre Leidenschaft entzündet hatte. Ich wusste, was sie sagen würde. Sie würde ihr Leben einer Sache widmen, die mir helfen sollte, ein besseres Leben zu führen. Und mein unwürdiges Herz sehnte sich danach.

Autumn fuhr fort: »Es fing damit an, dass Connors Eltern dachten, eine PTBS sei keine reale Verletzung, weil man sie nicht sehen und kein Pflaster draufkleben kann … und dann habe ich mitbekommen, womit du als Rollstuhlfahrer zu kämpfen hast … und da ist mir einiges klar geworden. Ich will an einem Projekt arbeiten, das behinderten Menschen – vor allem Veteranen – hilft, sich leichter in der Welt zu bewegen. Das es ihnen leichter macht, einfach zu existieren. Sie sollten sich weder unsichtbar noch bemitleidet fühlen und nicht anders behandelt werden, als ihre Behinderung erfordert. Ich habe noch nicht alles ausgearbeitet, aber das ist meine Idee.« Sie biss sich auf die Lippe. »Was meinst du?«

»Ich hab schon verstanden«, sagte ich mit einem kleinen Lächeln. »Du nutzt mich aus, um in Harvard aufgenommen zu werden.«

Autumn lachte. »Genau.« Sie stützte den Ellbogen auf den Tisch und das Kinn auf ihren Handrücken. »Aber ernsthaft, ich will das machen. Es fühlt sich auf eine Weise richtig an, wie es das Biotreibstoff-Projekt nie getan hat.«

»Aber wenn …?«

»Aber wenn was?«

»Ich weiß es nicht. Wenn eine Zeit kommt, in der wir … keine Freunde mehr sind?« Ich räusperte mich. »Sagen wir, du hasst mich eines Tages. Dein Projekt wird für immer mit mir verknüpft sein, und du wirst es schließlich auch hassen.«

»Warum sollte ich dich hassen?« Sie winkte ab. »Und die Idee, zu Behindertenrechten zu arbeiten, ist auch nicht neu. Das stand letztes Jahr schon auf meiner Shortlist. Nur ist mein Fokus jetzt viel klarer geworden.« Sie beugte sich vor. »Ich will das machen, und es fühlt sich richtig an. Absolut richtig.«

Ich starrte sie an, und tausend Gedanken bekriegten sich in meinem Kopf, tausend Worte verhedderten sich und kamen nicht heraus.

Ihr Lächeln verblasste, und das Leuchten in ihren Augen wurde ein bisschen gedämpft. »Habe ich dich gekränkt?«

»Nein, überhaupt nicht«, sagte ich schroff. »Ich finde es eine unglaublich gute Idee. Ich fühle mich sogar geehrt.«

Ihre Erleichterung war wunderschön, ihr Glück blendete mich.

»Das freut mich so.«

Wir tranken die Milchshakes aus, und ich zahlte. Draußen regnete es, und wir blieben auf der überdachten Veranda vor dem Diner stehen. Das Weezer-Cover von Totos »Africa« kam über die Außenlautsprecher und füllte das Schweigen zwischen uns.

Wir wagten uns unter der Markise hervor und waren sofort durchnässt, weil der Regen jetzt richtig runterkam. Er strömte Autumns porzellanblasses Gesicht herab und ließ ihr Haar dunkler werden, sodass nur das Licht über uns die Rot- und Goldtöne zum Leuchten brachte. Sie blickte hoch, und mein Herz war so voll, dass es fast platzte, so sehr liebte ich sie.

Schnell, Mann, sie wartet ...

Bevor ich mich davon abhalten konnte, ergriff ich ihre Hand und zog sie auf meinen Schoß. Dann vergrub ich die Hände in ihrem Haar und küsste sie.

Ich küsste sie leidenschaftlich. Mein Mund füllte sich mit Regenwasser, der Wärme ihrer Lippen, dem Erdbeergeschmack ihres Milchshakes, und es war trotzdem nicht genug. Ich brauchte mehr. So viel mehr. Alles. Ich brauchte sie ganz.

Sie schnappte überrascht nach Luft, dann wurde sie ganz weich. Ihr Mund öffnete sich, nahm meinen Kuss so tief auf, wie ich wollte, und sie legte den Kopf schräg, damit ich sie ganz erforschen konnte. Meine Zunge glitt über ihre und leckte und wollte sie.

Ihre Finger glitten in mein feuchtes Haar, der Regen lief über unsere Gesichter in unsere durstigen Münder. Ich schmeckte das kühle Wasser auf ihrer warmen Zunge, spürte ihren heißen Atem, der die kalte Luft besiegte. Meine Ohren füllten sich mit den heiseren Lauten des Begehrens, die aus ihrer Kehle kamen.

Sie saß auf mir, ihr Körper schmiegte sich an meinen, und ihr Kuss ... Gott, Autumn wieder zu küssen löschte das Leid des Krieges, des Krankenhauses und der Reha.

Es ist, wie nach Hause zu kommen.

Die Zeit verflog. Erst als ein paar Typen kichernd vorbeigingen, lösten wir uns voneinander. Unser Atem ging schwer.

»Du zitterst«, sagte ich.

»Nicht von der Kälte.« Sie rutschte mit einem leisen Lachen von meinem Schoß. »Und ich hoffe, du bist zufrieden, Weston Turner. Du hast meinen ersten Kuss mit ... wie hieß er noch gleich ... völlig ausradiert.«

Wir stiegen ins Auto, Wasser tropfte uns aus dem Haar, und unsere nassen Klamotten durchnässten die Sitze. Einen Moment sahen wir schweigend zu, wie der Regen über die Windschutzscheibe rann. Die Luft zwischen uns vibrierte. Dann sah sie zu mir und ich zu ihr, und wir schlangen die Arme umeinander.

Wir küssten uns, begierig und so frustriert. Zu viel Kleidung, zu wenig Platz, zu viel Verlangen, das nicht schnell genug befriedigt werden konnte. Ohne den Kuss zu unterbrechen, wand sie sich aus ihrem Mantel, und ich zog meine Jacke aus. Beides warfen wir auf den Rollstuhl auf dem Rücksitz.

Ihr Kleid klebte an ihrem Körper, ihre Nippel waren hart und drückten gegen den Stoff, bettelten um meinem Mund. Ich legte die Hand an ihre Wange, versuchte, sie näher an mich zu ziehen, aber die untere Hälfte meines Körpers fesselte mich an den Sitz.

Autumn war klein. Mit Leichtigkeit kletterte sie über die Mittelkonsole, setzte sich rittlings auf mich, und ich stellte die Rückenlehne meines Sitzes zurück, sodass sie auf mir lag und ich ihre Brüste auf meiner Brust spürte. Ich griff mit beiden Händen in ihr Haar. Sie stöhnte, rieb ihre Hüfte an meiner. Es war nur als schwacher Druck zu spüren, aber auf so engem Raum, mit ihrem Körper an meinen gepresst, erfüllte mich der warme Duft ihrer Haut, so sauber und süß vom Regen.

Ich küsste ihren Hals, umfasste mit einer Hand ihre Brust und kniff sie in die Brustwarze, während die andere Hand die weiche Haut ihres Oberschenkels hinaufglitt.

»Weston …«

»Sag nichts«, sagte ich barsch, trotzig, weil es falsch war, sie zu berühren, obwohl sie die Wahrheit nicht kannte. »Ich werde dich kommen lassen, und mehr will ich nicht hören. Deine Geräusche, wenn du kommst. Sonst nichts.«

Sie starrte mich an, ihre Halsschlagader pochte, Verlangen verdunkelte ihre Augen. Ich packte sie und presste ihren Mund auf meinen, biss und saugte und trank das Regenwasser von ihrer Haut, während meine Hände ihren schlanken glatten Rücken hinunter und unter ihr Kleid fuhren. Ich strich über ihre Oberschenkel und packte ihren Hintern, rieb sie an mir.

Autumns Kuss wurde stockend, als ich eine Hand von vorn in ihren Slip schob.

»*Ja*«, stöhnte sie. »Oh Gott, ja ...«

Sie war warm und feucht. Ich rieb über den festen kleinen und so empfindlichen Knoten, bevor ich mit zwei Fingern in sie hineinglitt. Ich stöhnte selbst, als ich die feuchte Enge spürte, und küsste sie heftiger. Meine freie Hand glitt wieder hinauf in ihr Haar, und ich hielt ihren Kopf fest, während ich die Finger tief in ihr immer wieder krümmte.

»Oh Gott, Weston ...«

Autumn stöhnte das in meinen Mund, aber ich hielt sie fest, zerteilte die Worte mit meiner Zunge und schluckte sie hinunter, während sie sich auf meiner Hand wand und wiegte. Ihr Haar fiel um uns herum, und der Regen hämmerte auf das Dach des Wagens. Ich war unerbittlich. Meine Finger steigerten ihre Erregung mehr und mehr, und mein Kuss wurde immer fordernder.

»Komm«, stöhnte ich in ihren Mund. »Komm jetzt, Autumn.«

Sie öffnete die Lippen, schloss die Augen, ihr Körper spannte sich an. Sie keuchte in meinen Mund. Ein kleiner gequälter Laut der Lust entfuhr ihr, und ich schluckte auch ihn. Ich spürte, wie sie sich dem Höhepunkt näherte, und drückte die Finger gegen diese weiche Stelle in ihr. Eine Sekunde. Zwei. Und dann erzitterte sie, bog den Rücken durch, und ein wahrer Lustschrei erklang im Inneren des Wagens.

Langsam ließ ich die Finger kreisen, verlängerte den Höhepunkt und entlockte ihr auch noch den letzten Tropfen Ekstase. Ich hatte noch eine Hand in ihrem Haar und zog sie wieder an meinen Mund. Ich wollte an ihren Lippen saugen, mit meiner Zunge in ihren Mund eintauchen und ihre letzten stöhnenden Laute in mich aufnehmen.

Endlich ließ sie sich auf mich sinken, ihr Atem ging schwer an meiner Brust.

»Mein Gott, Weston«, sagte sie, und ihr Kopf lag unter meinem Kinn. »Mir ist schwindelig.« Ihre Hand rutschte nach unten, unter meine Gürtellinie. »Und Gott, du bist so hart. Kann ich …«

»Nein«, sagte ich. »Nicht hier.«

Ihre Augen leuchteten im Dunkeln, als sie meinen Blick suchte. Ich strich ihr das feuchte Haar aus dem Gesicht, schüttelte den Kopf.

»Du kennst mich besser als jeder andere«, sagte ich, jetzt mit sanfter Stimme. Ich streichelte ihre Wange, dann wieder ihr Haar. »Niemand kennt mich so wie du. Niemand.«

»Mir geht es genauso. Bei dir kann ich ich selbst sein.«

»Ich muss dir so viel sagen«, flüsterte ich, als ihre Lippen sanft meinen Mund berührten.

Sie zog sich zurück, runzelte die Stirn.

»Was ist?«, fragte ich.

»Nichts«, sagte sie. »Ich hatte nur … ich hatte vor langer Zeit einen Traum, in dem du fast genau diese Worte gesagt hast.«

»Und es stimmt. Zu viel …«

Sie atmete hörbar ein. »Ich weiß, es ist beängstigend, unsere Freundschaft so zu riskieren. Aber was ich jetzt empfinde … Ich kann es nicht beschreiben, aber ich will nirgendwo sonst sein. Fühlst du das auch?«

Ich nickte. »Ja. Nirgendwo sonst.«

»Lass uns das einfach eine Weile genießen. Okay?« Sie fuhr mit dem Finger über meinen Kiefer. »Dieser Moment ist so perfekt.«

Sie küsste mich langsam und innig, dann schob sie ihren Kopf unter mein Kinn. Wir umarmten uns, während in der dunklen Nacht der Regen pladderte. Autumn streckte einen Finger aus und malte ein W und ein Herz darum auf die beschlagene Scheibe.

Ich schloss die Augen und hielt sie fest. Endlich lag sie in meinen Armen, und ich hatte Angst, sie loszulassen.

26

Autumn

2. März
    Ich liebe Weston.
    Verdammt, ich liebe ihn so sehr, ich spüre es in jeder Zelle meines Körpers. Ich bin nicht nur einfach gesprungen, ich habe mich mit ausgebreiteten Armen kopfüber hineingestürzt.
    Und ich zweifle nicht an meinen Gefühlen. Und nicht an seinen. Da ist kein Misstrauen. Ich frage mich nicht, ob es echt ist, was ich fühle, oder nur das Ergebnis von romantischen Hoffnungen und schönen Worten ohne Stimme dahinter. Ich fühle uns. Ich sehe uns in seinen Augen. Ich höre uns in der Art, wie er meinen Namen sagt.
    Ich habe mich noch nie so gefühlt. Nie. Nicht einmal in den intensiven ersten Momenten einer Liebe. Und ich kann mir nicht vorstellen, mich je wieder so zu fühlen.
    Zum ersten Mal im Leben weiß ich, wer ich bin und was ich will, und ich empfinde solche Freude, wie ich es nie für möglich gehalten hätte. Ich liebe ihn.
    Und ich liebe diese Liebe, weil es unsere ist.

Ich hielt mein Tagebuch von Weston weg und lehnte mich an das kleine Flugzeugfenster, während ich schrieb. Die meiste Zeit des vierstündigen Flugs zurück nach Boston hatte er die Augen geschlossen und den Kopf hinten angelehnt. Er hatte letzte Nacht nicht viel geschlafen, und ich nahm an, dass unsere Reise ihn angestrengt hatte.

Wir landeten und gingen von Bord. Diesmal hatte die Fluggesellschaft Westons Rollstuhl nicht verschlampt, aber mir gefiel trotzdem nicht, dass er ihn überhaupt abgeben musste. Ich nahm mir vor, das zu einem der Hauptanliegen meines Projekts zu machen.

Gott, mein Projekt. Ich war richtig aufgeregt deswegen. Endlich hatte ich etwas gefunden, was mein Herz bewegte. Ich sah zu Weston hinüber, als wir nun in die Flughafenhalle kamen.

Weil er mein Herz bewegt. Und meinen Körper. Und meine Seele. Gott ...

Als wir auf den Wagen warteten, der uns zum Bahnhof bringen sollte, zog Weston mich auf seinen Schoß – ein Manöver, das ich jetzt schon liebte.

»Du bist so schön«, sagte er, seine Miene fast schmerzlich. »So verdammt wunderschön.«

Ich fuhr ihm mit den Fingern durch das Haar. »Ich bin so verdammt glücklich.«

Er antwortete nicht. Es war mehr als Erschöpfung, was sich in seinen Ozeanaugen zeigte.

»Ist alles in Ordnung? Ich weiß, du hast nicht viel geschlafen ...«

Er brachte mich mit einem Kuss zum Schweigen. Einem innigen, langen Kuss, der mir den Atem nahm und mir das Gefühl gab zu schmelzen.

»Das Uber ist hier«, sagte er leise. »Wir müssen los.«

Wir nahmen den Zug nach Amherst und fuhren dann zuerst zu seiner Wohnung.

»Ich muss in die Bäckerei«, sagte ich. »Wenn ich meinen neuen Scheck nicht schnell aufs Konto einzahle, kriege ich ein

Riesenproblem. Vielleicht können wir später …« *Noch mehr Sex haben.* »… irgendwas machen?«

»Klar«, sagte Weston leise und dann lauter: »Ja. Ich will, dass du vorbeikommst. Ich mache dir Abendessen, und wir können reden.«

Ich wollte ihn necken, ob »reden« ein Codewort für »ins Bett gehen« war, aber dann sah ich die Sorgenfalte auf seiner Stirn und fragte mich, ob es ihn beunruhigte, wie Sex für ihn jetzt sein würde. Ich wollte ihm sagen, dass mir egal war, was passieren würde oder wie. Dass ich einfach nur mit ihm zusammen sein wollte, selbst wenn es bedeutete, nackt aneinandergeschmiegt im Bett zu liegen und sich die ganze Nacht nur zu küssen.

Aber das laut auszusprechen hätte ihn in Verlegenheit bringen können. Er hatte ein Recht auf seine Gefühle. Ich würde ihm einfach zeigen müssen, dass ich ihn mit dem Körper liebte, den er hatte, und dass ich mit ihm zusammen sein wollte. Wie, war mir egal.

Ich beugte mich vor und gab ihm einen Kuss. »Ich gehe in die Bäckerei, dann nach Hause, duschen. Ich bin so gegen fünf zurück?«

»Gut.«

»Soll ich etwas mitbringen?«

»Nein.« Er hielt mein Gesicht in seinen Händen, seine Daumen streichelten meine Wangen. Seine Augen waren voller Gedanken, als würden sich tausend ungesagte Worte in ihren stürmischen Tiefen tummeln. »Bis später.«

Ich küsste ihn wieder. »Bis später.«

Auf dem Weg ins Panache Blanc merkte ich, dass mein Handy noch im Flugmodus war. Ich stellte es um, und sofort kam eine Nachricht von Ruby, die sie vor Stunden geschickt hatte.

Hey Auts. Bin für einen kurzen Besuch hier. Wir sehen uns gleich. xx

Ich grinste, als ich das Telefon wieder in die Tasche schob. Es war zu lange her, dass ich meine beste Freundin gesehen hatte. Die Distanz war nicht leicht zu überbrücken gewesen. Es hatte kaum noch Textnachrichten oder Anrufe gegeben.

Wir müssen einfach reden und ein bisschen Zeit miteinander verbringen, um unsere Freundschaft wieder auf den richtigen Weg zu bringen.

In der Bäckerei sang Edmond vor der hingerissenen Sonntagnachmittagskundschaft, während Phil hinter dem Ladentisch hin und her rannte, um die Leute zu bedienen. Ich blieb an der Tür stehen, lauschte, wie Edmonds dröhnender Bariton den Laden füllte, und fragte mich nicht zum ersten Mal, warum er nicht Opernsänger geworden war, sondern Bäcker.

Die Arie endete, und die Menge brach in Applaus aus.

»Autumn, ma chère!« Edmond kam zu mir und umarmte mich. »Sie strahlen. Sie hatten eine schöne Reise avec mon homme tranquille?«

»Ja«, sagte ich, überzeugt, dass das Lächeln auf meinem Gesicht von jetzt an fest installiert sein würde. »Es war wirklich schön.«

Edmond musterte mich, dann weiteten sich seine großen dunklen Augen. Er griff sich über der Schürze an die Brust. »Oh, meine Liebe! Mein nachdenkliches Mädchen und mein ruhiger Mann? Ist das wahr?«

Ich nickte und blinzelte rasch. »Edmond, bringen Sie mich *nicht* zum Weinen.«

Er hob mich hoch und drehte mich einmal im Kreis. »Das sind wunderbare Neuigkeiten. Ich freue mich so für Sie. Und für ihn. Kommen Sie.« Er nahm meine Hand und führte mich zum Tresen. »Wir müssen feiern. Ich denke … mit Kuchen. Oder einer Makrone? Nein, zu klein für einen so großen Tag.«

»Wie wär's mit einem Cranberry-Scone?«

»Ha!« Edmond lachte. »Mais, oui. Oh, bevor ich es vergesse: Ich habe heute früh Monsieur Turners vermissten Rucksack gefunden.« Er warf dem armen Phil einen düsteren Blick zu. »Philippe hatte ihn am Donnerstag gefunden, aber nicht in die Kiste mit den Fundsachen getan. Er war hinter einen Sack Mehl gefallen.«

»Das ist großartig«, sagte ich, als wir ins Hinterzimmer gingen. »Weston wird so froh sein, ihn zurückzubekommen. Ich bringe ihn ihm heute Abend.«

Heute Abend. Oh Gott ...

Edmond hielt mir den dunkelblauen Rucksack hin. »Voilà. Und ich muss sagen, Monsieur Turner ist ein wunderbarer Dichter. Ich hatte keine Ahnung.«

Ich erstarrte. »Was haben Sie gesagt?«

»Ich wusste nicht, dass er so wunderschön schreibt.«

Ich starrte Edmond und dann den Rucksack an. Langsam nahm ich ihn ihm aus der Hand und ließ mich auf einen umgedrehten Eimer sinken. Ich zog den Reißverschluss auf und holte ein Notizbuch und einen Stapel loser Zettel hervor. Meine Hände zitterten.

»Ich bitte um Verzeihung«, sagte Edmond. »Ich habe nur hineingesehen, um herauszufinden, wem der Rucksack gehört. Ich wollte nicht neugierig sein.«

»Nein, es ist in Ordnung.« Mein Herz schrie in meiner Brust, als ich ein Formular entdeckte, einen Antrag, um an dem Kurs »Lyrisches Schreiben und Poesie« als Hörer teilzunehmen. Hinter dem Formular lag ein handgeschriebenes Gedicht. In der abgehackten, aber sauberen Schrift, die ich kannte. Die aus dem Bootcamp Worte in mein Herz geritzt hatte.

Das Gedicht trug den Titel »Schmutzige Hände«. Ich las, und mir rauschte das Blut so laut in den Ohren, dass ich Edmonds besorgte Fragen nicht hörte.

Ich las jedes Wort, und jedes hämmerte mir gegen die Brust und sank mir mit einer vertrauten, schmerzlichen Schönheit ins Herz.

Wie kann ich deinen Namen sagen,
wenn jedes Wort, das folgt,
die Wahrheit sein sollte,
die unser Glück zerstört?

»Oh mein Gott …« Ich ließ das Gedicht fallen und blätterte durch die anderen losen Seiten. Ich fand noch mehr Gedichte, einzelne Strophen, an den Rand gekritzelte Worte. Hausarbeiten für Wirtschaftswissenschaften mit Westons Namen darauf. Kurze Texte auf zerknittertem Papier. Ich fand Worte, die ich vorher gelesen hatte. Worte, die meine Seele in Brand gesetzt hatten.

Ohne dich
dehnen sich die Stunden
zu erstickenden Tagen;
des Nachts keuche ich
in verschwitzten Laken,
schließe fest die Augen,
sage stumm deinen Namen hinter
zusammengebissenen Zähnen,

Ein Schluchzen drang aus meiner Kehle. Ich nahm ein anderes Blatt, alt und mit Kaffeeflecken.

Im Raum zwischen uns
hängen
tausend ungesagte Worte.
Eine Schlinge, die enger wird
um meinen Hals,
mich stumm macht, erstickt.
Das Herz blutet
für Herbstfarben ...

Tränen ließen den Rest verschwimmen, und ich zerknüllte das Blatt in meiner Hand. Ein leises Wimmern kam aus meinem Herzen und meiner Seele.

»Ma chère«, sagte Edmond, und seine Stimme drang trotz des Schocks zu mir durch. »Sehen Sie mich an.« Sein Ton wurde weicher, als er sich neben mich auf den Boden hockte. »Sagen Sie mir, was los ist.«

»Die Briefe, die Connor mir aus dem Bootcamp geschrieben hat«, sagte ich. »Ich glaube, da habe ich es gewusst.«

»Was gewusst?«

»Aber ich habe sie *gefragt.* Ich habe beide gefragt, und sie haben gelogen ... Oh mein Gott, sie haben so oft gelogen.«

»Wer, ma chère? Wer hat gelogen?«

»Ich habe ihn gefragt, und er hat Nein gesagt. Er würde nicht schreiben. Er könne nicht schreiben. Und ich habe ihm vertraut. Ich habe ihm geglaubt, weil ich ihm *vertraut* habe.«

»Autumn ...«

Ein Gefühl von Taubheit strömte wie Eiswasser in meinen Körper. Ich trocknete die Tränen, stopfte die Blätter wieder in den Rucksack und stand mit zitternden Beinen auf.

»Danke, Edmond«, sagte ich ruhig und rang mir ein Lächeln ab, denn sonst würde er mich nie gehen lassen. »Mir geht es gut. Tut mir leid, wenn ich Sie erschreckt habe. Die Gedichte sind so …« Ich schluckte schwer. »So wunderschön. Ich werde das Weston zurückbringen.«

Als ich seinen Namen sagte, spürte ich, wie das Eis in mir aufbrach – einen gezackten scharfen Riss in meinem Herzen –, aber es gefror direkt wieder. Ich musste hier raus.

Edmond schüttelte den Kopf. »Autumn, ich weiß nicht, was passiert ist …«

»Ich auch nicht. Das heißt, ich weiß genau, was passiert ist. Endlich.« Ich atmete scharf durch die Nase ein und richtete mich auf. »Wir sehen uns morgen früh.«

Ich drehte mich um und ging. Meine Schritte trugen mich aus der warmen, süß duftenden Bäckerei in die Kälte. Ich ging den ganzen Weg von der Innenstadt zu Westons Wohnung.

Er ließ für mich immer die Tür offen, aber ich klopfte. Mein Herz pochte, das Eis brach und ließ heiß und ölig den Schmerz hineinsickern.

Die Tür ging auf.

Ich hielt ihm den Rucksack hin. »Ich habe ihn gefunden.«

Westons Augen weiteten sich. Seine Miene war wie ein Schlag ins Gesicht. Der Schmerz in seinen Augen sagte mir, dass alles stimmte.

Es waren tatsächlich lauter Lügen gewesen.

27

Weston

Es ist vorbei.

Der Gedanke traf mich mit voller Wucht. Nicht *Wir könnten eine Chance haben* oder *Ich kann das wieder hinkriegen* oder sogar *Scheiße, du verdammter Idiot*, obwohl das ziemlich direkt danach kam.

Das Herz sank mir in der Brust, als ich Autumn den Rucksack abnahm. Sie ging an mir vorbei ins Wohnzimmer, gebeugt und die Arme um sich geschlungen. Ich wendete den Rollstuhl und folgte ihr, erinnerte mich an unser erstes Gespräch in der Bibliothek. Sie hatte mir gesagt, wie wichtig ihr Ehrlichkeit war. Dass sie etwas Echtes wollte, wenn es um Liebe ging.

»Und?« Sie drehte sich zu mir um und zeigte auf den Rucksack in meinem Schoß. »Ist es das, worüber du heute Abend reden wolltest?«

»Ja.« Ich warf den verräterischen Rucksack auf den Boden. »Ja, ist es.«

»Warum ausgerechnet heute?« Sie bemühte sich, stark zu bleiben, aber ihre Stimme schwankte. »Und nicht, sagen wir, an jedem anderen Abend in den letzten anderthalb Jahren?«

Ich ignorierte ihren Sarkasmus und sagte ihr die Wahrheit. Endlich sagte ich es laut … und zu spät.

»Weil ich dich liebe«, sagte ich. »Ich bin total in dich verliebt und war es …«

»Nein.« Sie schüttelte den Kopf und presste die Lippen zusammen. »Du hast nicht das Recht, das einfach zu sagen, Weston. Nicht *jetzt*.«

Ich rollte näher an sie heran. »Ich muss. Ich hätte … *Scheiße*, ich hätte dir so oft schon alles sagen sollen. Aber ich konnte nicht. Oder ich dachte, ich könnte es nicht.«

»Die ganze Zeit warst du das«, flüsterte sie. »Du hast mir geschrieben und so getan, als wäre es von Connor.«

Ich nickte.

»Warum? Warum solltest du mir so etwas antun?«

»Connor hatte dich gern«, sagte ich, und es klang schwach und lächerlich. »Er mochte dich wirklich. Aber er wusste nicht, wie er mit dir reden sollte.«

»Also war das alles für ihn.«

»Zuerst. Dann war es für euch beide. Ich dachte … Ich wollte ihm helfen, dich glücklich zu machen, weil ich nicht glaubte, dass ich das könnte.«

»Und ich war ein leichtes Ziel«, sagte Autumn. »Weil ich Poesie und Romantik und schöne Worte geliebt habe.« Sie verschränkte die Arme fester. »Wie habt ihr es gemacht? Du hast geschrieben und es ihm gegeben wie die Prüfungsantworten in der Highschool?«

»Es hat alles mit den Textnachrichten angefangen«, sagte ich. »Und dabei hätte es bleiben müssen. Aber das Gedicht …«

»Das mich davon überzeugt hat, mit ihm ins Bett zu gehen? Dieses Gedicht?«

»Ich habe es nicht für ihn geschrieben«, sagte ich. »Ich habe es für mich geschrieben. Für dich. Aber du hast es gefunden, und Connor hat gesagt, dass es von ihm sei. Das ist keine Entschuldigung oder Rechtfertigung, aber so ist es passiert. Ich schwöre bei Gott, ich habe nie ein Gedicht geschrieben, damit er es dir gegenüber benutzt. Ich war sogar sauer auf ihn, weil er es mir gestohlen ...«

»Du warst sauer auf ihn«, sagte sie. »Aber nicht sauer genug, um mich davor zu schützen, mich immer mehr auf ihn einzulassen. Nicht genug, um mir die Wahrheit zu sagen.«

»Ich dachte, es wäre zu spät«, sagte ich. »Ich habe dich geliebt. Aber ich habe ihn auch geliebt. Ich wollte, dass ihr beide glücklich seid.«

Sie starrte mich einen Moment lang an, löste die Arme und stemmte die Hände in die Hüften. »Was noch?«, fragte sie.

»Das Gedicht. Die Briefe aus dem Bootcamp und ...?«

»Das Telefonat, als du in Nebraska warst.«

»Das *Telefonat*? Als mein Vater einen *Herzinfarkt* hatte? Das warst du?«

Ich sah ihr in die ungläubigen Augen, weil ich es aushalten musste. »Das war ich.«

Sie stolperte rückwärts und ließ sich auf die Couch fallen. »Gott, du musst mich für eine Idiotin halten.«

»Nein, ich ...«

»Du hast gesagt, dass du *erkältet* warst. Ich hatte solche Angst um meinen Dad und war so erschöpft, dass ich kaum klar denken konnte, und du hast es einfach ausgenutzt ...«

»Ich schwöre, es war nicht so«, sagte ich und hielt mich an den Armlehnen des Rollstuhls fest. »Ich musste mit dir reden und wollte, dass du dich besser fühlst. Ich wollte, dass du dich auf eine Weise geliebt und beachtet fühltest, wie Connor es verdammt noch mal nicht konnte.«

Sie schüttelte den Kopf, stützte die Ellbogen auf die Knie und fuhr sich mit den Fingern durchs Haar. »Gott, wenn ich daran denke, wie ich mich wegen Connor gequält habe. Wie viele schlaflose Nächte ... Wie viele Monate habe ich gewartet und mir Sorgen gemacht und unsere ganze Beziehung infrage gestellt. Ich habe mit seinen Eltern bei ihm *Thanksgiving* gefeiert. Was war ich für eine Idiotin, mich wegen dieser verdammten Briefe so nach Connor zu sehnen!«

Zufrieden, Sockenboy? Deine schlimmste Angst ist wahr geworden.

Mir drehte sich fast der Magen um. Ich hasste es. Dass die Wahrheit ihr das Gefühl gab, selbst etwas falsch gemacht zu haben. Dass sie sich jetzt selbst kritisierte – obwohl sie überhaupt nichts getan hatte, außer uns zu vertrauen.

»Du bist keine Idiotin«, sagte ich. »Du hast uns vertraut. Es gab keinen Grund, das nicht zu tun.«

»Das stimmt, denn ich hätte im Leben nicht geglaubt, dass du mir so etwas antun könntest. Und noch dazu immer weitermachst. Während des Krieges. Während der Krankenhausaufenthalte und der Reha und der ganzen Zeit, die du und ich …«

Sie schüttelte den Kopf, Tränen fielen ihr auf den Schoß.

»Ich weiß«, sagte ich, und meine Brust tat mir weh. »Es ist zu viel Zeit vergangen. Es war unmöglich, es ungeschehen zu machen. Und als Connor weg war, wollte ich es dabei bewenden lassen. Ich konnte sowieso kein Wort mehr schreiben. Es war tot, in mir. Ich konnte nichts mehr hervorbringen; du würdest nie wieder etwas von mir Geschriebenes sehen. Ich dachte, es würde dir mehr wehtun, wenn ich dir alles sage.«

»Die ganze Sache tut weh«, rief sie weinend und hob abrupt den Kopf. »Wie soll etwas mehr oder weniger wehtun? Es ist einfach so falsch, was passiert ist. Du hast mich dazu gebracht, etwas für Connor zu empfinden, und dann ist er weggegangen und hat all die Worte mitgenommen.«

»Du hast recht«, sagte ich. Ich wagte es, ihre Hand zu nehmen. »Du hast ja recht. Ich habe Hunderte Fehler gemacht, und es gibt keine Rechtfertigung. Ich liebe dich …«

»Hör auf, das zu sagen.« Sie riss ihre Hand weg und stand auf. »Du hast nicht das Recht, das zu sagen.«

»Aber ich muss es dir sagen«, erwiderte ich und hob die Stimme. »Ich muss die Worte mit meiner eigenen verdammten Stimme sagen. Diese letzten Monate waren die schönsten meines Lebens. Du bist der Grund, weshalb ich noch lebe.«

»Nein …«

»Ich schwöre bei Gott, Autumn, alles, was ich geschrieben habe, alles, was ich bis zu diesem verfluchten Moment gesagt habe, war echt.«

»Echt«, sagte sie. »Das, was ich will und was mir ständig entgleitet.«

»Es war echt, was du hattest. Es war nur nicht Connor.« Tränen stiegen in mir hoch. »Ich war es.«

Sie blickte mir in die Augen, und einen Moment lang empfand ich Hoffnung. Ich konnte ihr ansehen, wie sehr sie mir vergeben wollte.

»Diese Nacht auf der Couch«, sagte sie. »Gott, ich habe nie im Leben einen Mann so sehr gewollt. Ich habe dem Tequila und der Einsamkeit die Schuld gegeben, aber ich wusste, dass es mehr war.«

»Es war mehr«, sagte ich. »Es war alles.«

Sie schüttelte den Kopf und sah einen Moment zur Decke. »Ich habe dich gefragt, ob Connor die Briefe geschrieben hat, und du hast Ja gesagt. Ich habe Connor gefragt, ob er sie geschrieben hat, und er hat auch Ja gesagt. Und ich habe euch geglaubt. Ich habe euch vertraut. Aber ihr habt mir nicht zugetraut, mit meinen Gefühlen umgehen zu können. Ich habe mit Connor aus eigenem freiem Willen geschlafen, aber ich bin bei ihm geblieben und habe wieder und wieder mit ihm geschlafen, weil ihr dieses Spiel gespielt habt. Weil ihr mich hingehalten habt, bis ihr in die Army eingetreten seid. Und gerade, als ich dachte, mit Connor und mir wäre es vorbei, kamen die Briefe aus dem Bootcamp. Und, Gott, Weston, ich habe mich so sehr verliebt wegen der Briefe. So sehr.«

Sie liebt meine Seele, und meine Seele bist du.

»Es tut mir leid, Autumn«, sagte ich. »Es tut mir so leid.«

Sie schüttelte den Kopf, blickte zum Fenster, wo sich dunkel und kalt die Nacht herabsenkte. »Das Traurige ist, Connor ist ein wunderbarer Mann. Vielleicht war unsere Geschichte vom Universum nicht vorgesehen, aber das hatte er nicht nötig.«

»Er hat gesehen, was ich in dir sehe«, sagte ich leise. »Er wusste, wenn du jemanden liebst, sollte dieser jemand alles tun, was in seiner verdammten Macht steht, damit das so bleibt. Sonst wäre er ein Narr.«

»Aber ich hätte dich lieben sollen, Weston«, sagte sie. »Nur dich. Diese ganze Zeit. Was auch immer du in mir siehst, will mit dir zusammen sein, aber jetzt …«

»Bitte sag nicht, dass es zu spät ist. Bitte. Ich kann nicht …« Meine Worte wurden von Tränen erstickt.

»Weißt du«, sagte sie, selbst den Tränen nah. »Ich habe diese unglaublichen Briefe aus dem Bootcamp gelesen und dachte: *Mein Gott, die sind für dich. Diese unglaublichen Gedanken und Gefühle und die Poesie darin und die Liebe, die sie vermitteln … Es ist alles für dich.*«

»Sie waren für dich«, sagte ich heiser. »Sie sind es immer noch. Ich habe jedes Wort so gemeint.«

»Weil du mich geliebt hast.« Ihre Stimme brach, zusammen mit meinem Herzen.

»Ja.«

»Du hast mich so sehr geliebt, dass du kein Wort gesagt hast, als du aus dem Bootcamp nach Hause gekommen bist.« Ihr gequälter Blick durchbohrte mein Herz. »Und ich und Connor sind direkt miteinander ins Bett gegangen.«

Ich schloss vor Scham die Augen. Als ich sie wieder öffnete, nahm sie ihre Handtasche von der Couch.

»Ich muss gehen.«

Sie ging an mir vorbei, und ich ergriff ihre Hand. »Autumn, warte. Kann ich …? Können wir noch länger reden? Bitte?«

Es darf nicht vorbei sein.

»Ich weiß nicht, Weston«, sagte sie. »Ich muss jetzt allein sein.«

Ich drückte einen Kuss auf ihren Handrücken, spürte ihre warme Haut, und als ich sprach, betete ich, dass meine Worte in sie einsickern und bis die unergründliche Tiefe ihres großzügigen Herzens vordringen würden.

»Du hast nicht verdient, was passiert ist. Und ich verdiene keine weitere Chance. Aber ich bin ein letztes Mal egoistisch und bitte um eine. Denn der Gedanke, ohne dich zu leben«, sagte ich, schloss die Augen, und meine Stimme war nur noch ein Flüstern, »ist unerträglich, Autumn.«

Sie blieb reglos stehen, und die Sekunden dehnten sich zu einer Ewigkeit.

Stille herrschte.

Dann entzog sie mir ihre Hand, ging und machte leise die Tür hinter sich zu.

28

Autumn

Als ich Westons Wohnung verließ, begann dunkel und ster-
nenlos die Nacht. Obwohl ich die Kälte kaum spürte, schlang
ich die Arme um mich. Ich ging, ohne nachzudenken, wollte
einfach nur nach Hause und in meinen eigenen vier Wänden
allein sein. Die Erinnerung an Westons schönes, von Schuld
und Reue erfülltes Gesicht verdrängte ich einfach. Zur Ab-
wechslung musste ich zuerst meine eigenen Gedanken und
Gefühle sortieren.

Ich steckte die Schlüssel ins Schloss meiner Wohnung und
merkte, dass nicht abgeschlossen war. Rasch stieß ich die Tür
auf und sah Ruby im Wohnzimmer stehen. Sie tippte hektisch
etwas auf ihrem Handy, ihr Gepäck stand neben der Couch.

Gott sei Dank, dachte ich, und beim Anblick meiner besten
Freundin traten mir Tränen in die Augen. So gut sah sie aus in
Jeans und einer grauen Kapitänsjacke. Als ich die Tür zumach-
te, sah sie hoch, und Angst leuchtete in ihren Augen auf.

»Auts, was machst du …?« Ihr Blick schoss durch den Gang
zu unseren Zimmern. »Ich wollte dir gerade texten.«

»Oh mein Gott, Ruby. Ich bin so froh, dass du da bist.«

Ich ging auf sie zu, als im Bad die Toilettenspülung ging.

»Oh, du hast jemanden mitgebracht?« Wahrscheinlich einen
italienischen Lover. Damit würde ich heute nicht klarkommen.
Nicht jetzt. Ich brauchte Ruby für mich allein.

Da ging die Badezimmertür auf, und Connor Drake kam heraus.

Der Magen sackte mir in die Kniekehlen. Mein Herz hämmerte wie verrückt, und mit jedem Schlag rückte ein Puzzleteil an seinen Platz. Binnen Sekunden sah ich das ganze Bild. Es war vollkommen logisch. Ich wusste genau, wo Connor all diese Zeit gewesen war.

»Oh mein Gott.« Ich ließ die Handtasche fallen, und mein Blick schoss zwischen den beiden hin und her.

»Du musstest ja unbedingt noch mal aufs Klo«, murmelte Ruby seitlich aus dem Mund.

»Hey Autumn«, sagte Connor. Er sah gesund aus. Braun gebrannt und lebendig. Tausend Lichtjahre von dem Wrack aus dem Krankenhaus entfernt.

Taumelnd trat ich einen Schritt zurück. »Das glaub ich einfach nicht.«

»Wir müssen reden«, sagte Connor und kam näher.

»Ach ja?«, fragte ich. »Sollen wir Weston dazubitten, damit er für dich übersetzen kann?«

Ruby schlug sich die Hände vors Gesicht. »Oh Gott.«

»Ach, du hast es auch gewusst?« Ich lachte bitter auf und hatte das Gefühl, neben meinem Körper zu schweben. »Komisch, dass ich immer die Letzte bin, die alles erfährt.«

»Nein«, sagte Ruby leise. »So ist es nicht. Ich meine, schon, aber ... Scheiße. Scheiße. *Scheiße.*«

Sie schlug Connor auf den Arm. Es war eine winzige Bewegung, die vor Vertrautheit und Intimität nur so triefte. »Das ist nicht richtig. Wir hätten ... Gott. Autumn, es tut mir so leid ...« Sie trat einen Schritt auf mich zu, und ich trat einen Schritt zurück.

»Babe«, sagte Connor, »gibst du uns eine Minute allein, bitte?«

Ruby sah mich an. »Ist das okay?«

»Sicher, Babe«, sagte ich. »Warum nicht?«

Sie nahm ihre Tasche. »Ich bin gleich unten in Claires Café.« Sie ging an mir vorbei und blieb stehen. »Auts, es tut mir leid. So wollte ich es dir nicht sagen.«

»Hattest du vor, mir einen Brief zu schreiben?«

Tränen traten ihr in die Augen, und sie ging.

»Du siehst gut aus«, sagte ich zu Connor. »Sieht aus, als wäre dein Arm geheilt.«

Er beugte den linken Arm, streckte ihn. Er wirkte groß und kräftig, trug Jeans, Stiefel, eine schicke Wolljacke. Strahlte ein Selbstvertrauen aus, das ich nie zuvor bei ihm gesehen hatte, nicht einmal in den ersten Tagen in Amherst.

»Wie lange?«, fragte ich. »Ihr beiden ...?«

»Ich bin von hier aus direkt nach Italien geflogen«, sagte er. »Aber Ruby wusste nicht, dass ich kam. Ich bin einfach vor ihrer Tür aufgetaucht.«

»Und sie hat dich direkt reingelassen.«

»Nein«, sagte er mit einem kleinen liebevollen Lächeln. »Sie hat mir die Tür vor der Nase zugeknallt.«

Ich deutete mit dem Kopf auf die Tür. »Ich hatte diese Möglichkeit nicht.«

Sein Lächeln verschwand. »Hör zu, es ist eine lange Geschichte, aber du musst wissen, dass wir das nicht *geplant* haben, wirklich nicht. Ich musste weg aus Boston. Irgendwohin. Ich wusste, dass sie in Italien war, also bin ich hingeflogen. Wir waren lange Zeit Freunde, bevor wir ...«

»Bevor ihr angefangen habt zu vögeln.«

Er atmete ein. »Ja.«

Ich sank auf die Couch und umarmte ein Kissen. »Mir wird heute schon zum zweiten Mal der Boden unter den Füßen weggezogen. Anscheinend habe ich einen Run.«

»Es tut mir leid.« Connor zog sich einen Stuhl heran und setzte sich. »Wes hat es dir gesagt?«

Sein Blick lag ängstlich auf mir. Diese grünen Augen hatten mich nackt gesehen, aber sie wussten nichts von den schlaflosen Nächten, die ich voller Fragen und Zweifel verbracht hatte.

»Nein«, sagte ich. »Er hat es mir nicht *gesagt*. Du hast es mir nicht gesagt. Und Ruby? Seit wann weiß sie es?« Meine Stimme war ruhig, aber ich schlang die Arme fester um das Kissen. »Sie hat es mir nämlich auch nicht gesagt. Ich bin neugierig, vor wie vielen Menschen ich mich noch zum Narren gemacht habe.«

»Ruby wusste es nicht. Nicht von vornherein.«

»Aber sie wusste es vor heute Abend, oder? Vor mir?« Ich hob die Hand und schüttelte den Kopf. »Weißt du was? Es ist egal. Wen kümmert es schon?«

»Mich kümmert es«, sagte Connor. »Und Ruby auch. Ihr war nicht wohl damit. Sie hat sich Sorgen gemacht, wie du es aufnehmen würdest, dass wir zusammen sind. Sie wollte dich nicht verletzen.«

»Aber auch das hat sie mir nicht erzählt«, sagte ich. »Alle waren *so* rücksichtsvoll und wollten meine Gefühle schonen. Wirklich. Danke, dass ihr solches Vertrauen in mich habt.«

Einen Moment lang ließ Connor den Kopf sinken. »Es ging mir scheiße, als ich abgehauen bin«, sagte er und rieb sich das Kinn. »Du hast mich gesehen. Ich war ein Wrack. Ich musste weg. Weg von meinen Eltern. Ein Strand in Italien kam mir wie ein verdammtes Paradies vor. Ruby war für mich nur jemand, der mich zum Lachen brachte, als ich es wirklich nötig hatte. Bei ihr kann ich ich selbst sein, ohne Druck, jemand anders sein zu müssen.«

»Ich habe das nie von dir verlangt«, sagte ich ruhig.

»Das musstest du gar nicht«, sagte Connor. »Nicht mit Absicht. Du verdienst so viel, und ich habe versucht, für eine Weile *der Richtige* zu sein, aber ich brauchte Wes' Hilfe.«

»Du hast mich angelogen«, sagte ich mit zitternder Stimme. »Ihr habt mich beide angelogen. Und Ruby auch.«

»Ich weiß«, sagte er. »Es tut mir leid. Ich wollte dir von den Briefen erzählen, bevor ich weg bin, aber ich konnte nicht. Ich wollte nichts sagen, was es vielleicht noch schlimmer machte. Und dann hat Ruby erwähnt, dass du viel Zeit mit Wes verbringst, und ich wollte zwischen euch beiden nichts kaputt machen.«

Ich starrte ihn an, hatte keine Ahnung, was ich mit den vielen Informationen anfangen wollte, die hinter meinem Rücken hin und her gereicht worden waren.

»Wie geht es Wes?«, fragte Connor mit rauer Stimme. »Geht es ihm gut?«

Die Liebe und Sorge um seinen besten Freund stand in jeder Falte seines Gesichts. Sie durchdrang die harte Schale aus Sarkasmus, mit der ich mich umgeben hatte, und löste sie auf.

»Es geht ihm gut«, sagte ich. »Und du solltest jetzt gehen. Ich will nicht länger mit dir reden.«

»Warte, nur eins: Hast du noch seine Briefe aus dem Bootcamp?«

»Ja.«

Sein erleichterter Seufzer brachte mein Blut zum Kochen.

»Ich hätte sie verbrennen sollen«, sagte ich, warf das Kissen zur Seite und sprang auf. »Du hast gesagt, du hättest diese Briefe geschrieben. Ich habe dich direkt danach gefragt, und du hast mir ins Gesicht gelogen.«

»Ich habe nicht gelogen. Nicht ganz.«

»Nicht *ganz*?«, rief ich. »Gott, das ist das *Letzte*.«

»Du hast gefragt, ob wahr wäre, was in den Briefen stand«, sagte Connor. »Und ich habe Ja gesagt, weil es das war.«

»Blödsinn.«

»Es war kein Blödsinn. Sie waren nur nicht von *mir*. Sie waren von Wes. Und sie kamen von Herzen. Autumn, er liebt dich.«

»Hör auf ...«

»Er hat dich von Anfang an geliebt. Aber ich war verrückt nach dir und zu egoistisch und blind, um zu sehen, dass Wes der bessere Mann für dich war. Und er war mir gegenüber zu loyal, um für sich einzustehen. Für ihn kam ich immer zuerst. Er hat versucht, mich zu beschützen und ... er ist so verdammt *stur* ...«

Er lächelte traurig. Die Liebe zu seinem besten Freund leuchtete in seinen Augen. Und die zu *meiner* besten Freundin.

»Ruby und ich ... wir passen einfach zusammen. Wir machen einander glücklich. Zum ersten Mal ist mir scheißegal, was meine Eltern denken, weil ich weiß, was wirklich wichtig ist im Leben.« Connor sah mich an. »Du und Wes, seid ihr glücklich?«, fragte er. »Ich meine, bevor dieser Mist passiert ist? War es ... schön?«

Heiße Tränen brachten die kalte Gefühllosigkeit, die mich den ganzen Abend schon umhüllt hatte, zum Schmelzen. »Es war so schön«, flüsterte ich. »Ich liebe ihn.«

Connor lächelte vor Erleichterung, und ich sah ihm an, dass seine Freude von Herzen kam. »Gott, Autumn, er liebt dich so sehr. Wenn du auf jemanden wütend sein musst, sei auf mich wütend. Wes hat dieses Gedicht nicht geschrieben, damit ich dich ins Bett kriege. Ich habe es ihm geklaut. Und als ich begriffen hatte, dass er dich liebt, habe ich nicht das Richtige getan, nämlich dir die Wahrheit zu sagen und zu gehen.«

Ich starrte völlig erschöpft vor mich hin. Tausend Gefühle stürmten auf mich ein.

»Ist es zu spät?«, fragte Connor. »Bitte sag, dass es nicht zu spät ist.«

»Ich weiß genau, was ihr von mir erwartet«, sagte ich dumpf. »Du und Ruby seid zusammen. Weston und ich sind zusammen. Ich sollte vergeben und vergessen, weil er mich liebt, und alle fühlen sich besser.« Ich redete weiter, bevor er etwas dazu sagen konnte. »Für heute waren das genug Offenbarungen. Ich will jetzt einfach nur allein sein.«

Ich wollte in mein Zimmer gehen, aber Connor packte mich am Oberarm. Er drehte mich um und hielt mich sanft fest.

»Lass das …«, flüsterte ich, schloss die vor Tränen brennenden Augen und drückte die Arme an meine Brust. »Ich freue mich, dass es dir gut geht. Ich bin wirklich erleichtert, aber Connor, ich kann nicht …«

»Es ist okay, wenn du mich hasst«, murmelte Connor.

»Ich hasse dich nicht. Ich kann dich nur nicht *ansehen*.«

»Ich verstehe das, und es tut mir wirklich leid. Aber bitte, lies seine Briefe noch einmal. Jetzt, wo du weißt, dass sie von ihm kommen und dass er jedes Wort so gemeint hat.«

Er ließ mich los, berührte leicht meine Wange.

»Was dort steht, ist die Wahrheit. Ich schwöre es.«

29

Weston

Ich lag wach und lauschte dem Prasseln des Regens, zählte die Sekunden, die zu Stunden wurden. Weil ich unfähig war, mich hin und her zu werfen, fühlte ich umso mehr, dass ich feststeckte. Erst in den späten Nachtstunden lullte der Regen mich in einen leichten Schlaf, während mein erschöpftes Hirn das Körperkissen in Autumn verwandelte. Ich schmiegte mich an ihre Wärme, und alles war gut. Sie war nicht erschrocken und mit dem Gefühl, betrogen worden zu sein, gegangen. Sie liebte mich noch. Wir waren zusammen.

Als das kalte graue Licht der Morgendämmerung durch die Fenster fiel, wachte ich allein und an ein Kissen geklammert auf.

Weil es vorbei ist, Sockenboy. V-O-R-B-E-I.

Ich warf das Kissen auf den Boden, schlug die Durchblutungsdecke zurück und setzte mich auf. Ich sah mich in meiner modernen barrierefreien Wohnung um, und mich überkam der Drang zu fliehen. Zu tun, was Connor getan hatte. Zu gehen. Wegzulaufen.

Oder einfach nur *aufzustehen.*

Professor Os Worte fielen mir wieder ein, wie ein Traum, den ich vor langer Zeit gehabt hatte.

Vielleicht will das Universum Ihnen auf diese Weise mitteilen, dass Sie sich endlich hinsetzen und sich stellen müssen.

Ich war dem Glück so nah gewesen, ich hatte die Hand ausstrecken und es berühren können. Es an mich ziehen und einschlafen. Aber der Teil von mir, der meinen Vater hatte wegfahren sehen, hatte mein ganzes Leben bestimmt. Ständig war ich hinter etwas hergerannt, was ich nie hatte einholen können.

Und ich war es so verdammt leid.

Ich wusste, dass Autumn heute den ganzen Tag in der Bäckerei arbeitete. Ich wollte ihr keine Szene machen oder sie in Verlegenheit bringen, aber ich musste sie sehen. Ich musste ihr sagen, dass ich sie nicht einfach gehen ließ. Nicht ohne Kampf. Und wenn das in einem vollen Café sein musste, dann war das eben so.

Ich zog mich an und machte mich auf den Weg. Es war keine kurze Strecke von meiner Wohnung in die Innenstadt. Als ich am Panache Blanc ankam, stand die Sonne am Himmel, und eine Schlange von Kunden wurde von Phil und Edmond bedient.

Keine Spur von Autumn.

Als Edmond mich an der Tür sah, zeigte sich ein zögerndes seltsames Lächeln auf seinem Gesicht.

»Monsieur Turner«, sagte er. »Ich bin froh, Sie zu sehen.«

»Autumn ist nicht hier?«

Er schüttelte den Kopf. »Sie hat sich krankgemeldet.«

»Verdammt. Danke.« Ich wollte mich umdrehen, aber er rief mich zurück.

»Weston«, sagte er. »Als sie gestern von hier aufgebrochen ist, war sie nicht sie selbst. Ich mache mir Sorgen um unser Mädchen.«

Unser Mädchen. Fast hätte ich ihm gesagt, dass ich nicht länger Teil von diesem *wir* war, doch ich hielt die Worte zurück. Ich hatte nur noch eine winzige Flamme der Hoffnung, und ich wollte sie nicht auspusten.

»Ich auch«, sagte ich und verließ die Bäckerei. Ich machte mich auf den beschwerlichen Weg über den Pleasant Drive zu Autumns Wohnung. Ich hielt mich an Professor Os Worten wie an einem Mantra fest, schob im Rhythmus dazu die Räder an.

Wo es Liebe gibt, gibt es Hoffnung auf Vergebung.

Ich hielt den Kopf gesenkt und war so voller Gedanken, dass ich nicht aufpasste, wohin ich fuhr. Ich hätte fast einen Typen gerammt, der mir entgegenkam, und zog im letzten Moment die Bremse.

»Verdammter Mist, gehen Sie mir aus dem ...« Ich sah auf, und die Realität traf mich wie ein Schlag ins Gesicht.

Connor stand vor mir, gesund und braun gebrannt, die Hände in die Taschen einer Wolljacke geschoben.

»Hey«, sagte er. Seine Augen waren klar und wach. Hatten nichts von dem wütenden, gehetzten Blick aus der Nacht, in der er gegangen war.

»Hey«, sagte ich, und mein Kopf war völlig leer. Ich spürte, wie mein Mund anfing zu lächeln und meine Brust sich öffnete vor Erleichterung und Glück. Hätte ich gestanden, ich hätte ihn mit einer Schulter gerammt und umarmt und die ganze alte Scheiße zwischen uns vergessen.

»Was willst du hier?«, fragte ich. »Bist du zurück? Endgültig?«

»Noch nicht. Zu Besuch für ein paar Tage. Aber im Juni kommen wir zurück.«

»Wir?«

Er hob das Kinn. »Ruby und ich.«

»Ruby.«

Die Flamme der Hoffnung, die ich zu nähren versucht hatte, flackerte und erlosch beinah.

»Ruby ... Du und Ruby«, presste ich hervor. »Willst du mich verarschen?«

»Nein«, sagte er. »Wir sind jetzt seit einer Weile zusammen. Und ich liebe sie.«

»Du liebst sie …« Ich fuhr mir mit den Händen über das Gesicht. »Weiß Autumn es?«

Connor rieb sich den Nacken. »Inzwischen weiß sie es.«

»Oh, riesengroße verdammte Scheiße«, sagte ich und sackte im Rollstuhl zusammen.

»Ja. Das Timing war Mist. Ruby wollte gestern Abend mit ihr reden – ich sollte eigentlich im Hotel warten. Aber ich musste pinkeln, und da kam Autumn nach Hause.«

»Gestern *Abend*?«, rief ich. »Willst du mich jetzt verarschen?«

Und damit erlosch die armselige Flamme der Hoffnung, die ich für mich und Autumn hatte.

»Wes …«

»Es ist echt nicht zu glauben. Ich breche ihr das Herz, und dann tauchst du auf und gibst ihr den Rest. Super.« Ich wollte mit dem Rollstuhl an ihm vorbeifahren, aber er versperrte mir den Weg.

»Gott, Wes. Warte.«

»Aus dem Weg, Arschloch.«

Er ging rückwärts vor mir her. »Können wir reden?«

»Ach, jetzt willst du auf einmal reden?«

»Ja, will ich«, sagte er. »Und du willst dich ernsthaft beschweren, weil ich nichts gesagt habe? Du? Das ist echt Schwachsinn, und das weißt du.«

Ich wusste es. Und es machte mich noch wütender, dieses verfluchte Gewirr aus Lügen und Geheimnissen und Offenbarungen.

»Ich musste weg«, sagte Connor. »Ich brauchte Hilfe. Und nicht die Sorte Hilfe, die meine Eltern im Sinn hatten. Ich musste neu anfangen.«

»Natürlich nicht, bevor deine Eltern dir sechs Millionen Dollar überwiesen hatten.«

»Mann, warum bist du so ein Arschloch?«

Weil du abgehauen bist. Ich habe dich gebraucht. Du warst mein bester Freund und bist abgehauen.

»Weil du fast ein Jahr lang verschwunden bist, ohne zu sagen, wo du hin bist oder ob es dir gut geht.«

»Ich habe zu meinen Eltern Kontakt gehalten«, sagte er. »Meine Güte, Wes, du hast mich gesehen. Ich war ein verfluchtes Wrack. Kopfschmerzen und Blackouts. Jedes verdammte Geräusch hat mir einen Schrecken eingejagt. Jemand hat einen Kuli fallen lassen, und es war wie ein Schuss in meinen Ohren.« Ein Muskel an seinem Kiefer zuckte, dann entspannte sich sein Gesicht zu einem Lächeln, das ich noch nie an ihm gesehen hatte. »Aber mit Ruby zusammen zu sein … Es ist so großartig. Ich meine, sie lässt mir meinen Scheiß nicht durchgehen und hat mir geholfen, eine Therapie und einen Job zu finden. Sie ist wunderbar. Endlich habe ich jemanden gefunden, zu dem ich *passe*.«

»Ausgerechnet Ruby«, sagte ich. »Von allen Frauen auf dieser Welt.«

»Wir können uns nicht aussuchen, wen wir lieben«, sagte er. »Und die ganze Scheiße, die wir Autumn angetan haben? Das ging auf mich. Ich habe ihr gesagt, dass ich …«

»Du hast mit ihr geredet?«

»Gestern Abend.«

»Und?« Ich packte die Armlehnen, als müsste ich mich davon abhalten, aufzuspringen und das ganze Gespräch Wort für Wort aus ihm herauszuschütteln.

»Sie war ziemlich aufgelöst«, sagte er. »Aber ich habe ihr erklärt, was passiert ist und dass es meine Schuld war.«

»Klar, und dann war auch alles gleich viel besser! Sie hat dir geglaubt, weshalb sie gleich zu mir gerannt und mir um den Hals gefallen ist. Alles vergeben und vergessen.« Es war die Stimme des Amherst-Arschlochs, die aus meinem Mund kam. »Du hast dich nett entschuldigt, dein charmantes Lächeln gelächelt, und jetzt ist alles erledigt. Deine Hände sind sauber, du und Ruby könnt in den Sonnenuntergang tanzen, und ich habe *nichts*.«

»Wovon redest du, verdammt? Ich habe versucht, zu …«

»Vergiss es.« Ich würde etwas wirklich Unverzeihliches sagen, wenn ich dieses Gespräch nicht sofort beendete. »Geh zurück zu deiner Frau. Zu deinem Geld. Eröffne deine Sports-Bar, und sei glücklich. Du bist eh nicht gut im Unglücklichsein. Überlass das besser den Profis.«

»Schon klar, Wes«, sagte er. »Du bist der Profi im Unglücklichsein. Das hast du dein Leben lang erwartet. Und rate mal? Dann kriegst du es auch.« Seine Kieferpartie spannte sich an. »Du bist nie für dich eingestanden. Nicht, als es gezählt hat. Und jetzt kannst du nicht mal mehr aufstehen.«

Ich starrte ihn an. Er verzog keine Miene.

»Tut mir leid, dass ich es so sagen muss, aber es ist die Wahrheit. Du glaubst, Ruby und ich haben dir und Autumn den Rest gegeben, aber das stimmt nicht. Es war mieses Timing, ich will nicht lügen, aber es ist passiert. Und …«

»Klar, shit happens«, knurrte ich, und die Wut kam wieder hoch. »Manchmal bleibt einem gar nichts anderes übrig, als sein kleines Vermögen zu nehmen und ein Jahr an der italienischen Riviera zu verbringen, stimmt's?«

»Ich musste weg«, sagte er leise. »Ich konnte nicht …«

»Du konntest nicht ertragen, mich anzusehen. Ich erinnere mich.«

Er seufzte und sah einen Moment lang in den grauen Himmel »Es tut mir leid, dass ich das gesagt habe. Ich hasse es, dass ich es gesagt habe. Aber die Schuldgefühle haben mich zerrissen. Ich war es, der …«

»Oh nein. Diese Scheiße höre ich mir nicht noch einmal an.«

Ich rollte mit zusammengebissenen Zähnen um ihn herum. Reine Wut trieb meine Arme an. Plötzlich rammte ich mit den Rädern eine Unebenheit im Gehweg und wurde nach vorn geschleudert. Ich wäre aus dem verdammten Stuhl gefallen, hätte Connor mich nicht an der Schulter gepackt, um mich festzuhalten. Der Körperkontakt löste etwas in mir, und ich riss mich von ihm los.

»*Fass mich nicht an.*«

»Gott, Wes …«

»Weißt du, wie es sich anfühlt, wenn du sagst, es sei deine Schuld, dass ich für den Rest meines Lebens in einem Rollstuhl sitze? Weißt du das?«

Er starrte mich an.

»Mies, Connor. Echt verdammt mies. Als würde deine Existenz von dem, was mir passiert ist, bestimmt und wir *beide* müssten darunter leiden. Ich werde so nicht leben. Ich habe mich zu sehr und zu lange abgerackert, um mir mein Leben auf dein schlechtes Gewissen reduzieren zu lassen.«

»Das verstehe ich«, sagte Connor und hob die Stimme. »Und wenn du mal eine Sekunde den Mund halten würdest … Verdammt, Wes, können wir nicht irgendwohin gehen und reden?«

»Zu gern, aber ich habe zu tun«, sagte ich. »Ich muss zu Autumn und versuchen, irgendwas zu retten aus dem Trümmerhaufen, den wir verursacht haben. Und danke, dass du gestern mit ihr geredet hast. Ich bin mir sicher, es hat sie sehr getröstet zu erfahren, dass du seit Monaten mit ihrer besten Freundin ins Bett gehst.«

»Ruby ist jetzt bei ihr«, sagte Connor.

Ich drehte mich um.

»Wir fahren heute Abend nach Boston weiter.« Die Ausdruckslosigkeit seiner Stimme war schlimmer als seine Frustration. »Sie will nicht weg, bevor sie sich nicht mit Autumn versöhnt hat. Oder es wenigstens versucht hat.«

Unsere Blicke trafen sich. Die Verbindung, die wir aufgebaut hatten, war noch da. Trotz der Zeit und der Distanz.

Bleib, sagte er. *Rede mit mir.*

Ich hätte bleiben sollen. Ich hätte ihm sagen sollen, dass ich ihn vermisste. Die drei Worte wären einfach gewesen. Oder andere drei Worte.

Ich vermisse dich.

Ich liebe dich.

Tut mir leid.

Aber ich rannte noch.

»Gute Fahrt«, sagte ich.

Dann wendete ich den Rollstuhl und fuhr nach Hause.

30

Autumn

Ich sah furchtbar aus.

Gerötete Augen, von dunklen Ringen umgeben und vom Heulen geschwollen, starrten mich aus dem Badezimmerspiegel an. Ich hatte stundenlang wach gelegen, dem Regen zugehört und darüber nachgedacht, dass die Nacht so ganz anders ausgegangen war, als ich gehofft hatte. Ich hatte gedacht, bis zum Morgengrauen in Westons Armen zu liegen, umgeben von seinem warmen Körper. Mit ihm verwoben, untrennbar und glücklich.

Stattdessen lag ich allein in einem kalten Bett, und meine Tränen durchnässten das Kissen.

Ich schleppte mich zur Couch und holte mein Handy aus meiner Handtasche, um mich bei der Arbeit krankzumelden. Edmonds Stimme war voller Sorge, aber ich wich seinen Fragen aus und beendete das Gespräch rasch.

Dann legte ich mich mit einer Decke und einer Packung Taschentücher auf die Couch und stellte den Fernseher an. Es gab *Und täglich grüßt das Murmeltier*. Ich ließ ihn laufen. Letztlich war der Film wie mein Leben. Jemand erlebte denselben Tag immer wieder, machte dieselben Fehler, bis er es eines Tages hinkriegte und Liebe fand. Wahre Liebe.

Eines Tages werde auch ich es hinkriegen.

Ich döste ein und wachte auf, als es an der Wohnungstür

klopfte. *Und täglich grüßt das Murmeltier* war vorbei, und stattdessen lief *Sex and the City: Der Film*. Wehmut packte mich. Er hatte zu meinen und Rubys Lieblingsfilmen gehört. Wir hatten sonst nicht oft denselben Geschmack, aber für Carrie und ihre Freundinnen ließen wir alles stehen und liegen.

Ich stieß einen Todesseufzer aus und hievte mich von der Couch hoch. Vor zwei Tagen wäre ich nicht mal im Traum in meinem jetzigen Zustand an die Tür gegangen. Ich zog mich immer so gut wie möglich an, denn: *Wenn du erfolgreich sein willst, zieh dich an, als wärst du es schon.*

Und wenn du über ein gebrochenes Herz hinwegkommen willst, dachte ich, *tu so, als wäre es nicht in eine Million Teile zersprungen.*

Ruby stand vor der Tür und sah aus, als hätte sie auch nicht viel geschlafen.

Weil sie die ganze Nacht mit Connor gevögelt hat.

Der Gedanke tat nicht so weh, wie ich gedacht hatte. Ehrlich gesagt, sogar überhaupt nicht.

»Kann ich reinkommen?«, fragte sie.

»Es ist deine Wohnung«, sagte ich. »Du musst nicht fragen.«

»Ich habe aber das Gefühl, als müsste ich es. Davon abgesehen, siehst du ein bisschen aus wie ein Vampir. Müssen Vampire nicht normale Leute hineinbitten?«

»Andersherum«, sagte ich. »Normale Leute müssen Vampire hineinbitten. Also …« Ich stieß die Tür auf. »Komm rein.«

»Autsch.«

Ich ging wieder zu meinem Lager auf der Couch, Ruby folgte mir.

»Ich bin schrecklich nervös«, sagte sie. »Aber ich will unbedingt mit dir reden.«

»Tu dir keinen Zwang an«, sagte ich und sah zum Fernseher.

»Also …« Sie setzte sich auf das andere Ende der Couch neben meine Füße. »Mehr als alles andere sollst du wissen, dass ich das mit Connor nicht geplant habe.«

»Ich weiß. Er hat es mir gestern erzählt. Er ist aufgetaucht, ihr wart Freunde …«

»Nein. Ich war entsetzt, ihn zu sehen …«

»Sorry, mein Fehler. Du hast ihm die Tür vor der Nase zugeknallt. *Dann* seid ihr Freunde geworden, und dann habt ihr angefangen, miteinander zu schlafen. Ende der Geschichte.«

»Nur, dass es nicht das Ende ist«, sagte Ruby. »Es ist der Anfang. Er und ich … Ich habe nie so für jemanden empfunden. Und ich wollte es dir schon hundertmal erzählen.«

Im Film war Valentinstag, und Miranda hatte sich gerade tränenreich bei der untröstlichen Carrie dafür entschuldigt, ein Geheimnis zu lange für sich behalten zu haben.

»Verdammt, Carrie Bradshaw, ich weiß.« Ruby schnappte sich die Fernbedienung und machte den Fernseher aus. »Kannst du mich bitte ansehen?«

Ich kuschelte mich in meine Couchecke, verschränkte die Arme und sah sie an.

»Ich wollte dich nicht verletzen«, sagte sie.

»Aha«, sagte ich. »Höre ich ständig. Warum sind alle wild entschlossen, mich zu schonen? Strahle ich so was aus? Bin ich eine fragile kleine Schneeflocke, die beim ersten warmen Blick eines gut aussehenden Mannes dahinschmilzt? Anscheinend kann man mir über gar nichts die Wahrheit sagen.«

»Du bist nicht …«

»Hör zu, ich freue mich wirklich für dich und Connor. Vielleicht können wir uns irgendwann mal austauschen, wie er so im Bett ist.«

Ruby zuckte zusammen. »War das wirklich nötig?«

»Sag du's mir.«

Sie sah mich wütend an. »Ich kann dir vor allem sagen, dass das nicht du bist«, sagte sie und verschränkte jetzt auch die Arme. »Diese sarkastische Mir-doch-egal-Show? Es ist dir nicht egal. Dir ist überhaupt nichts egal. Und es macht dich nicht schwach, Auts.«

»Ach wirklich? Niemand hatte Vertrauen in mich, nicht mal *ich*. Ich habe mir selbst nicht vertraut, und das hat sich wie ein Virus auf alle übertragen, die mir etwas bedeutet haben. Die beiden haben mich *monatelang* hinters Licht geführt. Sie haben mich angelogen. Sie wussten, ich würde auf diesen poetischen Mist hereinfallen, weil ich ein Trottel und eine hoffnungslose Romantikerin bin. Und du hast es auch gewusst.«

»Ich habe es erst vor ein paar Tagen erfahren. Deshalb sind wir hier. Sobald Connor mir davon erzählt hatte, wusste ich, dass wir zurückkommen müssen. Aber ich habe es schlecht geplant, und er war auch keine große Hilfe. Wir wussten beide nicht, was wir sagen sollten.«

»Kenn ich«, murmelte ich.

»Es tut mir leid, Autumn. Alles. Wirklich.«

Ich wandte den Blick ab, meine Wangen brannten. Auf Ruby wütend zu sein machte es noch schlimmer. Eigentlich wollte ich ihr um den Hals fallen. Sie festhalten, damit alles so wurde wie vorher.

Ich will meine beste Freundin zurück.

Ich rieb mir die Tränen aus den Augen. »Und? Connor ist in Italien aufgetaucht. Und dann?«

Sie atmete erleichtert ein. »Ich schwöre dir, nichts war geplant. Ich habe ihn immer sexy und witzig gefunden, aber als er vor meiner Tür in La Spezia aufgetaucht ist, war er nichts davon. Es ging ihm nicht gut, er hat zu viel getrunken und sich nicht mit seiner PTBS auseinandergesetzt. Er dachte, er könnte sich mit seinen sechs Millionen Dollar an den Strand legen, und alle seine Probleme würden wie von Zauberhand verschwinden. Aber ich habe ihn dazu gebracht, sich Hilfe zu suchen. Ich hab ihm gesagt, er soll sich einen Job suchen, sich sein Geld verdienen und auch dafür arbeiten, dass er gesund wird. Und das hat er getan. Er hat sich richtig abgerackert, und ich war so stolz auf ihn. Ich habe gesehen, wie er ins Leben zurückgekehrt ist, und ... da habe ich mich in ihn verliebt.«

Sie sah auf, als ich sie plötzlich anstarrte. »Es tut mir leid, Auts, aber ...« Sie zuckte mit den Achseln und wischte sich eine Träne von der Wange. »Aber es ist wahr. Ich liebe ihn.«

Ruby weinte nicht. Ruby war nicht emotional. Ruby verliebte sich nicht.

»Du liebst Connor?«, fragte ich. »Du bist in ihn verliebt.«

»Gott, ich bin so verliebt – und er ...«

Ein Schluchzer brach aus mir hervor. Ein richtig hässliches Heulen. Tränen strömten mir aus den Augen, meine Nase lief, und mein Atem ging flach und stockend.

»Gott, Autumn, es tut mir leid.«

Ich schlug mir die Hände vors Gesicht und schüttelte den Kopf. »Nein, ich heule nicht, weil ich traurig bin. Ich heule, weil ich mich für dich *freue*.« Ich nahm das Taschentuch, das sie mir hinhielt. »Gott, was ist nur los mit mir?«

»Nichts«, sagte sie und rutschte näher an mich heran. »Du bist nur lieb und gut und meine beste Freundin.«

Ich trocknete meine Tränen und putzte mir die Nase. »Ich habe dich vermisst.«

»Ich habe dich auch vermisst.« Jetzt liefen ihr die Tränen über die Wangen, und ich reichte ihr ein Taschentuch. Sie tupfte sich die Augen ab und seufzte. »Ich will, dass es wieder so ist wie vorher. Ich will nur, dass wir uns wieder nahe sind.«

»Ich auch.«

»Und ich will dich jetzt wirklich umarmen.«

»Ich auch.«

Wir umarmten uns, und sie quetschte noch ein paar Tränen aus mir heraus.

»Du bist meine beste Freundin«, flüsterte sie. »Und ich hab eine Beste-Freundinnen-Regel gebrochen.«

»Ich liebe Connors besten Freund«, sagte ich. »Es sind so viele Regeln gebrochen worden.«

Wir lachten, während wir uns noch mehr Taschentücher nahmen und die Tränenflut trockneten.

»Also …«, sagte Ruby langsam. »Es ist in Ordnung für dich, dass Connor und ich zusammen sind?«

Ich nickte. »Ich brauche vielleicht ein bisschen, um mich daran zu gewöhnen. Gott, ich habe ihn *betrogen*, aber jetzt, wenn ich über alles nachdenke … verstehe ich, warum es sich nie wie ein Betrug angefühlt hat. Weil meine wahre Liebe immer Weston galt.«

»Wirst du ihm vergeben?«, fragte Ruby sanft. »Connor sagt, dass Wes schon lange in dich verliebt ist.«

»Ich bin so durcheinander. Ich weiß nicht, wie ich mich verhalten soll.«

»Du bist durcheinander, weil du nicht auf dein Herz hörst«, sagte Ruby. »Was die beiden getan haben, ist gemein, aber – und ich weiß, das klingt ausgerechnet von mir jetzt komisch – Connor hatte auch Gefühle für dich. Er mochte dich wirklich. Es war nicht einfach ein grausames Spiel, um dich zu manipulieren.«

»Das weiß ich.«

»Hast du die Briefe noch einmal gelesen? Hast du sie als Briefe von *Wes* gelesen?«

»Nein. Ich kann das noch nicht. Es ist zu viel.«

»Vielleicht hilft es dabei, ein paar Dinge klarzukriegen. Ganz ehrlich, wenn du den ganzen Scheiß wegnimmst, bleibt nur Wes übrig, der dich liebt. Ein großartiger Schriftsteller, der dir einen fetten Stapel Liebesbriefe geschrieben hat.« Sie hob vielsagend die Augenbrauen. »Er ist ein Dichter, und du hast es nicht einmal gewusst.«

Ich stöhnte.

»Zu früh?«

Ich verdrehte die Augen. »Gut, dass ich dich so mag.«

»Ich hab dich auch lieb«, sagte sie. »Also sag mir, was du willst. Oder brauchst. Connor will heute nach Boston fahren, um seine Eltern zu treffen, aber ich muss nicht mit.«

»Hat er Weston schon gesehen?«

»Gerade in diesem Moment. Ich hoffe, es läuft gut. Du kannst dir nicht vorstellen, wie sehr Connor Wes vermisst. Die beiden haben eine so wahnsinnig enge Freundschaft. Wie Mr Big sagen würde«, sie deutete auf den Fernseher, »ich kann nur hoffen, einen guten zweiten Platz zu machen.«

»Weston vermisst Connor auch.«

»Und jetzt sag, brauchst du mich? Dann bleibe ich hier.«

»Fahr mit Connor nach Boston«, sagte ich. »Es wird ein großer Moment. Wirklich groß. Mrs Drake mag dich sehr, und Connor wird so glücklich sein.«

Ruby strahlte, und obwohl ich sie eigentlich nicht so schnell wieder weglassen wollte, wusste ich, dass ich die richtige Entscheidung getroffen hatte.

»Ich bin irgendwie aufgeregt«, sagte sie. »Fast nervös.«

»Ist Connor nervös, seine Familie zu sehen?«

Sie schüttelte den Kopf, und ihre dunklen Augen leuchteten vor Stolz. »Er hat sich so verändert. Sie haben keine Macht mehr über ihn. Und nicht nur wegen des Fonds. Es ist mehr. Etwas in ihm.«

»Er ist glücklich«, sagte ich. »Du machst ihn glücklich.«

Sie verdrehte die Augen, die schon wieder feucht schimmerten. »Ja, okay, übertreib es nicht.« Sie stand langsam auf. »Ich bin noch neu in diesem schmalzigen Gefühlskram.«

Ich ging mit ihr zur Tür, und sie umarmte mich. »Lies die Briefe, wenn du bereit bist«, sagte sie. »Und wenn du danach zu Wes rennen und ihm das Hirn aus dem Kopf vögeln willst, denk nicht drüber nach. Mach es einfach.«

»Das ist dein weiser Rat?«

»Immer.« Sie umarmte mich noch einmal. »Danke, dass du mir verziehen hast.«

»Es fühlt sich besser an, als sauer zu sein. Wut ist anstrengend.«

»Das ist vielleicht dein verwirrtes Herz, das dir sagt, was du als Nächstes tun sollst. Ich mein ja nur.«

Sie warf mir eine Kusshand zu und verließ die Wohnung. Ohne mir zu erlauben, darüber nachzudenken, ging ich in mein Zimmer und zog meinen Andenkenkasten unter dem Bett hervor.

Ich setzte mich im Schneidersitz auf den Boden und las die Briefe aus dem Bootcamp. Jeden einzelnen. Ich las sie in dem Bewusstsein, dass sie von Weston kamen, und wartete auf eine neue Welle der Liebe, auf ein Hochgefühl, das mich mitreißen würde.

Es kam nicht.

Als ich die Briefe zuerst gelesen hatte und die Worte mächtig und neu gewesen waren, hatten sie ihre Spuren hinterlassen. Sie waren als Connors in mein Herz eingebrannt. Es stand ein Name darunter, und der war nicht Weston.

»Und jetzt?«, flüsterte ich.

Ich ging wieder zur Couch, vergrub mich unter der Decke und sah noch einen Film. Regen prasselte gegen die Fensterscheiben, und ich schlief ein.

Er zieht mich sanft auf seinen Schoß und hält mein Gesicht. Seine Hände sind hart und schwielig, aber seine Berührung ist sanft. Fast ehrerbietig. Seine Daumen streicheln meine Wangenknochen, als er sich vorbeugt, um mich zu küssen. Es ist ein inniger, beschwörender Kuss, voll Begehren und Verlangen, das ich in meiner Seele spüre.

Er löst sich von mir, und ich öffne die Augen.

»Ich muss dir so viel sagen«, sage ich, und sein Lächeln ist wunderschön. Voll Erleichterung und Hoffnung.

»Sag ...«

Wieder riss mich ein Klopfen aus dem Schlaf. Diesmal klang es munter. Hinter den Fenstern war es dunkelgrau – ich hatte den Nachmittag verschlafen.

Ich wühlte mich aus der Decke und strich meinen Schlafanzug glatt. Durch den Spion sah ich einen jungen Mann in der Galauniform der Army, mit Kappe und weißen Handschuhen.

Meine Hände zitterten, als ich die Tür öffnete. Ich musste mich erst einmal orientieren.

Sie sind zu Hause. Sie sind in Sicherheit. Es ist nicht ... das.

»Ja?«

»Autumn Cowel?«

»Caldwell.«

»Ich bin Lieutenant Oren Banks, Flugrettungssanitäter, 1. Bataillon. Ich war bei Connor Drake, als wir letztes Jahr im Juni aus Syrien ausgeflogen wurden.«

»Okay«, sagte ich langsam. »Wollen Sie reinkommen?«

»Nein, Ma'am. Es dauert nicht lange«, sagte er mit einem leichten Bostoner Akzent. »Während wir rausgebracht wurden, hat der Gefreite Drake mir etwas gegeben, was Ihnen gehört.«

»Mir?«

Er übergab mir eine schmale flache Schachtel. »Unser Abflug aus der Kampfzone war ziemlich chaotisch. Wir hatten viele Verletzte und einen Toten. Er hat mir das hier gegeben, und ich habe es in meinen Rucksack gestopft und … Ich muss mich entschuldigen, Ma'am. Ich habe es anschließend verlegt.« Er sah mich betreten an. »Ehrlich gesagt, hatte ich es völlig vergessen. Es tut mir leid.«

Langsam klappte ich die Schachtel auf.

»Nach dem Einsatz habe ich meine Ausrüstung mit nach Hause genommen«, sagte Banks. »Meine Frau hat sie im Schrank verstaut. Dann hatte ich noch einen Einsatz, und erst als ich danach nach Hause kam und meine Sachen geordnet habe, habe ich … es wiedergefunden.«

Meine Hände zitterten jetzt. Ich kippte die Schachtel aus, und ein kleines schmutziges Notizbuch fiel in meine Hand.

»Es war Drake sehr wichtig, dass Sie es bekommen«, sagte Banks. »Und wir enttäuschen nie einen Kameraden. Ich wusste nur noch Ihren Vornamen, eine Straße, die mit R anfängt, und Amherst. Also habe ich eine Weile gebraucht, um Sie ausfindig zu machen. Aber hier bin ich. Und die Verspätung tut mir wirklich leid.«

»Kein Problem«, hauchte ich. »Danke. Für alles.«

»Es war mir ein Vergnügen, Ma'am.« Er nickte knapp und ging.

Ich schloss die Tür und kehrte zur Couch zurück, den Blick auf den Einband des Notizbuchs geheftet. Ich setzte mich und schlug es auf.

Nach den ersten Versen entfuhr mir ein Schluchzen. Ich presste mir die Hand auf den Mund, als ich Westons Worte las, befleckt mit seinen Tränen und seinem Blut.

Für dich hole ich
die Sterne vom Himmel,
lege ihr Feuer
um deinen Hals
wie Diamanten
und sehe sie
im Takt deines Herzschlags
pochen.

Für dich fange ich
das Kerzenlicht
in meiner Hand,
schenke ihm Leben
mit meinem Atem,
einem Flüstern:
»Geliebte«,
damit es wächst,
hell und heiß,
und mich verbrennt.

Für dich trinke ich
die salzigen Meere.
Bis ihre Tiefen
in meinen Tiefen
verschluckt sind.
Wie tief geht doch das Leben,
diese Liebe zu dir.
Ich komme nicht auf den Grund,
das werde ich nie.

Für dich schürfe ich
in der harten Erde,
bis sie mir die Geheimnisse
der Zeit verrät:
Risse im Stein,
Fältchen im Angesicht
der Erde, wenn sie es
einem neuen Tag zuwendet.
Und so möchte ich
alle meine Tage
bei dir sein.

Für dich bin ich
ich selbst.
Zu guter Letzt
wohne ich in meiner Haut,
flüstere meine Worte
mit meiner eigenen Stimme
noch im Tonfall
des Kindes,
das einem Auto hinterherruft,
das niemals hält,
und im verhallenden Echo
bleibt nur eine
Wahrheit:
meine Liebe
zu dir.

Ich habe dich
mit gefesselten Händen geliebt,
gefesselt durch Tinte und Stift,
Papier und Worte
im Namen eines anderen
bis zu diesem Augenblick,
in dem ich nur
ein Mann bin,
der eine Frau liebt.
Es gibt nichts mehr zu sagen,
nur noch zu geben:
Mein ganzes Herz.
Für dich.

Meine Tränen tropften neben Westons Tränen auf das Papier. Ich drückte das Notizbuch an mein Herz und atmete ein paarmal tief ein. Ich blätterte weiter, aber die restlichen Seiten waren leer. Nur hinten auf dem Einband stand in zittriger, unregelmäßiger Schrift:

Autumn,
Wes hat das und auch alles andere geschrieben. Für dich.
C.

Hier hatte ich Westons wunderschöne Worte, die er nur für mich geschrieben hatte. Und Connors Worte, die mir die Wahrheit sagten. Bedeutsamer als jede Entschuldigung oder Beichte. Das Gedicht und seine Widmung befreiten mich endlich von dem Spiel, das uns drei gefangen gehalten hatte. Liebe zu beiden Männern durchströmte mich, fiel mit den warmen Tränen in meinen Schoß. Ich liebte Connor. Ein Teil von mir würde das immer tun. Aber Weston …

Gott, meine Liebe zu ihm war nicht nur ein Teil von mir; ich liebte ihn mit meinem ganzen Sein. So unbändig und wild, dass es mir den Atem nahm. Ohne Verwirrung oder Traurigkeit ließ ich in Gedanken unsere gemeinsame Zeit noch einmal Revue passieren. Die Monate und Wochen und Momente, die wir damit verbracht hatten, uns kennenzulernen.

Es war echt.

Seine Liebe, in ein Notizbuch gekritzelt, geschrieben mit Tränen und Blut ... ist echt.

Sie gilt mir.

Ich musste zu ihm. Ich legte das Notizbuch auf den Wohnzimmertisch. Dann überlegte ich es mir, nahm es mit in mein Zimmer und legte es aufs Bett. Es wartete geduldig, während ich duschte, mich anzog und mir die Haare bürstete. Ich küsste es, bevor ich es sicher in meiner Handtasche verstaute. Dann ging ich los.

31

Weston

Der Regen trommelte gegen das Fenster, hart und unerbittlich. Ich saß auf der Couch, starrte auf den Fernseher und erinnerte mich an einen anderen Regen. Im Bootcamp hatte es in Strömen geregnet, und ich hatte, bis auf die Knochen durchnässt, Liegestütze gemacht, während Ausbildungssergeant Denroy mir ins Ohr schrie, dass ich Scheiße im Hirn hätte.

Er hatte nicht unrecht, Sockenboy.

»Halt den Mund«, murmelte ich.

Ich hatte diese Stimme satt. Hatte die Worte satt, mit denen ich Connor angefahren hatte, und die, mit denen ich Autumn belogen hatte, obwohl die echten, wahren Worte längst an der Oberfläche lagen, bereit, ausgesprochen zu werden. Oder aufgeschrieben.

Mein bedeutendstes Gedicht hatte ich für Autumn geschrieben, und es war in Syrien geblieben. Die Worte waren fort, ich würde sie niemals zurückbekommen. Nicht so, wie ich sie geschrieben hatte – aus tiefstem Herzen, mit meiner ganzen Seele, Tränen und Blut auf dem Papier.

Gelangweilt sah ich mir ein Spiel der Red Sox an, als mein Handy klingelte. Ich kannte die Nummer nicht.

»Wes Turner?«

»Ja?«

»Hier ist Ian Brown.«

»Oh. Hallo Coach.«

»Geht's dir gut? Du klingst erkältet.«

»Nein, mir geht's gut.«

»Super. Ich brauche dich nämlich gesund und startbereit an diesem Samstag.«

»Für die Vorentscheidung?« Ich runzelte die Stirn. »Beim letzten Training hast du gesagt, ich bin noch nicht so weit.«

»Bist du auch nicht.« Er lachte leise. »Du musst üben zu lenken, um es milde auszudrücken, aber du bist verdammt schnell, und ich brauche jemanden, der schnell ist. Zack hat sich das Handgelenk gebrochen. Er ist draußen, und du bist drin. Bist du bereit?«

Bist du bereit, Sockenboy? Ein Rennen in einem Rollstuhl? Vor ziemlich vielen Zuschauern?

»Ich bin dabei«, sagte ich. »Ich mache es.«

»Super. Training ist Dienstag und Donnerstag, wie immer. Ob's stürmt oder schneit. Was es hoffentlich nicht tut.«

»Wir sehen uns, Coach.«

Ein Hauch von Aufregung flammte in mir auf und verpuffte. Ich fragte mich, ob jetzt alles so sein würde. Die schlechten Tage schlechter und die guten Tage davon überschattet, dass sie nicht da war. Alles wäre wie vorher, nur ein bisschen beschissener. Weil ich es ruiniert hatte.

Professor Ondiwujes Worte hallten in der Leere.

Kämpfen Sie für sich. Für das, was Sie sind. Kämpfen Sie endlich für sich selbst und für das, was Sie lieben. Für die Frau, die Sie lieben.

Ich zappte durch die Programme, überlegte, wie ich für die, die ich liebte, kämpfen konnte, ohne sie dabei zu verletzen.

Es lief *Citizen Kane*. Ich nahm das Handy und bestellte eine Pizza, dann schwang ich meinen Hintern von der Couch in den Rollstuhl. Ich legte einen Zwanziger auf den Tisch neben der Tür, rollte ins Badezimmer, um zu pinkeln, und setzte mich wieder auf die Couch.

Es war später Nachmittag, aber durch die Regenwolken, die den Himmel bedeckten, kam es einem vor, als wäre es Nacht. Der Fernseher war das einzige Licht. Er flackerte unheimlich und silbrig durch den Schwarz-Weiß-Film.

Es klopfte an der Tür.

»Es ist offen«, rief ich über die Schulter. »Legen Sie sie einfach auf den Tisch. Das Geld liegt da.«

»Danke, aber ich bin nicht wegen Geld hier.«

Mein Herz blieb stehen und setzte sich wieder in Bewegung, als ich mich umdrehte und Autumn sah.

»Kann ich reinkommen?«

Ich nickte stumm. Sie zog ihren Mantel aus und hängte ihn an die Garderobe. Sie trug ein dunkelblaues Kleid, das locker um ihre Knie schwang. Regentropfen hingen wie Diamanten in ihrem Haar.

»Hi«, sagte sie und nahm etwas aus ihrer Handtasche.

»Hi.« Ich stellte den Fernseher auf Stumm und starrte sie an. Gott, ihr Gesicht war alles, was ich brauchte. Ich nahm ihren Anblick in mich auf, bis meine Augen schließlich an dem Notizbuch hängen blieben, das sie in der Hand hielt.

Mein Notizbuch.

Ich musste es nicht einmal berühren. Schon so überwältigten mich die Erinnerungen, die an seinen dreckigen, blutbefleckten Seiten klebten. All die Explosionen, die Schreie, die Schüsse. Die Hitze und das Töten. Die Handgranate, die mein Leben zerfetzt und mich gleichzeitig gerettet hatte. Die Momente, bevor diese Beine, die ich nie wieder benutzen würde, ihr letztes Rennen gelaufen waren. Worte für Autumn, die über meinem Herzen ruhten, als ich losrannte, um meinen besten Freund zu retten.

»Ich dachte, es wäre verloren gegangen«, sagte ich.

»War es auch«, sagte sie. »Aber jetzt wurde es wiedergefunden.« Sie kniete sich neben meinen Beinen vor die Couch und gab es mir. Ihre Augen waren warm und dunkel und ...

Voller Vergebung?

Ich wagte nicht, zu hoffen. Aber was machte sie sonst hier?

Mit zitternden Fingern schlug ich das Notizbuch auf und las das Gedicht. Die Worte waren in dieser feuchten, regnerischen Nacht so echt und wahr wie damals, als ich sie inmitten von Wüstensand geschrieben hatte.

»Sieh dir die Rückseite an«, sagte sie sanft.

Ich drehte das Buch um und entdeckte die zittrige Handschrift meines besten Freundes, der mit seinen Worten die Wahrheit – unsere Wahrheit – sagte. Die Brust wurde mir eng, und ich rang stockend nach Luft.

»Es stimmt«, sagte ich heiser. »Ich habe es für dich geschrieben. Alles. Und es tut mir leid.« Ich ließ die Schultern hängen und hielt das Notizbuch verkrampft in der Hand. »Es tut mir so leid, dass ich es dir nicht gesagt habe ...«

Ich spürte, wie die Polster einsanken, als Autumn neben mir auf die Couch kam und die Beine unter sich anwinkelte. Sie legte die Arme um mich, und ich dachte, ich müsste sterben, als ich ihre sanfte Kraft spürte. Ihre Vergebung flutete mich wie Sonnenlicht einen dunklen, kalten Ort, der lange Zeit verschlossen gewesen war.

Ich hielt sie fest und weinte. Ihr Körper zitterte schluchzend unter meinen Händen. Als sie sich von mir löste, waren ihre Augen feucht, aber ihr Blick war unverwandt. Ihre Stimme war weich, aber fest, als sie sprach.

»Was du und Connor getan habt, hat mich verletzt. Ich weiß, du hast es aus Liebe getan. Liebe zu mir und zu ihm. Aber ich verdiene Ehrlichkeit. Und Respekt. Ich will mich nie wieder fragen oder mir Sorgen machen, ob das Fundament, auf dem ich stehe, nicht existiert. Ich verdiene etwas Echtes.«

»Ja«, sagte ich. »Das tust du.«

»Und, Weston.« Sie strich mit der Hand über meine Wange. »Du auch. Du bist so viel mehr als der kleine Junge, der eine leere Straße hinunterrennt. Du verdienst auch, glücklich zu sein. Sag ...« Ihre Stimme brach. »Warst du glücklich in diesen letzten Monaten?«

»Ja«, sagte ich. »Ich war glücklich, obwohl ich dachte, dass Glück nicht mehr möglich wäre. Als es unmöglich hätte sein sollen durch den Rollstuhl.« Ich küsste ihre Handfläche. »Ein weiser Mann hat zu mir gesagt, ich müsse mich hinsetzen und bei dem bleiben, der ich bin. Nicht mehr weglaufen. Und er hatte recht.«

»Ich liebe dich, wie du bist«, sagte sie. »Ich liebe dich so sehr.«

Die Worte gingen mir unter die Haut und bis ins Mark. Ihre Liebe erfüllte jede Zelle, jedes Molekül. Wurde sogar Teil der Hälfte meines Körpers, die ich nicht fühlen konnte.

»Oh Autumn«, sagte ich und umfasste ihr Gesicht. »Ich liebe dich schon so lange. Als ich dich dieses erste Mal in der Bibliothek getroffen habe, fühlte es sich an wie ein Wiedersehen. Ich habe dich tausend Leben lang geliebt. Kannst du es fühlen?«

»Ja«, flüsterte sie. »Und ich habe mein Leben lang nach dir gesucht.«

»Ich bin hier.« Ihre eine Hand war in meinem Haar, die andere lag auf meiner Brust und spürte das Pochen des Herzens, das ihr gehörte. »Ich bin hier.«

Ich zog sie mir seitlich auf den Schoß und küsste sie. Ich küsste sie mit ganzer Seele. Legte all die Worte in den Kuss, die ich geschrieben hatte, all die Poesie, die noch nicht zu Papier gebracht war. Ich könnte schreiben, bis all meine Worte aufgebraucht wären, und es wäre nicht genug.

Autumns weicher warmer Körper schmiegte sich an meinen, ihr Kuss war innig und drängend. Sie nahm, was ich ihr geben konnte, und schenkte sich mir im Gegenzug ganz. Ihre leisen Laute füllten meinen Mund, und ich atmete sie ein. Atmete *sie, Autumn,* ein, während meine Hände ihr Haar zerwühlten, ihr über den Rücken fuhren und ich jeden Teil von ihr spürte, weil es diesmal echt war.

Unsere Küsse wurden intensiv und feurig, und sie setzte sich rittlings auf mich. Ihre Hände fuhren durch mein Haar. Meine Hände glitten über ihren Körper zu der Rundung ihres Hinterns. Ich zog sie an mich, und sie stöhnte in meinen Mund.

Empfindungen, die ich für tot gehalten hatte, regten sich unterhalb meiner Taille. Nichts Bekanntes; nur Echos – Signale, die aus großer Entfernung kamen, aber da waren und aufstiegen. Der Bereich meiner Verletzung kribbelte und sang, das Gefühl kletterte immer höher in meine Brust, in mein Herz, weil das größte Verlangen, das ich für Autumn empfand, dort wohnte. Lust, Leidenschaft und Liebe wurden zu einer einzigen überwältigenden Empfindung.

Ihre Hand glitt zwischen uns, strich vorn über meine Flanellhose. »Du bist so hart«, flüsterte sie an meinem Mund. »Kannst du es spüren?«

Ich sah, wie ihre Hand immer wieder über die Erektion fuhr, die gegen meine Hose drückte.

»Ich spüre es«, sagte ich. »Gott, ich spüre dich.«

Sie beugte sich vor und küsste mich leidenschaftlich. Unsere Zungen glitten forschend umeinander, während unsere Hände gieriger und dreister wurden. Sie griff nach den Bändern meiner Flanellhose, während ich mich an den Knöpfen an der Vorderseite ihres Kleides zu schaffen machte. Ich wollte ihr das

Kleid schon einfach herunterreißen, als die Türklingel uns zusammenfahren ließ.

»Verdammt«, zischte ich. Ich lehnte mich zurück und ließ die Arme sinken.

Autumn lachte leise und legte ihre Stirn an meine. »Chinesisch?«

»Pizza.«

»Später wirst du dich darüber freuen.« Mit einem letzten Kuss stieg sie von mir herunter, ging zur Tür, bezahlte den Boten und legte den Karton in die Küche. – Zwei Minuten, die sich wie eine Ewigkeit anfühlten.

»Willst du ins Schlafzimmer gehen?«, fragte ich, als sie wieder vor mir stand.

Sie schüttelte den Kopf und fing an, ihr Kleid aufzuknöpfen. »Ich will die Couch. Ich will zu Ende bringen, was wir in jener Nacht angefangen haben.«

Ja, verdammt.

Ich zog mir das T-Shirt über den Kopf, während sie die Knöpfe öffnete und aus einem Ärmel nach dem anderen schlüpfte. Der dunkle Stoff sammelte sich zu ihren Füßen. Sie öffnete ihren BH und schob den spitzenbesetzten Slip über die Hüften und die Beine hinunter. Ihre nackte Haut war strahlend und perfekt in dem flackernden Licht des Fernsehers.

»Gott, du bist so wunderschön«, sagte ich heiser.

Sie beugte sich vor und küsste mich wieder, ihr Haar fiel mir auf die Brust, und ihr Mund schmeckte so süß. Sie legte die Hände auf den Bund meiner Flanellhose.

»Ich will dich so sehr«, flüsterte sie.

»Autumn …« Mein Atem ging abgehackt. »Ich weiß nicht, wie oder … ob ich überhaupt kann.«

»Lass es uns einfach versuchen«, sagte sie. »Mir ist egal, was passiert, aber ich will nicht aufhören.«

»Gott, nein«, sagte ich. »Auf keinen Fall aufhören ...«

Sie half mir, Hose und Unterhose auszuziehen, und warf sie zur Seite. Ohne Scham und voller Begierde blickte sie auf meine Erektion, und jeder Gedanke, jede Sorge verschwand, als sie sich wieder rittlings auf meinen Schoß setzte. Ich hörte auf, darüber nachzudenken, was ich tun oder nicht tun konnte. Ich *tat* es einfach.

Ein rauer Laut drang tief aus meiner Brust, als ich sie hoch und an mich zog und eine ihrer Brustwarzen in den Mund nahm. Sie stieß einen kleinen Schrei aus und packte die Rückenlehne der Couch. Ich hielt sie fest, damit ich ihre Brüste küssen und beißen und an ihnen saugen konnte.

»Jetzt«, flüsterte sie flehentlich. »Bitte ...«

Ich brachte meinen Mund an ihren und küsste sie, während ich über ihre seidige nackte Haut streichelte und ihre Taille umfasste, die so schmal war in meinen Händen. Ihr langes Haar strich über meine Handgelenke, als sie sich wieder auf meine Oberschenkel setzte.

Meine Hände lagen jetzt auf ihren Hüften, meine Finger gruben sich in ihre Haut, und ich versuchte, so gut ich konnte, mich zurückzuhalten, denn dieses erste Mal würde es nur einmal geben. Die Zwillingsempfindungen von Liebe und Lust waren wie eine Flutwelle in mir. Ich liebte und begehrte sie so sehr, ich konnte kaum atmen.

»Ich habe mich noch nie so gefühlt«, flüsterte sie, und ihr Gesicht war jetzt feucht an meinem.

»Weine nicht.«

»Ich will nicht, aber alles ist so perfekt. Oder?«

Ich wagte nicht zu sprechen, unsicher, ob ich ein Schluchzen, ein Lachen oder einen Fluch ausstoßen würde. Stattdessen küsste ich sie, während sie zwischen unsere Körper griff. Ich spürte den schwachen Druck ihrer Hand um meine Erektion.

»Bist du bereit?«, flüsterte sie.

Ich nickte und wappnete mich. Ich wusste, ich würde sie nie so spüren, wie ich wollte. Ich würde nie die Hitze und Feuchtigkeit in ihr fühlen, nie die Vollkommenheit unserer Verbindung. Für einen kurzen Moment verfluchte ich mich dafür, mich in der Nacht vor unserem Einsatz zurückgehalten zu haben. Damals hätte ich sie ganz haben können, hätte wissen können, wie es war, in ihr zu sein. Ich hatte aufgehört, weil sie die Wahrheit nicht gekannt hatte.

Aber jetzt wusste sie alles.

Ich hielt den Atem an.

Sie seufzte, dann keuchte sie auf. »Gott …« Sie war über mir und legte die Arme um meinen Hals. »Kannst du mich spüren?«

Vielleicht ergänzten die Erinnerung und meine Vorstellungskraft, was mein Körper mir nicht sagen konnte, aber als Autumn sich auf mich sinken ließ und mich umschloss, nahm ich sie wahr. Der schwache Druck wurde fester. Wurde wärmer, bis ich tief in ihr war.

»Ich spüre dich«, sagte ich. »Ich kann es spüren.«

Wir sahen einander in die Augen. Dann küsste sie mich, und ihr Haar fiel um meine Schultern, als sie sich auf mir bewegte, ohne den Blick abzuwenden.

Noch ein Einatmen, noch ein Kuss, diesmal intensiver. Sie löste ihre Lippen von meinen, keuchte und legte den Kopf zurück. Ekstase zeigte sich in ihrem Gesicht.

»Bitte … Ja.« Sie legte ihre Hände auf meine. »Ich will dich so sehr.«

Ich packte sie fester. Es war so leicht, sie anzuheben und wieder sinken zu lassen, sie tief unten zu halten oder schnell und hart zu bewegen. Ich sah, wie sie mich in ihren Körper aufnahm, immer wieder, und der Anblick von uns beiden wurde in Empfindungen übersetzt, die ich für immer verloren geglaubt hatte.

Dabei fuhr Autumn mit ihren Händen über meine Brust, meine Schultern und meinen Rücken, meinen Hals und mein Haar. Sie hörte nicht auf, mich dort zu berühren, wo mein Körper es fühlen konnte, während sie sich anmutig auf mir wand.

»Ich will, dass du kommst«, sagte ich.

»Ja«, flüsterte sie angespannt. Ihr Gesicht war so verdammt schön im flackernden Licht. Ich spürte, wie die Spannung in ihr wuchs – dem Höhepunkt entgegen, zu dem ich sie bringen würde. Ihre Finger kratzten über meine Schultern, und ihre Schreie wurden lauter, als sie sich an mir festhielt und mit ihren Hüften gegen meine stieß.

»Jetzt, Autumn«, presste ich hervor. »Zeig es mir ...«

»Ja. *Ja* ...«

Ihre Worte wurden erstickt, als sie kam, ihr Körper krümmte sich, und ihr Mund öffnete sich zu einem stummen Schrei. Ich fuhr kreisend mit dem Daumen über das so empfindsame Knötchen, damit es länger andauerte – hörte nicht auf, bis sie sich an mich sinken ließ. Ihre Brüste waren an mich gedrückt. Ihr Herzschlag donnerte gegen meine Brust, als wäre es mein eigener.

Nach einem Moment fuhr sie mit den Lippen über mein Ohr. »Und jetzt du.«

Unsere Münder trafen sich in einem Kuss, während sie mit der Hand zwischen meinen Rücken und die Couch griff. Ihre Finger fanden die vernarbte Haut und liebkosten sie. Ich stöhnte, als ein Funke zündete.

»Gut so?«

»Ja ... verdammt, ja ...«

Ihre Wärme und Hitze, ihr Schweiß und ihr Mund. Ihre Hand, die über meinen kaputten Körper glitt und das vernarbte Fleisch zum Leben erweckte. Sie streichelte mich, während ich ihren Körper auf mir bewegte und meine neue Version eines Orgasmus schuf. Ein Teil Empfindung, ein Teil Erinnerung, ein Teil Begehren, ein Teil Liebe. Verse reihten sich einer an den anderen und erschufen das Ganze.

»Ich liebe dich«, flüsterte sie.

Und ich kam.

Es war keine glühend heiße Explosion der Lust. Eher eine Art Anspannung auf Höhe der Taille, wie eine sich ballende Faust. Die sich dann lockerte, Finger, die sich öffneten und eine merkwürdige, beglückende Mischung aus Feuer und Eis freisetzten. Es flutete meine Brust und pochte wild in den Nervenenden, wo ich verletzt worden war. Es *sang*. Liebe und Lust türmten sich auf in perfekter Harmonie, immer höher und höher, bis die Welle sich überschlug. Sie durchflutete meine Brust, dann ebbte sie ab und erfüllte mich mit Frieden.

Ich zitterte und ließ Autumns Hüften los. Meine Finger hatten Abdrücke auf ihrer zarten Haut hinterlassen.

Weil sie mir gehört, dachte ich instinktiv.

Und ich gehöre ihr. Bis ich sterbe.

»Oh, mein Gott, du bist gekommen«, sagte sie und küsste mich. »Ich habe es gespürt.«

»Gott, ja. Ich … ich habe alles fühlen können.«

Sie umfasste mein Gesicht. Sie küsste mich wieder, dann umarmte sie mich. Ihre Haut war glitschig vor Schweiß, ihr Atem zart an meiner Schulter.

Unsere Körper berührten sich an tausend verschiedenen Stellen, und ich spürte jede einzelne.

32

Weston

Endlich hatte es aufgehört zu regnen, und die Bahn war trocken für den Wettkampf am Samstag. Food-Trucks standen um den Sportplatz herum, und die Leute vom Wettkampfbüro gingen von Team zu Team, notierten sich Daten und gaben Startnummern aus. Mein früheres Ich hätte eine solche Veranstaltung nicht einmal wahrgenommen. Sie wäre unsichtbar für mich gewesen. Es war ein Vorrennen vor der Saison, aber es war kein Kindergartenpicknick.

Das hier ist ein Leben.

Mein Team war eins von sechs, die in einer semiprofessionellen Liga von Rennrollstuhlfahrern in New England gegeneinander antraten. Es war eine kleine Liga, aber Coach Brown war eine Art Wunder: Ein paar seiner Leute hatten Medaillen bei den Paralympics gewonnen.

Mein Team und ich starteten in der Klasse T54 – wir waren von der Taille aufwärts komplett mobil. Andere Startklassen waren für Teilnehmer mit Zerebralparese oder höher liegenden Rückenmarksverletzungen. Im Verlauf des Morgens wurden die Tribünen voller. Nicht so voll, wie ich es aus Amherst kannte, aber nicht schlecht für ein Vorrennen.

Einer der Typen aus meinem Team, ein beidseitig Amputierter namens Ron Sellers, nickte mir zu, als ich heranrollte. »Wie geht's, Wes?«

Er hielt mir die Hand zum Gruß hin. In meinem alten Leben hätte ich Distanz gewahrt. Ich war nicht da, um neue Freunde zu finden, ich war da, um zu gewinnen. Aber jetzt war die Zeit danach.

Ich nahm seine Hand, danach gab ich ihm einen Faustcheck. »Wie geht's dir, Ron? Bereit, sie fertigzumachen?«

»Immer.« Er lachte. »Dein erstes Rennen? Angst?«

Ich deutete mit dem Kinn auf unsere Gegner. »Um die? Klar, Mann.«

Ron lachte auf, und dann kam der Coach und versammelte uns für ein paar Worte.

»Turner«, sagte er. »Das ist dein erstes Rennen. Deine Aufgabe ist es, keinen Unfall zu bauen. Mehr sag ich nicht dazu.«

»Ich tu mein Bestes, Coach.«

Der späte Morgen war grau und feucht nach dem Regen, aber es roch sauber. Neu. Als wäre so vieles, was alt war, weggespült worden.

Ich setzte mich in den Rennrollstuhl – eine Leihgabe, bis ich mir meinen eigenen verdient hätte – und schob die Beine unter mich. Der Coach gab mir die Handschuhe – mit dicker Polsterung um die Handmitte – und klopfte mir auf die Schulter.

»Du hast nicht wirklich geglaubt, dass ich es bei ›kein Unfall‹ belasse, oder?«

Er hockte sich neben meinen Stuhl und zeigte auf ein paar Punkte auf der Bahn, während er sprach.

»Sieh zu, dass du einen guten Start bekommst. Das ist dein größter Vorteil. Halt dich fern von der inneren Bahn, es sei denn, du hast einen guten Vorsprung. Sonst wirst du von der Menge ausgebremst. Es ist natürlich schwerer, mitzuhalten, aber nutz deine Kraft auf den Geraden, um aufzuholen. Verstanden?«

Beim Laufen hatte der Coach mir gesagt, wann ich auftauchen sollte, und ich war aufgetaucht. Ich ärgerte mich über Ratschläge von älteren Männern. Der Teil meines Gehirns, der darauf bestand, dass ich immer noch irgendwo einen Dad hatte, ertrug es einfach nicht, dass sich jemand widerrechtlich zu der Rolle aufschwang.

Der vertraute Ärger war auch heute da, aber schwach. Wie der Schmerz einer alten Wunde.

»Danke, Coach«, sagte ich.

»Und bau keinen Unfall.«

Mein Rennen war das letzte des Tages – achthundert Meter. Ich feuerte mein Team an und sah aufmerksam zu, um zu lernen, was ich konnte. Als mein Rennen aufgerufen wurde, zog ich mir das gelbe Renntrikot über. Der Coach klopfte mir ein letztes Mal auf die Schulter.

»Mach sie fertig, verrückter Hund.«

»Mach ich.«

Ich stellte mich zu den acht anderen Rennrollstuhlfahrern auf die dritte Bahn. Der Typ auf Bahn zwei sah zu mir rüber.

»Hey. Bist du neu?«

Der Feind hat gesprochen.

»Jepp«, sagte ich.

»Cool. Viel Glück, Mann.«

Hundert scharfe Bemerkungen lagen mir geladen und entsichert auf der Zunge.

Ich lächelte. »Dir auch, Mann. Viel Glück.«

Adrenalin schoss mir durch die Adern, als das Kommando »Fertig!« gerufen wurde. Acht Armpaare winkelten sich an, bereit loszulegen.

Die Startpistole ertönte.

Es ging los. Alle brauchten ein wenig, um in Schwung zu kommen, gewannen aber schnell an Geschwindigkeit. Mit einem guten Start konnte man ein Rennen gewinnen.

Mein Start war scheiße.

Ich konnte ein bisschen aufholen, aber da bildeten die anderen Wettkämpfer einen Haufen, und es wurde eng. Wie der Coach gesagt hatte, musste ich eine äußere Bahn nehmen, was in der Kurve ätzend war. Ich war Letzter auf den ersten zweihundert Metern. Ich holte tief Luft und gab meine ganze Kraft in meine Arme, um auf der Geraden Boden gutzumachen, und holte zwei Positionen auf.

In der zweiten Kurve hielt ich mich nicht an die Ansage des Coachs und fuhr auf die innere Bahn. Ich konnte den Fahrtwind der Typen neben mir spüren, als sie auf ihre Greifringe schlugen.

In der Ferne hörte ich leisen Applaus und Jubelrufe.

Ich schaffte es, keinen Unfall zu bauen, und rammte nicht einmal jemanden, aber vor Anstrengung lief mir der kalte Schweiß über den Rücken. Auf der letzten Geraden sah ich eine Lücke in der Gruppe und schlüpfte hindurch, um dem Gewühl zu entkommen. Meine Arme bettelten um Gnade, und meine Lungen brannten, aber ich holte noch zwei Positionen auf und überquerte die Ziellinie nach drei anderen Wettkämpfern.

Mein Ich aus der Zeit davor wäre wütend gewesen, verloren zu haben. Verdammt, der alte Wes war sogar wütend gewesen, wenn er gewann. Aber als ich jetzt als Vierter über die Ziellinie kam, war da nur ein reines Hochgefühl.

Und Erleichterung, dass ich keinen Auffahrunfall mit acht Rollstühlen verursacht hatte.

Die Menge jubelte, als wir an der Tribüne vorbeifuhren. Meine Arme waren wie aus Blei, aber ich schaffte es, ein paar meiner Gegner mit einem Faustcheck zu grüßen. Dann hörte ich es …

»Du bist mein Champion, Turner!«

Ich ließ die Arme neben die Räder sinken. Das pochende Herz drehte sich mir beinahe im Leibe um, als ich an den Tribünen vorbeifuhr und suchte.

Er war leicht zu finden – er stand, während der Rest der Menge sich wieder gesetzt hatte. Noch immer klatschte er in die Hände, wo alle anderen schon wieder auf ihre Handys guckten. Er steckte sich zwei Finger in den Mund und pfiff. »Weiter so, T!«

Heilige Scheiße, er ist hier. Er ist gekommen. Meinetwegen.

Unsere Blicke trafen sich, und Connor hob die Hand. Sein Lächeln war breit, aber zögernd. Ich hob auch die Hand, und das Herz schlug mir bis zum Hals und blieb dort stecken wie ein Kloß.

Ich fuhr zu meinem Team und wechselte, so schnell ich konnte, in meinen Alltagsrollstuhl zurück. Der Coach gab uns ein paar Hinweise, und ich nickte, hörte aber nicht richtig zu. Ein paar Typen fragten, ob ich mitkommen wollte, ein Bier zu trinken.

»Nein danke«, sagte ich und zog mir ein Sweatshirt über. »Ein andermal.« Ich schwieg kurz, dann fügte ich hinzu: »Nächstes Mal bestimmt, okay?«

»Alles klar.«

Mein Herz klopfte noch, als ich zu Connor fuhr, der mit den Händen in den Hosentaschen wartete.

»Hey«, sagte ich.

»Superrennen, Mann.«

»Danke. Woher hast du davon gewusst?«

Er verdrehte die Augen. »Habe ich je einen deiner Wettkämpfe verpasst?«

»Nein«, sagte ich mit belegter Stimme. »Hat Autumn es dir gesagt?«

»Sie hat es Ruby erzählt. Und die hat es mir gesagt.«

Für einen Moment stand das Peinliche der Situation zwischen uns, und wir gingen die Bahn entlang in Richtung Parkplatz.

»Wie ist es mit ihr?«, fragte Connor.

»Super«, sagte ich, dann beschloss ich, mit dem Mist aufzuhören. »Ehrlich gesagt, ist sie ein verdammtes Wunder. Jeder Tag mit ihr ist mein bester Tag.«

»Das freut mich, Mann«, sagte er. »Wirklich.«

»Und mit Ruby?«

Er blies die Backen auf. »Ich liebe sie.«

»Ja, hattest du neulich schon erwähnt.«

Er lachte. »Ich weiß, aber ich kann es nicht lassen, es auszusprechen. Und es genauso zu meinen. Es fühlt sich so großartig an und ist so verdammt einfach.«

Mir wurde eng ums Herz, als ich ihn so glücklich sah. Fast wie sein altes Selbst, auch wenn da eine neue Tiefe in seinen Augen war. *Die hat jeder Soldat, der gekämpft hat*, dachte ich. *Lässt sich nicht vermeiden.*

»Du hast es verdient«, sagte ich.

Wir gingen schweigend ein paar Meter weiter und kamen zum Ende der Tribünen.

»Warte einen Moment«, sagte Connor. Er setzte sich auf die Kante eines Sitzes, sodass er auf einer Höhe mit mir war. »Ich muss dir etwas sagen.«

»Du musst nicht …«

»Doch, muss ich, und du hältst ausnahmsweise mal den Mund und hörst zu.«

Es klang so locker, aber er war todernst.

Ich hielt den Mund und hörte zu.

»Es tut mir leid, dass ich weggegangen bin. Ich habe mich für das, was dir passiert ist, verantwortlich gefühlt. Es hat mich fertiggemacht, was aus deinem Leben geworden war, aber am schlimmsten war, dass ich es nicht wieder in Ordnung bringen konnte. Ich konnte deine Verwundung nicht auf mich nehmen, sosehr ich es auch wollte.« Geistesabwesend legte er die rechte Hand um seinen linken Ellbogen. »Also bin ich weg, um selbst wieder in Ordnung zu kommen, weil ich das hier oder in Boston nicht geschafft hätte.«

Es wurde still. Die Kluft war direkt dort zwischen uns, nährte sich von meinem ältesten Schmerz und meiner selbstzerstörerischen Wut. Die Drakes hatten geglaubt, ich würde Connor unterstützen, ihn durch die Schule bringen und an seiner Seite bleiben. In Wahrheit wäre ich vor Ewigkeiten implodiert, wenn er mich nicht über die Jahre zusammengehalten hätte.

»Du hattest mit allem recht«, sagte ich. »Dass ich nicht für mich selbst einstehe. Ich habe so oft sabotiert, was in meinem Leben gut war, weil ich das Gefühl hatte, es entweder nicht zu verdienen oder ihm nicht trauen zu können. Ich dachte, man würde es mir sowieso irgendwann wegnehmen, also könnte ich es genauso gut vorher verbocken.« Ich sah ihn an. »Du zum Beispiel. Du warst das Beste in meinem Leben. Von dem Tag an, als der eine da mir das Essen auf den Schoß geschubst hatte. Und ich hab es dir nie gesagt.«

»Das musstest du nicht, Mann.«

»Doch. Manche Sachen muss man laut aussprechen.«

Connor nickte. »Du hast mir da draußen das Leben gerettet. Du bist auf diese verfluchte Handgranate zugerannt und hast mir das Leben gerettet.«

»Ich würde es in dieser Sekunde wieder tun, wenn es nötig wäre. Denn du hast mir auch das Leben gerettet. Und ich meine nicht nur in Syrien.«

Er runzelte kurz die Stirn, dann dämmerte es ihm langsam, und auf seinen Lippen zeigte sich ein Lächeln, das mir alles bedeutete.

»Geht's dir gut?«, fragte ich nach einem Moment. »Ich meine … nach all der Scheiße?«

»Besser.« Connor blickte auf das üppige grüne Gras neben der Bahn, und ich wusste, dass er felsige Wüste und ausgebrannte Häuser sah. »In so vielen Nächten dachte ich, die Schüsse würden nie aufhören.«

»Ja«, sagte ich. »Aber wir sind noch hier, oder?«

»Ja. Wir sind noch hier.« Er legte die Hand auf meine Schulter. »Ich liebe dich, Mann.«

Das Gewicht seiner Hand lag schwer auf mir. Ich hatte seine Hausarbeiten geschrieben. Ich hatte meinen Namen auf ein Rekrutierungsformular der Army gesetzt. Ich war auf eine scharfe Handgranate zugerannt. Ich hatte ihm die Liebe meines Lebens überlassen, um ihn glücklich zu machen. Das alles hatte ich getan, weil ich ihn liebte, aber ich hatte es nie gesagt.

Ich legte ihm die Hand in den Nacken und zog ihn an mich, Stirn an Stirn.

»Ich liebe dich auch«, sagte ich, und meine Kehle fühlte sich an wie ein Reibeisen. »Danke für …« Ich biss einen Moment die Zähne zusammen.

Sag es. Mach es zur Realität.

»Dafür, dass es dich gibt.«

Connor nickte an meinem Kopf. »Und umgekehrt, Wes. Immer.«

Ein paar stockende Atemzüge lang bewegten wir uns nicht, dann ließen wir los und wischten uns mit den Ärmeln über die feuchten Gesichter.

»Wollen wir?«

»Ja, lass uns gehen.«

Seite an Seite bewegten wir uns zum Parkplatz.

»Fliegst du zurück nach Italien?«, fragte ich.

»In ein paar Tagen.« Er sah sich um. »Wie bist du hier?«

»Ich wollte ein Uber rufen.«

Connor deutete mit dem Kopf auf den Dodge Hellcat, der vor uns parkte. »Ich kann dich fahren.« Er boxte mir gegen den Arm. »Du bist sicher müde. Als *Vierter* ins Ziel zu kommen, muss echt anstrengend sein.«

»Halt die Klappe«, sagte ich. »Es war mein erstes Rennen.«

»Kann sein. Du bist nicht mehr Vierter geworden, seit du den 4x400-Meter-Staffellauf mit Magen-Darm-Grippe gelaufen bist. Und apropos, wo ist das für dich so typische Kotzen nach dem Rennen?« Er schüttelte grimmig den Kopf. »Ich habe gutes Geld bezahlt, um dieses Rennen zu sehen.«

Ich kratzte mich mit dem Mittelfinger am Augenwinkel. »Tut mir leid, wenn ich dich enttäuscht hab.«

Sein eigener Mittelfinger rieb über den Rand seiner Koteletten. Dann grinste er mich an, und die Verbindung zwischen uns war da. Eine Liebe, die tiefer ging als Freundschaft, tiefer als Familie. Eine kampferprobte Bindung, die über Blutsbande hinausging.

Seelengefährten.

33

Autumn

Nach meiner Morgenschicht im Panache Blanc ging ich wieder zu Weston, um zu duschen und das Mehl und den Schweiß von der Arbeit in der vollen Bäckerei abzuwaschen. Es ging erst ein paar Tage, aber wir ertrugen es beide nicht, die Nächte allein in unseren eigenen Betten zu verbringen. Er kam gerade nach Hause, als ich mich in ein Handtuch wickelte.

»Autumn?«

»Hier«, rief ich. »Erzähl mir alles.«

Weston rollte ins Schlafzimmer. Er trug noch die Rennsachen und ein Sweatshirt und sah aus wie ein Jäger, der gerade etwas erlegt hatte. Ich bekam Gänsehaut auf den Armen, als er mich hungrig von oben bis unten ansah.

»Und?«, fragte ich in die elektrisch aufgeladene Stille. »Wie war es mit Connor?«

»Gut«, sagte er, die grünblauen Augen auf meine nackten Beine gerichtet. »Alles okay.«

»Sonst nichts?«, fragte ich und lachte leise. »Alles okay?«

Er nickte und kam mit dem Rollstuhl näher. Ich ging rückwärts, bis ich mit den Beinen das Bett berührte. Mein Herz klopfte wild in meiner Brust, und ich spürte feucht die Lust zwischen den Beinen.

»Tut mir leid, dass ich das Rennen versäumt habe«, brachte ich heraus. »Ich wollte, dass ihr Zeit für euch habt.«

Er nahm mein Handgelenk und riss mich auf seinen Schoß. »Ich vergebe dir«, sagte er, seine Stimme leise und rau vor Verlangen. Seine Hand glitt unter das Handtuch. »Und ich will dich. Jetzt.«

»Immer diese Ansprüche«, sagte ich und versuchte, beiläufig zu tun, obwohl ich kaum Luft bekam. »Du bist *so* despotisch im Bett.«

Aber er war nicht nur das, er war so vieles. Weston war auch wunderbar zärtlich und rücksichtsvoll im Bett, doch so wie jetzt brachte er mein Blut zum Kochen.

Ich fuhr mit meinen Lippen über seinen Mund, hauchte: »Sag mir, was du willst.«

Er küsste mich hart und fordernd. »Setz dich aufs Bett.«

Ich stand von seinem Schoß auf und setzte mich aufs Bett. Mein ganzer Körper sehnte sich nach ihm und war für ihn bereit. Er schob meine Knie auseinander und fuhr dazwischen.

»Leg dich zurück«, sagte er. »Ich werde dich kommen lassen.«

Er sagte es sachlich, als wäre es eine beschlossene Sache. Ich musste nur tun, was er wollte. Er rollte mit dem Stuhl dicht ans Bett und schob das Handtuch über meine Schenkel hoch. Eine Sekunde lang fühlte ich nur seinen heißen Atem auf meiner Haut. Dann senkte er den Mund. Bei der ersten Berührung seiner Zunge ging ein Ruck durch meinen Körper, und ein Schrei kam aus meiner Kehle.

»Oh Gott, Weston …«

Das Handtuch klappte auf, als ich mich an seinen Mund presste. Meine Hüften zuckten unter seinen Händen, als er anfing zu saugen und mich vorsichtig zu beißen. Seine Zunge bewegte sich in mir und leckte, bis ich die Schreie kaum unterdrücken konnte. Ich wand mich, aber er hielt mich dort fest, wo er mich wollte. Unerbittlich.

»Oh ja«, knurrte er. »Jetzt komm, Autumn. Komm auf meiner Zunge, und dann nehme ich dich noch einmal.«

»Gott«, keuchte ich.

Allein seine Worte brachten mich fast zu diesem ersten Orgasmus. Er fuhr mit der Zunge tiefer in mich, mein Körper war seinem Mund völlig ausgeliefert. Ich stützte mich auf einen Ellbogen und griff in sein Haar. Er knurrte, legte meine Beine über seine Schultern, und dann konnte ich mich nicht mehr zurückhalten. Ich unterdrückte die Schreie nicht mehr, erfüllte sein Schlafzimmer damit, bis er sich schließlich aufrichtete und ich völlig erledigt liegen blieb.

»Heiliger Bimbam.« Die Decke drehte sich über mir, und ich sah alles verschwommen. »Ich glaube, ich hab vergessen, wie ich heiße.«

Ich blinzelte ein paarmal, dann sah ich ihm in die Augen. Das despotische, fordernde Auftreten war verschwunden, und die heiße Erregung in seinem Blick war jetzt mehr als nur physisch. Mein Körper stand noch unter Strom, und ich wollte mehr.

»Komm her«, sagte ich und rutschte nach hinten.

Er zog Sweatshirt und T-Shirt aus und enthüllte seinen schönen, gebräunten, wie gemeißelten Oberkörper.

»Du starrst, Caldwell.«

»Ich sabbere, Turner.«

Er setzte sich vom Rollstuhl aufs Bett, hob die Beine auf die Matratze und legte den Kopf neben meinem aufs Kissen. Gleichzeitig streckten wir die Arme aus, um uns zu umarmen, und unser Verlangen verwandelte sich in etwas anderes, Tieferes. Ich konnte nicht genug kriegen von den intensiven Küssen, die keinen Teil meines Mundes unerforscht ließen. Mein Körper sehnte sich nach ihm. Meine Hände wollten ihn überall gleichzeitig berühren.

Wir lösten unsere Lippen lange genug voneinander, um seine Rennshorts auszuziehen, dann legte er sich auf die Seite.

»Ich bin verschwitzt«, sagte er.

»Gut.«

»Ich will in dir sein«, sagte er, und sein Kuss wurde weich und langsam, der grünblaue Ozean seiner Augen sanft und warm. »Auf dir. Ich will alles …«

Er küsste mich heftiger, stützte sich auf seine unglaublichen Arme, um sich über mich zu bewegen. Ich liebte die Hitze seines Körpers, das perfekte schwere Gewicht, so viel von seiner Haut auf meiner. Ich brauchte es, so komplett mit ihm verbunden zu sein, wie ich Luft brauchte zum Atmen. Ich griff zwischen uns und hob leicht die Hüften, um ihn tief in mich aufzunehmen.

»Weston … Oh mein Gott …«

»Bin ich zu schwer?«

»Nein. Gott, du bist so tief in mir. Ich liebe es. Ich liebe dich.«

Weston stützte sich auf die Arme, und im Tageslicht sah man die klaren Linien seiner Muskeln, ihre Konturen, ihre Kraft. Seine Unterarme waren reine Perfektion. Neue Erregung durchfuhr mich beim Anblick seiner Schultern, seiner Oberarme, seines gebogenen Halses, seiner breiten Brust und der festen Erhebungen seiner Bauchmuskeln.

»Gott, Weston«, flüsterte ich an seinen Lippen. »Ich kann nicht genug von dir bekommen.«

Sein schwaches Lächeln war herzerweichend schön. Ich wusste, er kämpfte immer noch mit seiner Selbstwahrnehmung, aber es wurde besser. Er hatte sein Selbstwertgefühl auf den Versäumnissen eines Vaters begründet, der ihn hätte lieben sollen, aber er wurde langsam ein anderer. Kam aus der Dunkelheit ans Tageslicht.

Ozeanaugen und ein diamantener Verstand, dachte ich, als wir uns aneinander bewegten und berührten und küssten. *Gott, er ist so schön. So wunderschön.*

Ich fuhr über seinen breiten Rücken, hinunter zu der vernarbten Haut am unteren Ende seiner Wirbelsäule. Ich strich mit den Fingern darüber, spürte immer wieder die andere Beschaffenheit, von glatt zu rau, von rau zu glatt.

»Gott, ich liebe dich«, sagte er, die Stimme schroff, als er sich mithilfe seiner Arme in mir bewegte, während ich die Hüften anhob, um ihm entgegenzukommen. »Ich liebe dich ...«

Unsere Bewegungen, in perfektem Einklang, wurden schneller. Verlangender. Wir mussten unsere eigene Choreografie erfinden, aber ich liebte es, weil es seine und meine war. Unsere. Wir.

»Niemand liebt mich auf diese Weise«, sagte ich, hob die Hüften und nahm ihn immer wieder in meinen Körper auf.

»Autumn ...«

»Ich will nie wieder anders geliebt werden. Niemals.«

Da küsste er mich hart, und als er sich von mir löste, waren seine Augen tief und dunkel. »Geh du nach oben«, sagte er. »Ich muss dich bewegen.«

Er rollte sich auf den Rücken und zog mich auf sich. Seine Hände umfassten meine Taille, und er stieß mich immer wieder auf sich. Ich ritt ihn, so hart es ging, und die Lust, die in meinem Bauch geglüht hatte, wuchs zu einer glühend heißen Flamme, die Weston mit jedem Stoß weiter schürte.

»Weston, ich ...«

»Komm, Autumn«, stieß er hervor. »Du wirst kommen. Jetzt.«

Und das tat ich. Mein Körper gehorchte seinen kraftvollen, fordernden Worten, als seine Erektion tief in mich eindrang. Seinen Worten. Immer waren es Westons Worte ...

Der Orgasmus durchlief mich wie eine Welle, krümmte meinen Körper vor Intensität, ließ meine Stimme und meinen Atem stocken, bevor die Welle den Höhepunkt erreichte und sich überschlug.

»Gott, Weston … ja. Ja …«

Seine Arme – seine großartigen Arme – hörten nicht auf, mich auf ihm zu bewegen, und dass er meinen Körper so ungezügelt und animalisch benutzte, um selbst zu kommen, erzeugte einen zweiten Orgasmus bei mir, der dem ersten auf dem Fuß folgte.

»Autumn …«

Wes biss die Zähne zusammen, kniff die Augen zu, und ich sah, wie die Welle auch über ihn hereinbrach. Seine Bauchmuskeln traten klarer hervor durch die Anspannung, seine Atemzüge wurden kürzer. Er hatte mir erzählt, dass er die Orgasmen jetzt in seiner Brust fühlte. All die Lust, die sich sonst als körperliches Gefühl gezeigt hatte, war jetzt untrennbar mit der Liebe verbunden, die er in seinem Herzen für mich empfand. Ich ließ sie wie Wasser durch mich hindurchfließen, dann sank ich zusammen, legte mich flach auf seine Brust und schob den Kopf unter sein Kinn. Sein Herz klopfte unter meinem Ohr, und seine Brust hob und senkte sich, als er nach Atem rang.

»Es war so schön«, murmelte ich. »So großartig …«

»Genügt es dir?«

Ich hob den Kopf und sah seine gerunzelte Stirn und den Zweifel in seinen Augen.

»Jetzt ist es schön«, sagte er. »Aber in ein paar Jahren …«

»Ich werde nicht anders denken in ein paar Jahren oder Jahrzehnten. Ich will nichts anderes.«

Er streichelte mir übers Haar. »Ich werde nie von der Arbeit nach Hause kommen und dich einfach an der Wand nehmen können. Oder dich über die Couch beugen und dir ... das Gehirn rausvögeln.«

»An-der-Wand-Sex wird total überbewertet. Und vielleicht will ich gar nicht über die Couch gebeugt werden und das Gehirn rausgevögelt bekommen.«

»Wenn du es so sagst ...« Sein Lächeln verblasste. »Aber irgendwann wirst du vielleicht mehr wollen als das, was ich dir geben kann.«

Ich fuhr mit dem Finger über seine Brust, malte Linien und Kringel. »Niemand kann mir geben, was du mir geben kannst. Was ich jetzt fühle, ist alles, was ich je gewollt habe, und es ist so viel mehr, als ich mir je hätte vorstellen können.«

»Ich liebe dich«, sagte er, umfasste mein Gesicht und küsste mich innig. »Ich liebe dich so sehr, verdammt.«

»Und ich liebe dich«, flüsterte ich. »Und ich liebe das hier. Mit dir im Bett zu liegen und zu reden und zu küssen. Es ist mir genauso wichtig wie Sex. Vielleicht wichtiger.«

»Du Glückspilz«, sagte er. »Herumliegen kann ich richtig gut.«

»Du kannst viele Dinge gut. Erzähl mir von dem Rennen.«

»Vierter Platz«, sagte er und zuckte mit den Achseln.

»Vierter?« Ich schlug ihm auf den Arm. »Weston, das ist großartig. Bei deinem ersten Rennen? Warum hast du es nicht erzählt?«

»Mir war's nicht wichtig. Ich war einfach gern dabei. Und Connor ist gekommen.« Seine Augen wurden sanft. »Das war dein Werk.«

»Ich habe ihm nur die richtige Richtung gezeigt. Nichts konnte ihn von dir fernhalten.«

Er antwortete nicht, aber ich konnte sehen, wie sehr der Gedanke ihn berührte.

»Paul hat mich auf dem Weg nach Hause angerufen«, sagte er nach einer Minute. »Er will, dass alle an Mas Geburtstag zum Dinner nach Boston kommen. Ich glaube, er wird sie fragen, ob sie ihn heiraten will.«

»Das ist so wunderbar«, sagte ich. »*Er* ist wunderbar und so gut zu deiner Mom.« Ich berührte Westons Wange. »Ist es nicht schön?«

Weston nickte. »Ich denke schon. Aber da ist etwas, was ich vorher erledigen muss.« Seine Hand war rau und schwielig, aber seine Berührung war sanft auf meiner Wange. »Kommst du mit?«

»Überallhin«, sagte ich. »Wohin soll es gehen?«

Westons Augen wurden hart. »Nach Hause.«

34

Autumn

Nach dem zu urteilen, was ich aus dem Fenster des Uber sah, war Woburn, Massachusetts, eine hübsche kleine Stadt. Gebäude aus der Kolonialzeit, umgeben von Parks und wunderschönen Wäldern. Weston packte meine Hand fester, als der Fahrer in ein Viertel in der Nähe der Schnellstraße einbog, mit weniger Grünflächen und kleinen, eng beieinanderstehenden Häusern mit Holzfassade.

»Ist es hier?«, fragte der Fahrer.

Weston nickte. »Ja, ist es.«

»Soll ich warten?«

»Nicht nötig, danke.«

Ich stieg aus, und Weston setzte sich in seinen Rollstuhl. Die Straße war ruhig und verlassen.

»Welches ist es?«, fragte ich.

Weston zeigte auf ein kleines blaues Haus mit weißem Dach am Ende der Sackgasse vor uns. Mit einem heiseren Ausatmen setzte er sich in Bewegung. Ich ging neben ihm.

»Es sieht alles so klein aus«, sagte er, als wir am Ende der Straße angekommen waren. »Ich war nicht mehr hier, seit wir damals ausziehen mussten.« Seine Miene wurde härter, als die Erinnerungen in seinen Augen schimmerten.

»Es muss dir größer vorgekommen sein, als du ein Kind warst.«

»Hier stand er«, sagte er und fuhr am Bordstein vor dem Haus entlang. »Genau hier hat er geparkt und ist dann losgefahren. Ma hat geschrien und geweint.« Sein Bostoner Akzent machte sich jetzt deutlich bemerkbar. »Und der Mistkerl hat nicht angehalten. Ich bin ihm hinterhergerannt. Er muss mich im Rückspiegel gesehen haben, aber er hat einfach nicht angehalten.«

Tränen stiegen ihm in die Augen. Ich erwartete, dass er sie wütend wegwischen würde, aber diesmal ließ er alles raus.

»Er hat verdammt noch mal nicht angehalten.« Seine Stimme war belegt vor Wut und Schmerz, er presste die Worte zwischen den Tränen hervor. »Er ist weitergefahren. Er hat sie verlassen. Er hat sie mit *nichts* zurückgelassen. Und er hat uns verlassen. Er hat seine verdammten *Kinder* verlassen … Und das Schlimmste ist …« Er schüttelte den Kopf und kämpfte um die Kontrolle über sich. »Ich liebe ihn noch. Ich hoffe, dass er in der Hölle verrottet, und ich liebe ihn noch.«

Weston ließ den Kopf sinken, seine Schultern bebten. Er stützte einen Ellbogen auf den Reifen des Rollstuhls und bedeckte das Gesicht mit einer Hand. Ich stellte mich hinter ihn und umarmte ihn. Er legte den Kopf an meine Schulter, seine Tränen durchnässten den Ärmel meiner Wolljacke. Er weinte so sehr, und ich hielt ihn fest. Sein Schmerz traf mich mitten ins Herz, aber ich spürte, dass es der Beginn der Heilung war. Die Wunde, die so lange geeitert hatte, wurde endlich gesäubert.

»Tut mir leid«, sagte er und trocknete sich das Gesicht an seiner Schulter ab. »Kein toller Ausflug für dich.«

Ich ging um ihn herum und setzte mich auf seinen Schoß, damit ich ihn umarmen und ansehen konnte. »Das ist der schönste Ausflug, den ich je gemacht habe.«

»Wie soll das gehen?«

»Es überrascht dich vielleicht zu erfahren, dass ich eine hoffnungslose Romantikerin bin.«

»Du? Sag so was nicht.«

»Seit ich ein kleines Mädchen war, habe ich von dem Mann geträumt, den ich eines Tages lieben würde. Den *einen*. Ich habe mir vorgestellt, wie es sein würde, ihn zu treffen, und die Fantasie hatte nichts mit Hochzeitskleidern oder Schlössern oder Rittern in glänzender Rüstung zu tun. Stattdessen habe ich mir vorgestellt, ihm unsere Farm in Nebraska zu zeigen. Er würde meine Familie kennenlernen und sehen, wo ich herkam. Und im Gegenzug würde er mich an den Ort mitnehmen, wo er herkam, und ich würde ihn auf dieselbe grundlegende Art verstehen. Und durch dieses besondere wechselseitige Verständnis verband uns die wahrste, echteste Liebe, die es je für mich geben würde. Die es je für uns geben würde.« Ich zuckte mit den Achseln und berührte sein Gesicht. »Und hier sind wir.«

»Hier sind wir nun«, murmelte er. Sein Blick wanderte langsam über das alte Haus und die leere Straße vor uns. Eine letzte Träne rollte ihm in diesem Moment über die Wange, und ich lächelte.

Zu guter Letzt war mein geliebter Weston hier.

Weston

Wir checkten im InterContinental in Bostons Hafenviertel ein. Paul hatte für das Essen Plätze im Hotelrestaurant Miel reserviert. Ich zog einen dunkelgrauen Anzug an, Autumn trug ein tiefgrünes Kleid.

»Du bist wunderschön«, sagte ich und zupfte gereizt an dem Knoten meiner Krawatte.

»Und du bist nervös«, sagte sie, beugte sich vor und rückte ihn zurecht. »Denkst du, er wird sie wirklich fragen?«

»Denke schon.«

»Wie geht es dir damit?«

Ich zuckte mit einer Schulter. »Ich bin mir nicht sicher.«

»Ich finde es großartig.« Sie gab mir einen Kuss auf die Wange. »Gib ihm eine Chance, okay?«

Ich gab einen unverbindlichen Laut von mir.

Um zehn vor sieben machten wir uns auf den Weg in die Lobby. Ruby und Connor waren schon dort. Connors Anzug war etwas heller als meiner, und Ruby trug Rot.

Die Frauen begrüßten sich, als würden sie ein Gespräch fortführen, das sie nur wenige Minuten unterbrochen hatten. Connor und ich gaben uns die Hände, dann umarmten wir uns. Aber dann standen er und Autumn sich gegenüber, und Ruby und ich wichen gleichzeitig ein wenig zurück, um ihnen Raum zu geben.

Aber nicht zu viel Raum, Drake.

»Hey«, sagte Connor und rieb sich den Nacken.

Autumn lachte ein wenig, dann schüttelte sie den Kopf. »Ach, um Gottes willen …« Sie legte die Arme um ihn.

Er erwiderte die Umarmung und schloss erleichtert die Augen. Er flüsterte ihr etwas ins Ohr. Ich weiß, es war *Danke*.

Als Nächstes kamen die Drakes, einschließlich Jefferson und Cassandra. Es war unglaublich, wie anders Connor sich in ihrer Gegenwart verhielt. All der alte Druck war weg, und es half ihm sicher, über ein kleines Vermögen zu verfügen, aber auch das verzweifelte Bedürfnis, von seinem Vater anerkannt zu werden, hatte sich verflüchtigt.

»Hey Dad«, sagte er und umarmte ihn. »Mom.« Er gab Victoria einen Kuss auf die Wange, dann nickte er Jefferson zu. »Wie geht's, Jeffy?«

Jefferson verdrehte die Augen. »Du weißt, ich hasse es, wenn du mich so nennst.«

»Warum, glaubst du, tue ich es?«

Das würde ich mir merken. *Jeffy. Von jetzt bis in alle Ewigkeit.*

Meine Mutter, meine Schwestern und Paul waren die Letzten und schwirrten in die Lobby wie ein Vogelschwarm.

»Wow, sieh dir das an«, murmelte Autumn.

Ich hatte denselben Gedanken. Felicia trug eine lange Hose und eine hübsche Bluse. Ihr Haar hatte sie zu einem schulterlangen Bob geschnitten. Die blasse Müdigkeit war aus ihrem Gesicht verschwunden, als hätte sie nach jahrelanger Schlaflosigkeit einen Monat durchgepennt.

Kimberly wirkte so locker, ich erkannte sie kaum. Meine jüngere Schwester war immer angespannt und auf der Hut gewesen, immer darauf gefasst, dass das Leben aus dem Gebüsch springen und sich auf sie stürzen würde. Jetzt sah sie trotz derselben aufwendigen Frisur und dem dicken Make-up ruhig aus. Fast heiter.

Als sie sich vorbeugte, um mich auf die Wange zu küssen, lachte sie. »Hey, mach ein Foto, das kannst du dann in Ruhe anstarren.«

»Sei nett zu deinem Bruder«, sagte Ma und stürzte sich auf mich. »Sieh dich an, mein hübscher Junge.«

Ich wurde von ihrem Parfüm eingehüllt, als sie sich vorbeugte, um mich zu umarmen. Ihr blondiertes Haar lockte sich auf Höhe der Schultern, und ihre langen Acrylnägel funkelten wie immer, aber sie strahlte vor Glück.

Sockenboy war vor wenigen Stunden in jener Straße in Woburn gestorben, und es war, als hätte man mir die Scheuklappen abgenommen. Ich sah Paul Winfield an, und er sah aus wie ein Biolehrer der fünften Klasse, der sich für die Abschlussfeier einen Anzug angezogen hatte. Der Schnurrbart war getrimmt, die Glatze und die Brille glänzten im gelben Licht der Hotellobby.

Und ich begriff, dass er für meine Mutter und meine Schwestern verantwortlich war. Nicht für ihr Glück, sondern dafür, dass sie eine Chance bekommen hatten, glücklich zu werden.

»Seht ihr Männer nicht großartig aus?«, sagte Ma und trat zurück, um Connor und mich zu betrachten. »Euch beide zusammen zu sehen, oh mein Gott. Mein Herz wird platzen. *Platzen*, sage ich.«

»Alles Gute zum Geburtstag, Ma«, erwiderte ich.

»Alles Gute, Miranda«, echote Connor.

»Sieh dich nur an. Dein schönes Lächeln ist zurück«, sagte sie zu Connor, packte ihn am Kinn und schüttelte seinen Kopf. »Und du«, sagte sie und wandte sich mir zu. »Endlich machst du nicht mehr ständig dieses griesgrämige Gesicht.«

»Danke, Ma«, murmelte ich.

Sie drehte sich zu Autumn um. »Und das liegt an Ihnen, Sie wunderschöner Engel.«

»Herzlichen Glückwunsch zum Geburtstag, Mrs Turner«, sagte Autumn. »Entschuldigung. Miranda.«

»Schon besser.« Ma trat zurück und betrachtete uns vier. »Und? Lange genug Bäumchen-wechsel-dich gespielt?«

»Oh, bitte, Ma.«

Connor verbarg ein Lachen hinter seiner Hand, seine Schultern bebten. Ruby und Autumn nahmen einen identischen roten Farbton an.

Paul mischte sich ein. »Solange alle glücklich sind?« Er sah mich an. »Ist das nicht die Hauptsache?«

Senatorin Drake trat zu uns. »Unser Tisch ist fertig. Sollen wir?«

Ich drückte Autumns Hand an meine Lippen. »Wir sehen uns drinnen.«

Sie beugte sich vor und küsste mich. »Sei nett.«

»Du sagst das, als hätte ich eine Art Ruf.«

»Sag so was nicht!« Sie verdrehte lachend die Augen und folgte den anderen ins Restaurant.

»Hey Paul, hast du kurz Zeit?«, fragte ich.

»Bin ich in Schwierigkeiten?«, fragte er, folgte mir aber zur Seite. »Ehrlich gesagt, wollte ich mich gerade dafür bereit machen, dich etwas zu fragen.«

»Du willst meine Mutter heiraten.«

Er hustete in seine Faust. »Das ist der Plan. Aber zuerst wollte ich deinen Segen. Deinen *Segen*«, sagte er. »Nicht deine Erlaubnis. Ich will nicht respektlos sein, aber ich liebe sie, und ich werde sie fragen. Doch es würde mir viel bedeuten, wenn du dich für uns freuen würdest. Sie macht mich glücklich. Sie ist eine Kämpferin, weißt du? Manchmal kämpft sie vielleicht nicht fair, aber sie will immer das Beste für alle, und dafür liebe ich sie.«

»Ich auch«, sagte ich.

»Ich will nicht den Platz deines Dads einnehmen, aber ...«

»Paul ...« Ich rutschte in dem Rollstuhl herum, weil ich ihm nicht in die Augen sehen konnte.

Ich habe heute schon einmal wie ein Baby geheult, danke auch.

»Ich glaube nicht, dass es so schlimm wäre ...« Ich räusperte mich. »Ich denke, ich wäre ziemlich glücklich, dich zum Vater zu haben.«

»Also ... also, das ist ...« Paul nahm die Brille ab, putzte sie mit einem Taschentuch und setzte sie, heftig blinzelnd, wieder auf. »Danke, Weston«, sagte er und räusperte sich auch. »Das bedeutet mir mehr, als du ahnen kannst.«

Er hielt mir die Hand hin. Ich sah sie an und dann wieder hoch zu ihm. Ein leises tränenersticktes Lachen entfuhr ihm.

»Okay«, sagte er und beugte sich vor, um mich zu umarmen. Ich erwiderte die Umarmung, fest, und dann lösten wir uns mit männlichem Schulterklopfen und Geschniefe wieder voneinander.

»Großartig«, sagte er. »Dann ist das geklärt.«

Wir gingen ins Restaurant, wo man einen Stuhl entfernt hatte, damit ich neben Autumn sitzen konnte.

»Alles gut?«, fragte sie.

Ich sah diese Frau an. Das kupferrote Haar fiel ihr über die Schultern und umrahmte ihr perfektes Gesicht. Diese unglaublichen Augen, die wie grün-gold-braune Edelsteine waren. So wach, voller Klugheit und Güte – zwei Eigenschaften, die sie einsetzen würde, um einen kleinen Teil unserer kaputten Welt in Ordnung zu bringen. Dann sah ich mich am Tisch um. Meine Mutter, die immer ihr Bestes gegeben hatte. Die Drakes, die eingesprungen waren, wenn sie nicht gekonnt hatte. Paul, der das Beste war, was ihr je passiert war. Connor und seine Liebste. Und wieder Autumn.

Meine Familie.

»Alles ist so, wie es sein soll.«

Epilog

Weston

Januar, ein Jahr später ...

»Ich glaube, ich bin nervöser als du«, sagte Autumn, die neben mir über den Campus des Massachusetts Institute of Technology ging.

»Ich weiß«, sagte ich. »Ich bin nämlich überhaupt nicht nervös.«

»Wie kann das sein?«, fragte Connor auf meiner anderen Seite. »Es sind zehn Grad, und ich bin schweißgebadet.«

Wir näherten uns dem Johnson Athletics Center. Die letzten drei Wochen war ich für eine spezielle Reha hierhergependelt, um mich auf den heutigen Tag vorzubereiten. Die Studie, bei der Dr. Cerenak mich auf die Liste gesetzt hatte, hatte endlich einen Platz für mich gehabt.

Wir betraten das Gebäude und gingen bis zu einer Basketballhalle.

»Hier ist es«, sagte ich. Ich blickte zu Autumn, die blasser aussah als sonst. Ich drückte ihre Hand. »Alles in Ordnung?«

Sie zuckte verlegen mit den Achseln. »Ich weiß es nicht. Es sind nur die Nerven. Achte nicht auf mich.«

Die Halle hatte die übliche Größe, aber ohne Zuschauerplätze. Dr. Angie McKenzie und ihr Team von Robotikern hatten sich im letzten Monat hier eingerichtet.

Als ich Angie zum ersten Mal traf, trug sie Jeans, Stiefel und ein T-Shirt mit der Aufschrift *Surely not everybody was Kung Fu fighting*. Ich hielt sie für eine Praktikantin, aber sie hatte gerade in Stanford in medizinischer Robotik promoviert. Sie arbeitete an einem Forschungsprojekt am MIT, wo sie Prothesen für Amputierte herstellte.

Ihr wahres Baby war allerdings der ExoSuit, ein robotisches Exoskelett, das um die Hüften, Beine und Füße eines Querschnittsgelähmten angepasst wurde und es ihm ermöglichte, zu gehen.

Heute trug Angie einen Laborkittel über einem grauen T-Shirt mit der Aufschrift *Forsche(r)Schlampe*. Ihr Assistent, Carl, war ein großer dünner Typ, der nicht viel redete.

»Hi Wes«, sagte Angie. Das dunkle lockige Haar wippte über ihren Schultern, als sie herüberkam. »Und Sie müssen Connor und Autumn sein. Ich bin Dr. McKenzie, aber nennen Sie mich ruhig Angie. Es sei denn, meine Eltern sind in der Nähe – der Doktortitel gibt ihnen ein besseres Gefühl, was meinen Studienkredit angeht. Okay, bereiten wir Sie vor, Wes. Heute ist ein großer Tag. Ein sehr großer Tag.«

Der ExoSuit hing an einem fahrbaren Gestell. Er sah aus wie ein Rucksack, an dem Orthesen für die Beine herunterhingen, und das war er theoretisch auch. Mithilfe dieser batteriebetriebenen Maschine würde ich aufstehen und gehen können.

»Okay, jetzt bin ich doch nervös«, sagte ich.

Connor klopfte mir auf die Schulter, und Autumn drückte meine Hand.

Angie führte mich an ein Ende der Turnhalle. Sie und Carl gaben etwas in eine Computerkonsole ein, die mit dem ExoSuit verbunden war, dann rollten sie das Gestell zu mir rüber. Ich rutschte auf dem Sitz des Rollstuhls nach vorn, sodass Carl mir helfen konnte, den Rucksack aufzusetzen.

»Wofür ist der?«, fragte Connor.

»Das ist der Akku«, sagte Angie, während Carl die Riemen um meine Brust legte. »Dieses kleine Ding hier kann das Exoskelett bis zu acht Stunden mit Strom versorgen.«

Connor runzelte die Stirn, als er die vielen Kabel und Metallteile sah. »Sieht nach ziemlich viel Zeug aus.«

»Das ist es jetzt auch noch«, sagte Angie. »Aber sobald der ExoSuit sich an Wes anpasst, kann er sich besser für ihn bewegen. Er erlernt Wes' Bewegungen, und dann wird diese ganze Apparatur nicht mehr nötig sein. Nur die Batterie, der Exo und er.«

Connors Augen weiteten sich. »Wes könnte das die ganze Zeit benutzen? Statt Rollstuhl?«

»Nicht ganz«, sagte Angie. »Dass man vom Rollstuhl loskommt, geschieht nicht über Nacht, selbst wenn man einen Exo besitzen würde. Nicht in dieser Phase. Die meisten Nutzer finden den Rollstuhl noch praktischer. Aber die Technologie entwickelt sich weiter. Wie ein iPhone«, sagte sie mit einem Zwinkern. »Es werden ständig neuere, bessere Modelle entwickelt, und sie werden klüger, schneller und leichter.«

Autumn kaute auf ihrer Lippe, als Carl mir die komplizierten Krücken übergab. Die Griffe hatten Bedienfelder, die man mit dem Daumen berührte.

»Das Wichtigste ist doch, dass es gut für die Gesundheit ist, oder?«, fragte Autumn.

»Absolut, ja«, sagte Angie. »Der Exo reduziert das Risiko von Druckgeschwüren, erhöht die Knochendichte und wirkt sich positiv auf die Durchblutung und den Blutdruck aus. Wir müssen nur noch die Versicherungsgesellschaften an Bord holen.«

»Das sind sie nicht?«, fragte Autumn.

Angie schüttelte den Kopf. »Zurzeit sind noch alle ExoSuits

als experimentell eingestuft. Die Versicherung zahlt nicht für sie.« Sie klopfte auf den Akku, der zwischen meinen Schulterblättern hing. »Und das Ding hier ist nicht billig, obwohl wir daran arbeiten.«

»Ich will helfen«, sagte Autumn. »Ich werde helfen. Was kann ich tun?«

Angie strahlte. »Wes hat mir alles über Sie erzählt. Wir sollten mal einen Kaffee trinken und uns unterhalten. Ich …«

»Nächste Woche?«, fragte Autumn. »Ich könnte Mittwoch oder Donnerstagnachmittag. Oder an beiden Tagen.«

Angie lachte und sah zu mir. »Es war kein Witz.«

»Nein«, sagte ich. »Sie meint es ernst.«

»Ich würde Sie gern am Mittwoch treffen«, sagte Angie zu Autumn. »Aber jetzt sehen wir zu, dass Ihr Mann hier aufsteht und geht.«

Aufsteht und geht.

»Oh Mann, das passiert wirklich«, sagte ich.

Angie justierte noch einmal die Schienen an meinen Beinen und unter meinen Füßen, dann trat sie zurück. »Ich werde den ExoSuit starten, um Sie in eine stehende Position zu bringen. Benutzen Sie die Krücken, um das Gleichgewicht zu halten. Wir gehen es langsam an. Bleiben Sie einfach ganz locker. Bereit?«

Ich nickte und packte die Griffe der Krücken so fest, dass mir die Knochen wehtaten. Autumn und Connor traten ein paar Schritte zurück.

»Und los geht's.« Angie drückte auf einen Button auf ihrem Tablet, und der ExoSuit hob mich aus meinem Stuhl, streckte die Knie und die Hüften und brachte mich langsam zum Stehen. Mein Blickwinkel wanderte immer höher. Bis zu meiner vollen Größe – ein Meter fünfundachtzig.

Ich stand.

Oh Mann ...

Ich war auf Augenhöhe mit Autumn und Connor, musste nicht nach oben gucken. Autumn legte die Hand auf den Mund, ihre Augen schimmerten feucht. Connors Kieferpartie verkrampfte sich, und er stemmte die Hände in die Hüften. Er blickte einen Moment zur Decke, dann wieder zu mir.

Das Gefühl, das in mir aufstieg – von einem Ort, der tiefer lag als Haut oder Knochen, tiefer als funktionierende und nicht mehr funktionierende Nervenenden – würde ich in tausend Gedichten nicht beschreiben können, und doch gab es nur ein einziges Wort dafür.

Liebe. Für alles und jeden überall.

»Und, wie geht es allen?«, fragte Angie sanft.

»Ich bin total fertig«, sagte Connor, während Autumn sich auch die zweite Hand vor den Mund schlug und mich stumm ansah.

»Bereit für ein, zwei Schritte, Wes?«

Ich nickte, traute meiner Stimme noch nicht. Angie und Carl prüften noch einmal die Steuerung an den Griffen.

»Denken Sie dran, Sie lösen die Schritte selbst aus«, sagte Angie und zeigte auf den Knopf an der Seite der Krückengriffe. »Sobald Sie sich gut fühlen und im Gleichgewicht sind, initiieren Sie den nächsten Schritt.«

»Verstanden.«

»Gehen Sie langsam. Ich bin direkt hinter Ihnen.«

Ich drückte den Knopf, und mein linkes Bein machte einen Schritt. Dann das rechte. Zum ersten Mal war der schwache Druck, den ich in meinen Beinen fühlte, unter den Fußsohlen zu spüren und auch in den Waden, Knien und Hüften. Meine untere Körperhälfte bewegte sich und nahm die obere Hälfte mit. Ein Déjà-Vu oder ein Traum aus meinem vergangenen Leben, und doch passierte es gerade. Surreal und real zugleich.

Linkes Bein.

Rechtes Bein.

Connor schüttelte den Kopf. »Wow, Mann, das ist …«

»Ja. Wow …«

Ich hätte am liebsten geheult. Oder gelacht. Oder beides, aber ich musste mich darauf konzentrieren, die Krücken im Rhythmus mit den Schritten zu bewegen. Die Monate, die ich meine Rumpfmuskulatur am Barren hierauf vorbereitet hatte, zahlten sich aus. Ich hielt das Gleichgewicht. Ich ging weiter.

Ich ging.

Autumn lehnte an Connors Schulter und weinte, als ich näher kam.

»Weiter so, T«, sagte Connor, und seine Stimme überschlug sich.

»Sie machen das großartig«, sagte Angie hinter mir. »Einfach perfekt, Wes.«

»Wie fühlt es sich an?«, fragte Autumn.

»Es ist unwirklich. Ich kann fühlen, wie mein Blut sich anders bewegt.«

»Er macht das wie ein Profi«, sagte Angie. »Wollen Sie ein Stück mit ihm gehen?«

Connor kam an meine rechte, Autumn an meine linke Seite. Ich fand einen Rhythmus, und wir gingen einmal langsam um die Halle, während Angie und ihr Team zusahen und sich Notizen machten.

»Wie schnell kann ich gehen?«, fragte ich.

»Ah, der Läufer hat gesprochen«, sagte Angie und lachte. »Freuen Sie sich nicht zu früh, Barry Allen. Der ExoSuit hat eine Maximalgeschwindigkeit von 1,8 Kilometern pro Stunde.«

»Es ist ein Anfang«, sagte ich.

Autumn wischte sich die Augen und runzelte die Stirn. »Wer ist Barry Allen?«

»*The Flash*«, sagte ich. »Meine Reha-Spezialistin ist ein Geek.« Ich warf ihr über die Schulter einen anerkennenden Blick zu. »Und sie ist eine Klugscheißerin.«

Angie lachte. »Das trifft absolut zu. Genau.«

Ich sah zu Connor. Wir brauchten keine Worte. Ganz deutlich spürte ich, wie glücklich er war – und seine Liebe.

Ich blickte zu Autumn hinunter. *Hinunter*, nicht hoch.

»Dein Kopf ist perfekt von oben«, sagte ich.

Sie lachte kurz, bevor sie die Lippen zusammenpresste. Ich blieb stehen, löste meine Hand von der Krücke und berührte ihr Gesicht. »Alles okay?«

Sie nickte, dann schüttelte sie langsam den Kopf.

Ich drehte mich zu Connor um. »Gibst du uns einen Moment?«

»Klar, Mann.« Er legte mir kurz die Hand auf die Schulter, dann ging er zu Angie und Carl.

Ich sah zu Autumn. »Was ist los, Baby?«

»Das hier ist gut für dich«, sagte sie. »Es wird dir helfen, gesund zu bleiben, und das bedeutet mir mehr als alles andere. Und ich werde die Versicherungen dazu bringen, für jeden Menschen die Kosten dafür zu übernehmen. Aber, Weston …«

»Was ist?«

»Ganz gleich, was ist«, sagte sie, fuhr mit den Händen über die Gurte des Rucksacks und wischte Fusseln weg, die nicht da waren, so wie eine Frau den Anzug ihres Mannes glatt streichen und seine Krawatte richten würde. »Ganz gleich, was ist, ich liebe dich. Ich liebe dich, ob du im Rollstuhl sitzt oder nicht, ob du sitzt oder stehst. Ich wollte nur, dass du das weißt.«

»Ich weiß es«, sagte ich und klammerte mich an die Griffe der Krücken. »Wirklich.«

Sie lehnte den Kopf an meine Brust, direkt gegen das kleine Quadrat meines T-Shirts zwischen den Gurten des Rucksacks.

Sie legte die Arme um mich, so gut sie konnte, aber der klobige Apparat verhinderte, dass ich ihre Umarmung ganz fühlen konnte.

»Ich kann dich in diesem Ding nicht umarmen«, flüsterte ich in ihr Haar.

»Ich spüre dich trotzdem«, sagte sie. »Und ich bin so glücklich. Bist du glücklich?«

In diesem Augenblick empfand ich reine Freude. Und ich hatte sie mir verdient. Ich war für mich eingetreten, war aufgestanden, lange bevor ich den ExoSuit angezogen hatte. Wäre Angie McKenzie vor zwei Jahren aufgetaucht, wäre ich monatelang über die Beschränkungen des Geräts enttäuscht gewesen, nur um die Angst vor meinen eigenen Grenzen zu kaschieren.

Ich hätte es benutzt, um weiter wegzulaufen.

»Ich bin glücklich«, sagte ich. »Ich war glücklich, bevor ich den ExoSuit angezogen habe, und ich werde glücklich sein, wenn ich ihn wieder ausziehe.«

Autumn schniefte leise. Sie löste sich von mir, reckte den Hals und stellte sich auf die Zehenspitzen, um mir einen Kuss zu geben.

»Ich wusste es, aber ich wollte, dass du es sagst. Mit deiner Stimme.« Ihr Lächeln war strahlend, als sie ihre Tränen trocknete. »Gehen wir noch ein Stück.«

Wir gingen die Längsseite der Halle entlang. Ich machte einen langsamen Schritt nach dem anderen mit meiner wunderbaren Frau an meiner Seite. Ihre sanften Finger hielten mein Handgelenk, da wir nicht Händchen halten konnten, während wir gingen. Noch nicht.

Aber es ist ein Anfang.

August …

Ich blätterte die Post durch, bis ich zu einem schlichten Umschlag kam.

Emerson College, Zulassungsbüro.

»Mist«, murmelte ich.

Nachdem ich meinen Abschluss in Wirtschaftswissenschaften gemacht hatte, hatte ich noch zwei Semester Schreib- und Lyrikkurse besucht, um mich in Emerson für einen Masterstudiengang in Kreativem Schreiben bewerben zu können. Hier war endlich die Antwort, aber der Umschlag war viel zu dünn, um eine Zusage zu sein.

Sie hatten mich nicht genommen.

»Idioten …«

Professor Ondiwuje und ich hatten abgemacht, Briefe von der Zulassungsstelle zusammen zu öffnen. Eine Sekunde lang dachte ich: *Wozu die Mühe?*

Aber ich hatte ihm mein Wort gegeben. Statt den Brief aufzureißen und mir meine Enttäuschung offiziell bestätigen zu lassen, stopfte ich ihn also mit Professor Ondiwujes Gedichtband *Das letzte Lied über Afrika* in meinen Rucksack und machte mich auf den Weg zum Campus.

Professor O sah auf, als ich an seine Bürotür klopfte. Sein Lächeln verblasste, als er meine Miene sah.

»Der Brief ist gekommen«, sagte er.

»Jepp.« Ich legte den Umschlag auf den Tisch.

Er riss ihn auf und zog den Brief heraus.

»Er ist zu dünn, oder?«, fragte ich. »Wenn sie Ja sagen, kriegt man einen dicken Packen Infos und …«

»Psst, ich lese.«

Ich balancierte auf den Hinterreifen meines Rollstuhls, während er mit teilnahmsloser Miene las. Unerträglich langsam legte er den Brief umgedreht auf den Schreibtisch, verschränkte die Arme und sah mich an.

»Und?«

»Es tut mir wirklich leid, Wes.«

Ich ließ mich auf alle vier Räder sinken, und mein Mut sank auch. »Mist.«

»Sie haben einen Studienplatz für Kreatives Schreiben am Emerson College.«

Ich starrte ihn an, als er anfing zu lachen und herumkam, um mich zu umarmen.

»Es tut Ihnen leid?«, sagte ich und versuchte, wütend zu klingen, aber das ist gar nicht so einfach, wenn man total erleichtert ist.

»Ich freue mich sehr für Sie«, sagte er. »Aber ich bedaure, dass Sie weggehen.«

»Ich auch«, sagte ich. »Aber *sie* wurde in Harvard genommen.«

Ich wurde nie müde, das zu sagen.

»Natürlich. Die wunderbare Autumn«, sagte er mit einem Lächeln und verschränkte die Arme vor seinem hellgrauen Anzug. »Das Objekt Ihrer Verehrung.«

»Ich verdanke Ihnen so viel«, sagte ich mit belegter Stimme.

»Aber Sie schulden mir nichts. Ich will nur, dass Sie Ihr Leben aufrichtig und ehrenhaft und mit Respekt für Ihre Träume und Talente leben.« Er grinste verschlagen. »Und ich will eine signierte Ausgabe Ihres ersten Gedichtbands.«

Ich hustete und räusperte mich. Ich wollte nicht weg, aber es war an der Zeit. Ich musste mich von diesem Mann verabschieden, genau wie Autumn sich am anderen Ende der Stadt von Edmond verabschiedete und sicherlich in seine Schürze weinte.

Ich würde nicht vor Professor O weinen, aber es kostete mich wirklich Mühe.

Aus meinem Rucksack zog ich meine zerlesene und eselsohrige Ausgabe seines Gedichtbands *Das letzte Lied über Afrika*.

»Apropos ...« Ich gab sie ihm. »Würden Sie?«

Er hielt das Buch in der Hand. »Normalerweise würde ich zusammenzucken angesichts eines Buchs in einem so erbärmlichen Zustand – und zwar jedes Buchs. Aber das ...« Er blätterte die Seiten voll mit unterstrichenen Passagen und an den Rand gekritzelten Gedanken durch. »Das ist ein unglaubliches Kompliment, Mr Turner.«

Er schrieb ein paar Zeilen auf die erste Seite, klappte das Buch zu und übergab es mir. »Lassen Sie von sich hören, Wes«, sagte er. »Bitte.«

»Werde ich.«

Wir umarmten uns, und ich schloss die Augen. Dankbarkeit stieg in mir auf gegenüber diesem Mann, der mich gelehrt hatte, in meinem Leben in der vordersten Reihe zu sitzen, statt mich durch die Hintertür davonzustehlen.

Weil es mein Leben ist.

Erst als ich das Creative-Arts-Gebäude verlassen hatte, öffnete ich das Buch, um seine Widmung zu lesen.

Für Wes,
einen Läufer, einen Dichter und Krieger,
der seine Rüstung abgelegt hat.
Einen Zweimalgeborenen, der aus seinem dunklen Wald
hervorgetreten ist, um allen, die nach ihm kommen,
den Weg zu leuchten.
Michael Ondiwuje

Unsere neue Wohnung in Boston lag im Erdgeschoss in der Park Street. In Rollstuhldistanz zum Emerson College und mit einer direkten Verbindung nach Harvard mit der U-Bahn. Die Wohnung war klein, aber es war genug Platz für meinen Rollstuhl, vor allem, da wir die Möbel auf ein Minimum beschränkt hatten. Den Rest von Connors Geld hatten wir dem Wounded Warrior Project gespendet; wir fühlten uns besser damit. Wir würden es allein schaffen – unsere Wohnung hatten wir mit Fundstücken aus Secondhandläden und vielen Zimmerpflanzen eingerichtet.

Autumn hatte Amherst mit Auszeichnung abgeschlossen und im Sommer ein umfangreiches Programm zusammengestellt, um die Welt für Menschen mit sichtbaren und nicht sichtbaren Behinderungen zugänglicher zu machen. Harvard hatte geantwortet, es sei genau der richtige Zeitpunkt für so ein Programm.

Vielleicht war ich voreingenommen, aber ich neigte dazu, dem zuzustimmen.

Ich war unglaublich stolz, als sie ihre Zulassung erhalten hatte. Nicht nur die Zulassung, sondern ein volles Stipendium. Und weil Autumn Autumn war, hatte sie ihr Biotreibstoffprojekt Senatorin Victoria Drake übergeben, die versprochen hatte, das Thema mit Kollegen zu besprechen. Inzwischen hatten sich drei Mitglieder des US-Senats – aus Nebraska, Iowa und Kansas – der Sache angenommen und waren dabei, ein Gesetz zu entwerfen.

»Maisbenzin war nicht meine Berufung«, sagte Autumn, »aber ich konnte meine Familie nicht im Stich lassen.«

Was hieß: Wenn Autumn obendrein noch einen Abschluss in Chemie hätte machen müssen, hätte sie es getan. Sie arbeitete verdammt hart, und deshalb war ich umso glücklicher, an diesem Nachmittag nach Hause zu kommen und ihr zu erzählen, was ich den ganzen Tag getan hatte.

Sie sah von ihrem Schreibtisch auf, als ich hereinkam.

»Hi. Wie war das Mittagessen mit Connor?«

»Gut.« Ich zog die Jacke aus und hängte sie an den unteren Haken unseres Garderobenständers. »Ich hatte nicht viel Zeit, wegen des Vorstellungsgesprächs und allem.«

»Du hast mir gar nicht erzählt, dass du heute ein Vorstellungsgespräch hattest.«

Ich rollte zum Schreibtisch und gab ihr einen Kuss. »Ich hab dir auch nicht erzählt, dass ich die Stelle bekommen habe. Habe ich aber.«

Sie lehnte sich zurück. »Was ist es?«

»Es ist ein Teilzeitjob, jeden Morgen von acht bis zwölf. Da meine Kurse in Emerson alle nachmittags liegen, ist es perfekt.«

Autumn verschränkte die Arme und konnte ihr Lächeln kaum verbergen. »Wirst du mir irgendwann erzählen, was es für eine Stelle ist, oder muss ich eine Liste von Möglichkeiten durchgehen?«

»Die Liste, bitte«, sagte ich. »Und zwar alphabetisch.«

Autumn schlug mir auf den Arm. »Jetzt sag schon.«

»Es ist im Bostoner Büro des Amts für Veteranenangelegenheiten«, sagte ich. »Ich werde mit Veteranen arbeiten, die verwundet wurden und ins Zivilleben zurückkehren. Ich helfe ihnen bei Bewerbungsschreiben, Papierkram und berate sie ein bisschen bei der Umgewöhnung.«

»Wirklich? Das ist großartig, Wes.« Sie legte mir einen Arm um den Hals und küsste mich. »Was ist mit deiner ExoSuit-Therapie? Und den Rennen? Wirst du dafür Zeit haben?«

Nach dem Umzug nach Boston hatte ich eine neue Liga

finden müssen. Coach Brown hatte mich mit einer regionalen Gruppe der Boston Athletic Association in Kontakt gebracht. Ich würde ihn vermissen, aber ich würde ihn und die Leute aus meiner alten Mannschaft noch sehen – wenn ich bei Wettkämpfen gegen sie antrat.

»Ich werde für alles Zeit haben«, sagte ich. »Und was noch wichtiger ist: Du wirst Zeit haben.«

»Was meinst du damit?«

»Mit deinem Stipendium, der Army, die meine Studiengebühr bezahlt, und dieser Stelle wirst du nicht arbeiten müssen.«

Autumn blinzelte. »Nein?«

»Nope.« Ich balancierte auf den Hinterrädern, und sah, wie die Neuigkeit bei ihr ankam. Wir hatten beide einen Job gesucht – Boston war sehr viel teurer als Amherst –, aber durch die Stelle, die ich heute Nachmittag bekommen hatte, würde ich mehr verdienen als angenommen.

»Weston …« Sie blickte auf den Stapel Arbeit auf ihrem Schreibtisch.

»Du kannst deine ganze Zeit darauf verwenden, die Welt zu retten, statt im Cheers zu kellnern.«

Sie schüttelte den Kopf. »Ich liebe dich.«

»Ich weiß.« Ich zog sie auf meinen Schoß. »Ich liebe dich auch.«

»Und ich bin so dankbar, dass du das für mich tust«, sagte sie und drückte mir einen Kuss hinters Ohr.

»Ja? Wie dankbar?« Ich fuhr mit der Hand unter ihr Kleid und an der weichen Haut ihres Oberschenkels hinauf. »Ich-nehm-mir-den-Rest-des-Tages-frei-und-geh-mit-dir-ins-Bett dankbar?«

Sie knabberte an meinem Ohrläppchen, und ihr Atem war warm auf meiner Haut. »Ich dachte an Wir-vögeln-in-diesem-

Rollstuhl-bis-wir-beide-ins-Koma-fallen dankbar.« Ihre Lippen hinterließen einen glühenden Pfad von Küssen auf meinem Kiefer, bis sie an meinem Mund ankam. Sie saugte an meiner Unterlippe, dann löste sie sich und sah mich an. »Wie klingt das?«

Meine Hand glitt höher zwischen ihre Beine, rieb über ihre feuchte Hitze. »Klingt, als sollte ich mir noch drei Jobs suchen.«

Wir zogen nur so viel aus, wie gerade nötig war. Sie ritt mich auf dem Rollstuhl, dann bewegte ich sie so, wie ich wollte, bis sie – zweimal – auf meinem Schoß kam, ihre Nägel in meinen Nacken bohrte und ihre Schreie die Wohnung erfüllten. Danach lehnte sie sich – noch rittlings auf mir sitzend – an meine Brust, unser Atem ging im selben Takt, und wir streichelten einander. Endlich löste sie sich von mir, und wir zogen uns wieder an.

»Da wir gerade vom Cheers sprachen«, sagte ich.

»Haben wir das?«

»Nächsten Monat ist Connors große Eröffnung.«

Autumn zupfte an einer Haarsträhne. »Du willst sagen, sein Laden ist gegenüber vom Cheers auf der anderen Seite des Common, und es ist zu viel Konkurrenz?«

»Nein, ich will sagen, er ist wie Sam Malone in der Serie *Cheers*, der von Ted Danson gespielt wurde. Ein Barbesitzer, der nicht trinkt.«

»Stimmt«, sagte sie. »Ich bin so stolz auf ihn.«

»Ich auch«, sagte ich. »Und es wird eine besondere Party werden. Alle werden kommen.«

»Ich kann es kaum erwarten.« Sie küsste mich und ging in den Flur. »Ich geh duschen. Und dann müssen wir ausgehen. Wir haben so viel zu feiern. Ich weiß gar nicht, wo wir anfangen sollen.«

Die Badezimmertür schloss sich, und ich lächelte. Ich hatte da eine Idee.

Oktober ...

Connor nannte seine Sportsbar, mit dem Segen seines Vaters, Drake's Bar & Grill. Die Lage konnte nicht besser sein – sie war in der Province Street in der Nähe des Orpheum-Theaters. Zu seinen Gästen würden auch hungrige Theaterbesucher nach der Vorstellung gehören. Und es war nicht weit vom Emerson College. Ich konnte ihn, wann immer ich wollte, nach den Kursen besuchen.

Am großen Abend der Eröffnung hatte Autumn bis fünf Uhr Uni. Wir wollten uns in der Bar treffen. Mein letzter Kurs ging nur bis drei. Ich rollte nach Hause, duschte und zog einen grauen Anzug mit einer blaugrünen Paisley-Krawatte an. Auf dem Weg ins Drake's griff ich tausendmal in die Tasche meiner Anzugjacke, um zu prüfen, ob die kleine Schachtel noch da war, die ich in ein Gedicht eingewickelt hatte.

Schließlich rollte ich über die Schwelle des Drake's, und Connor trat aus einer Gruppe von Freunden hervor, um mich zu begrüßen. »Und, was denkst du?«

Ich sah mich um, und mir fehlten die Worte. Ich hatte die Bar in den verschiedenen Stadien des Umbaus gesehen, aber nie das Endergebnis. Der Boden war in einem großen, abwechselnd grünen und roten Rautenmuster gefliest. Die Sitznischen waren in demselben Grün gepolstert, während die Einrichtung aus rötlichem Holz war, das unter den Pendellampen glänzte. In regelmäßigen Abständen hingen Bildschirme an den Wänden, und drei weitere gigantische Flachbildfernseher befanden sich hinter den Gläser- und Flaschenregalen hinterm Tresen. Ansonsten waren die Wände mit Postern und

Wimpeln der Bruins, Red Sox und New England Patriots behängt. Insgesamt wirkte das Lokal dunkel und prächtig, aber nicht übertrieben schick.

Am krassesten fiel mir in dieser teuren Stadt mit den hohen Mieten auf, dass Connor wertvolle Quadratmeter verschenkt hatte, um die Gänge breiter zu machen. Und meine Augen wurden feucht, als ich sah, dass der Haupttresen zwei Höhen hatte – eine Hälfte hatte die übliche Höhe mit Barhockern davor, die andere war niedriger mit Stühlen. Ich konnte im Rollstuhl an der Bar sitzen, ohne dass mir der Tresen bis zum Kinn ging.

»Connor, Mann, das ist unglaublich …«

»Die Toiletten sind auch barrierefrei«, sagte er. »Und damit meine ich nicht, dass es den Mindestanforderungen entspricht. Ich will nicht, dass du – oder jemand anders – herkommt und das Gefühl hat, es wäre *fast* gut genug. Ich wollte, dass es besser ist als nur gut genug. Denn so sollte es sein, oder?«

»Ja«, sagte ich. »Ein Hafen.«

Das Lächeln, das sich auf Connors Gesicht zeigte, machte mich regelrecht fertig.

»Klar«, sagte er schroff. »Genau das.«

Wir schwiegen kurz, dann stieß Connor mich gegen die Schulter. »Komm, ich führ dich rum.«

Er zeigte mir den Laden, in dem es im hinteren Teil sogar Billardtische und drei Dartscheiben gab. Dann parkte ich den Rollstuhl vor der niedrigen Hälfte des Tresens. Connor stellte sich dahinter und zapfte mir ein Bier.

»Du siehst aus, als würdest du es brauchen«, sagte er und lachte. »Bereit?«

»Ich habe nachgedacht …«

»Oh, verdammt, jetzt geht's los.«

Er stützte die Hände auf die Bar, ein Lappen lag über seiner

Schulter. Er sah aus, als wäre er dazu geboren, dort zu stehen, und ich war so verdammt stolz auf ihn. Diese Reise hatte in Italien begonnen, wo Ruby ihn dazu gebracht hatte, sich einen Job zu suchen. Er hatte als Aushilfe angefangen, dann als Barkeeper gearbeitet, bis man ihn schließlich zum Manager befördert hatte. Er hatte sich wirklich ins Zeug gelegt und das Geschäft von der Pike auf gelernt – und noch dazu in einer fremden Sprache –, statt jemand anders für die Arbeit zu bezahlen.

»Dies ist dein Abend«, sagte ich. »Und das sollte auch so bleiben.«

»Es wird erst recht mein Abend sein, wenn du sie hier fragst«, sagte er und sah sich um. »Der Laden ist perfekt, aber er braucht eine Taufe, findest du nicht? Für einen guten Start. Okay?«

Er sah so glücklich aus. Sein Megawatt-Lächeln erstrahlte in einer neuen Version. Es war immer noch einladend und bezog alle mit ein, aber das unbeschwerte »Die Welt ist in Ordnung« war verschwunden. Er hatte mit eigenen Augen gesehen, dass die Welt nicht in Ordnung war. Aber er war noch hier, er lächelte noch, und darin lag eine Art Poesie. Eine Erfahrung von Schmerz und Verlust, die das, was er liebte, noch kostbarer machte.

Ich kannte das Gefühl.

Ruby kam kurz nach mir. Sie und Connor küssten sich, und einen Moment lang, während sie umarmt beieinanderstanden und ein paar Worte wechselten, hatten sie nur Augen füreinander. Dann drückte Ruby ihm einen letzten Kuss auf den Mund, wischte ihm den Lippenstift mit dem Daumen ab und setzte sich zu mir.

»Schick, schick, Turner«, sagte sie und betrachtete meinen Anzug. »Was ist der Anlass?« Sie zwinkerte Connor hinter der

Bar zu. »Findet hier heute Abend etwas statt, wovon ich wissen sollte?«

Ich sah Connor wütend an, aber er hob unschuldig die Hände.

»Das war ein *Witz*«, sagte Ruby, die es gar nicht bemerkt hatte. »Ich finde es einfach nett von dir, dich für die festa del mio bellissimo amante so schick anzuziehen. Der Laden ist ziemlich famos geworden, findest du nicht?«

»Der Laden ist ganz okay«, sagte ich so laut, dass Connor mich hören konnte, während er ein letztes Mal die Getränkebestände prüfte. »Aber der Besitzer ...«

»Der Besitzer ist ein Heiliger«, sagte er. »Er lässt jedes alte Arschloch von der Straße rein.«

Ich musste so lachen, dass ich ganz vergaß, ihm den Mittelfinger zu zeigen.

Die Party ging um sieben los. Nur gute Freunde und Familie waren eingeladen, aber der Laden war fast voll. Meine Mutter, Paul und meine Schwestern kamen und standen an dem niedrigen Tresen um mich herum. Ich trank mein Bier und wurde jede Minute nervöser. Wo war Autumn?

»Mein Gott, Connor, Schatz«, sagte Ma. »Dieser Laden ist was ganz Besonderes, aber wirklich.« Sie sah strahlend und gesund aus, ihr Haar hatte sie frisch gemacht, und ihre Nägel glitzerten wie ihr Ehering. »Wenn ich noch trinken würde, wär das hier meine Stammkneipe.«

Paul schüttelte mir die Hand und beugte sich vor, um mich zu umarmen. »Mann, Mann, du siehst ja überhaupt nicht nervös aus«, sagte er etwas lauter, um die Musik aus der Anlage zu übertönen. »Kein bisschen.«

Ich atmete aus, wirklich erleichtert, ihn zu sehen. Außer Connor wusste nur er, was ich für heute Abend geplant hatte. Er hatte mir geholfen, den Ring auszusuchen.

»Und wenn sie ihn schrecklich findet?«, sagte ich. »Und wenn sie Nein sagt? Es geht um den Rest ihres Lebens ...«

»Du denkst zu viel nach, Wes«, sagte Paul. Er drückte mir mein Bier in die Hand und stieß mit seinem Wasser mit mir an. »Lass mich der Erste sein, der dir gratuliert.«

Sein Optimismus konnte die nagende Sorge in meinem Magen nicht vertreiben.

Die Drakes kamen an, gefolgt von Jefferson und Cassandra. Cassandra war im sechsten Monat schwanger und hielt sich schützend den Bauch, als würde es dem Baby schon schaden, auch nur in der Nähe von Alkohol zu sein.

Ich verbarg mein Lächeln, indem ich einen Schluck Bier nahm, und spuckte es mir fast über den Anzug, als ich Autumn hereinkommen sah. Sie trug ein schwarzes Kleid mit einem weißen Streifen oben und unten am Saum. Aus ihrem locker gedrehten Knoten lösten sich einzelne Haarsträhnen und legten sich rotgolden um ihre Wangen.

Sie blieb stehen, drehte sich einmal im Kreis und sah sich voller Bewunderung die Bar an. Dann entdeckte sie mich und eilte zu mir.

»Tut mir leid, dass ich zu spät bin«, sagte sie und küsste mich. »Die U-Bahn hatte Verspätung und ... Oh, mein Gott, Connor, es ist *fantastisch* ...« Sie kniete sich auf den Stuhl, den ich ihr frei gehalten hatte, um Connor über die Bar hinweg zu umarmen, dann kletterte sie wieder herunter und gab Ruby einen Kuss auf die Wange.

»Dieses Lokal ist unglaublich. Es ist so wundervoll geworden. Ich gratuliere.«

»Danke, Auts«, sagte Connor. »Möchtest du etwas trinken? Birnencidre?«

»Ja, bitte ...« Sie verstummte. »Du machst Witze. Du hast Birnencidre?«

»Natürlich«, sagte er und schenkte ihr ein Glas ein. »Was glaubst du, führe ich hier für einen Laden?«

Autumn nippte an ihrem Glas. »Besser als im Yancy's.« Sie sah mich an. »Alles klar, Schatz?«

Ich nickte. »Jepp.«

Nope. Hier geht das nicht. Das ist völlig falsch.

Victoria Drake hielt eine kurze Rede, die ein bisschen nach Repräsentantenhaus klang, aber mit einem gefühlvolleren Toast auf Rubys und Connors Glück endete. Dann übernahm Mr Drake. Ich hielt den Atem an, aber seine Rede war gerade lobend genug, dass ich nicht den Drang verspürte, ihn zu erwürgen. Die Drakes waren auf ihre Weise stolz auf Connor, doch der größte Triumph war, dass Connor ihre Anerkennung nicht mehr brauchte. Er war glücklich, und sie waren glücklich, dass er lebte und gesund war. Wenn man den ganzen Quatsch drum herum wegnahm, war das alles, was zählte.

Nach den Reden sah Connor mich mit hochgezogenen Augenbrauen an.

Es ist Zeit, sagte sein Blick.

Aber das war es nicht. Das Drake's war eine schöne Sportsbar, aber es blieb eine Sportsbar, und die Realität versetzte mir einen Schlag gegen den Hinterkopf.

Hast du nicht mehr alle Tassen im Schrank? Du willst eine Frau wie Autumn um ihre Hand bitten, während auf sechs Fernsehern der Sportkanal plärrt und es nach scharfen Chickenwings duftet?

Ich winkte ab und schüttelte den Kopf. Connor kam rüber und beugte sich vor, während Paul und Autumn ein paar Schritte neben uns über Politik redeten.

»Es geht nicht«, sagte ich. »Nicht hier. Tut mir leid, Mann, aber … das ist dein Abend.«

Connors Abend, nicht unserer. Und obwohl ich ihn mehr liebte als meine Familie, mussten Autumn und ich unser gemeinsames Leben allein beginnen, nur wir zwei. Nach allem, was passiert war, schien mir das wichtig zu sein.

»Bist du sicher?«

Ich klopfte ihm auf die Schulter. »Ich bin stolz auf dich, Mann. Du hast es geschafft. Und es wird gut werden. Das spüre ich.«

»Aha«, sagte Connor und sah mich an. Dann grinste er. »Das hier ist nichts für sie.«

»Nein«, sagte ich. »Ist es nicht.«

»Tja, für Romantik bist du der Experte.«

»Ganz genau.« Ich beugte mich vor, und wir umarmten uns kurz. »Liebe dich, Mann.«

»Liebe dich auch. Und jetzt verschwindet, ihr zwei.«

Nach einer gewissen Verzögerung, weil wir uns aus den Fängen meiner Mutter befreien mussten, und nach einem bedeutungsvollen Blickwechsel mit Paul traten Autumn und ich in die warme Nacht hinaus.

»Ich bin froh, dass du gehen wolltest«, sagte Autumn, als wir uns die Tremont Street hinunterbewegten. »Connors neuer Laden ist wundervoll, aber Sportsbars sind nicht so mein Ding.«

Im Geiste verdrehte ich die Augen, weil ich den wichtigsten Augenblick meines Lebens beinahe vermasselt hatte.

Aber was jetzt, verdammt?

Ich hatte keinen Plan B. Nichts Kluges oder Besonderes. Nicht einmal ein Dinner, bei dem ein Kellner ein Champagnerglas mit dem darin schwimmenden Ring auf den Tisch stellen könnte. Und ohnehin war der Diamant so klein, sie würde ihn wahrscheinlich, ohne es zu merken, mitsamt dem Champagner austrinken.

Ich sah zu Autumn, die neben mir ging. Sie sah so wunderbar aus in dem schwarz-weißen Kleid, und ein leichtes Lächeln lag auf ihren Lippen. Sie lächelte fast immer, wahrscheinlich war es ihr nicht einmal bewusst. Es war einfach ihr Glück, das durchschien, und ich wollte es einfangen und bewahren. Ich wollte sie um jeden Preis für den Rest meines Lebens beschützen.

Von jetzt an.

»Autumn ...«

»Oh, sieh nur«, sagte sie. »Sie ist geöffnet.«

Ich folgte ihrem Blick über die Straße zur Boston Public Library. Gelbe Lichtkegel beleuchteten das graue Neorenaissance-Gebäude mit den Bogenfenstern. Menschen in Anzügen und Kleidern strömten die Eingangstreppe hinunter.

»Sieht aus, als wäre gerade eine Veranstaltung vorbei«, sagte ich.

»Lass uns uns hineinschleichen«, sagte Autumn. »Nur mal kurz gucken. Ich habe die Bibliothek nie bei Nacht gesehen, und sie ist so unglaublich schön.«

»Du willst ohne Einladung auf eine Bibliotheksparty gehen?«, fragte ich, und ein Lächeln erschien auf meinen Lippen. *Das ist perfekt.*

»Ja«, sagte sie. »Wir sind sogar passend angezogen. Niemand wird Verdacht schöpfen.«

Wir überquerten die Straße und nahmen die Rollstuhlrampe hoch zum Eingang. Autum gab mir ihre Handtasche, und ich schob sie mir in den Rücken. Wir näherten uns einem Saaldiener, der den Menschen, die hinauskamen, eine gute Nacht wünschte.

»Es tut mir so leid, aber ich habe meine Handtasche drinnen vergessen«, sagte Autumn. »Kann ich sie kurz holen? Dauert keine Minute.«

»Natürlich«, sagte der Saaldiener und trat beiseite, um uns vorbeizulassen.

Ich blickte Autumn an, die sehr zufrieden mit sich aussah.

»Hast du so was schon öfter gemacht?«, fragte ich. »Aber du heißt wirklich Autumn, oder?«

Sie lachte. »Ein oder zwei Mal.«

Als wir in den Hauptsaal der Bibliothek kamen, blieben wir abrupt stehen und betrachteten das Gewölbe mit der Kassettendecke – im Zentrum jeder Kassette befand sich eine goldene Rose. In Regalen an den Wänden standen alte wunderschöne Bücher und erfüllten den Raum mit diesem besonderen Duft nach Zeit und Geschichte, der altem Papier anhaftet. Zwei Reihen Holztische wurden von kleinen Tischlampen mit grünen Schirmen erhellt. Gegen die dunklen Fenster weiter oben fiel goldenes Licht.

»Es ist so schön«, murmelte Autumn.

»Wunderschön«, sagte ich und sah sie an.

Langsam bewegten wir uns durch den Hauptgang, betrachteten die Gemälde im Renaissancestil und die alten Kronleuchter. Niemand störte uns.

»Es erinnert mich daran, wie wir uns kennengelernt haben«, sagte Autumn. »In der Bibliothek in Amherst. Zuerst warst du so kalt zu mir. Du wolltest dich mit mir anlegen.«

»Ich mochte dich«, sagte ich. »Sofort.«

Sie lächelte, als wir an einem Regal vorbeikamen. Sie zog eine altes, in Leder gebundenes Buch heraus und blätterte es durch. »Du hast Ayn Rand gelesen und gesagt, dass Gefühle wie Mandeln sind.«

»Das stimmt, aber zuerst hatte ich gar nicht Rand gelesen«, sagte ich, und meine Kehle war jetzt schon wie zugeschnürt, »sondern Walt Whitman.«

Autumn starrte mich an. »Oh mein Gott ... Du hast recht. Du hast ...«

»Gedichte gelesen«, sagte ich. »Ich habe Gedichte gelesen.«

Ihr Mund öffnete sich, und sie erinnerte sich zurück. »Es stimmt. Und ich mochte dich auch. Und dann …«

Dann war Connor aufgetaucht, und unsere Leben waren auf verzweigten und gewundenen Pfaden weiter verlaufen – in dunkle Wälder, in denen das Überleben manchmal unmöglich schien. Aber alles führte zu diesem Augenblick; alles *erschuf* diesen Augenblick mit dieser Frau und meiner Fähigkeit, sie mit einer heilen Seele zu lieben. Auch wenn mein Körper nicht heil war.

»Ich würde nichts ändern wollen«, sagte ich und nahm Autumns Hand. »Nicht eine Sekunde.«

»Ich auch nicht.« Autumn stellte das Buch ins Regal zurück, ihre Augen leuchteten. »Komm weiter.«

Wir verließen die Bibliothek und kamen in einen Innenhof, wo anmutige Statuen in einem kleinen Springbrunnen tanzten. Der Weg war breit, umgeben von grünem Gras. Scheinwerfer beleuchteten das stille Gebäude um uns herum.

Und wir waren allein.

Wir umrundeten den Springbrunnen. Er war von unten beleuchtet, und das Wasser sprudelte golden und blau und spiegelte sich in Autumns dunklen Augen.

»Komm her«, sagte ich.

Sie setzte sich seitlich auf meinen Schoß und legte die Arme um meinen Hals.

»So eine perfekte Nacht«, sagte sie und fuhr mit den Fingern durch mein Haar. »Ich liebe alles daran. Und ich liebe dich. Tausendmal habe ich mir vorgestellt, wie es wohl wäre, jemanden so zu lieben. Ich habe es nicht einmal annähernd erahnt.«

»Ich auch nicht«, sagte ich. »Ich hätte niemals geglaubt, einmal so ein Glück zu erleben. Und ich dachte auch nicht, dass ich einen anderen Menschen glücklich machen könnte.«

»Aber das tust du«, sagte sie. »Du machst mich glücklich.«

Ich holte die kleine Schachtel aus der Tasche meines Anzugs. Sie war in ein auf Pergament geschriebenes Gedicht gewickelt, zusammengehalten von einer Schnur aus getrocknetem Papier.

Autumn schlug sich die Hände vor den Mund.

»Ich weiß, du hast gesagt, schöne Worte bedeuten nichts, wenn nichts Echtes dahintersteht.« Ich gab ihr die Schachtel. »Ich dachte, wenn sie um einen Ring gewickelt sind …«

Ein leises Lachen entfuhr ihr, als sie mit zitternden Fingern das Gedicht entfaltete. Sie las es, und ich sah in ihrem wunderschönen Gesicht, wann genau die Worte ihr Herz erreichten. Tränen stiegen ihr in die Augen, liefen ihr die Wangen hinunter, und als sie zum letzten Vers kam, legte sie das Blatt in ihren Schoß und umarmte mich stumm. Ihr ganzer Körper schmiegte sich an meinen.

»Du bist noch gar nicht zu dem Schmuck gekommen«, sagte ich heiser.

Sie setzte sich auf und wischte sich die Augen. »Als würde ich mehr brauchen.«

»Ich will, dass du mehr hast.« Ich öffnete die Schachtel und zeigte ihr den filigranen antiken Ring mit dem kleinen Diamanten. »Autumn … Willst du mich heiraten?«

Sie blickte auf den kleinen Ring, und kurz stiegen Zweifel in mir auf, die sich allerdings schnell auflösten, als ich mich in ihren dunklen Augen gespiegelt sah.

»Ja«, flüsterte sie. »Ja, Weston. Ich will nichts mehr auf der Welt, als dich zu heiraten. Nichts sonst. Nur dich.«

Ich hätte die Schachtel mit dem Ring fast auf den Boden fallen lassen, als ich sie küsste. Sie schmeckte süß und salzig nach ihren Tränen – oder vielleicht meinen. Ich küsste sie zart, aber mit meiner ganzen Seele, besiegelte mit dem Kuss das Versprechen, sie immer zu lieben.

Sie hielt das Gedicht in der rechten Hand, als ich den Ring auf ihre linke schob. Er passte perfekt auf ihren zarten Finger und glitzerte im Licht des Springbrunnens.

»Er ist wunderschön«, sagte sie. »Und das …« Sie hielt das Gedicht hoch. »Es ist …«

»Nur ein kleiner Teil meiner Gefühle.« Ich hielt ihr Gesicht mit beiden Händen, meine Daumen strichen ihr über die Wangen.

»Autumn«, sagte ich. »Ich habe dir so viel zu sagen.«

Lang möge das Licht
brennen,
das in deinen Augen strahlt,
bis sein Gold
meine schwere Rüstung zum Schmelzen bringt.
Es taut das Eis in meinen Adern
und erhellt
jeden dunklen Winkel
meines Herzens.

Lang möge deine Hand
über die Erde streichen,
Risse versiegeln
und auch meine Narben,
Inschriften von Grabsteinen,
die markieren, wo das, was in mir tot war,
begraben liegt.
Stattdessen erweckt
von deinen Fingerspitzen
Nervenenden, die
von Ekstase singen,
wo vorher nichts war.

Lang möge deine Stimme
in den Herzen derer widerhallen,
die dich lieben.
In meinem singt sie am lautesten,
wenn du meinen Namen sagst.
Er versengt meine Haut,
wenn er in der Hitze einer dunklen Nacht
deinem Mund entfährt
und unsere Körper
feiern und offenbaren,
was zwischen uns brennt.

Lang mögen die schönen Herzen leben,
wie deines,
so grenzenlos weit und tief, Canyons der Vergebung,
Kathedralen der Schönheit und der Liebe
mit offenen Türen,
ein Hafen für müde Läufer,
deren Rennen vorüber ist.

Lang mögen die zweimalgeborenen Herzen leben,
wie meines.
Es schlägt nur für dich, Geliebte,
endlos und unendlich.
Ich nehme dich mit
in das nächste Leben
und noch tausend danach.
Immer.
Für immer.

All meine Liebe
Weston

Anmerkung der Autorin

Isabel hat einmal eine Bestandsaufnahme meiner Bücher gemacht. Sie durfte sie natürlich nicht lesen, aber sie interessierte sich als Künstlerin dafür und als ein Mensch, dem soziale Probleme, Vielfalt und Inklusion sehr wichtig waren.

Sie fragte mich aus: »Gibt es bei dir Figuren, die nicht weiß sind?«

Ja, sagte ich.

»Gibt es Figuren, die schwul oder lesbisch sind?«

Habe ich.

»Gibt es Figuren, die behindert sind?«

Ich erzählte ihr, dass ich eine Figur erfunden hatte, die blind war.

»Was ist mit einem Rollstuhl? Und die Geschichte darf nicht davon handeln, dass er in einem Rollstuhl sitzt. Er tut es einfach.«

Das, sagte ich, *hatte ich noch nicht.* Und sie warf mir diesen Blick zu, der sagte: »Komm schon, Mama. Mach dich an die Arbeit.«

Ich hatte bereits eine Idee für ein Buch, das durch Cyrano de Bergerac inspiriert war. Im Theaterstück glaubt Cyrano, er sei es aufgrund eines körperlichen Makels (seiner großen Nase) nicht wert, geliebt zu werden. Ich wollte einen Cyrano erschaffen, der sich aufgrund seiner inneren Dämonen nicht wert fühlte, geliebt zu werden. Als Isabel die Figur im Rollstuhl als Möglichkeit zur Sprache brachte, wusste ich nicht sofort, dass es Weston war.

Krieg beschädigt die Menschen, die mutig genug sind, sich ihm auszusetzen, und mir war klar, dass meine Soldaten nicht verschont werden würden. Westons selbst auferlegte »Wertlosigkeit« würde nie etwas mit seiner Behinderung zu tun haben. Seine Behinderung half ihm sogar, seinen Wert zu erkennen. Es geht nicht darum, dass er in einem Rollstuhl sitzt. Es geht darum, dass er (und Connor und Autumn) ihren Wert in der Liebe finden, die sie empfinden und mit anderen erfahren.

Ich lebe selbst in der Zeit danach und bin immer noch dabei, mir einen Weg durch den dunklen Wald zu bahnen. Dabei ist es nicht der Gedanke, dass »alles aus einem Grund geschieht«, der mich führt und ermutigt weiterzugehen, sondern, dass alles so geschieht, wie es geschehen soll. Selbst wenn das, was passiert ist, unvorstellbar ist.

Ich dachte, es wäre unmöglich, dieses Buch zu schreiben. Ich dachte, mein Schreiben wäre für immer verändert oder sogar verstummt. Stattdessen ist alles, jeder Plot Point, jedes Gefühl, jedes Wort, genau dort, wo es hingehört. Das Buch wurde nicht geschrieben, es wurde, wie Stephen King sagt, im Garten meiner eigenen Erfahrung ausgegraben. Es sollte genau so sein, und so hat es mich gerettet. Ich kann noch nicht zur Gänze aufschreiben, *was passiert ist*, aber mit Isabels Hilfe habe ich in der Zeit davor und in der Zeit danach diese Dilogie geschrieben.

Einen Teil in der Zeit davor. Einen in der danach. Genau, wie es sein soll.

Danke fürs Lesen.

Danksagung

Danke, Robin Renee Hill. Es gibt keine Worte, um zu beschreiben, was du für mich getan hast. Du hast sogar deine eigene Arbeit zurückgestellt, um mich durch die letzten Monate zu bringen und um mir zu helfen, dieses Buch zu beenden. Es ist unser Buch, nicht meins. Ich liebe dich.

Danke, Melissa, für deine wunderbare Kunst, deine Cover, die den Geist der Bücher perfekt einfangen. Du bist meine Verbindung zur Außenwelt und mein Trost im Inneren. Ohne dich wäre ich verloren.

Danke, Suanne, für deine geniale Redaktion auch dieses Buchs und für die Stunden voller Liebe innerhalb und außerhalb dieser Seiten. #labu

Danke, Joanna, Sarah und Joy. Ihr habt mich in die richtige Richtung gelenkt, als ich vom Kurs abkam. Euer Input ist unbezahlbar.

Danke, Dani, für die Hilfe dabei, auch in stürmischen Zeiten mein Auskommen zu sichern. Ich bin so dankbar.

Danke, Angela, für die Zeit und die Kunst, die du aufwendest, um das Buch auch von innen schön zu machen. Du lässt mich nie hängen, also danke.

Danke, Grey, fürs Erreichbarsein. Dir ganz viel Liebe.

Dank an Dr. Colin Lenihan für seine wertvolle medizinische Beratung.

Dank an Master Sergeant Mark Anderson der United States Army, weil er für beide Bücher sein Wissen und seine Erfahrung mit mir geteilt und mich in die Lage versetzt hat, ein realistisches Bild des Krieges zu zeichnen – sämtliche Fehler und die Freiheiten, die ich mir um der Geschichte willen genommen habe, gehen natürlich auf meine Kappe. Und danke für Ihren Dienst, Sir.

Dank an die befreundeten Autorinnen in meinem Leben, danke für eure Liebe, Schwestern: Kate Stewart, Kennedy Ryan, Katy Regnery, Shanora Williams, Raine Miller, Jade West, Rebecca Shea, Lisa Paul und Co., Nicky Grant, Desiree Adele und Dylan Allen.

Dank an meine ständigen Begleiterinnen und Begleiter. Es gibt nicht genügend Worte, um euch zu sagen, wie viel ihr mir bedeutet. Ich liebe euch alle.

Dank an die Community, die mich nicht verlassen hat. Ich bin noch hier und schreibe noch, und das liegt zu einem großen Teil an euch.

Und danke an die Soldatinnen und Soldaten dieses Landes. Bei der Recherche für diese Romane ist mir sehr viel klarer geworden, was für Opfer sie und ihre Familien jeden Tag für uns bringen, oftmals mit bleibenden Folgen. Sie haben meinen größten Respekt, meine Wertschätzung und meine Liebe. Danke.

Long Live the Beautiful Hearts

Long may the light
That shines in your eyes
Burn.
Until the gold melts
the heavy armor I carry.
It thaws the ice in my veins,
and illuminates
every dark corner
of my heart.

Long may the touch
of your hand
press deep into the earth.
sealing broken cracks.
And my scars,
Etchings on gravestones,
marking where all that was dead in me
lies buried,
Awakened instead
by your fingertips,
nerve endings singing
ecstasy
where there had been nothing.

Long may your voice
Echo in the hearts

of those who love you.
It sings in mine loudest
when you say my name,
it singes my skin
when it slips from your tongue
in the heat of a dark night
as our bodies strive
to revel and reveal
all that burns between us.

Long live the beautiful hearts
Like yours
That beat with infinite depth
Canyons of forgiveness
Cathedrals of beauty and love
Their doors wide open
A haven to weary runners
Whose race has ended.

Long live the twice born hearts
Like mine.
It beats only for you
My love
Unending and infinite,
I will take you with me
Into the next life
And a thousand beyond that
Always.
Forever.

»Du bist das Licht in meiner Dunkelheit ...«

Emma Scott
THE LIGHT IN US
Aus dem amerikanischen
Englisch von
Inka Marter
416 Seiten
ISBN 978-3-7363-1044-5

Charlotte Conroy stand am Anfang einer großen Karriere als Geigerin, doch dann zerbrach ihr Leben, und die Musik in ihr verstummte. Aus Geldnot nimmt sie den Job als Assistentin für einen jungen Mann an, der sein Augenlicht bei einem Unfall verloren hat. Noah Lake war Fotograf und Extremsportler, immer auf der Jagd nach dem nächsten Adrenalinrausch. Nun stößt er alle Menschen von sich, unfähig, sein Schicksal anzunehmen. Doch Charlotte ist entschlossen, ihm zu beweisen, dass das Leben noch so viel mehr zu bieten hat ...

»Atemberaubend und einzigartig!« MARYSE'S BOOK BLOG

LYX